COLLECTION FOLIO

Éric Fottorino

Korsakov

Gallimard

Licencié en droit et diplômé en sciences politiques, Éric Fottorino est journaliste et collabore régulièrement au journal *Le Monde*. Il a publié son premier roman *Rochelle* en 1991. *Un territoire fragile* (Stock) a reçu le prix Europe 1 et le prix des Bibliothécaires. Il est également l'auteur de *Caresse de rouge*, paru aux Éditions Gallimard, couronné par le prix François-Mauriac 2004. *Korsakov*, son septième roman, a été récompensé par le prix Roman France Télévision 2004 et par le prix des Libraires 2005.

Pour ma mère.

À la mémoire de Marcel Fottorino,
mon grand-père,
décédé le 16 janvier 2004.

Le syndrome de Korsakov est constitué par une amnésie de fixation des souvenirs, compensée par un mélange de fabulations et de faux souvenirs. Le malade souffre d'un état de confusion. Il présente un déficit de l'attention, une désorientation dans l'espace et dans le temps. Les troubles peuvent prendre des formes graves, à évolution rapide et mortelle.

Données encyclopédiques

PREMIÈRE ÉPOQUE

Une famille française

Écrire, c'est à peu près comme se trouver dans une maison vide et guetter l'apparition des fantômes.

JOHN LE CARRÉ

CHAPITRE PREMIER

Un matin froid de novembre à Bordeaux, une femme, vieille déjà, marche. Au sortir des Chartrons, elle a traversé les Quinconces pour rattraper les allées de Tourny. Après, elle a passé la Comédie et a coupé au plus court en évitant les camions de livraison qui encombrent la rue Sainte-Catherine. D'un pas rapide et vacillant, elle marche. C'est la fin de l'année 1969.

Souvent elle tient compagnie aux malades signalés par les sœurs de l'Assomption, dans les appartements sans lumière du quartier des Grands-Hommes ou chez les cancéreux de Terre-Nègre. Elle pourrait se diriger les yeux fermés. D'ailleurs ils sont à peine ouverts et bien malin qui pourrait dire leur couleur, si seulement ils en ont une.

Indifférente à Notre-Dame, où tant de fois elle a déchiré ses bas contre les prie-Dieu, elle a laissé sur sa droite le cours de l'Intendance et la volée de petites rues qui entourent la porte Dijeaux : la rue Vital-Carles, la rue du Temple, la rue de

Grassi. Il fait encore nuit, ce matin froid de novembre, à Bordeaux. Elle se dépêche. Elle a rendez-vous gare Saint-Jean et c'est loin.

Dans sa lettre, elle s'était proposé de l'attendre à la sortie de la maison d'arrêt. Gilbert n'a pas voulu. Il a préféré la gare, comme un voyageur ordinaire, sauf les bagages qu'il n'a pas. Maintenant, elle longe le marché des Capucins où l'un de ses fils vend des fleurs coupées. À cette heure-ci, le banc est installé. Louis a l'obsession du détail. Il veut que son stand soit le plus beau de toute la halle aux fleurs, avec la marchandise qu'il va chercher lui-même en fourgon à Ollioules, sur la Côte d'Azur. Il rapporte des espèces rares, les assemble à son goût qui n'est guère en vogue chez les habitués des Capucins. Quelquefois, la vieille entend des moqueries sur « le pédé avec ses bouquets mauves ». « Le pédé », c'est Louis, son fils.

Ce matin elle n'a pas le temps de s'arrêter. Le buste en avant, une main qui serre le col de son pardessus auquel manque un bouton, elle marche. Ici, on aimerait savoir qui est cette femme usée, quelles furent ses défaites et ses chutes pour se retrouver trotte-menu dans Bordeaux glacé, se hâtant frêle au vent, le visage fermé, dents serrées, à la rencontre d'un jeune homme de vingt ans tout juste libéré de prison et qu'elle n'a jamais vu.

Tout a commencé avec le petit mot de la mère supérieure punaisé sur le panneau de liège, à la porterie de l'Assomption où elle ne travaille que le soir : « Cherchons correspondants avec détenus de la centrale de Gradignan. » Ce jour-là, elle a recopié l'adresse sur un coin de papier pelure — le reste de la feuille lui a servi pour la liste des commissions confiée au petit. Aussitôt elle s'est mise à écrire sur une imitation de vélin d'Angoulême. La semaine suivante, elle a reçu une réponse. Son correspondant s'appelait Gilbert. Il s'était enfui de chez lui après une bagarre avec son père, puis il avait signé chez les parachutistes. Il s'était enfui à nouveau après une autre bagarre. La police l'avait retrouvé étendu avec ses habits de soldat sur une plage du Bassin. Déserteur, il avait écopé d'un an ferme. Il lui restait trois mois à purger. Dehors il n'avait personne. Désormais, elle serait là.

Parfois elle regarde sa montre, une breloque à cadran de cuivre qui retarde tant et plus. Ce n'est guère qu'elle y tienne, mais elle n'en a pas d'autre et les réparations sont hors de prix. Sur ces anciens modèles, le moindre pépin dans le mécanisme oblige à tout changer. Heureusement elle vient d'apercevoir la face blanchie de la grosse horloge, gare Saint-Jean. Il sera bientôt sept heures. Elle est en avance. Le froid mord le bout de ses pieds, et ses mains qu'elle a glissées dans la doublure de son pardessus. Au fond de ses poches sautillent des pièces de monnaie qui paieront le café et le croissant pour Gilbert. Ils prendront le 7-8 qui les déposera devant les Quinconces. Ensuite ils couperont par les venelles pavées pour se rendre rue Cornac. C'est là qu'elle habite, près des Chartrons. Deux fenêtres sur cour avec un petit garçon que sa fille a eu avec un étranger, le petit de la liste des commissions.

Ici, on aimerait savoir pourquoi cet enfant est seul rue Cornac, deux fenêtres sans rideaux, pendant que sa mamie, moins vieille qu'il n'y paraît, passe ses nuits à la porterie de l'Assomption dans un réduit qui sent la compote et le moka, où chaque visiteur est un envoyé de Dieu, excepté le père du petit qui, de toute façon, ne viendra plus. Mais poursuivons, Gilbert attend.

Gilbert est de taille moyenne, les cheveux tirant sur le blond, étriqué dans son blouson de Skaï trop court qui lui découvre les reins et empeste le tabac. Son visage est imberbe. Son sourire est celui d'un enfant qui n'aurait pas toutes ses dents. Une vague tristesse habille son regard, mais c'est peut-être le sommeil car il s'est levé tôt et ne pourrait dire s'il est triste. Elle l'a reconnu grâce aux descriptions qu'il a données de lui dans ses lettres. Il aurait pu envoyer une photo d'identité, mais les deux qu'il possède ont été tirées en prison et, en les voyant, il s'est trouvé l'air d'un malfrat.

Elle l'a reconnu aussi parce qu'il était seul sous l'horloge de la gare Saint-Jean, à guetter, les mains derrière le dos, ce qu'il n'ose appeler la liberté. Elle l'a entraîné au bar Terminus. Cette fois, c'est lui qui la dévisage. Il ne sait rien d'elle, sauf qu'elle pourrait être sa mère. Il connaît son prénom, Simone, et son drôle de nom, Ardanuit.

Simone Ardanuit. Il n'a jamais rencontré de Simone. Il se dit qu'elle ressemble à une religieuse avec sa mine austère et son regard pointu qu'aiguisent les verres de ses lunettes, son air de porter sa croix. Si elle sourit, une autre femme apparaît, presque trop gaie, secouée d'un petit rire qui chevrote.

Il a bu un Viandox brûlant, a refusé le croissant. Tout de suite il l'a tutoyée. Elle l'a imité. Dans l'autobus, ils se sont assis l'un près de l'autre. Le jour se levait. Il a observé la ville sans un mot. Aux Quinconces, il a voulu voir la Garonne. Ils ont descendu le cours de l'Intendance, le Chapeau-Rouge. Il a détourné son regard en surprenant son reflet dans la vitrine d'un joaillier. La Garonne était là, brune comme un café au lait répandu entre les piles du Pont de pierre. Il a scruté les grilles des Chartrons, les hangars et les grumes. Les gros bateaux du port et leur grosse envie de partir. Puis il a dit : « Allons-y. »

Ils marchent encore dans les ruelles aux murs de suie. Gilbert respire à pleins poumons. Il voudrait avoir deux bouches pour sentir l'air entrer davantage en lui, le même air qu'à Gradignan mais sans les barreaux. Elle lui parle du jour où elle l'a contacté, de ses lettres qu'elle s'est mise à attendre, de leur brièveté — ce n'est pas un reproche —, de ses enfants aujourd'hui tirés d'affaire, qui ont de belles situations — elle se confessera plus tard pour ses mensonges, pense-t-elle —, du petit garçon rue Cornac, un juif à moitié, mais elle répète que « ça se tassera ».

Il n'a pas écouté.

★

Avec le petit, ils n'ont pas toujours habité là. Parfois il est avec sa mère. Parfois non, et il s'installe rue Cornac. Elle s'y perd, certains jours. Elle murmure « ça dépend ». Elle ignore de quoi ou de qui. Avant, ils vivaient tous ensemble rue Félix-Faure, à Caudéran, un quartier très comme il faut, mais elle ne va pas l'ennuyer avec ses histoires. Elle croit qu'un homme a besoin de silence quand il sort de prison. Elle ne sait plus grand-chose des hommes. De la prison, elle ne connaît que les échos du journal, quand elle le lit, presque jamais.

Gilbert lui a fait signe de continuer. Elle raconte qu'elle a quitté Caudéran avec sa petite famille sous le bras, parce que cela suffisait. Qu'est-ce qui suffisait ? Inutile de l'interrompre, elle y viendra bien toute seule. En plus de Louis qui travaille aux fleurs sous les Capucins — elle dit « les Capus » —, il y a Jérôme, le cadet. Celui-là, elle l'aurait voulu prêtre. Mais il a préféré les femmes — en tout cas une femme, la Gisèle — et en ce moment, il doit essayer de vendre des aspirateurs en frappant aux portes des HLM, un métier de courant d'air. S'il l'avait écoutée, la voie était tracée, les pères jésuites de Tivoli étaient d'accord. Il y a aussi Lina, la mère du petit.

L'œil de Gilbert s'est éclairé mais la vieille a coupé court. Lina est trop âgée pour lui, vingt-cinq ans bientôt, et, par-dessus le marché — elle abuse de cette expression, « par-dessus le marché » —, elle a un enfant. Un enfant et pas le bachot.

Gilbert a demandé s'il y avait de la bière au frais. La vieille s'en veut d'avoir oublié. L'économat doit être ouvert, en bas. Surtout qu'il ne bouge pas. Qu'il reste tranquille au fond du canapé. Elle en a pour une minute. Que de précautions déjà pour le garder. C'est qu'elle en a vu partir, des hommes. Il lui dit que cela peut attendre, la bière ou n'importe. Il voudrait savoir pourquoi elle a quitté la rue Félix-Faure, sa petite famille sous le bras. Comme elle n'aime pas répondre d'emblée aux questions, elle ajoute qu'elle aurait pu parler aussi de Tristan, son aîné. Il lui a fait trop de mal et, à présent, il chasse les crocodiles à Madagascar avec son père Léonce, un coureur qui les a tous plantés là. Heureusement elle a souvent le petit avec elle car, de sa fille, il y aurait beaucoup à dire, mais il faut la comprendre.

Gilbert a froncé les sourcils. Il s'est étiré, a bâillé la bouche grande ouverte. La vieille le regarde.

Pour la rue Félix-Faure, c'est à cause du premier de l'An et du jardin que les Ardanuit ont déménagé. Ils vivaient sous les toits d'une grande maison bourgeoise. La vieille dit qu'ils étaient mieux là que sous les ponts. Le soir des vœux, la petite famille descendait en procession souhaiter la bonne année à la propriétaire qui régnait sur le rez-de-chaussée. Il fallait prendre les patins de feutre avant de traverser l'immense réception au parquet ciré, attendre à la porte du salon que la dame soit disponible car elle suivait le concert de Pleyel à la radio, parfois ils restaient longtemps debout avec les patins, et sans un mot pour ne pas gêner les notes de musique. La vieille chuchotait à l'oreille de ses enfants que la propriétaire les hébergeait par charité chrétienne, mais ils s'en moquaient pas mal, de la charité chrétienne, Lina avec son demi-juif, et Jérôme dans le péché de la Gisèle depuis sa fuite du séminaire. Et aussi Louis dont elle parle avec tendresse car il fréquente plutôt les hommes mais ce n'est pas sa faute, il paraît que c'est dans sa nature ou quelque chose comme ça, une maladie, tu comprends Gilbert, il se demande bien pourquoi ce malheur est tombé sur lui et il ne faut jamais parler à Louis du bon Dieu.

Ils attendaient en équilibre sur les feutres. La dernière année, la propriétaire les a oubliés. Elle a éteint les lumières après la retransmission puis s'est dirigée vers sa chambre à coucher sans se retourner. Ils sont restés dans le noir. Le petit a failli renverser une tablette en marqueterie encombrée de porcelaines chinoises. Par chance, Louis avait pris sa lampe de poche et dans le faisceau doré ils ont regagné leur nid sous les toits, l'escalier craquait pour la bonne raison que le tapis des marches s'arrêtait à l'étage inférieur. Là-haut, ils n'ont pas pensé à allumer. Ils se sont tous embrassés sous une branche de gui accrochée au plafond en se promettant à voix basse une autre vie. Personne n'y croyait vraiment et la branche est tombée sur le sol.

Gilbert regarde la toile cirée sur la table de cuisine, les images pieuses collées sur les trous de la tapisserie, une statue de la Sainte Vierge en équilibre sur le garde-manger, près d'une boîte de sucre en morceaux. Des sucres Béghin dans leur emballage de gros papier bleu ardoise. D'un geste énergique il s'est extirpé des coussins. La vieille l'a encouragé à pousser la porte des deux petites chambres. Sa fille habite un appartement à loyer modéré de la cité du Grand-Parc, bâtiment Z, le petit n'aime pas rester là-bas, alors, souvent, il vient dormir rue Cornac. Elle espère qu'il sera là, ce soir.

La vieille se souvient qu'elle n'a pas évoqué le jardin de la rue Félix-Faure. La propriétaire interdisait au petit d'y jouer. Elle avait ses raisons. Les garçons de neuf ans sont dangereux pour les massifs de volubilis, surtout quand ils possèdent un ballon avec le nom de Kopa marqué dessus. L'enfant restait des heures au grenier à souffler sur le fil des araignées. Il se moquait de la verdure mais la vieille n'en savait rien. Rue Cornac, ils sont à deux pas du jardin public. Ils y vont rarement.

Elle dit du petit que c'est un enfant gai, juste

un peu fragile des yeux. Il rit pour un rien et c'est pareil quand il pleure. On a beau lui demander pourquoi, il ne sait jamais. Ou alors c'est qu'il ne veut pas le dire car ce qu'il semble préférer le plus au monde, à part les barbes à papa, ce sont les secrets. Il a été élevé dedans depuis sa naissance et même avant. Il n'a pas de père et ne s'en plaint pas. D'après lui, ce n'est pas obligé d'en avoir un. En souriant, la vieille précise qu'il lui manque un père et les amygdales. Elle a cru que Gilbert allait sourire. Son visage est resté impassible.

De la cité du Grand-Parc à la rue Cornac, le petit vient sur son vélo. La vieille dit souvent devant lui qu'il est un enfant débrouillard. Comme il a de l'imagination après tout ce temps passé dans le grenier de la rue Félix-Faure à accrocher ses rêves au fil des araignées, il a compris qu'il était un enfant « des brouillards ». Cette idée l'enchante. Il pense que c'est plus facile pour se cacher. Il ignore que le brouillard se coupe au couteau. Il n'a pas besoin de savoir toutes ces choses. Son père de sang est un chirurgien juif du Maroc, mais c'est de l'histoire ancienne et la vieille prétend qu'avec les chirurgiens il faut toujours s'attendre à des coupures.

Le petit aime beaucoup écouter les grandes personnes. C'est ainsi que sa vie est un malentendu. L'autre jour, Lina parlait à un inconnu devant le bâtiment Z : « Mon fils est un enfant d'août », expliquait-elle. Le petit a saisi « un enfant doux » mais l'homme a repris Lina en prononçant le « t » final de ceux qui ont l'accent du Sud-Ouest. Il a dit août avec le « t » cogné contre les dents et le petit s'est métamorphosé en « enfant doute ». D'un seul coup la douceur de sa naissance a disparu et c'est ainsi qu'il s'est enfoncé dans le malentendu qui va bien avec les secrets.

Parfois sa maman pleure à cause d'un certain Stéphane. Il la console beaucoup et longtemps. S'il n'arrive à rien car sa maman est aussi une enfant, il pleure avec elle pour être à deux contre le chagrin. Après, il se souvient qu'il est un homme et il s'arrête brutalement de pleurer en pensant à la lettre que l'oncle Tristan a envoyée le mois dernier. Elle a surtout bouleversé les femmes de la famille, la vieille et Lina, et Louis qui est un peu une femme vu que l'armée n'a pas voulu de lui au service militaire, sans parler de ce qu'on raconte sous les « Capus ». Lina rabâche au petit que neuf ans, c'est plus que l'âge de raison. Mais il n'est pas forcé de saisir les raisons des grands. Il sait seulement que la lettre a été détruite à cause des gros mots à l'intérieur. Louis une tantouse et Jérôme un défroqué. Lina une traînée engrossée par un juif. Le petit a pris « juif » pour un gros mot. À neuf ans, nul n'est à l'abri des malentendus, ni du brouillard.

La vieille pense qu'il faudrait à Gilbert une petite femme. Chez les Ardanuit on voit toujours les choses en petit, sauf quand on évoque les souvenirs d'avant. Pas n'importe quel avant : avant la naissance du petit et même de sa mère.

Avant avant, du temps où la vieille était elle-même une enfant, bien que personne ne croie qu'elle a été enfant à cause de ce visage dévasté et de sa façon de mâchonner la mie de pain comme les babouins du zoo de la Palmyre où ils sont allés un jour en expédition avec la Dauphine que conduisait Lina. Pour une fois qu'elle prenait le volant pour se rendre ailleurs qu'à l'hôpital Pellegrin où Louis est admis quand il avale des tubes de somnifères en criant qu'il veut mourir. Depuis qu'il est avec Roger sous les Capucins, Louis ne parle plus de mourir.

Gilbert a de la peine à suivre. Il a très soif maintenant. La vieille a oublié, tellement elle parle. Bientôt, il fera leur connaissance. Elle est certaine qu'il s'entendra bien avec ses fils, et, tu verras, Louis n'a rien de maniéré, il porte de belles moustaches comme en portait mon père qui est mort très jeune, et aussi l'écrivain Marcel Proust, mais je t'assomme avec mes enfants.

Quand ils se retrouvent entre eux, certains soirs, les Ardanuit réunis dans la nuit Ardanuit, il leur suffit d'un petit verre de Marie Brizard — petit, c'est leur mot —, pour échauffer l'esprit de famille. Même le demi-juif a droit à un morceau de sucre trempé dans le café, avec l'assentiment de la Vierge Marie du garde-manger.

Sous le nom d'Ardanuit coule le sang d'une noblesse française très ancienne qu'il faut énumérer en prenant son souffle : de La Goudalie d'Husson de Saint-Souplet, « s'il vous plaît », ajoute la mamie du petit. Elle devient intarissable sur l'ascendance anglaise de sa propre mère et ses lèvres chuintent le patronyme des Rees Lewis. Il est question d'un aïeul, médecin de Napoléon III, d'une propriété à Bourges, de Château-Gaillard dont elle conserve dans le tiroir de sa table de nuit une carte postale écornée à fond bistre que sillonne une Marianne semeuse. La vieille parle de fermes et de métairies, le tout perdu, le tout vendu à la mort des hommes, et les voilà replongés dans la nuit Ardanuit, de mésalliances en désamour, avec la fièvre espagnole par-dessus le marché, et les guerres mangeuses de fils, et les adultères qui mènent à Madagascar.

Le petit ne comprend pas mais il a entendu ces mots, comme aussi sanatorium et chaude-pisse, trous dans la poitrine et sales boches. Pour ne pas en rajouter il sait retenir ses larmes, sauf avec Lina quand ils se donnent la main à cause de Stéphane. Il est le premier homme ou le dernier, propriétaire de secrets, chapardeur de gros mots tels que tantouse, traînée ou juif, bien à sa place dans le malheur des grands et attendant le cœur battant sans savoir ce qu'il attend. Jamais il n'aura la nostalgie de ce temps et des visages qui à présent sont toute sa vie, puissent-ils disparaître avec les jours immobiles de ses neuf ans.

Parfois, l'enfant doit s'aliter des après-midi entiers à cause de ses yeux qui s'emplissent de sable. Une allergie à la poussière, a dit le docteur Caussimon. Le petit ne peut s'empêcher de frotter ses paupières, de frotter encore, et plus il frotte, plus est vive la sensation du sable. Il reste allongé pendant des heures. Lina éteint le regard de son fils avec un gant mouillé. Il se demande de quel désert arrivent ces grains invisibles. Lina ne répond pas. Elle entoure le petit de silence et, au milieu de ce silence, il grandit doucement, les yeux clos par nécessité.

Comme elle a de la suite dans les idées, la vieille est partie à l'économat acheter une bouteille de jus d'ananas. Ils n'avaient rien d'autre sans alcool et si l'enfant venait à passer, il pourra en boire aussi, avec tous ces trajets qu'il parcourt sur son vélo dans Bordeaux, ce n'est pas raisonnable, à neuf ans. Elle a demandé à Gilbert de dévisser le bouchon, sa main à elle n'a pas assez de force et puisqu'elle a un homme à la maison... Ses joues se sont colorées, on croirait deux gommettes d'enfant. Elle rit de bon cœur. Oui, il faudra trouver une petite femme à Gilbert.

CHAPITRE 2

La maman du petit est arrivée essoufflée rue Cornac. Elle croyait y trouver son fils et s'inquiète de n'avoir pas vu son vélo blanc, ou alors elle ne l'a pas repéré en bas, dans la pagaille de la cour. Il faut dire qu'il n'arrête pas de le trafiquer, d'ôter tout ce qui pèse, les garde-boue, le carter. Elle lui interdit de porter des pantalons, même en hiver, à cause de la chaîne graisseuse et des traces qu'elle laisse aux ourlets, c'est vraiment un monde, ce gosse, avec son engin.

Lina, on croirait qu'elle a pris le soleil derrière le grillage d'une passoire. Ses joues sont constellées de taches de rousseur, comme celles du petit qui aime se comparer au visage de Lina. L'idée ne lui vient jamais qu'un homme a pu laisser son empreinte en lui. Dans la rue on les prend pour frère et sœur, petit frère et grande sœur. Cela renforce le malentendu et les brouillards, malgré les taches de rousseur.

La vieille préparait un laitage au caramel. Gilbert a ouvert à Lina. Elle n'est pas habituée à voir un jeune homme chez sa mère. Le dernier, c'était le père du petit, le chirurgien juif du Maroc. Il ne s'est guère attardé. Il n'était guère le bienvenu. Gilbert a les yeux de quelqu'un qui dort tout le temps, ou qui ne dort jamais. Lina a l'air de ces filles qui donnent l'impression de toujours vouloir autre chose. On dirait qu'elle boude. Si le petit lui demande « tu boudes ? », elle fait non de la tête et il trouve qu'elle boude encore plus. Gilbert et Lina se sont souri. Elle lui a tendu une longue main froide car elle a appris à se tenir, avec les étrangers.

Il est presque midi. Louis ne va pas tarder. Depuis qu'il habite Villenave avec son associé des Capucins — sous les Capus, les habitués disent qu'ils font le ménage ensemble, Roger et lui —, il vient prendre ses repas un jour sur deux rue Cornac. Louis couvre sa maman de fleurs exotiques, d'arums, d'azalées. Parfois, il dépose dans l'entrée de petits pots de fleurs violettes aux feuilles veloutées qu'il appelle saintpaulias ou poinsettias, la vieille ne retient pas les noms, toute à sa joie que son grand fils de trente-six ans et pédéraste sans le vouloir la chérisse autant. Le christ en ivoirine accroché au-dessus de son lit, c'est encore un cadeau de Louis. Et aussi le chapelet, le missel des dimanches à reliure de cuir d'où s'échappe un fil de soie carmin. Rien n'est jamais trop beau pour sa mère, aux yeux de Louis. Il prétend que sa mère est une sainte. Lina ne pense pas comme lui mais personne ne lui demande ce qu'elle pense.

Jérôme est arrivé sans prévenir. Il a réussi à placer deux aspirateurs dans un immeuble de Saint-Genès et un autre chez une veuve, Barrière de Toulouse. Il sort les bons de commande de la poche de son veston et les exhibe comme des billets de banque. Sa mère lui dit « c'est Gilbert » et à Gilbert elle dit que son plus jeune fils est la joie de vivre, tout le monde l'appelle Jéjé la Joie.

— Et le petit ? demande Gilbert.

Le jeudi, on ne sait pas s'il vient ou s'il restera déjeuner chez son ami Nicolas qui habite la porte à côté de Tivoli, dans leur ancien quartier de Caudéran. Nicolas et lui sont inséparables. Ils sortent toujours ensemble dans la cour de récréation, épaule contre épaule. Le petit se sent bien car Nicolas est un malabar et, en plus, il lui a montré son secret. Un soir après la classe, Nicolas a entraîné son ami derrière un gros marronnier de la rue Félix-Faure et, très vite, il a soulevé son tricot de peau. Dans son dos s'étalaient de petites taches rosacées pareilles à des gouttes de vin, qui semblaient jouer à la marelle entre les ressauts des vertèbres. Nicolas a rabattu en hâte ses vêtements et a posé un doigt sur sa bouche en faisant promettre à son ami de ne rien dire, ni à ceux de l'école ni à personne. Le petit a voulu savoir d'où venaient ces taches mystérieuses. Il a vu s'éclairer le visage de Nicolas. Au creux de son oreille, comme il se doit pour la transmission des secrets, il a entendu : « C'est que ma mère a eu une envie. » Leurs yeux brillaient comme les agates qu'ils achètent par poignées dans une épicerie de la rue d'Eysines.

— Envie de quoi ? a demandé le petit.

— Envie de m'avoir ! s'est écrié Nicolas.

Le soir venu, le petit s'est examiné de long en large dans la glace de la penderie. Il a eu beau se tordre le cou, il n'a pas découvert la moindre marque d'envie. Comme à l'école il apprenait être et avoir, tout s'est mélangé dans sa tête pour ajouter au malentendu. Il a confondu être en vie et avoir envie. Il a cru qu'il était déjà mort puisque rien sur sa peau n'était envie. Il n'en a parlé ni à Louis, ni à Jérôme, ni à la vieille et encore moins à Lina. Ils ont bien assez de soucis. Un enfant de neuf ans ne doit pas se poser des questions si graves, même sans père et sans amygdales, même avec une maman comme une sœur et un oncle comme une tante, sauf son respect.

Louis a fini par arriver avec un bouquet d'asphodèles. Ils se sont mis à table sans attendre le petit. Les pommes de terre à l'eau forment un chapelet autour du poisson maigre d'habitude prévu pour le lendemain, mais aujourd'hui, honneur à Gilbert. Par politesse, personne ne parle de la prison. La vieille dit qu'il ne faut pas tenter le diable et sa fille ne dit rien. Jéjé la Joie anime la conversation. Comme toujours il a la tête remplie de projets, l'ouverture d'une boutique de souvenirs rue Sainte-Catherine ou d'une guinguette à Langon, pendant la belle saison. Ils iraient le rejoindre là-bas le dimanche, Louis se chargerait des compositions florales — « pas trop de mauve, surtout, ni de rose » —, la vieille trônerait à la caisse, Lina servirait les clients.

Gilbert s'enthousiasme. Il n'est pas encore familier des mirages Ardanuit. Demain, Jéjé la Joie s'inventera une concession de promenades en barque sur la Garonne ou le recépage d'un vignoble qu'il se fait fort d'obtenir à bon prix chez un notaire de Cadillac. En attendant il faut le capital et, de ce côté-là, feu les de La Goudalie d'Husson de Saint-Souplet ont mangé la grenouille, comme dit Louis pensif en rassemblant les miettes de pain avec son couteau, l'œil sur sa chevalière aux armes de la famille, ultime témoin d'une gloire fanée.

Le vin de Médoc aidant et l'éternelle Marie Brizard servie dans les petits verres à liqueur, les Ardanuit oublient qu'ils ont passé leur vie à faillir. Failli réussir, failli s'en sortir, failli gagner à la Loterie nationale, failli tout racheter, le Château-Gaillard, les terres de Sologne et les étangs à nénuphars, tout. Failli relever le nom et le blason, failli sauver l'honneur et les authentiques couverts en argent. Failli être heureux. Ils se tiennent chaud avec des presque et des peut-être, des demain si Dieu le veut. Dieu ne veut jamais.

Le petit a eu raison de rester déjeuner chez Nicolas. Sinon, il aurait vu le regard absent de Lina qu'il appelle maman à moi lorsqu'ils sont tous les deux et qu'il croit la protéger, dans la rue, en choisissant de marcher du côté des autos. Au moment de se séparer, elle lui recommande de ne jamais suivre un inconnu, même quelqu'un de gentil qui lui dirait « je viens de la part de ta maman ». Elle insiste. Ne suivre personne et surtout pas un homme qu'il verrait pour la première fois. C'est facile car les hommes, il les voit toujours pour la première fois.

Lina se tait. Ici, entre sa mère et ses frères, elle reste la petite fille de seize ans mais femme seulement entre les cuisses, qui a mis au monde un enfant par ignorance. La vieille lui a dit qu'elle ne l'emporterait pas au paradis. Elle sait de quoi elle parle : c'est une fanatique du Bien. Gilbert connaît le regard de ceux qui rêvent d'évasion. Il a appris à le repérer sur les détenus de Gradignan, et aussi sur son propre visage, quand il se voyait dans la glace de sa cellule. Il l'a deviné, intense, dans les yeux de Lina.

Comme ils sont tous un peu fiers de leur père chasseur de crocodiles et qu'ils ont un invité, Louis et Jérôme ont mis Madagascar sur le tapis. Ils ont des noms plein la bouche, Tananarive, Antsirabé, Tuléar, Fort-Dauphin, Diégo-Suarez. Hormis cela, ils ne connaissent rien et se contentent de crâner. Leur père de Madagascar... Ils n'évoquent pas leur frère aîné à cause de la lettre remplie d'injures. Dans la légende familiale, Louis a cassé une bouteille de champagne vide sur la tête de Tristan quand ils avaient douze, treize ans et, depuis, Tristan aurait un grain. Louis pense que son frère avait un grain avant.

Au début de la cavale paternelle, ils ont reçu des cartes postales avec des timbres en couleurs et des colis de fruits râpeux à chair blanche accompagnés de ce petit mot très doux inscrit sur une étiquette : lychees. À ses fils, l'aventurier a aussi envoyé des serre-livres en bois de palissandre. Lina a trouvé à son nom un paquet volumineux qui contenait des gousses de vanille couleur ébène et une robe de coton à motifs rouges, mais c'était l'année de ses dix-sept ans. Son ventre ne rentrait pas dans la taille mannequin et la vanille lui donnait des nausées.

De temps à autre leur parviennent quelques signes de ce père sous les cocotiers, avec une photographie en noir et blanc aux bords crénelés sur laquelle il pose devant ses camions et ses chauffeurs noirs qui transportent le café jusqu'à l'océan Indien. Louis veut se convaincre que leur père se ratatine et Jérôme compte les camions. Sans un mot, la vieille mâche sa mie de pain. Lina détourne son regard pour oublier le sourire paternel qui existait seulement pour elle, autrefois. Elle songe que tout est fini. Sa menotte dans les grosses mains de paysan qui sentaient le tabac et la poudre de ses cartouches, le duvet des tourterelles et le sexe des femmes qu'il caressait. Fini, aussi, les fêtes de village où elle tournoyait dans ses bras en poussant des cris, sa jupe voletait si haut que les garçons voyaient sa culotte.

Avec ses frères, ils se sont souvent penchés sur l'atlas à la fin du Larousse pour trouver Madagascar. Maintenant ils disent « là-bas » ou encore « chez sa négresse », depuis qu'il a épousé une femme des îles. Ce n'est pas qu'ils soient racistes mais les pommes vapeur et le poisson maigre, cela donne des aigreurs, à la longue.

Lina redoute le jour où son fils demandera pourquoi elle et lui portent ce nom, Ardanuit, le nom d'une lignée de femmes et de déclassés, un nom sans lumière, Ardanuit pour rire et pour pleurer, un nom pour Bordeaux, pour y crever, surtout les étés sans air sous les toits, quand la ville entière décampe sur le Bassin et qu'ils restent là. Le seul Ardanuit merveilleux a disparu dans la jungle malgache, loin d'un enfant dont il sait à peine l'existence et qu'il oublie de mentionner dans ses tournées de baisers, fier de connaître huit espèces de lémuriens dans leur appellation latine mais ignorant le prénom du petit.

Ni père ni amygdales, ni aïeul présentable pour pouvoir rêver en grand. Lina s'inquiète pour ce gosse qui se donnera sans défense à qui voudra l'apprivoiser. Le petit est une éponge à sentiments. À force de ne ressembler à personne, il finit par ressembler à tous ceux qui l'entourent et c'est une catastrophe, bien que le docteur Caussimon le trouve en pleine santé. Il a pris à Jérôme sa joie de vivre et à Louis son envie de mourir, à Lina sa peur d'être abandonné et la fascination de sa peau pour le soleil. Il n'a rien chipé à la vieille car, d'instinct, il a dû sentir qu'au tout début, au plus profond du ventre de Lina, la vieille ne voulait ni de lui ni du juif au bistouri. Lina pense à tout cela en levant les yeux, et c'est Gilbert qu'elle voit, le regard engourdi d'un autre enfant venu ici se faire adopter, comme si les égarements du petit ne suffisaient pas à la vieille. Lina en veut à sa mère d'aimer tant le malheur qu'elle ne se contente jamais du sien.

Au dessert, les choses sont entendues. Gilbert se présentera le lendemain matin à six heures sous les Capus. Il transportera les cageots de fleurs entre le fourgon et le banc, et aussi les compositions pour les restaurants voisins. C'est un travail pénible, surtout le vendredi quand les chevillards bloquent le passage pour décharger leurs carcasses de viande. Il faut garer le fourgon au diable et parcourir à pied plus de cinq cents mètres.

Louis trinque au nouvel arrivant. Il s'enhardit à presser les biceps de Gilbert et s'écrie d'une voix guillerette : « C'est costaud, ça madame ! » Lina rougit. La vieille fait mine de n'avoir rien entendu en levant son verre de vin. Le long du bras de Gilbert est tatouée une ancre marine. Le jeune homme est soudain embarrassé. Il regrette que le petit ne soit pas là. Il a hâte de le connaître. Il le dit à Lina qui lui répond d'un sourire.

La vieille est montée sur un tabouret pour attraper un sucre qu'elle a glissé sous sa langue après avoir effleuré les pieds de sa Sainte Vierge. Gilbert demande s'il peut allumer l'électrophone posé sur la commode. De son sac de sport, il a sorti un 45 tours de Johnny Hallyday. Le disque commence par craquer. Puis la voix de l'idole envahit la salle à manger : « La nuit / Quand revient / la nuit... »

CHAPITRE 3

Le petit n'est pas venu rue Cornac. Il a préféré jouer à Tivoli. Les cours de récréation sont désertes le jeudi, et aussi le chemin de terre qui mène à la grille du stade. Les pères ont pris l'habitude de le voir slalomer seul entre les arbres, imitant sur sa bicyclette une locomotive imaginaire, ou tapant dans un ballon dégonflé qui traîne près du gymnase.

La concierge le laisse entrer librement, occupée qu'elle est à suivre le *Jeu des mille francs*. Une question bleue a été posée, la loge baigne dans les notes cristallines d'un xylophone qui décompte le temps des candidats. La voix de l'animateur est devenue familière à l'oreille de l'enfant, une des seules voix d'homme qu'il reconnaît, avec celle de Pollux, à la télévision.

La vieille l'a prévenu de l'arrivée de Gilbert, mais il n'est pas pressé de le voir. Aujourd'hui, il traverse la cour de mâchefer noir et ne pense à rien d'autre qu'à virevolter entre les marronniers en poussant des cris aigus de loco. Il cherche la silhouette râblée de M. Montes, le jardinier espagnol que les pères emploient au nettoyage et à l'entretien des massifs. En automne, M. Montes rassemble les feuilles mortes en tas géants avant de les brûler. Le petit s'installe à proximité et respire l'odeur entêtante de la fumée. Le jardinier fredonne des chansons de son pays en raclant quantité de *r* qui se prennent dans sa gorge, comme les feuilles mortes dans les dents de son râteau. S'il trouve une bille ou un osselet, ou une image de la collection Poulain — un animal de la ferme, un tigre d'Afrique —, il vient l'offrir au petit.

Au début, l'enfant n'osait pas s'approcher de lui à cause des grands cernes sous ses yeux et de ses joues grises de barbe. Un jeudi, M. Montes l'a invité dans sa maison près des hangars de Tivoli pour manger une paella. C'est ainsi que la peur et la faim au ventre, une petite peur comparée à une sacrée faim, il a fait la connaissance d'une famille au complet : Mme Montes, la femme du jardinier, avec la pointe de sa langue qui sort tout le temps pour siffler les *s* ; Jean-Manuel, le fils aîné de treize ans aux cheveux blonds coupés en brosse ; les jumeaux Patrick et José, celui-là avec un grain de beauté au bas du menton pour qu'on puisse le distinguer de son frère, a précisé leur maman rayonnante — la pointe de sa langue dansait entre ses lèvres, une maman toute ronde comme le monde, aux yeux brillants. Isabel enfin, six ans et de longs cils noirs. Ils parlaient une langue étrangère. Le petit s'est senti à l'aise car, même en espagnol, il a compris qu'on voulait bien de lui.

Son regard voyage sans cesse de M. Montes à son épouse, de Jean-Manuel à Isabel, de Patrick à José. Puis il revient se poser à la source, sur les yeux du père, sur le sourire de la mère. L'enfant étudie ce mélange parfait. Comment les fossettes du jardinier ont migré vers les joues des jumeaux, et comment l'expression attendrie de la maman court dans les yeux d'Isabel et de Jean-Manuel. Lui ne peut déchiffrer aussi facilement son propre visage. Une fois recensés les traits de Lina, les taches de rousseur, l'arc régulier des sourcils — encore n'est-il pas certain de les tenir de sa mère —, il doit procéder par soustraction, déduire l'héritage maternel pour deviner les empreintes laissées par un inconnu. Le petit n'est pas un as en calcul mental. À son âge, on est meilleur pour les additions.

Quand il se présente chez les Montes, il crie son nom, Ardanuit. Il répète : « C'est moi, Ardanuit ! » Dans son lit du nouvel appartement, cité du Grand-Parc, bâtiment Z, il a déjà rêvé qu'Isabel lui ouvrait, le regard abrité derrière ses longs cils. Puis ses frères accouraient et tous l'observaient d'un air lointain. Ardanuit ? Non, ils ne connaissaient personne de ce nom, la porte se refermait sur le petit qu'une épaisse fumée enveloppait, venue d'un tas de feuilles en flammes. Une voix étrangère parlait d'un enfant des brouillards. Le rêve s'achevait sur une question rouge et la vibration d'un xylophone, comment appelle-t-on... ? Le petit n'a pas retenu la suite et Lina s'est précipitée car il criait à tue-tête : « Je suis Ardanuit ! »

Aujourd'hui, ses amis sont à Biscarrosse pour la journée. Ils rentreront seulement ce soir. « *Ven aquí* », a dit Mme Montes en serrant le petit contre elle. Il a senti sa poitrine écraser son visage et il a rougi. Elle lui a donné un malabar enveloppé dans son papier à tatouage, et aussi un baiser au front. Son haleine était remplie de café au lait. Le jardinier venait d'achever sa sieste. Il s'est assis à côté de sa femme en bâillant, avec un air d'enfant ensommeillé malgré sa barbe de plusieurs jours. Il a raclé quelques *r* et son épouse a sifflé autant de *s*.

Avant de partir, le petit est resté un instant suspendu, retrouvant sur le visage de M. Montes les traits des jumeaux, leurs fossettes magnifiques, dessinées à la perfection, pendant que le regard velouté d'Isabel et de Jean-Manuel filtrait dans les yeux de sa femme. L'enfant a cru voir devant lui la famille Montes en entier. Il est reparti le cœur lourd, sans savoir s'il était triste à cause de l'absence de ses amis, ou troublé par leur présence filigranée sur les visages de leurs parents.

Dehors, avant de remonter sur son vélo, le petit s'est violemment planté l'ongle du pouce dans chaque joue avec l'espoir d'y creuser des fossettes à la Montes. Une passante lui a dit qu'il risquait de se blesser. Il a haussé les épaules sans répondre, puis il a marché jusqu'à la première voiture garée le long du trottoir. Il s'est examiné dans le rétroviseur. Ses ongles étaient trop courts et ne laissaient sur sa peau qu'une griffure dérisoire. À ce moment, il a pensé rendre visite à Ambroise Outers. Il habite à deux pas, au coin de la rue Félix-Faure et de l'avenue d'Eysines, une demeure ancienne dont l'entrée est envahie de dahlias. Ambroise et lui sont dans la même classe. Ambroise porte toujours des culottes de velours à grosses côtes. Il consacre beaucoup de temps à des expériences diverses comme mettre le feu à des fusées en allumettes enrobées d'une feuille d'aluminium, au fond de son jardin, ou tenter de fondre du plomb dans ses biceps avec l'espoir de les durcir.

Il possède une collection illustrée de *Tout l'Univers*. Le petit espère qu'Ambroise aura une idée pour tracer durablement des fossettes sur ses joues. Cela lui paraît moins difficile que de s'injecter du plomb bouillant dans les veines du bras, même si Ambroise se vante d'y parvenir.

La maman d'Ambroise est venue lui ouvrir et l'a invité à monter les quelques marches du perron. Hélas, mon bonhomme, Ambroise n'est pas rentré des louveteaux. Devant sa déception, elle lui a proposé de s'asseoir un moment avec elle et de boire un verre de sirop. Il a remercié. Elle l'intimide beaucoup avec son rouge à lèvres qui brille et le bol de comprimés multicolores comme des Smarties dans lequel elle pioche en s'excusant de ne pas lui en donner car ce n'est vraiment pas bon pour les enfants. La menthe à l'eau lui a dessiné des moustaches vertes mais aucune fossette. Mme Outers lui a prêté un *Tout l'Univers*. Le petit a balbutié un inaudible merci. « Tu le rapporteras une prochaine fois », a dit la mère d'Ambroise en l'embrassant, pendant qu'il calait le gros livre avec soin sous le Sandow du porte-bagages.

L'enfant est retourné à Tivoli. Il sait qu'aujourd'hui Nicolas est pris par un rendez-vous chez le dentiste. En pénétrant au petit collège, il a dit « bonjour mon père » au préfet des études, qui lui a répondu d'un signe de la main. Il enrage de devoir dire « mon père » à un homme en robe. Le voilà sur le chemin de terre qui conduit au stade.

Ici, un matin, sa classe regroupée devant les grilles attendait le professeur de gymnastique, René Blanchon. Il était en retard, ce n'était guère son habitude. Les élèves s'étaient mis en rang et sautillaient d'un pied sur l'autre. Un vent froid attaquait leurs jambes nues. Le père préfet est arrivé au pas de course, sa longue carcasse prise dans son aube, jamais elle ne leur était apparue si terne, ni si pâle son visage, ce matin-là. Il a dit : « Mes pauvres enfants, votre professeur ne viendra plus. Il s'est tué dimanche en auto. » À chacun il a donné une brève accolade et tous ont regagné leur classe en silence, il y aurait une messe et des prières. Souvent, le petit essaie de se remémorer le visage de M. Blanchon. Avec le temps, ses traits s'évanouissent. Il se dit que c'est sûrement cela, la mort, oublier un visage qui a existé. Il pense que son père doit être mort, lui aussi.

L'enfant pédale maintenant dans la cour du grand collège, une vaste étendue de mâchefer, lisse et sombre comme une mer noire. Le petit ignore qu'il existe quelque part dans le monde une mer nommée mer Noire dont la couleur est bleue, par beau temps. Il y a tant de choses qu'il est bienheureux d'ignorer. Il ne se rappelle pas avoir jamais quitté Bordeaux et ses murs de suie, ni le mâchefer des cours de Tivoli. Avec la vieille, il a déjà pris un train pour Libourne, gare Saint-Jean. Les bus de la Citram étaient en grève. Après un coup de sifflet, il a supposé que son convoi s'ébranlait car les voitures du train voisin s'étaient mises à défiler de plus en plus vite.

En réalité, le tortillard pour Libourne n'avait pas bougé d'un centimètre. C'était l'express d'Angoulême, à côté, qui venait de partir. Puis leur train a fini par démarrer doucement. Au bout du quai, là où les voies d'acier forment un nœud de serpent, un panneau de planches indiquait en grosses lettres le mot DANGER. L'enfant a eu peur. Depuis, il pense que partir est dangereux. Il préfère regarder les autres s'éloigner, rester à sa place, immobile, comme le train de Libourne à l'instant où s'élance l'express d'Angoulême.

Le petit roule en imitant le sifflet d'une locomotive. Il espère que jeudi prochain, les Montes se souviendront de son nom. Lui, il est sûr qu'il se souviendra toute sa vie de Jean-Manuel, des jumeaux, d'Isabel et de leurs parents, du *ven aquí* de Mme Montes, de son haleine café au lait et de la douce ondulation de sa poitrine sous son chandail, et aussi des *r* qui roulent dans la gorge de son mari.

S'il faut oublier quelqu'un, car il doute qu'il y ait de la place pour tout le monde dans sa mémoire, il sacrifiera le préfet des études et la vieille, mais pas Jéjé la Joie ni Louis, et surtout pas Lina, ça non. Il laissera aussi tomber les de La Goudalie d'Husson de Saint-Souplet qui n'ont rien fait pour sa famille, les Rees Lewis qu'il n'a vus qu'en photo, les histoires de châteaux, d'étangs à nénuphars et de Madagascar. Il appréhende de connaître Gilbert parce qu'à force de s'attacher aux autres, il craint de ne plus avoir assez de sentiments. Sa mère dit qu'il pense à trop de choses et que, s'il continue à froncer les sourcils, il lui viendra une vilaine ride au milieu du front. Mais Lina ne comprend pas qu'on peut avoir neuf ans et être pressé d'oublier.

Vers six heures du soir, juste avant la nuit, bercé par le ronron de la dynamo, le petit est arrivé au carrefour du Grand-Parc. Loin devant, qui marche dans sa direction, sur l'autre côté de l'avenue, il a vu Lina. Elle revient du quai des Chartrons où elle travaille pour un courtier en vins. Sans réfléchir, il a posé son vélo contre un arbre et s'est mis à courir les bras écartés pour la rejoindre. Elle aussi a ouvert ses bras. Ils volent l'un vers l'autre. Ils volent mais ils touchent encore terre. Une auto est lancée à vive allure. Si elle ne ralentit pas, le petit passera dessous.

Lina a crié. Le feu est vert, le nuit tombe. L'automobiliste a eu le réflexe de piler devant les jambes de l'enfant. Lina l'a attrapé en tremblant car ces deux-là ne savent pas se retrouver sans frayeur.

Ensuite, ils sont allés rechercher son vélo avec le *Tout l'Univers* qui tient par le Sandow. Lina frémit encore. Elle n'a guère le cœur à gronder son fils. Elle lui a demandé où il avait disparu, toute la journée. Il a dit : « J'étais chez Nicolas. » Il ne veut pas lui faire de peine. Si elle apprenait qu'il fréquente une famille au complet avec fossettes de père en fils, elle serait inconsolable. Une maman inconsolable, il n'existe rien de pire.

Lina s'inquiète lorsque le petit cherche son regard et chuchote en l'attirant vers lui : « Tu es maman à moi. » Pourquoi pas maman, tout simplement ? « Non, maman à moi », il précise « à moi », comme s'il existait une autre façon d'être sa maman. Pourtant, seule la vieille le sait, seuls Lina et ses frères savent que l'inconnu à qui le petit doit ses jours et son long squelette et ses yeux en demi-lune, mais pas l'ombre d'une fossette, s'appelle Maman. Maman avec une majuscule. Son père s'appelle Maman. Un nom qui ne s'écrit pas comme il se prononce. Maman qu'il faut dire « Mamane », comme gitane, comme chaman ou frangipane. Éclaterait-il de rire, le petit, si quelqu'un lui soufflait la vérité : ton père s'appelle Maman ?

Maman prononcé Mamane, car juif du mellah de Fès, au Maroc, exerce de ses belles mains le métier d'accoucheur. Obstétricien avec bistouri, s'il est nécessaire de couper. Mais d'abord accoucheur. Dans un royaume étoilé, il met au monde les petits princes. Son premier enfant, il l'a laissé dans la nuit Ardanuit. Il s'est rattrapé une fois rentré dans son pays. Quelle femme du palais ne connaît pas le docteur Maman et ses mains ? Des mains sûres et sans faiblesse.

Le petit ne demande rien. Il dit souvent à Lina qu'il a de la chance de l'avoir pour lui tout seul. Son ami Nicolas, par exemple, il a trop de père, tellement son père est là tout le temps, qui gronde et tempête et vérifie ses leçons, et l'emmène dans des endroits où il ne veut pas aller, comme chez le dentiste. « Nous, on est tranquilles », soupire l'enfant. Et puis la vieille n'aurait pas supporté un juif à la maison. Elle déteste les gros mots.

Lina a sorti de son sac à main un 45 tours de Johnny. « Gilbert me l'a prêté pour toi », dit-elle. L'enfant répond qu'il ne veut pas connaître Gilbert. « Il faudra bien. Mon patron m'envoie demain en Bourgogne. Tu dormiras chez ta grand-mère. » Lina a enlevé le *Concerto d'Aranjuez* qui prenait la poussière sur l'électrophone. Elle l'a remplacé par la petite galette noire. Son fils se penche au-dessus du disque qui s'est mis à tourner. Il surprend le reflet de son visage et ses yeux s'agrandissent d'étonnement. Les microsillons semblent creuser des fossettes sur ses joues, plus belles que celles de tous les Montes réunis, des fossettes secrètes. Il se sourit. Lina est ailleurs. Johnny chante : « La nuit / souvent je m'en / nuie. »

CHAPITRE 4

Le temps passe mais c'est toujours le même temps. Chaque matin le petit détache une feuille de l'éphéméride. Elle est très légère. On dirait que c'est facile de laisser les jours filer. L'enfant espère le moment où il s'en fichera que Lina parte en Bourgogne ou au diable. Ses souliers lui font mal, à la pointe. Il grandit, c'est sûr. Dimanche, il a surpris la vieille qui décousait les ourlets de ses pantalons. Elle a parlé à voix basse avec sa mère à propos d'un manteau qu'elle pourrait se procurer auprès d'une dame qui vient prier à la chapelle de l'Assomption et dont le fils est très malade. Il aurait l'âge du petit, ou serait à peine plus vieux. Quelle idée de vouloir lui faire porter les habits d'un moribond. Quand il sera vraiment grand, il n'aura que des vêtements neufs. Avant de les acheter, il demandera d'abord au marchand s'ils n'ont pas appartenu à quelqu'un parti en voyage avec les pompes funèbres.

L'appartement est vide. Lina a filé très tôt. Elle a déposé un baiser sur le front du petit. Il était réveillé mais quand elle a poussé la porte de sa chambre, il a fait mine de dormir. Elle sentait son parfum de femme, celui dont elle s'asperge lorsqu'elle disparaît en grand équipage avec son tailleur prune et son rouge à lèvres qui luit. Il a entendu le moteur d'une auto, au pied de l'immeuble. Dès que les pas de Lina ont claqué sur le carrelage de l'entrée, il a couru vers la fenêtre et il s'est mis à guetter. Une voiture verte était stationnée en bas. Le pot d'échappement crachait de la fumée qui se mélangeait à la brume du matin. Le petit ne connaît rien aux marques de voitures. C'est une espèce de voiture qu'il n'aime pas. Ces voitures qui stoppent à la petite aube près du bâtiment Z et qui raflent Lina.

Il a décidé qu'il n'irait pas à l'école. Certains jours il s'ennuie, à l'école. La maîtresse parle de tas de gens inconnus, des rois et des saints. L'enfant a assez à faire avec les inconnus de la famille. Il lui suffit de penser à son grand-père ou à son père, ou simplement de se regarder pour rencontrer des étrangers.

Il a traversé l'appartement jusqu'à la chambre de Lina et il s'est mis à fouiller dans son armoire. Au milieu des bottes et des bas, il a trouvé la boîte à chaussures remplie de photographies. Son cœur bat fort chaque fois qu'il soulève son couvercle en cachette. C'est à cause de la photo de Lina à la maternité. Il se demande qui a pu prendre une photo si belle, et tellement grande. Le format est inhabituel. Elle ne pourrait pas entrer dans une enveloppe. Ou alors une de ces enveloppes réservées aux documents importants.

La photo est collée sur un support en papier gaufré de couleur crème. Lina porte les cheveux courts. Ses joues couvertes de taches de rousseur mangent tout son visage. Elle sourit. Un sourire très doux de maman heureuse. Elle tient son bébé dans ses mains, une main derrière qui retient la tête, une main devant appuyée sur le ventre. La lumière de l'objectif se reflète dans les yeux du petit, et aussi dans le regard bien droit de Lina. Sa chemise de nuit très légère laisse entrevoir ses épaules, leur blancheur crue. Elle est sagement boutonnée au-dessus de la poitrine. Ses joues sont pleines et duveteuses. Sa peau est bronzée seulement aux avant-bras. C'est une enfant de dix-sept ans.

Le petit cherche des indices. Au milieu de la table de chevet, quelques flacons de liquide transparent, une boîte de coton hydrophile « chirurgical extra », un sachet en papier avec marqué dessus : « Mangez des fruits. » Un verre vide et rien d'autre. Il faut revenir à Lina, à la figure infantile de Lina, ses cheveux foncés, ses bonnes joues, ses grains roux comme des éclats de cassonade, peut-être a-t-elle la peau sucrée. À cet instant, Lina est seule dans la vie, seule avec l'enfant. Elle n'a peur de rien car c'est lui qui la tient dans ses bras.

Dans un coin, au dos de la photo, c'est écrit : « Mardi 30 août 1960. 4 jours. » En plein milieu, un tampon encré de vert pâle a laissé une inscription très lisible :

Studio Vollo.
12, av. Romain-Rolland, 12
(place de la Libération)
Tél. 874-13 Nice (A.-M.).

Le petit a faim. Dans la cuisine, il a trouvé la pièce de monnaie que Lina dépose chaque matin sur la table pour qu'il s'achète un pain au lait. Pour cela, il aurait fallu partir à l'école et s'arrêter à la boulangerie, Barrière du Médoc. Il croque dans une pomme puis repart s'installer au pied du placard. Il fait grand jour. Il ne sait pas quelle heure il est.

À Tivoli, ils ont forcément prévenu la vieille. Il prétendra qu'il était malade. C'est vrai qu'il est malade. Il regarde la photo, la retourne, examine encore chaque mot, studio Vollo, Romain-Rolland, Nice. Il ne comprend rien. Il est fort en lecture, pourtant. La maîtresse l'a dit à la vieille Ardanuit.

Il lit. C'est abrutissant de lire de la sorte, toujours les mêmes mots et toujours la même incompréhension, un mystère avec des lettres et des chiffres tout ce qu'il y a de banal.

Que peut-il se passer dans une maternité niçoise au début des années soixante ? Le photographe entre discrètement dans les chambres des accouchées. On devine l'habitué, bonjour, une photo pour ce chérubin ? La lumière est épatante aujourd'hui. Regardez l'objectif. Une autre, souriez, très bien, je repasserai plus tard, et à vous, je cède le tout pour cent francs avec un tirage gratuit. Dieu que vous êtes séduisante. Ah ! si nous nous étions connus avant, mais oublions, et longue vie à cette petite, comment ? Un garçon ? Formidable ! Il vous ressemble. Ne dites pas non. Je vous jure que si. Vous verrez bien demain, mademoiselle, pardon, madame, vous verrez sur les photos : votre portrait.

Le petit examine le cliché. Il cherche le nom d'un hôpital ou d'une clinique. Il n'existe que ce nom, studio Vollo. Nice. Il n'est jamais allé à Nice. Sinon il s'en souviendrait. L'autre jour à la radio, chez la vieille, il a entendu qu'un tremblement de terre avait secoué Nice. Il pense que ce n'est pas très confortable de naître dans une ville où la terre tremble. Il se demande si Lina a tremblé quand il est né. Si elle a crié, aussi. Si elle a eu peur. Il voudrait savoir maintenant, toutes affaires cessantes. Faire stopper la voiture verte en route vers la Bourgogne. Dis, Lina, maman à moi, elle existe toujours la clinique où je suis né, depuis le tremblement de terre à Nice (A.-M.) ? Et ce photographe, tu te souviens de lui ? Quand on a vu le jour à Nice, est-on condamné à trembler ?

Les heures passent et le petit croit qu'il grandit. Il a trouvé d'autres clichés sans intérêt, sauf un où Lina se tient au milieu d'une assemblée d'hommes grisonnants, chacun attablé devant trois verres de vin. Ils semblent s'ennuyer ou somnoler. Tous ont l'air de réfléchir, de soupeser, de comploter. Lina se faufile au milieu d'eux et lit par-dessus leur épaule les notes qu'ils griffonnent. C'est une photo très sombre. La lumière vient du flash et de la flamme d'une bougie plantée dans le goulot d'une bouteille vide. Lina porte une robe blanche. À son cou, un médaillon au motif imprécis, une rose peut-être, est suspendu à une chaînette. On dirait une grande prêtresse. Ses cheveux gonflés en chignon la font ressembler à Emma Peel dans *Chapeau melon et bottes de cuir*.

L'enfant retient son souffle. Ce n'est plus la petite fille de la maternité ni sa mère aux lèvres boudeuses qui doit partir en Bourgogne pour son travail. C'est une femme fardée avec un front d'ivoire et une expression de mystère. Le petit aimerait bien connaître cette créature. Une affiche derrière Lina indique :

Lachassagne, 5 juillet 1965
Comte B. de Laguiche
Trophée Alexis Lichine.

Les têtes des goûteurs de vin cachent les inscriptions du bas. Même les plus jeunes sont vieux, avec leurs costumes noirs, leurs cravates, leurs cheveux crantés, leur début de calvitie. Lequel est l'homme à la voiture verte qui emporte Lina, certains matins ? Le petit a tourné fébrilement la photo. Au dos, une autre énigme s'étale, en lettres noires, cette fois.

G. Picard
5 rue Gloriette
Chalon s/S. Tél. 48-39-42

À force de rester accroupi, il a des fourmis dans les jambes. Des mouches volantes passent devant ses yeux. Il est malade. Il a le cœur dans les tempes comme chaque fois qu'il cherche les pauvres secrets de Lina. Il dira à la vieille que, dans sa tête, la terre tourne. Ou tremble. Il dira qu'il est né à Nice où la terre tremble. C'est normal que tout se mette à tourner par moments, surtout s'il regarde des photos de sa naissance avec marqué « Nice » au dos. Et « Studio Vollo ». Un jour il a entendu la vieille soupirer : « Notre vie va à vau-l'eau. »

CHAPITRE 5

L'enfant pense aux hommes de Lina. Il n'en aime aucun. Même ceux qui veulent devenir amis avec lui. Ainsi René Loiseau. Il conduit une voiture de rallyes, une R8 Gordini bleu métal avec des rayures blanches sur le toit et sur les portières. Il passe les chercher le dimanche après-midi, Lina et lui. Le petit les entend parlementer. Le pilote préférerait partir seul avec Lina. Lina refuse. Elle appelle son fils : « Viens. » Mais ce mot minuscule ne sonne pas comme le *ven aquí* de Mme Montes à l'heure des tartines beurrées saupoudrées de copeaux de chocolat, lorsque l'enfant traîne en compagnie des jumeaux. C'est un « viens » comme un ordre, un « viens » de puissance maternelle et de désarroi.

Il s'exécute. Le moteur de la Gordini tourne déjà. René Loiseau demande au petit : « Vite ou pas vite ? » Lina n'aime pas quand la voiture file à toute allure. La vitesse lui donne mal au cœur. Elle a souvent mal au cœur, avec René Loiseau. Le pilote prend cela pour de l'amour, le trouble qui précède l'amour. Ils suivent toujours le même trajet. La route de Mérignac jusqu'à l'aéroport. Ils restent un moment au bar de l'aviation, près des pistes, à regarder les caravelles décoller. Des appareils atterrissent aussi. Le petit préfère ceux qui s'envolent. Par beau temps, il s'avance jusque sur la terrasse. Il entend le bruit enroué des réacteurs, la détonation sourde à l'instant où les roues se détachent du sol. Une émotion le prend au ventre. Il ne sait pas pourquoi.

Après, il doit faire attention quand il retourne s'asseoir à la table de Lina et du pilote à la Gordini. Garder son naturel. Feindre l'indifférence. Ne rien remarquer. L'homme essaie d'embrasser Lina. Il a déjà posé son bras sur son épaule pendant qu'elle pique du nez dans sa limonade. Les bulles ont dû lui passer par le nez car elle a les yeux rougis. Elle n'a pas l'air d'y tenir trop, à René Loiseau. Elle cherche comment s'en défaire. Peut-être attend-elle un secours du petit. Qu'il dise non à sa place.

Lina décide qu'ils vont rentrer. L'enfant a école demain, il faut qu'il repasse ses leçons. Elle cherche une complicité dans son regard. Le petit a les yeux remplis d'avions qui partent. Il fredonne les paroles d'une chanson : « Je voudrais / faire le tour / de la te-è-è-rre, avec toi. Mais tu es trop petit, petit frè-è-è-re, pour le faire. »

— Vite, s'écrie l'enfant.

— Pas vite, dit Lina, que la vitesse rend malade.

— Alors vite, répond le pilote.

La R8 Gordini démarre en trombe. Le petit n'ouvre pas la bouche, même quand l'aiguille du compteur touche le chiffre 200. Il ne dit rien. L'odeur des sièges en cuir lui donne mal à la tête. Ou alors c'est la cigarette de René Loiseau. Patience. Ils vont bientôt se retrouver tous les deux, Lina et l'enfant, dans l'appartement du bâtiment Z. Ils allumeront la télévision, regarderont le feuilleton du dimanche soir, en étalant du fromage frais sur des tartines. C'est leur manière d'être heureux ensemble, quand il n'y a plus personne pour guetter la jeune femme, pas de voiture verte, pas de R8 Gordini au moteur de tronçonneuse.

Le pire, c'est Maurice. Un futur médecin de la marine. La vieille l'appelle le navalet. Il est grand, chauve et fier, avec un sourire qui ne sourit pas. Il porte l'uniforme bleu nuit de Santé navale, avec de gros boutons dorés. Il voudrait emmener Lina sans se soucier du petit. Il la veut elle et seulement elle. Il soupire : « Ton fils, c'était pas dans le paquet cadeau. »

Lina n'est pas insensible au charme de Maurice. Un presque docteur, elle doit se sentir rassurée. Elle a besoin de réconfort depuis que son père joue les aventuriers dans la jungle malgache. Lorsque Maurice sonne à la porte, le petit sent Lina s'éloigner. Sa mère et l'homme en uniforme s'enferment dans sa chambre. Elle ne dit pas « viens » au petit. Elle dit « sois sage, ce ne sera pas long ». Elle n'a plus envie de jouer. S'ils étaient au milieu d'une partie de mistigri, elle l'abandonne subitement et, croyant faire plaisir à son fils, elle souffle : « Tu as gagné ! » Non, il a perdu.

En début de soirée, Maurice prend l'air excédé en voyant que le petit est encore là. Il interroge Lina. « À quelle heure tu le couches ? » La réponse ne tarde pas. « Maintenant. » Il faut se dépêcher, se mettre en pyjama et disparaître. Ces soirs-là il a le droit de lire au lit à condition d'éteindre la lumière à neuf heures. Et de ne pas appeler. Un grand garçon n'appelle pas, la nuit.

Le petit a une idée en tête. Mais il ne dit rien. Il ne veut pas savoir où se trouve la Bourgogne, ni savoir si, là-bas, Lina connaît des petits garçons de son âge. Avant de travailler dans le vin, sa mère était assistante médicale à l'hôpital Pellegrin. Elle appartenait au service de pédiatrie du docteur David Langley. Souvent ce nom revenait à table. Le docteur David Langley a dit, le docteur David Langley pense que...

Un soir, Lina est rentrée en retenant ses larmes. Elle ne voulait pas parler. Avait-elle été renvoyée ? La vieille lui a assené qu'elle était une pauvre fille et que, dans sa situation, il valait mieux avoir des nerfs. Le petit l'a retrouvée dans leur chambre, c'était encore du temps de Caudéran. Leurs lits se touchaient. Lina pleurait tant que son fils, croyant la soulager, s'y est mis aussi. Enfin, Lina a pu articuler quelques mots. Alors le petit s'est mis à pleurer de plus belle. Cette fois il versait des larmes pour sa peine à lui.

Il a été jaloux à mort, à cet instant : un petit garçon de huit ans était responsable des sanglots de Lina ; un mioche inconnu qui avait succombé à l'aube, dans le service du docteur David Langley. Et avant de passer par-dessus bord, il avait tenu longtemps le bras de Lina, la main de Lina, en lui demandant : « Je vais pas mourir, hein, Lina ? » Elle lui avait menti, puis les médicaments avaient fait le reste.

Lina a quitté l'hôpital. Elle voulait un travail moins éprouvant. Comme elle présentait bien, qu'elle était vive et intelligente, jolie n'en parlons pas, une amie l'a aiguillée vers un négociant en vins. Le secteur est en pleine expansion. Le monde entier veut boire le vignoble de Bordeaux. Chez Alexis Lichine, Lina est tranquille. Aucun enfant ne meurt. C'est un monde sans enfants. Il n'y a que des messieurs gris dont le front sue quand ils s'emplissent les joues de liquide rubis. Tous sont de vieux enfants.

Le petit a enfourché son vélo. Il a son idée en tête mais, d'abord, il faut aller voir. Il adore manquer l'école. Il croit qu'on lui rembourse du temps. Comme les jours où il a mal au crâne et qu'il va s'allonger sur un lit de l'infirmerie en écoutant le sifflet du professeur de gymnastique, dans la cour. Il s'imagine la bille de buis tressautant à l'intérieur de sa petite cage de métal.

Ce qu'il préfère, c'est le monde sans lui. Il aime aussi fermer les yeux. Pour cela, il doit avoir l'impression que des grains de sable se promènent sous ses paupières.

Pour l'instant il regarde la route. Les pavés glissent comme les gros savons jaunes en forme de citrons installés au-dessus des grands éviers, sous le préau de Tivoli. Il tournera bientôt à l'angle de la rue Cornac.

CHAPITRE 6

À la ceinture, l'enfant porte un revolver en métal argenté avec trois étoiles de faux ivoire sur la crosse. Dans la poche de sa culotte courte, il a glissé un rouleau d'amorces. On ne sait jamais. Il ne le connaît pas, ce Gilbert sorti de prison. Le petit aime emmener son revolver partout sauf à l'école, à cause des surveillants qui confisquent jusqu'aux chewing-gums. Il adore aussi respirer l'odeur de brûlé qui sort du barillet quand le pétard a claqué. Il frotte son nez contre la gâchette et il se croit dans l'Ouest, quelque chose comme Joss Randall.

Comme il fait encore frais, cette fin de matinée, il s'est coiffé de la toque de trappeur de Davy Crockett. Cela ne le dérange pas d'être plusieurs héros à la fois. Un jour, ils se sont promenés dans Bordeaux, tous les Montes et lui, vers la rue Judaïque. Une vieille femme a complimenté Mme Montes sur sa nombreuse progéniture. La mère des jumeaux a sifflé un remerciement avec la pointe de sa langue. Lorsque son regard est tombé sur le petit Ardanuit, elle l'a enveloppé dans la même fierté. C'était encore plus doux qu'un *ven aquí*, ce regard sur lui. Chez les Montes il est le jeune frère, comme il est Davy Crockett avec sa toque en poil, et Joss Randall avec son colt qu'il échangerait bien contre une petite carabine à canon scié, il en a vu une chez le marchand de jouets près de la poste.

Rue Cornac, le verrou était mis. Il a frappé. Rien ne s'est produit. Au bout d'un moment il a recommencé. Puis il a entendu des pas inconnus. Sur le paillasson, quelqu'un avait mis bien en vue une annonce découpée dans le *Sud-Ouest*. Le petit l'a ramassée. Les pas avaient cessé, comme si la personne à l'intérieur n'était pas sûre qu'on ait frappé. L'enfant lisait l'annonce. Un entrepôt de Castillon-la-Bataille vendait des sapins de Noël « à des prix imbattables ».

Deux autres coups secs contre la porte. Cette fois les pas ont repris. Ils approchent. Le cœur du petit bat plus fort. Il se demande à quoi peut ressembler un ancien prisonnier.

Gilbert a ouvert et l'enfant est entré. Il est intimidé. L'homme le regarde avec un sourire qui hésite à se fixer sur son visage.

— Bonjour, François.

L'enfant est ébahi. Ici on ne l'appelle plus que « le petit ». Il en a presque oublié qu'il a un prénom. À Tivoli, il est Ardanuit. Les maîtres disent Perrault, Delaunay, Blanchon, Ardanuit. Présent, présent, présent, présent. Aujourd'hui, Ardanuit est absent. Il faudra un mot d'excuse.

L'enfant se demande si on sait écrire des mots d'excuse au père préfet de Tivoli, quand on sort de la centrale de Gradignan.

À son tour il dévisage Gilbert qui a dit : « Je suis Gilbert. » Il lui trouve le visage incroyablement doux pour un ancien prisonnier. Ses cheveux, qui tirent vers le blond, sont bouclés. Il a les joues pâles et les yeux pâles aussi, comme s'il avait déteint. Chez les Ardanuit on a les yeux marron yeux de cochons. Il n'a pas souvent eu l'occasion de voir des yeux bleus. Tant pis si le bleu est passé, c'est tout de même du bleu. Il trouve que c'est très impressionnant, quelqu'un de beau. Du coup, il n'ose pas regarder Gilbert.

— Tu n'es pas à l'école ? demande l'homme.

— Et toi, tu n'es pas chez l'oncle Louis ?

Gilbert sourit. Cette fois le sourire est net. C'est un sourire qui a élu domicile.

— Ils sont descendus sur la Côte avec le camion, pour les fleurs coupées. Il n'y avait pas de place pour trois dans la cabine. Je les aiderai à décharger, demain matin.

— Je suis allé plusieurs fois avec eux, à Ollioules, dit le petit, et aussi en Charente, dans les serres, il faisait très chaud. Moi, je pouvais m'asseoir à côté de Louis.

— Oui, à ton âge, on trouve de la place partout.

Après ils ne disent plus rien. Le gros poste de télévision trône dans la demi-obscurité du salon. C'est l'heure des interludes.

— J'aime bien Jacqueline Caurat, se risque l'enfant qui essaie de jongler avec deux calots.

— Qui ?

— Tu ne connais pas Jacqueline Caurat ?

— Non.

Gilbert rit, cette fois.

— Elle est dans la télé. C'est elle qui annonce *La Piste aux étoiles*, *Les Globe-Trotters*.

— Tu regardes souvent la télévision ?

— Pas souvent. Lina me défend de voir *Belphégor* parce que, sinon, je ferais des cauchemars. Ça fait vraiment peur, *Belphégor* ?

— Je ne sais pas.

— Je n'ai pas le droit de voir un chanteur aux cheveux longs qui s'appelle Antoine. Ma grand-mère me l'a interdit.

— Pourquoi ?

— À cause de ses cheveux longs. Un jour, je ferai tout ce qui est interdit. Et toi, tu as fait des choses interdites...

— Oui.

— C'était grave ?

— Pas trop.

— C'est quoi ton métier ?

— Mon métier ?

Gilbert cherche. Le sourire s'est effacé. Quand il fronce les sourcils, son front se ride comme le front du petit.

— Je suis boulanger. J'ai déjà travaillé dans une petite boulangerie de Blaye.

— Tu avais une boulangerie à toi avec des

éclairs et des chocolatines que tu pouvais manger quand tu voulais ?

Le sourire est réapparu sur les lèvres de Gilbert.

— Non. J'étais juste apprenti. J'avais les mains dans la farine à longueur de journée, surtout la nuit.

— C'est doux, la farine ?

Gilbert comprend mieux Lina et aussi la vieille quand elles disent que vraiment, ce gosse, il pose toujours des questions trop grandes pour lui. Quelle idée de s'interroger sur la douceur de la farine. La farine, c'est tout le contraire, elle finit par brûler les mains, par picoter partout, dans les yeux, dans le nez, dans la gorge. Elle s'incruste, elle rend malade, à force. Gilbert ne va pas raconter ces histoires au gamin. Sa pâleur parle pour lui.

Ils ne savent plus quoi se dire. Ils se reniflent comme des animaux qui s'apprivoisent en silence. C'est une amitié sans phrases qui naît doucement, ils ne peuvent pas le deviner. Il arrive que l'amitié manque de vocabulaire. C'est mieux ainsi, plutôt que de parler avec des mots usés.

— J'ai oublié de rapporter ton disque, s'est souvenu l'enfant.

— Une prochaine fois, a répondu Gilbert.

L'homme a prononcé le prénom de Lina.

— Elle est très belle, ta maman. Je ne connaissais pas de Lina, avant.

Le petit a attrapé une poignée de morceaux

de sucre et il essaie de les empiler sur la table de cuisine. Il ne réagit pas à l'évocation de sa mère.

Gilbert a regardé sa montre.

— On pourrait aller au jardin public, propose l'enfant.

— C'est où ?

— Tout près. On y va souvent avec ma classe.

— Mais si on croise ta maîtresse ?

— Je n'ai pas de maîtresse, c'est un maître et il est sévère. Tu as raison, vaut mieux pas...

L'enfant a une idée en tête. Cette idée le poursuit depuis ce matin, quand il a regardé les photos dans la boîte à chaussures. Il n'ose pas trop y penser. Il préfère qu'elle reste une idée en l'air. À neuf ans, on ne refait pas une famille à soi tout seul.

L'intuition lui est venue avant qu'il se retrouve en face de Gilbert. Lina la marchande de vins et Gilbert le boulanger. François, le fils, serait Joss Randall et Davy Crockett.

— Ma grand-mère ne va pas être contente, à cause de l'école. Lina non plus. Tu manquais l'école, toi, des fois ?

— Des fois, oui.

— Qu'est-ce qu'ils te disaient, tes parents ?

— Rien.

L'enfant est surpris par la réponse de Gilbert. Il pense qu'il faudrait écrire un mot d'excuse au père préfet.

— Tu voudrais bien ? demande-t-il.

— Quoi ?

— Écrire un mot pour l'école.
— Ce n'est pas moi qui peux faire ça !
— T'as la trouille ?
— Bien sûr que non. Mais qu'est-ce qu'il dira, ton père préfet, quand il verra ma signature ? Il ne me connaît pas. Je suis un étranger.

L'enfant se souvient de la longue et noire silhouette du religieux, la première fois. Il marchait lentement, le regard baissé, perdu dans ses pensées. L'enfant jouait à poursuivre ceux de sa classe. Il était venu buter dans le père.

— Qui es-tu, toi ?
— Ardanuit, m'sieur.
— Tu dois dire : mon père.
— Ardanuit, père.
— Mon père. Tu sauras, à l'avenir ? Ardanuit. Ardanuit. Tu es le fils de qui ?

Le jésuite réfléchissait. Il connaissait la vieille et il avait eu ses aînés à Tivoli, Tristan la forte tête, Louis le..., le fleuriste, et Jérôme qui avait défroqué avant l'heure.

— Tu es le fils de ?
— De Lina, m'sieur, euh, père.
— Il faut m'appeler mon père, souviens-toi. Mais si tu es le fils de Lina, ton père c'est ?...

L'enfant avait disparu.

— Tu sais, dit François à Gilbert, tu pourrais signer de ton nom et dire que tu es mon père, comme personne le connaît.

CHAPITRE 7

La vieille est rentrée tard. Elle ne s'est pas aperçue que le petit avait manqué l'école. Gilbert n'a rien dit. Il n'a pas écrit non plus de mot d'excuse. L'eau frise dans une grande casserole. Ce soir ce sera des nouilles et de la viande hachée. « L'eau bout comme un fou ! » s'écrie gaiement le petit. La vieille le reprend. À quoi sert qu'elle lui apprenne les règles de grammaire et le masculin et le féminin, si c'est pour écorcher les mots à qui mieux mieux. Allez, à table ! Et toi Gilbert, il faudra te coucher tôt. Demain le camion est à quatre heures. Dans le froid pardessus le marché. J'ai acheté du Viandox, si tu veux.

Le petit saupoudre son steak de sucre glace. Il a vu un Anglais faire pareil, un jour au restaurant. La vieille ne l'empêche pas. Elle est contente de voir qu'ils se plaisent, le petit et Gilbert. Elle rassemble les miettes avec la lame de son couteau et les picore du bout de son doigt mouillé. Elle a l'air sérieux, derrière ses lunettes.

Le verre épais rétrécit ses yeux et creuse ses orbites.

— Savoir si Lina a eu beau temps, en Bourgogne, murmure-t-elle.

C'est tout. Elle pose les fruits sur la table. Les poires sont abîmées. Elle les a pour presque rien. Il suffit d'ôter la partie tavelée avec la pointe du couteau. Demain elle fera de la limande. Elle demande à Gilbert s'il a écouté le *Jeu des mille francs*. Non, il a oublié.

Discrètement elle est montée sur son tabouret pour attraper la boîte de sucre en morceaux. Elle a adressé un signe à sa Vierge Marie. Le petit vient d'avoir une révélation : la robe de la Vierge est du même bleu que la boîte des raffineries Béghin. Maintenant, ce souvenir va le poursuivre. Il ne pourra plus regarder une statue de la Mère du Christ sans éprouver une subite envie de sucre. Et quand il verra une boîte de sucre en morceaux, il pensera toujours à la Vierge Marie.

Il est presque neuf heures du soir. La vieille lit la petite annonce pour les sapins de Noël. Elle demandera à Louis de la conduire, quand il sera rentré de la Côte d'Azur. Ou à Lina, si la Dauphine veut bien démarrer. C'est tous les hivers pareil. Des histoires de batterie. Demain Gilbert ouvrira le capot, après le déchargement du camion.

— On a le temps pour une partie de rami, a dit la vieille.

Elle adore jouer. Elle rattrape ses années de petite fille. Sa mère lui interdisait la moindre fantaisie, et aussi de croiser les garçons sur le trottoir. Il fallait en hâte changer de côté. Un enfant dans le ventre, ça pouvait s'attraper d'un mauvais regard.

— Dans rami, il y a ami ! s'écrie la vieille.

Gilbert sourit. Le petit se force à sourire. Il connaît la chanson. Elle dit toujours ça, quand elle sort les cartes. D'habitude, il n'y a jamais d'ami. Ils jouent tous les trois, la vieille, l'enfant et Lina. La jeune femme déteste les cartes. Elle soupire en répétant que c'est la dernière partie et qu'elle va se coucher.

Gilbert connaît les règles. Il aime jouer à la belote, à la bataille, au gin ou au rami. Il a allumé une cigarette. Ils sont restés autour de la table de la cuisine. La vieille a passé l'éponge sur la toile cirée, récupéré deux ou trois miettes qui se collent contre sa paume humide et finissent entre ses dents.

— Juste une partie car après, tu dois te reposer, dit-elle à Gilbert. Et toi aussi, ajoute-t-elle en direction du petit.

Plus il pousse et plus elle l'aime. Si on lui avait dit ça. Une moitié de juif qui n'a pas pris un seul trait des Ardanuit, sauf le nez droit, Dieu merci, il n'aurait plus manqué qu'il ait le nez bossu, par-dessus le marché.

— À toi de distribuer.

Elle a tendu le paquet à Gilbert. Le petit a coupé. Un autre disque de Johnny tourne sur l'électrophone. La voix crie « je suis un mauvais garçon ».

La vieille ne peut pas s'en empêcher. Il faut toujours qu'elle bavarde devant les nouveaux venus. Ils sont au milieu du rami et elle a sorti les verres pour la Marie Brizard. Le petit a droit à un canard, un demi-sucre seulement, car c'est de l'alcool, tout de même. Surtout ne rien dire à Lina, elle se ferait attraper. Gilbert réfléchit en examinant ses cartes.

Elle a poussé un cri.

— Oh, rami !

La vieille a étalé trois cartes devant elle. Ce n'est pas raisonnable mais, d'accord, une dernière partie, la dernière, vraiment. Elle coupe et le petit distribue. L'enfant parierait qu'elle va parler des Klein et de la boîte de chocolats. Gagné.

— Aimes-tu les chocolats ? a demandé la vieille à Gilbert.

— Pas les chocolats au lait.

— Parfait. Tous les ans à cette période, les Klein nous envoient une grande boîte d'assortiment, des à la liqueur et d'autres tout noirs, mais d'un noir... Ils sont du côté de Strasbourg, maintenant.

— Les Klein ?

— Une famille qu'on a cachée pendant la guerre, avec mon mari. Nous possédions une ferme en Charente, dans ce temps-là. Un jour, deux boches sont arrivés en moto. Léonce les a tués à coups de fusil. Il les a enterrés tout habillés derrière la porcherie, et les motos, il les a enfouies sous un tas de fumier.

— Il a tué des Allemands ?

— Deux. Pour protéger les Klein. Ils se cachaient au grenier depuis l'exode. C'était eux ou les boches. Mon mari était aussi un fou de motos. À la Libération, il en a donné une à notre fils Tristan, l'aîné, celui qui sort de son corps, mais c'est une autre histoire. La deuxième moto, Léonce l'a gardée pour lui. Je ferais mieux de parler d'autre chose. Toutes les filles du pays y sont passées, sur la selle et ailleurs, même Nono ma meilleure amie de l'école de couture.

— Tu as un fils qui sort de son corps ? a sursauté Gilbert.

Le petit tend l'oreille. Il n'a jamais entendu pareille légende. La vieille aime à surprendre son monde.

— Il lui arrive de drôles de choses, à mon aîné. C'est pour cela que je ne fais pas trop attention quand il nous envoie des lettres pour nous injurier. Je crois qu'il est malheureux d'avoir suivi les traces de son père là-bas dans les pays chauds. Le tropique doit lui porter par ici (et elle a désigné son front d'un doigt à l'extrémité mauve comme une pointe d'asperge).

— Louis dit que Tristan a un pète au citron, intervient l'enfant.

— Il ne faut pas dire ça, gronde la vieille.

— Il peut bien le dire, s'il en a envie, plaide Gilbert.

— Bon, se reprend la vieille en terminant son fond de liqueur. Tristan sort de son corps, mais il ne faut pas le répéter. Il a progressé dans ce domaine depuis qu'il habite à la Réunion. Quelquefois il se promène tranquillement à pied sur une route. Il lève les yeux et il se voit perché sur un pylône électrique.

— Ils ont l'électricité là-bas ? a demandé le petit.

— Bien sûr, voyons. Le plus curieux, continue la vieille, c'est sa douleur dans les vertèbres. Depuis qu'il est revenu de l'armée, il se plaint du dos et souffre le martyre. Les médecins n'ont rien décelé d'anormal. Je l'ai fait voir à l'époque par un rebouteux de Gujan-Mestras qui n'a rien trouvé non plus. Eh bien ! le mois dernier, Tristan est sorti de son corps pour se retrouver brigand à Marseille en 1658. Et à peine était-il dans sa nouvelle peau, enfin je veux dire, son ancienne peau, qu'il a pris un coup de dague par un soldat de la royauté, exactement là où il se plaint de douleurs terribles.

— Vraiment ? a interrogé Gilbert en écarquillant les yeux.

La voix réduite à un souffle, elle ajoute :

— Il a eu l'occasion de se rendre au Japon pour son travail. Mais il a refusé au dernier moment. En sortant de son corps la nuit précédant le voyage, il a découvert avec horreur qu'il avait commis là-bas, dans une autre vie, une très mauvaise action.

Et, encore plus bas :

— Il aurait tué quelqu'un dans le palais impérial de Kyoto, un samouraï de la garde officielle. Son visage a été reconnu comme il s'enfuyait une fois son forfait accompli. Il pense qu'il fut trahi par les planchers qui sifflent, à cause des rossignols d'acier posés sous les lattes. Je le comprends. Il redoute que son crime resurgisse et le poursuive, s'il met les pieds sur le sol du Japon.

— Bien sûr, a renchéri Gilbert.

Au point où ils en sont de la bouteille de Marie Brizard, il faudra penser à renouveler le stock.

— Louis, ce n'est pas pareil, continue la vieille en veine de confidences et toute guillerette d'avoir remporté une partie de rami. Louis, il sait qu'il s'en sortira. Il me l'a toujours dit. Le jour viendra où il fera fortune. Il pourra racheter Saint-Doulchard et surtout le Château-Gaillard, je t'en ai parlé, n'est-ce pas ? Et la ferme de Condéon par-dessus le marché, qu'on a laissée aux métayers pour une bouchée de pain. Il fallait bien que mon mari s'exile à Madagascar. Tous ces cocus qui voulaient l'assassiner... Mais Louis, avec son affaire de fleurs coupées, son hectare de serres à Villenave-d'Ornon, il finira par toucher gros. À moins qu'il ne gagne à la Loterie nationale. Souvent il passe très près. Je sais qu'il se fait tirer les cartes dans une roulotte de manouches derrière la gare Saint-Jean, là où je suis allée t'attendre le jour où... Les cartes ou les lignes de la main. À ce qu'il paraît, la bohémienne est très forte. Elle lui a dit des choses sur lui, et même sur nous les Ardanuit, qu'elle n'aurait pas pu inventer.

— Par exemple ? a relancé Gilbert, intrigué.

— Elle a deviné ses origines nobles. Parfaitement, vu que nous avons du sang bleu dans les veines. Elle a reniflé le de La Goudalie d'Husson de Saint-Souplet sous la croûte Ardanuit. Elle est fortiche, tu ne trouves pas ?

— Si !

Gilbert a rigolé, et le petit avec lui. Ensemble ils ont répété :

— Elle est fortiche !

Maintenant il faut aller dormir. La vieille pourrait encore raconter bien des choses, mais pas devant l'enfant. Ses années de pionne à Neuilly, dans un internat de jeunes filles, quand Saint-Doulchard a été vendu, après le Château-Gaillard. Elle s'était retrouvée seule avec sa mère dans un meublé de Bourges. Sur un coup de tête elle avait fichu le camp à dix-neuf ans. Pionne, si sa mère l'avait su ! Plus tard, reçue infirmière-major, elle était venue vivre en Charente. C'est là qu'elle avait connu Léonce, un paysan foncé de peau, belle tête et beau parleur qu'elle a fini par épouser. Avant cette rencontre, elle était restée seule dix longues années, logée au sanatorium de Condéon.

Une nuit, on l'avait accouchée d'un enfant qu'elle avait confié aux Sœurs de la Miséricorde, un garçon. Qui était le père ? Elle-même en avait perdu le souvenir. Il n'était pas question de l'élever en fille mère. Elle l'avait abandonné aux sœurs comme on s'en remet à Dieu. Plus tard, ses enfants n'en avaient rien su. Ni Léonce. Longtemps elle s'était demandé ce qui serait arrivé si un inconnu avait un jour surgi dans sa vie en lui disant : je suis votre fils. Elle avait beaucoup prié. Pour digérer, il lui fallait aujourd'hui encore pas mal de morceaux de sucre nichés près de sa Vierge Marie.

Ce sacrifice, elle avait voulu l'imposer à Lina qui avait pris la même route de travers, avec un juif de passage. Lina s'était rebellée. Son enfant, elle avait voulu le garder, et tant pis si elle était sans mari.

La vieille pense à tout cela en croquant un autre demi-sucre. Elle a pris la main de Gilbert.

— Je vais te trouver une petite femme.

— Je suis très bien comme ça !

— Je sais ce que je dis. À ton âge, il faut une personne gentille et douce auprès de soi. Dimanche nous allons à Château-Picon.

Et elle est partie de son rire qui chevrote. Ses yeux brillent derrière ses lunettes. Le petit est dévasté. Il n'a plus envie de jouer. La perspective d'aller dimanche à Picon le décourage. Il cherche comment il pourrait y échapper. Picon, c'est l'hôpital pour les gens nerveux. Il y a là-bas Marie-Antoinette, la belle-sœur de la vieille, la sœur de Léonce, encore une qu'il a laissée tomber en filant à Madagascar. Le petit est toujours réquisitionné pour aller lui rendre visite. Il doit supporter ses baisers humides sur chacune de ses joues, son odeur d'éther et de médicaments, la main qu'elle passe dans ses cheveux en répétant l'œil fixe : « Comme il est beau cet enfant. » Ce n'est même pas vrai. Il n'est ni beau ni gentil.

Il est le méchant François qui aimerait disparaître.

— Château-Picon, c'est un vignoble ? a demandé Gilbert.

— On traverse les vignes pour aller là-bas, répond la vieille avec précaution. C'est plutôt une maison de repos. J'ai fait connaissance le mois dernier d'une petite Martine. Elle a ton âge, un cœur en or, et un sourire... Ma belle-sœur est en pension dans la chambre voisine de la sienne.

— Elles sont malades ?

— Ma belle-sœur perd la tête. Martine, on voit tout de suite que... qu'elle n'est pas vraiment atteinte. Le docteur me l'a dit, la dernière fois. C'est juste un coup de fatigue, je crois. Tu viendras ? De toute manière je n'aurai personne pour me conduire. Lina et Louis disent qu'ils ont besoin de leur week-end pour se reposer. Et Jéjé la Joie, maintenant qu'il fréquente... On emmènera le petit. Il faudra seulement vérifier la Dauphine.

— Oui, ce sera fait demain, après le camion, promet Gilbert.

— Au lit, les enfants.

Le petit est parti se coucher. Il n'a pas dit bonsoir. Il n'ira pas chez les fous. Non et non.

CHAPITRE 8

C'est le rallye d'automne, dimanche à Carbon-Blanc. René Loiseau a invité Lina. Il faudra se lever de bonne heure et, une fois sur le circuit, plus question de vouloir partir avant la fin de l'épreuve. Les spectateurs doivent rester sagement derrière les barrières de sécurité. Le vrombissement des moteurs est très impressionnant, surtout dans les relances à la sortie des virages. Il arrive qu'une auto fasse un tête-à-queue et les sorties de route sont fréquentes, après la pluie. Mieux vaudra se poster dans une ligne droite.

À son retour de Bourgogne, Lina a demandé à son fils ce qu'il préférait. Les voitures de course ou rester rue Cornac avec la vieille et Gilbert, on dirait que tu l'aimes bien, Gilbert. Toi qui n'étais pas pressé de faire sa connaissance...

— Et toi, tu l'aimes bien aussi ?

— Bien sûr, a répondu Lina.

Cette réponse l'a encouragé. Il pense qu'il ferait mieux d'aller à Picon, quoi qu'il lui en coûte, pour tenter de mettre à l'eau le plan de la vieille. Il se prépare à supporter les caresses de Marie-Antoinette dans ses cheveux, avec ses gros doigts potelés, son odeur de médicaments et d'eau de Cologne. Il ne peut s'empêcher d'observer Lina. Il retrouve par instants le regard confiant et tendre capté par le photographe du studio Vollo. Et aussi cet air sûr qu'elle arbore sur les clichés de la dégustation au château Lachassagne. Il donnerait tout ce qu'il possède pour pouvoir entrer à l'intérieur de ces images. Contempler la métamorphose de Lina en grande personne rayonnante. La suivre quand elle est heureuse sans lui.

Il pense que c'est l'air de Bordeaux qui ne convient pas à sa mère, l'air de la rue Cornac et même celui des grandes tours du Grand-Parc où le vent souffle pourtant de la Garonne aux heures où elle se mélange avec la marée haute, dans l'estuaire. À peine Lina est-elle rentrée de ses voyages qu'elle donne à nouveau l'impression de dépérir. Son sourire se fane. Il tient moins longtemps que les saintpaulias aux fleurs mauves que l'oncle Louis rapporte de la Côte d'Azur.

Alors c'est entendu, Gilbert et Lina s'aimeront, et ils iront ensemble là où le sourire de Lina s'épanouit, à Nice (A.-M.), l'enfant est confiant, il pourrait même téléphoner au studio Vollo. Il dirait qu'il est le bébé de la photo, qu'il est maintenant très grand, qu'il a passé l'âge de raison et qu'il est urgent de retrouver la maison de Lina. Elle devait avoir une maison là-bas, puisque c'est à Nice qu'il est né. Si le sourire de Lina redevenait comme les fleurs de la Côte, Gilbert pourrait s'installer boulanger. On a besoin de pain partout, et de gâteaux, à Nice aussi, entre deux tremblements de terre.

L'esprit du petit caracole. Il reconstruit un monde à lui avec les matériaux épars qui l'entourent. Il cherche la bonne combinaison. Il se dit que c'est un jeu d'enfant de fabriquer une famille. Comme avec son Meccano numéro 6. Les attaches cèdent, les vis paraissent trop courtes, les trous trop larges. Puis on finit toujours par trouver la pièce qui manquait, alors il faut serrer pour que ça tienne. L'amour, il se dit que c'est la même chose, une histoire de serrage avec des pièces qui vont ensemble.

Gilbert a réparé la Dauphine. D'après lui, c'était le Delco. Il est adroit de ses mains. S'il avait voulu, à Gradignan, il aurait pu confectionner un passe avec une pointe de fourchette et tenter de s'évader. Il y a pensé. Mais la vieille lui écrivait des lettres chaque semaine. Le temps a passé comme ça.

Louis a ramené Gilbert rue Cornac après le déchargement du camion. Le jeune homme était en nage. L'enfant était retourné à l'école. Lina avait écrit un mot d'excuse. En rentrant, il a trouvé Gilbert torse nu dans l'appartement. Il venait de se doucher. Un dragon noir courait entre ses épaules et descendait jusqu'au bas de ses reins. De sa gueule ouverte sortait une grande flamme. Le petit est resté saisi. Lorsque sa mère reviendra du rallye, il lui demandera si elle aime aussi les dragons.

D'habitude c'est Lina qui conduit la Dauphine. Gilbert est à l'aise au volant. La vieille ne crie pas « freine ! » avant chaque virage, comme avec sa fille. Elle le laisse prendre de la vitesse, doubler, donner parfois un coup de patin, sans avoir l'air effrayée. C'est un homme, il sait ce qu'il fait. Pas de grincements de dents. Que des compliments pour Gilbert, « un as », répète la vieille quand il se gare devant Château-Picon sous la pluie. Gilbert est content. Sa candidature chez un boulanger des Chartrons a été retenue. Il commence lundi. Il a remercié la vieille qui l'a recommandé auprès du bonhomme. Son ouvrier est parti à l'armée.

Derrière les grands murs de la propriété s'élève un château de pierre blanche. Un large escalier. Des infirmières vont et viennent. Des hommes et des femmes en robe de chambre sont assis sur des bancs sous une verrière. Ils passent leur temps à regarder la pluie, le méchant dehors. Les plus atteints ont été installés dans l'aile droite d'où montent quelquefois des hurlements de suppliciés. La vieille essaie de couvrir ces appels à l'aide en blaguant, pour que le petit n'entende rien. Il entend.

Les jambes de Marie-Antoinette ont doublé de volume. Elle ne quitte pas sa chambre du second. Les fenêtres donnent sur des champs bordés de haies qui lui rappellent, dit-elle, son enfance. Mais elle ne sait plus où, ni avec qui.

Au début, elle se mêlait aux autres pensionnaires. Depuis qu'elle fait de l'eau dans les cuisses, que tout gonfle et même ses genoux, sans parler de l'ennui qui gonfle aussi, marcher lui est trop pénible. Son transistor fonctionne à longueur de journée. Martine vient lui tenir compagnie quand elle a envie d'oublier ceux de l'aile nord, les enfermés à double tour, sans poignée sur les portes, des grillages aux fenêtres.

Martine a eu vingt-deux ans la semaine dernière. Comme elle n'a pas de famille dans la région, personne n'a pensé lui souhaiter son anniversaire. La vieille a envoyé une petite carte comme elle sait bien faire, de son écriture en pattes de mouche, en lui annonçant sa visite ce dimanche, avec une surprise. Elle n'a pas dit que la surprise s'appelle Gilbert. Louis a préparé exprès une composition florale avec des cyclamens et des orchidées.

« Je crois que Martine te plaira », a soufflé la vieille pendant qu'ils gravissaient les rudes marches de Picon.

Elle a parlé en baissant d'un ton, et à l'écart du petit. Il est bizarre, ces temps-ci, avec sa manière de demander à Gilbert s'il aime bien Lina. La vieille lui a dit de laisser Gilbert tranquille, ce ne sont pas des affaires de son âge.

Avant d'entrer dans la chambre de Marie-Antoinette, ils sont allés frapper chez Martine. « Sinon, explique la vieille, ma belle-sœur va croire que les fleurs sont pour elle. » Son plan se déroule à merveille. « Ma petite Martine, j'avais promis que je ne vous oublierais pas. Gilbert était pressé de faire votre connaissance. »

Ils font bloc devant le lit de la malade. Le petit distingue à peine son visage. Des joues couperosées, un drôle de sourire soumis qui semble déposé en permanence sur des lèvres charnues et maladroitement maquillées. La bouche de Martine comme un cratère rouge.

Le petit voudrait faire le tour du lit pour l'observer à sa guise. Déjà la vieille l'entraîne à l'extérieur. Elle lance à Gilbert un clin d'œil complice en serrant trop fort la main de l'enfant, direction les caresses de Marie-Antoinette, l'air irrespirable de sa chambre, les câlins forcés contre sa poitrine qui sent l'éther.

La souffrante a réclamé l'enfant près d'elle, tout près, voilà, ne bouge plus mon petit. Elle le pelote, elle a besoin de le toucher, il sent sa main dans son cou. Par la fenêtre il aperçoit le toit des autos qui filent au loin sur la départementale, entre deux pièces de vignes squelettiques, la vigne de novembre aux pieds tordus dans la terre qui fume. Il suit du regard ces autos qui glissent sans bruit dans un décor inaccessible. On n'entend pas le moteur.

L'enfant pense à ses petites voitures à friction qui l'attendent dans sa chambre, il aurait pu passer l'après-midi à jouer avec sa limousine toute rouge aux portières ouvrantes, un cadeau que Lina lui a rapporté de Bourgogne. Dessous est inscrite la marque, Norev. Le petit a lu « nos rêves ». Il rêve aussi devant les autos qui cheminent au milieu des vignes. Quand il sera grand, il en aura une et plus jamais on ne le verra à Château-Picon. Il donnerait cher pour marcher sous la pluie le long de la route qui serpente en contrebas. Une charrette est passée, qu'entraîne un âne aux yeux cachés par un morceau de cuir. Il voudrait être cet âne. Il voudrait être tout sauf lui maintenant.

La vieille crie pour se faire entendre. Non, elle n'a pas de nouvelles de Léonce. Le courrier marche mal avec Madagascar. Ce n'est pas sûr qu'il pense à écrire, mais elle préfère ne pas le dire. De temps en temps, elle se retourne pour observer ce qui se passe dans la chambre d'en face. Elle a laissé la porte entrebâillée. Le petit essaie aussi d'apercevoir Gilbert. Il ne voit que son dos qui cache la malade. Parfois leur parvient un rire aigu. C'est Martine qui s'esclaffe, que peut-il bien lui raconter ? Il sent des picotements gagner ses jambes. Les caresses de Marie-Antoinette deviennent insupportables, et les rires de la jeune femme.

La vieille égrène à haute voix des souvenirs d'autrefois, quand ils faisaient les moissons aux Soulaillans, les champs Ardanuit. C'était après la guerre, on se prêtait les moissonneuses, le village entier se donnait la main, les fils étaient beaux en maillots de corps et bronzés comme les blés. La vieille et Marie-Antoinette aimaient glaner derrière la machine pétaradante. Elles liaient les bottes avec une mauvaise ficelle qui cisaillait les doigts. En novembre après la pluie, c'était facile de labourer avec deux bœufs emboullés aux cornes et ployant sous le joug de châtaignier. La terre était molle. Le père de Léonce — tout le monde l'appelait le Grigou —, disait qu'elle était amoureuse. Le soc s'enfonçait dans un bruit mat et les cailloux jaillissaient sous la lame, brisés en morceaux et blancs au cœur. Un jour, tu te souviens, Marie-Antoinette, cet obus de cuivre qui brillait.

Marie-Antoinette écoute sans un mot, étrangère à sa propre histoire. Tout à coup, le petit a senti la pression de sa main se relâcher. Les yeux de Marie-Antoinette ont papilloté, se sont fermés, se sont rouverts. Elle dort. La vieille s'est tue. Elle est satisfaite. Une porte a claqué. Un courant d'air ? Le petit s'est retourné. C'est chez Martine.

— Je veux aller les voir ! dit l'enfant.

— Ne va pas les déranger, lui défend la vieille.

— Laisse-moi !

Il file vers la chambre de la malade. Il ne frappe pas. Il ouvre. Ce n'est pas très compréhensible pour lui, ces deux corps soudés l'un à l'autre, Martine le dos rehaussé sur ses oreillers, Gilbert le pantalon baissé, ses fesses blanches secouées de spasmes, aussi pâles que son visage d'habitude. La jeune femme gémit comme si elle pleurait, elle soupire très fort, des seins énormes jaillissent de sa chemise de nuit et, quand l'enfant est entré, il croit avoir vu que Gilbert en tétait un, mais il n'est pas bien sûr, il y a eu tellement de choses à regarder d'un coup, la poitrine de Martine, ses cuisses nues, sa bouche très rouge aux lèvres enflées, les poils touffus de son sexe, les fesses blanches de Gilbert et leur va-et-vient saccadé.

— Sors d'ici ! a crié Gilbert.

La vieille s'est précipitée. Elle a refermé la porte et poussé le petit dans le couloir.

— Va jouer. Il y a des revues dans le grand salon. Tu peux aussi regarder la télévision avec les malades. Du football, ça devrait te plaire.

Elle l'a installé sur une chaise et lui a donné un journal de *Mickey*. Elle est nerveuse. À l'oreille du petit elle souffle qu'il ne faudra rien dire, que ça ne regarde personne, pas même Louis ou Lina, personne, tu m'entends. S'il est sage il pourra veiller, ce soir. Demain, on achètera des meringues sur les allées de Tourny. Tu aimes bien les meringues, pas vrai ?

Dans la voiture, personne n'a rien dit. Gilbert a donné une tape sur l'épaule du petit avant de mettre le contact. Ses joues avaient perdu leur habituelle pâleur. Ses yeux brillaient.

Il s'était arrêté de pleuvoir. De grands pans de ciel bleu se découvraient à l'horizon. Quand ils sont entrés dans les faubourgs de Bordeaux, le soleil rasait les toits. Il était presque six heures du soir.

— J'ai parlé à l'infirmière en chef. Elle pense que nous pourrons emmener Martine d'ici une quinzaine de jours, a murmuré la vieille tandis que Gilbert garait la Dauphine rue Cornac. Je vais me renseigner pour un logement. Je connais une dame de la paroisse qui louerait peut-être un deux-pièces, vers Bacalan.

— Si vite ? a demandé Gilbert.

— Tu n'as pas perdu de temps, a-t-elle répondu.

L'enfant a filé dans la cour et il a détaché l'antivol de son vélo.

— Où vas-tu ? Attends ! s'est écriée la vieille.

Il a frôlé sa grand-mère sans s'arrêter, a dévalé le trottoir. De l'eau du caniveau a sauté sur son ciré. Gilbert est resté impassible. Le petit pédale droit devant. Il est déjà au loin.

La nuit est tombée. Les lampadaires n'envoient qu'une faible lumière dans les ruelles qui mènent à la cité du Grand-Parc. L'enfant a mis son phare avant. Une lumière jaune tremblote devant sa roue. La dynamo berce ses coups de pédale. À cet instant il est libre comme l'air. Il entend son souffle, il sent ses muscles. Il est un instrument à vent, un instrument à corde, et c'est une douce musique aussi que le bruit de la chaîne sur les pignons. Ce vélo-là est fait pour lui. Longtemps il a eu des vélos trop grands sur lesquels il devait se déhancher. Des vélos de femme sans barre transversale.

Près d'un square flotte une odeur de pommes cuites. Il ne sait pas pourquoi. Existe-t-il à deux pas une fabrique de compote ? Cette odeur le tenaille. L'enfant a faim. Toute la journée il a eu l'estomac noué. La scène dans la chambre de Martine l'a bouleversé. Il est devenu cramoisi. Il se demande s'il n'est pas encore tout rouge comme Gilbert quand il tétait la poitrine de la jeune femme, car, il en est certain à présent, le protégé de la vieille serrait un téton dans sa bouche.

La bicyclette roule sur des flaques. Le bruit des roues dans l'eau poursuit l'enfant, un bruit de papier qu'on déchire. Il écoute Bordeaux à la tombée de la nuit. A-t-il sa place dans ce décor sans éclat. La pierre des immeubles s'assombrit à vue d'œil et donne au noir une profondeur sans pareille. Il aimerait savoir d'où vient son nom, Ardanuit. Est-ce un nom à porter exprès à Bordeaux, comme on passe une camisole aux fous quand ils remuent trop ?

Il espère qu'en approchant du bâtiment Z, il apercevra de la lumière dans la cuisine, au septième. Ce serait bien si Lina était rentrée.

CHAPITRE 9

Les jours passent et c'est encore l'enfance. Un long moment de rêves contrariés par l'impuissance. Ce matin, le petit s'est réveillé les yeux collés. Une sensation de sable sous les paupières. Il reste immobile dans son lit, étendu sur le dos. Il imagine la vie autour de lui. Les objets continuent à mener leur existence, ses voitures de course, son Meccano, ses livres à la couverture rouge et or, les Bibliothèque Verte, la série des *Six Compagnons*, de Paul-Jacques Bonzon. Il se figure le ciel et les étoiles, et aussi un chien désobéissant qui court à travers champs. Un épagneul avec une bonne tête, sa langue pend de gauche et de droite. Il n'a jamais eu de chien mais quand ses yeux brûlent, c'est toujours un chien qui vient à son secours et lui lèche le visage. Plus tard, il aura le même. Il sait comment il l'appellera mais il préfère ne pas le dire.

Aujourd'hui encore Lina est partie tôt. La voiture verte l'attendait devant l'immeuble. Les vacances de la Toussaint ont commencé. Le petit a prévu d'aller rue Cornac. Il paraît qu'une lettre est arrivée de la Réunion. C'est Lina qui l'a dit à son fils. La vieille en est toute retournée. Une lettre de son fils aîné. La dernière fois, il avait envoyé cinq pages d'insultes, alors ce n'est pas drôle d'en recevoir une autre. La vieille attend que ses enfants soient tous là pour ouvrir l'enveloppe. Ils ont rendez-vous à l'heure du déjeuner.

Le petit a encore le temps. Il est sorti de sa chambre. Ses yeux gonflés lui donnent l'impression d'avoir pleuré. Le parfum de Lina flotte dans l'appartement. Quelquefois, il ouvre la penderie de sa mère et respire ses manteaux. Il enfouit son visage dans la longue veste en fourrure, un mélange de Lina et d'une odeur animale. Des images surgissent. Souvent les mêmes. Lina qui part sans se retourner. Devant, au loin, se tiennent le navalet, René Loiseau le pilote de rallye, le mystérieux conducteur de la voiture verte et des hommes grisonnants qui lèvent leur verre de château-chassagne. Ils sont debout et sourient, leurs dents étincellent. Ils espèrent que la jeune femme va tomber dans leurs bras.

L'annonce pour les sapins de Noël est posée sur la table de la cuisine. Avec une pièce de un franc pour le pain au lait. L'enfant est pressé d'aller rue Cornac. Peut-être la vieille le laissera-t-elle ouvrir le courrier de la Réunion. Il oublie qu'il a neuf ans. Il se sent vieux, surtout quand il passe le début de la journée à vouloir ouvrir les yeux sans y parvenir. Il suffirait de l'effleurer pour qu'il tombe.

À son arrivée, la lettre était posée au milieu de la table, dans la salle à manger. Un rectangle blanc sur le faux acajou qui brille, comme à la télévision pour signaler les films interdits aux enfants. Un rectangle blanc avec un point jaune et rouge dans un coin. Le petit s'est approché en retenant son souffle. C'est un papillon aux ailes géantes. À côté de la lettre, la vieille a laissé le coupe-papier en argent, menaçant.

L'écriture fine et haut perchée est celle de Tristan. La vieille se souvient des heures qu'elle a passées à lui apprendre à écrire, pendant l'Occupation. Des tirs d'artillerie résonnaient dans la campagne. On vivait à la bougie. Patiemment, elle formait pour son fils aîné les pleins et les déliés, les jambages des *j*, des *m* et des *n*. En ce temps-là il l'écoutait.

Louis a un doigt en sang. Il s'est piqué à l'épine d'une rose. Jéjé la Joie est plus réservé qu'à l'ordinaire. Son frère aîné l'a humilié lui aussi, dans sa lettre précédente. Lina est apparue la dernière. Elle a embrassé le petit qui s'est pendu à son cou et lui a murmuré quelques mots à l'oreille. Il s'agissait de régler une affaire de pantalon troué au genou. Elle n'a pas eu le cœur à faire les gros yeux car elle aussi a aperçu la lettre qui trône sur le milieu de la table, gardée par un papillon bariolé, et menacée à tout instant par la lame du coupe-papier.

— Il va falloir ouvrir, a dit la vieille après avoir fourré dans sa bouche sans lèvres un morceau de sucre entier.

Elle se tient debout avec l'attitude humble qu'elle prend à la messe au moment d'avancer vers le prêtre qui distribue le corps du Christ. Elle ressemble à ces femmes qui prennent leur repas debout, aux épouses de marins quand leur regard s'assombrit devant la mer vide.

— Laisse, maman, a décidé Louis.

Il a saisi le coupe-papier.

— Ne va pas te faire mal, s'écrie la vieille. Déjà que tu saignes...

Louis a hésité. Tous sont suspendus à son geste.

— C'est ridicule, explose Lina. Nous n'allons pas nous laisser intimider par un abruti qui ne sait parler que pour nous insulter.

— Cet abruti est ton frère ! tempête la vieille.

On entend le craquement sourd du sucre dans sa bouche. Le petit se demande si elle se lave les dents après avoir englouti un sucre d'un seul coup. Lina l'oblige à se les brosser chaque fois qu'il mange un bonbon. Il a trop peur des caries, du dentiste et de tout ce qui s'ensuit, la fraise hurlante, l'odeur de cramé sous les narines, les piquants d'acier qui malmènent le nerf malade.

La peur lui est un sentiment familier. Il craint qu'un jour Lina ne parte sans lui avec un type comme Maurice qui veut Lina mais pas l'enfant, non, pas l'enfant, la fille et c'est tout. C'est pourquoi ils passent de mauvais moments avec lui, le navalet et le rallye-man. Lina n'est pas sa mère. Elle est un bijou, ce qu'il a de plus beau, de plus précieux, de plus fragile. La preuve, l'enfant doit la réparer sans cesse, quand elle est triste. Les autres ne le savent pas. Le petit évite de raconter sa vie aux grandes personnes, et aussi la vie de Lina. Il connaît par cœur les nuances de ses yeux, le brun qui vire au noir. Il lit dans son iris avec l'espoir qu'un jour il y découvrira ce qu'il n'a pas encore vu, l'image de son père. Il se dit que les yeux de Lina sont des yeux qui ont vu l'homme qui l'a fait. Forcément, ils en ont gardé une trace. Il croit à cette présence dans le regard de Lina.

C'est commencé. La lame du coupe-papier ébarbe le haut de l'enveloppe. On peut lire derrière le nom et l'adresse de l'expéditeur, de cette fine écriture qui est la marque Ardanuit. Jéjé la Joie a pris la lettre des mains de Louis.

— Alors ? le presse Lina qui essaie de lire derrière ses frères en se hissant sur la pointe des pieds.

La vieille s'est laissée tomber dans un fauteuil. Elle attend. La tête lui tourne. Elle enverrait bien l'enfant chercher un autre sucre. Mais l'emplacement est trop haut pour lui, même s'il grimpe sur le tabouret. Il risque de renverser la statue de la Vierge Marie. La vieille pense qu'elle aurait dû glisser un morceau de sucre dans la poche de sa blouse. Trop tard.

— Il est fou ! s'exclame, hilare, Jéjé la Joie.

— Vous ne voulez pas me croire quand je dis qu'il est marteau ! renchérit Louis.

— C'est un vrai charabia, dit Lina en portant la lettre à la vieille.

Tous s'agitent, se congratulent, soupirent

d'aise, s'inquiètent du déjeuner. L'enfant se demande s'ils n'ont pas tort de se moquer de la lettre. Tristan les avertit avec le plus grand sérieux qu'en sortant accidentellement de son corps le mois dernier, il s'est projeté dans l'avenir au lieu d'atterrir au temps des croisés où il pressentait avoir combattu aux côtés des Arabes, ce qui lui paraissait extraordinaire pour un de La Goudalie d'Husson de Saint-Souplet.

L'affaire est sérieuse. Tristan a vu le danger de ses yeux. La France et l'Europe entière seront bientôt englouties sous un gigantesque raz de marée. Quand il a entendu l'expression, l'enfant a imaginé un rat énorme parcourant la campagne et fracassant Bordeaux sous son pas de géant. Comme c'était un jour à quiproquos, il est resté bouche bée quand la vieille ragaillardie a lancé de sa voix de crécelle : il ne faut pas être trop peureux ! Éduqué par ses soins à respecter les liaisons et le malheur, il a compris : « Il ne faut pas être trop heureux ! » Tout le monde se réjouit de n'être pas heureux. Ce refus du bonheur, c'est la signature Ardanuit.

La lettre a été abandonnée sur l'accoudoir du fauteuil. Le petit s'en est saisi et la lit lentement. Il trouve que l'écriture est belle, il aimerait tracer les lettres de cette même façon aérienne, surtout les *f* et les *l* qui s'étirent sans fin. Faut-il sortir de son corps pour manier si bien la plume ? Tristan a passé l'éponge sur les tares de la famille. Aucune allusion à la fille mère enjuivée, au curé sans froc, au pédé. Tristan est au contraire dans les meilleures dispositions pour accueillir son monde à la Réunion. « Le plus tôt sera le mieux », a-t-il souligné d'un trait rouge.

La vieille a une joue déformée par un carré de sucre. Louis arrache quelques feuilles noircies dans le bouquet d'œillets qu'il a apporté la semaine dernière. Il écoute Jérôme qui pourrait entrer comme représentant dans une grosse maison pharmaceutique. Le contrat est presque signé. Il reste quelques détails à régler. Jéjé la Joie, le roi des peut-être.

Lina est venue s'asseoir dans le fauteuil. L'enfant est monté sur ses genoux.

— Laisse cette lettre, fait-elle en la retirant de ses mains, c'est une histoire de grands.

— Mais je suis grand !

Elle rit, son rire emplit toute la pièce. Tous se mettent à rire. Des vannes de rire s'ouvrent tout à coup, et l'enfant finit par rire aussi. Oublié, le rat géant.

— Tu m'emmèneras, à l'île de la Réunion ? dit l'enfant quand le silence retombe.

— On verra, répond Lina.

— Gilbert ne va pas tarder, a lancé la vieille. Il a commencé aujourd'hui à la boulangerie des Chartrons. Il apportera du pain frais.

On a sorti la Marie Brizard. On a eu chaud. On est bien ensemble, tout de même. L'œil de Lina s'est mis à briller. L'enfant voudrait savoir s'il brillait comme ça, quand elle a vu son père pour la première fois.

CHAPITRE 10

Quelquefois les Ardanuit montent dans un bus gris de la Citram garé devant les ruines du palais Gallien. Ils partent en Charente retrouver Condéon, la ferme de famille vendue aux Bordas, leurs anciens métayers. Léonce était de là-bas. Il y a laissé le Grigou, son père. À la Toussaint, les Ardanuit descendent le voir. C'est normal, ils pensent à lui comme à un déjà-mort. La vieille et Lina s'assoient vers le milieu de l'autocar ; au fond, elles auraient mal au cœur.

Le petit reste derrière le chauffeur. Il aimerait bien lui parler mais un panneau prévient que c'est interdit. Alors il regarde le paysage en pensant aux chevreaux. Il y en a plein dans l'enclos, derrière la bicoque du Grigou. La vieille dit que son beau-père s'en va de la prostate. Le petit ne s'inquiète pas trop car, pour quelqu'un qui s'en va, il est toujours à s'occuper des chevreaux et aussi du paon.

Quand elle est seule avec sa fille, la vieille rabâche. « J'ai toujours entendu que le Grigou était pédéraste. » Cela paraît la soulager de trouver une raison des gènes aux déviances de Louis. Elle se console comme elle peut. Au moins, le bon Dieu est hors de cause, si c'est le sang. Pas le sang des de La Goudalie d'Husson de Saint-Souplet, ce serait trop fort. Non, encore une engeance Ardanuit, forcément.

Ce matin ils sont partis de bonne heure. Ils n'ont pas pu venir pour la Toussaint. Avec l'arrivée de Gilbert, la vieille avait à faire, rue Cornac. C'est presque décembre. Dans les gros bourgs, des ampoules de couleur ont fleuri en étoiles, en bouquets, en Pères Noël. On a illuminé des sapins devant les mairies. Le car a passé Angoulême. Ce sera le prochain arrêt. Le petit n'a rien entendu, sauf que le Grigou part de la prostate ou qu'il va s'en aller avec, quelque chose dans ce goût-là. Il est pressé d'aller voir s'il est toujours retranché dans sa tanière. Grigou, ça lui fait penser à un hibou.

À chaque arrêt, un jeune soldat demande au chauffeur si c'est Chalais. Le chauffeur secoue la tête. « Je te dirai quand on y sera, mon gars, va t'asseoir. » Le soldat hoche la tête, mais c'est plus fort que lui : quand le car stoppe, il redemande, la voix inquiète : « C'est Chalais ? »

La vieille s'impatiente de le voir aller et venir. « Si c'est pas malheureux, dit-elle assez fort pour être entendue. Un analphabète ! Ils pourraient au moins leur apprendre à lire, à l'armée. Celui-là n'aurait pas besoin d'ameuter tout le monde. Il a bien des yeux pour voir, non ? Et si on a encore la guerre, il demandera son chemin aux boches ?... »

Les Bordas sont venus les accueillir. « Au prix où ils ont eu la propriété, ils peuvent bien se remuer un peu », a murmuré la vieille dans le col de son manteau, quand elle les a aperçus le long du fossé détrempé, en habits du dimanche. Ils se sont embrassés avec vigueur.

— Comme vous êtes blancs ! s'est étonnée la métayère.

— Le petit a grandi, a décrété son mari, qui enchaîne tout de go : Faudrait dire à Léonce, là-bas chez les nègres, qu'il a un vieux père au bout de son rouleau.

— Il le sait bien, mais que voulez-vous ?

La vieille encaisse. Lina aussi encaisse. Le petit est content. Il pousse, cela se remarque à vue d'œil, a confirmé la métayère.

La vieille trouve que les Bordas ont aménagé leur maison avec vulgarité. Un sabot est cloué au mur. Il contient à l'intérieur une grosse montre, à moins qu'il ne s'agisse d'un baromètre. La vieille fait comme si de rien n'était. Le père Bordas a sorti le saucisson et un jambon, des œufs frais avec un peu de paille et du duvet de poule collés aux coquilles. Au dessert ils goûteront le gâteau de miel des ruches du grand-père. Quel grand-père ? se demande le petit. Celui de Madagascar ? Ou celui qui s'en va avec sa prostate. Et d'abord, qu'est-ce que c'est, la prostate ?

Le petit se retrouve avec une boule de cire entre les dents, un parfum de fleurs des champs dans la bouche. Il ne serait pas surpris si on lui apprenait qu'il a dévoré des coquelicots et des pâquerettes, tout un tas de couleurs de l'été. On le ressert de miel, il a oublié de dire merci, c'est embêtant de dire toujours merci.

Un courant d'air dans la grande pièce. Raymond est entré avec sa carrure terrible et ses bottes dont il frappe le sol. Il mesure au moins deux mètres, vu de la hauteur du petit qui grandit pourtant. Ses yeux brillent. Il vient de reconnaître Lina. Il a son fusil de chasse accroché à l'épaule, le canon qui bâille, deux cartouches dans la gueule ouverte. C'est un gaillard d'environ trente ans aux yeux noirs. Il travaille à la tuilerie, en bas, près de chez le Grigou. Le petit se souvient que Raymond l'a débusqué une fois qu'il jouait avec des tuiles encore fraîches. Ses doigts avaient laissé des empreintes dans la glaise rouge et molle. Depuis, ce géant lui fait peur, surtout quand il ouvre une porte par-derrière et qu'on ne le voit pas arriver.

Lina aussi a sursauté. Son visage a pâli. La vieille est tout sourire pour le fils Bordas, un homme un vrai celui-là, qui fait tourner l'exploitation avec les bêtes et les champs, et la tuilerie par-dessus le marché. Elle répète plus bas : « Oui, par-dessus le marché. » Lina devrait en prendre de la graine. D'un coup de menton pointu, la vieille lui signifie d'aller saluer son cousin. Ils ne sont pas cousins mais sa mère fait comme si c'était déjà la famille. Elle mettrait

Lina dans le lit de Raymond et la propriété redeviendrait Ardanuit.

Lina refuse. Sa bouche dit non. Son regard est dur. Pas du tout l'œil tendre de la photo du studio Vollo de Nice. Ni cette expression abandonnée qu'elle prend parfois quand le navalet vient dormir la nuit à l'appartement du Grand-Parc. C'est à cause des sentiments qui sont dans le cœur, tu ne peux pas comprendre, mon chéri. Elle parle ainsi au petit quand ils sont tous les deux. Je n'aime pas Raymond, il n'y a pas de danger, tu peux aller jouer avec les chevreaux et courir après le paon, ramasser les plumes qui lui sont tombées.

L'enfant détale jusque chez le Grigou qui a entendu le bus freiner, tout à l'heure. Le vieil homme sait qu'ils ont fait halte à la maison des Bordas et que le petit sera le premier à venir l'embrasser. Il s'est rasé exprès pour ne pas piquer. Sur son crâne est vissée son éternelle casquette de toile qu'il garde même à l'intérieur. La marque de la casquette lui a creusé au sommet du front une ride régulière, et aussi à l'arrière, dans le semis de ses cheveux ras. Il a mis de côté pour l'enfant quelques images découpées dans la revue de la coopérative, et aussi la photographie d'un coq de bruyère. Il sent un peu fort l'eau de Cologne. Le petit lui a demandé si c'est vrai qu'il s'en va de... Il n'a pas retrouvé le nom de la prostate, mais le Grigou a compris. Il lui dit que non, il ne s'en va pas. Qu'il reste là. Et qu'il pourra revenir le voir.

La prochaine fois, ce sera dans la pièce à côté, une petite salle à manger toute sombre qui donne sur une aile de la tuilerie où flotte en permanence une odeur d'huile recuite et son haleine de vieillard. Il sera dans son beau costume avec sa décoration d'une guerre ancienne, allongé tranquille dans un cercueil en bois foncé, la tête légèrement soulevée par un coussin blanc.

Le petit n'avait jamais vu de mort, avant. Ce jour-là il a eu envie de rigoler. Il ne sait pas pourquoi. Envie de rigoler. Entre ses dents — la vieille n'a pas entendu, ni Lina, ni les Bordas qui pensaient à récupérer la masure et mesuraient des yeux la hauteur des plafonds —, entre ses dents le petit a dit : « Bon voyage de la prostate », cette fois il s'est rappelé le nom. Raymond a récupéré les chevreaux et le paon, mais ça non, il n'a pas mis la main sur Lina, alors l'enfant n'a pas eu le cœur trop gros et c'est pour tout ça aussi que c'était un bon moment pour rigoler.

Mais aujourd'hui il n'y a pas encore de mort dans la maison du Grigou. On discute des prix du fourrage et des bêtes qui ne laissent jamais en paix, toujours un vêlage, une bourrique à dégager d'un barbelé, un cheval au pied enflé, toujours recommencer. Le Grigou aimerait bien qu'on l'oublie un peu, il a quatre-vingt-trois ans et une jambe raide et la mort pas loin, ça il n'en parle pas. Les Bordas sont vaillants, surtout Raymond, mais il ne peut pas se retenir de lui donner un coup de main, quand il s'en sent le courage.

Ils se regardent, assis dans la cuisine qui sert aussi de salle à manger et même de chambre, la nuit, il suffit d'enlever les gros coussins de la banquette. Ils n'ont pas grand-chose à se dire car leur mémoire se cogne aux absents. Léonce est en Afrique, Dieu sait s'il reviendra, et Marie-Antoinette est chez les toqués, elle ne se rappelle son nom qu'un jour sur deux, à condition de la mettre sur la voie, de sortir une photo, toujours la même, elle a quatre ans avec son frère Léonce, six ans, en culottes courtes, on devine déjà le malin qu'il deviendra, avec ses yeux qui rient. Et l'aide-soignante insiste, c'est vous là, Marie-Antoinette, avec votre frère, Léonce Ardanuit, vous y êtes maintenant ?

À Condéon dans la masure du Grigou, puisqu'il n'y a plus rien à dire une fois le bonjour, ils se remettent à parler des prix du fourrage et comme tout augmente, que c'est une folie maintenant d'avoir un toit sur sa tête. Le petit est sorti jouer avec les chevreaux, il guette au loin la silhouette de Raymond Bordas en espérant qu'il n'approchera pas.

La nuit va bientôt tomber, le silence grossit. Des chiens aboient dans les fermes voisines. Le petit aurait préféré que Gilbert les accompagne, mais il n'a pas pu. La vieille était très heureuse, ce matin, d'annoncer qu'il restait à Bordeaux. Il devait aller chercher Martine pour la journée. Elle lui a prêté la Dauphine.

La nouvelle a anéanti l'enfant. Lina n'intéresse donc pas Gilbert ? La vieille a posé ses interdits.

Une fois encore. De quoi se mêle-t-elle ? Lina dit qu'elle aime beaucoup Gilbert, mais qu'elle ne l'aime pas pour se marier avec lui. Le petit trouve que l'amour est une chose très compliquée. Plus tard, il n'aimera personne.

CHAPITRE 11

Gilbert a trouvé un logement près des quais. Deux pièces sur les Chartrons. De sa fenêtre il voit la Garonne et les bateaux, les billes de bois précieux. Il a l'impression de voyager. Les matins de brouillard, il entend la corne de brume, plus haut sur l'estuaire. Quand un cargo largue les amarres, sa sirène lui donne le frisson.

Le matin il se lève à trois heures. Il ne lui faut pas longtemps pour se retrouver devant le four du père Cuvelier. C'est un boulanger à l'ancienne, qui aime le travail bien fait, les cuissons longues, il dit que le bon pain, c'est une question de temps. De farine aussi. Mais, d'abord, de temps passé à pétrir la pâte, à la laisser gonfler. Gilbert le laisse causer, du pain et du reste.

L'essentiel, c'est que le singe lui laisse de l'initiative et le paie cent francs au-dessus du SMIC. Il ne se permettrait pas de l'appeler « le singe », mais le père Cuvelier ne parle jamais de lui autrement. « Je suis le singe de la rue Lanzy... » Il l'a dit au petit quand il est venu à la boulangerie.

Gilbert lui avait promis des chouquettes et une chocolatine toute chaude avec la barre de chocolat à moitié fondue à l'intérieur.

Par les services sociaux de la ville, Gilbert a pu obtenir le deux-pièces des Chartrons. Ils se sont installés avec Martine et, plusieurs fois par semaine, le petit leur rend visite. La minuscule entrée baigne dans une odeur de plâtre et de peinture. C'est toujours la jeune femme qui l'accueille, avec ce sourire tout rouge posé sur ses grosses lèvres et sa poitrine flageolante qu'elle ne prend pas la peine de cacher. Quand il frappe, il est à peine cinq heures du soir. Gilbert dort encore ou il vient à peine de se réveiller. Il est en tricot de corps même s'il ne fait pas chaud. Martine croit qu'il a du fuel à la place du sang. Gilbert lui demande de fermer les derniers boutons de sa chemise devant le petit. Elle n'écoute pas. Ils boivent du thé en sachet, croquent des croûtons de pain frais, entament un rami. Au début, l'enfant venait avec méfiance. Il s'était dit qu'il allait observer ce « petit couple », c'était l'expression de la vieille, « le petit couple », voir si leur histoire tenait le coup. En secret, il espérait que cela se passerait mal et que Gilbert irait vers Lina. Il se berçait de ces illusions et s'en voulait de les observer en oiseau de malheur.

Rien ne se passe comme l'enfant le croyait. Au fil des jours, Gilbert est chaque fois plus sombre et absent, même quand il est planté devant la fenêtre à regarder les dockers qui déchargent les sacs de ciment. Il peut rester des heures à fixer sans un mot les tas de kaolin qu'une pelleteuse attaque par les flancs. Le petit, ici, on l'appelle François. François, que penses-tu de ma robe ? François, viens avec moi au tabac, François, on te voit demain ?

Le petit ne dort pas chez eux. Le reste du temps il est comme l'enfant de la famille, sauf que ce n'est pas une famille. La nuit, Gilbert est à la boulangerie avec des rêves de bateaux dans la tête, de départs lointains, derrière la ligne boueuse de la Garonne, là où commence l'océan. Martine reçoit une pension. Elle est beaucoup plus malade que la vieille ne l'a dit. Il lui arrive de pleurer sans raison en basculant le buste d'avant en arrière.

« Elle est simple », a murmuré une doctoresse de Château-Picon le jour où elle l'a laissée partir avec Gilbert. Les rares instants où son sourire s'efface, elle se met à froncer les sourcils en piquant du nez. François a devant lui deux gros yeux noirs comme il en a vu à fleur de tête sur les vaches des Bordas, les anciennes laitières du Grigou.

Martine rumine la tristesse qui l'envahit dès que Gilbert se lève le regard embrumé, de la farine encore sur les bras et incrustée dans les ongles. Il se prépare un café sans bruit et reprend son poste d'observation devant les grilles des Chartrons. Aujourd'hui c'est un vraquier. Demain, c'est le *Sud-Ouest* qui l'annonce, ce sera un grumier en provenance de San Pedro, Côte d'Ivoire, chargé de cacao. En fin de semaine reviendra le *Messidor*, avec de l'okoumé du Gabon.

Le petit a fini par s'attacher à Martine. Elle lui serre le cœur quand il la voit s'approcher de Gilbert avec l'espoir d'un baiser. François devine qu'elle va se faire repousser, et ça ne manque pas.

Jeudi après-midi, il n'est pas allé jouer avec les Montes. Martine avait insisté pour l'emmener au cinéma, à la séance de deux heures. À son arrivée, la porte était entrouverte. La jeune femme craignait que la sonnette ne réveillât Gilbert.

— Il est rentré épuisé. Ils s'y prennent à l'avance pour la viennoiserie du week-end. Je crois que le père Cuvelier l'a laissé toucher à la pâtisserie. Si au moins ça pouvait le rendre gai.

— Sûrement, a répondu l'enfant. Il m'a dit une fois qu'il adorait préparer les gâteaux, les éclairs, les choux à la crème.

— Espérons, dit Martine comme si François lui avait annoncé la lune.

Elle porte une petite robe verte. On voit son jupon qui dépasse, de la fausse dentelle. Elle sent le parfum bon marché. Ses lèvres sont trop peintes. L'enfant la regarde.

— Je te plais, comme ça ? demande-t-elle.

Si c'était Lina, il lui dirait que ce jupon fait pauvre et vulgaire. Il critiquerait son maquillage et son parfum. Mais il préfère se taire. Un masque de tristesse s'est reformé sur le visage de Martine. Elle a embrassé l'enfant, deux bises appuyées sur ses joues. Il finit par être gêné de ces marques d'affection. Bientôt il redoutera ses baisers autant que ceux de Marie-Antoinette à Château-Picon. Gilbert en a peut-être assez, déjà, de cette fille gentille qui colle comme un bonbon.

Ils sont allés au cinéma par le 7-8 jusqu'à la place de Tourny. Au Gaumont, ils ont vu *La Grande Vadrouille*. Tous les deux ont bien ri. Dans le bus du retour, ils se sont retrouvés aussi tristes qu'avant. Sur les quais, la jeune femme a poussé le petit dans un café. Il ne faudra pas le dire à Gilbert. Il n'aime pas qu'elle traîne dans ces endroits.

Ils ont commandé deux chocolats chauds. Sur les soucoupes, lorsque François soulève la tasse, il lit : « Suchard. Le même nom depuis 1824. » Il se demande depuis combien de temps il s'appelle Ardanuit. Si un jour quelqu'un l'arrachera à la nuit Ardanuit.

— Il faut que je te dise, a murmuré Martine. J'attends un petit bébé.

Elle guette sa réaction. L'enfant est surpris. Il a des moustaches brunes autour de la lèvre supérieure. Tout s'éclaire sur son visage.

— Un bébé ?

— Tu crois que je peux le dire à Gilbert ?

L'enfant a hésité.

— Oui, je crois.

Il plonge le nez dans sa tasse de chocolat. De nouvelles moustaches se sont dessinées au-dessus de sa lèvre. Martine n'arrête pas de remuer ses doigts, de les entortiller. Un voile de buée s'est déposé sur les vitres du café. Dehors le pavé brille. Il ne pleut pas, mais des nappes de brouillard viennent du fleuve.

— Si on allait lui dire ça tous les deux ? insiste Martine.

— Tu préfères ?

Elle hoche la tête avec son éternel sourire vide.

La minuterie de l'escalier s'est arrêtée. Ils montent en se tenant par la main. Encore la moitié d'un étage, ce n'est pas une affaire. L'enfant devine la nervosité de la jeune femme. Dans l'appartement, ils voient le dos de Gilbert. Il est assis sur une chaise et regarde le jour tomber sur les docks. De pâles ampoules en suspension sur des filins éclairent le pont du vraquier. Avec le brouillard, la lumière jaune des lampadaires se dilate. À l'intérieur, sur l'électrophone, tourne le disque de Johnny que l'enfant connaît. « La nuit, quand revient la nuit. » Il fait froid car Gilbert a ouvert un battant de la fenêtre. Il fume et la fumée se rabat dans la pièce. Il ne les a pas entendus venir, ou il n'a pas eu envie de se retourner.

— Rentre chez toi, a soufflé Martine à l'oreille de l'enfant. On lui dira une autre fois, d'accord ?

Le petit a dévalé l'escalier comme un voleur. Il a oublié d'allumer la minuterie. Il n'imaginait pas que c'était si difficile, d'annoncer la venue d'un enfant.

CHAPITRE 12

La vieille se plaint qu'elle ne voit plus son petit-fils. Excepté les jours où elle vient tenir compagnie à Martine, pendant la sieste de Gilbert. Elle arrive avec un bouquet de fleurs et un paquet de caramels, parce qu'on n'arrive pas chez les gens les mains vides.

L'enfant a promis de passer ce dimanche avec sa grand-mère. Lina assiste à un rallye. À moins qu'elle ne soit partie avec le navalet. Elle l'a dit mais son fils n'a pas bien écouté. Il a seulement répondu qu'il serait sage comme une image.

C'est le premier dimanche de décembre. Après la messe à Tivoli, la vieille a emmené François faire la tournée des crèches de Bordeaux. À Pey-Berland, l'âne et le bœuf sont grandeur nature, et les pères n'hésitent pas à placer les Rois mages avant l'heure, précédés d'un berger qui leur montre le chemin. L'enfant était impatient de voir le bel ange bleu et de glisser vingt centimes par la fente creusée dans son dos.

Il a écouté le tintement de la pièce tout au fond. L'ange a incliné la tête.

Ils ont vu la crèche de Saint-Sulpice puis, en fin d'après-midi, dans l'obscurité d'une crypte, celle de l'Assomption. On respirait la bougie éteinte et l'encens répandu à l'office de cinq heures. Les grandes personnes parlaient tout bas comme s'il eût fallu veiller un mort. Et pourtant, c'était la naissance du Sauveur qui s'annonçait, la vieille le répétait à l'enfant tandis qu'ils parcouraient les travées pour retrouver la sortie dans l'écho de leurs pas sur la pierre froide.

Elle s'arrête quelquefois devant la tombe d'un curé ou d'un évêque enfouie sous une grosse dalle, à même le parvis d'une église. Son rêve de mortelle serait de reposer là et d'être piétinée chaque jour par le peuple de Dieu. L'enfant ne sait rien de ces pensées secrètes. Il croit que la vieille a perdu quelque chose par terre et se propose de l'aider. Il s'accroupit déjà, est-ce une pièce de monnaie pour le mendiant collé au pilier de l'entrée, ou un papier important qui serait tombé de son sac, une adresse soigneusement découpée dans le *Sud-Ouest* pour se procurer un sapin bon marché, et des tas d'autres choses ?

Non, rien de tout cela. Il faut poursuivre. La vieille a promis de visiter Odette à Terre-Nègre. C'est la mauvaise surprise de la soirée. On ne doit jamais se priver de faire plaisir aux autres, explique la bigote. Un petit nuage de buée sort de sa bouche quand elle parle dans l'air glacé. L'enfant traîne des pieds en répétant qu'il veut rentrer. Encore un dimanche qui ne finit pas. Tout se mélange dans l'esprit du petit, l'ennui rejoint l'ennui, Odette après Marie-Antoinette, Terre-Nègre au lieu de Château-Picon. Odette est de la Martinique, cela se voit à ses cheveux noirs et crépus, à sa peau brune comme la silhouette dessinée sur les boîtes de sucre de canne. La vieille hésite à goûter ce sucre-là. Elle dit qu'il est sale. L'enfant feuillette des illustrés. Les deux femmes dressent l'inventaire des malheurs autour d'elles, des gens qu'elles connaissent à peine.

Une lampe est allumée bien que le jour pénètre encore dans la chambre d'Odette. L'ampoule n'envoie qu'une lumière anémique. L'enfant respire l'odeur du papier humide entre les pages des illustrés. Il ne parvient pas à fixer son attention car les deux femmes parlent sans cesse. Il aurait mieux fait de passer le dimanche chez les Montes. Ils seraient tous allés jouer au « bourrier », le hangar à claire-voie où le jardinier jette tout ce qu'il ramasse dans la cour et dans les poubelles des classes : des stylos, des Bic débarrassés de leur mine qui font de parfaites sarbacanes pour souffler des boulettes de papier. Des règles, des cahiers tout neufs, parfois. Ils font des bagarres avec des équerres à la pointe brisée. Ils s'inventent un monde, dans le capharnaüm du bourrier.

— Il paraît que le père Castelain a le cancer, murmure la vieille. Je prie pour lui.

— Je prierai aussi, renchérit Odette.

D'autres mots fusent à mi-voix. Méningite. Zona. Bile verte.

L'énumération des souffrances ragaillardit les deux femmes. Une sœur a servi de la tisane avec deux biscuits mous. Le petit ne veut pas boire. Il a pris les biscuits mais comme ils ne croquent pas sous la dent, il les a reposés aussitôt sur le rebord du lit de la malade. Un carillon indique sept heures du soir. La vieille s'est levée. Ses genoux ont craqué aux articulations.

— J'ai le souper à préparer.

Embrasser Odette. Elle sent quelque chose comme le poivre et la vanille, et d'autres parfums lourds que François n'a jamais respirés. Son regard est imprécis. Elle agite les bras devant elle pour attraper l'enfant. Il a peur d'Odette parce qu'elle est aveugle et ses yeux se révulsent. Elle le serre trop fort, elle aussi. Dimanche prochain, il frottera ses paupières pour faire venir le sable. Il restera sur son lit avec un gant tiède sur le visage. Il a entendu qu'on grandit plus vite, allongé.

CHAPITRE 13

La même question revient toujours au moment des vacances. Que faire du petit ? Cette année pour Noël, tout paraît plus simple. Maintenant que Louis est casé aux Capucins, qu'il a sa maison à Villenave avec le jardin et les serres chauffées pour les azalées, François pourra rester avec son oncle qui est aussi son parrain. Louis a accepté. Le petit trépigne. Il vendra les fleurs sur le marché, tôt le matin. Roger lui a dit qu'il récolterait de beaux pourboires s'il accepte d'accompagner les clientes en vison jusqu'à leur voiture pour déposer les compositions florales dans leur coffre.

La vieille se réjouit. L'enfant laissera tranquille le petit couple. Martine est fatiguée par son début de grossesse. Gilbert ne parle presque plus, ou seulement pour dire le nom des bateaux à quai. Il la regarde comme s'il la voyait pour la première fois. Il a l'air de se demander ce qu'elle fait chez lui, avec son ventre qui commence à bomber. Le dimanche, Lina viendra passer la journée à Villenave. Elle veut profiter de l'absence du petit pour nettoyer l'appartement en grand. Changer les papiers de l'entrée, peut-être.

Une nouvelle vie a commencé pour François. Le lundi, ils prennent le fourgon pour aller charger des fleurs en Charente. Roger conduit en grillant des gitanes. Il ferme son œil droit à cause de la fumée qui remonte le long de sa joue. De temps en temps, il aplatit sa grosse moustache avec deux doigts et il tousse. On croirait qu'il ne va jamais s'arrêter. Il devient tout rouge. Des veines violacées marbrent son visage.

— Tu passes l'arme à gauche ? demande Louis.

Louis parle sans arrêt. Des factures impayées, de la marchandise à rentrer, d'une vitre cassée dans la serre du fond, du mauvais esprit de la mère Jourdain, au banc d'en face, sous la halle des Capus. Au début, elle leur apportait le café dans une bouteille Thermos. Maintenant que leur banc supplante tous les autres, elle se répand alentour pour dire que le stand est tenu par des tapettes.

Le petit essaie de suivre le monologue, mais tout se bouscule dans la bouche de Louis. Même Roger a du mal. Il rigole et se remet à tousser. C'est un drôle de type, Roger, tout en rondeur et en moustaches, un petit pot à tabac aux cheveux châtains qui se collent à son front dès qu'il transpire. Il a quitté sa femme et ses quatre enfants et sa maison d'Anjou pour faire le fleuriste à Bordeaux. Il a une bonne excuse d'avoir tout planté là, hormis qu'il s'est aperçu qu'un homme dans son lit était de loin ce qu'il trouvait de mieux. Son quatrième enfant n'est pas de lui mais d'un marchand de chemises itinérant qui était prêt à tout reprendre, sa femme et les trois filles, « tout le stock », dit Roger en riant, comme s'il racontait une histoire qui serait arrivée à un autre. Il tenait un bistrot. Au moment de filer, il s'est souvenu qu'il avait un peu tâté d'horticulture, au lycée agricole de Nantes. C'était il y a longtemps. À l'époque, il n'avait pas de moustache.

Louis et Roger se sont rencontrés après une soirée costumée dans une annexe du grand théâtre. Le reste, personne ne sait. Sauf qu'ils font le ménage ensemble, comme le propage la mère Jourdain, des Capus. Le couple laisse dire. Son stand est de loin le plus attrayant du marché. On vient de Gujan-Mestras et même de Langon pour voir Roger à l'œuvre. Il fleurit la plupart des châteaux du Médoc et quand il encaisse pour cent mille anciens francs de pots achetés par la comtesse de Lalande, il envoie un pied de nez à la mère Jourdain qui reste avec ses gros bouquets sur les bras.

À Villenave-d'Ornon, ils possèdent une petite maison ridicule en préfabriqué qu'ils ont récupérée sur un site témoin. Avant de l'installer sur leur terrain, ils ont fait bâtir des fondations de trois mètres de hauteur. L'ensemble donne un édifice assez imposant quoique hétéroclite. Avec de l'argent qu'il a réussi à soutirer à son père — un gros mandat lui est parvenu de Madagascar —, Louis a acheté des serres d'occasion chez un horticulteur du nord de la France qui partait à la retraite.

Le fourgon fonce sur la route d'Angoulême, chargé de fleurs et de plantes en pot. La tournée a été bonne. Un cent d'œillets de toute beauté, des azalées qu'il faudra finir d'élever à Villenave, des saintpaulias prêts à vendre dès le prochain marché. Les suspensions couinent. Au moindre raidillon, le moteur manque d'étouffer. Il tousse autant que Roger.

Louis pérore. Il en a après les fougères qu'il veut étaler sur le toit des serres. Cette question l'occupe depuis le matin. « Tu me feras le plaisir de m'emmener dans les Landes. Si on attend l'été, tout va griller. Tu entends, Roger, tout ! »

Roger a rallumé une cigarette avec le mégot de la précédente.

— J'entends, fait-il d'une voix traînante en adressant un clin d'œil au petit. Ton oncle, faut se le farcir.

Le petit rit. Louis hausse les épaules.

— Si tu crois que c'est drôle. Il n'empêche que, sans fougères...

— Mais on est en automne, Ducon ! Tu sais la tête qu'elles ont, les fougères, en cette saison ?

Vexé, Louis s'est rencogné contre la portière. À peine quelques minutes et il revient à la charge.

— L'an dernier, on a fait cramer un demi-chargement d'Ollioules parce qu'on n'avait pas protégé...

Roger lève les yeux au ciel.

— L'été dernier, se défend-il, on ne savait même pas que le système de réfrigération était en panne. Maintenant on sait...

— Faudrait le faire réparer.

— T'as qu'à redemander deux briques à ton vieux.

— J'ai réussi à lui faire lâcher dix briques, c'est déjà pas mal.

— Tu devrais te méfier, reprend Roger. Si ça se trouve, le père Ardanuit et sa négresse, ils ont fabriqué un tas de petits bamboulas. Alors là, j'aime mieux te dire que ton héritage, tu peux t'asseoir dessus ! Tu t'imagines avec des frangins café au lait, mon Loulou... Pour le partage, ça promet d'être coton.

— Arrête ça, et pas devant mon filleul... Sinon je t'envoie une beigne !

— Oh, quoi ! On peut bien rigoler un peu ! Mais c'est vrai, j'oubliais, sous la carapace Ardanuit, y a du sang bleu qui coule, les de La Goudalie machin chose, c'est ça ?

Louis soupire.

— Tu vois, ton oncle, il est chatouilleux quand on lui parle de son vieux, poursuit Roger.

— Moi je m'en fiche, j'ai pas de père, a répondu l'enfant.

— T'as bien raison. Libre ! Le mien est mort, j'avais ton âge.

— Je crois que le mien aussi, à la guerre ou je sais pas...

— Qu'est-ce que tu nous chantes ? a réagi

Louis. Il n'est pas mort. Je l'ai connu. Il était très gentil, dans mon souvenir.

L'enfant a blêmi. Le moteur du fourgon fait un bruit infernal. Il est déjà sept heures du soir.

— On va s'arrêter au routier de chez Yvonne, sur la nationale, propose Louis. J'ai la cervelle trouée entre ta clope et ce boucan. On a faim, avec le petit. Pas vrai, François ?

L'enfant n'a pas répondu. Il a seulement hoché la tête. Non, il n'a pas très faim. Il a la gorge sèche et plus une goutte de salive. Louis connaît son père ?

— C'était un étudiant en médecine. Il habitait Bordeaux, reprend son oncle comme le fourgon se gare entre deux remorques. Avec ta grand-mère, ça n'a pas collé.

— Pas collé ?

L'enseigne bleu et rouge du Routier clignote. Il fait nuit. On entend le grondement des camions qui filent sur la nationale. Le faisceau des phares vient se prendre dans les nappes de brouillard. Le petit est aux aguets. Cette présence brumeuse, c'est comme s'il approchait son père pour la première fois.

Des hommes en salopette sont attablés. Il reste de la place au fond, près de la fenêtre. Ce soir, on affiche saucisses-purée en plat du jour. Du museau en entrée, ou une terrine cornichons, pour les gros appétits. On parle espagnol et hollandais. Une pointe d'accent belge sort de la bouche de deux colosses, roux comme leur bière.

On entend aussi du français, l'accent traînant de la Charente, un parler qui prend son temps.

Au début, Louis n'aimait pas ce brouhaha perpétuel et la promiscuité d'une table à l'autre. Les coups de coude. La vue sur les nuques des clients. Les odeurs de fauves. Il était habitué à l'atmosphère silencieuse d'un petit restaurant de la Comédie où il déjeunait quand il travaillait chez un libraire de la rue Sainte-Catherine. Mais il ne tenait jamais plus d'un mois à la même place, trop nerveux, trop instable, mauvais caractère, disaient ses employeurs, qui le voyaient partir avec soulagement. Il rentrait chez la vieille et ne sortait plus. C'était comme ça, avant de rencontrer Roger.

À présent il supportait d'avoir de la terre à ses souliers, et aussi de se blesser les mains. Il ne quittait plus ses pantalons de velours. Quand ils traçaient la route en Charente et jusque sur la Côte d'Azur pour acheter les fleurs en gros, ils s'arrêtaient dans ces bouis-bouis qu'il avait fini par affectionner. Roger y avait des habitudes. Surtout chez Yvonne. Quand il entrait, des têtes se retournaient. On lui envoyait de petits saluts qui, maintenant, s'adressaient aussi à Louis. Et pas une réflexion déplacée.

Des cruches à eau marquées Ricard sont sur toutes les tables. Les verres sont remplis de vin.

— Tu as droit à de l'eau rougie, dit Louis au petit. À ton âge, je buvais au tonneau de la cave à Condéon, avec ta mère.

— Avec maman ?

— Un jour, on l'a retrouvée soûle. On ne savait pas où elle s'était fourrée. Elle était sous la barrique de vin vieux et chantait à tue-tête. Gamine, elle avait le vin gai, Lina.

— Et mon père ? a demandé l'enfant que l'eau rougie a fortifié.

— Quoi ton père ? fait Louis.

— Il s'appelait comment ?

— Son prénom, tu veux dire ?

— Oui.

— Alexandre.

— Ah.

— Le plus drôle, si on peut dire, c'était son nom. Il s'appelait Maman.

— Maman ?

— Oui, ça s'écrivait Maman mais on disait Mamane, comme...

— Comme gitane, a dit Roger.

— C'est ça, comme gitane, ou frangipane...

— Mon père s'appelle Maman ? répète l'enfant, incrédule.

Il ne dit pas Mamane. Il dit Maman. Il a calé net sur les saucisses qui refroidissent dans son assiette.

— Pourquoi Lina et mon père, ils se sont pas mariés ?

— Parce que Mamane est juif, répond Roger en prenant au petit un bout de sa chipolata : ce serait idiot de laisser perdre ça.

— Juif, ça veut dire quoi ?

Roger a servi du vin à François. C'est à peine s'il a rajouté de l'eau.

— Bois. On dirait que tu deviens un homme.

L'enfant a vidé son verre d'un trait. Il attaque sa purée en silence puis dessine des rayures dessus avec sa fourchette, l'air absent.

Louis fait les gros yeux à Roger. L'autre prend la mouche. Il commence à avoir trop bu. Pour rentrer à Villenave, Louis s'installera au volant.

— Il faut bien l'affranchir le gamin ! se défend Roger. Tu lui dis le nom de son père. Va au bout de ton idée, maintenant qu'on est à table. Toi aussi ça t'écorche, de dire « juif » ? Ah, elle vous a bien élevés, la mère Ardanuit ! Eh bien, moi, je n'ai pas peur des mots. Juif, juif, ah, ah, juif !

Et, se tournant vers le petit :

— T'en fais pas, va. Mieux vaut ça qu'une jambe cassée.

— Mais c'est quoi, juif ? insiste François.

— Tu vois ta mamie, avec la Sainte Vierge tout là-haut sur son garde-manger, à côté de la boîte de sucre ? dit Roger. Eh bien, il y a très longtemps, je te parle de choses il y a presque deux mille ans, les juifs ont fait beaucoup pleurer sa statue en tuant son fils qui s'appelait Jésus. Tu suis ?

— Oui. Qu'est-ce qu'ils font les juifs, maintenant ? Et comment on les reconnaît ?

Roger observe l'enfant, ses yeux brillants. Aurait-il forcé sur le rouge ?

— Ils ont une bosse sur le nez.

— Ne l'écoute pas, coupe Louis. Finis ta purée, assez parlé de tout ça. Et pas un mot à ta mère...

François promet de ne rien dire. Il retient seulement le nom d'Alexandre Maman qu'on prononce Mamane, et aussi qu'il étudiait la médecine. S'il en parle à Lina, il sait qu'elle va se mettre à pleurer. Elle pleure déjà trop depuis qu'elle a renvoyé promener le navalet et aussi le pilote de rallye. Il lui suffirait de prononcer Mamane et les grandes eaux de Versailles couleraient encore. Il n'est jamais allé à Versailles mais il a entendu cette expression dans la bouche de la vieille. Il imagine que les gens n'arrêtent jamais de pleurer, à Versailles.

L'enfant a compris que les grands pleurent longtemps après la fin de ce qu'ils ont aimé, comme la vieille pleure en cachette chaque fois qu'elle reçoit une carte de Madagascar avec les timbres papillon et les photographies en couleurs de colibris que là-bas, dans les îles, on appelle « murmures ».

La serveuse s'est approchée.

— Un mystère pour le petit, a dit Louis.

D'un geste de la main, il a aussi réclamé la note. C'est lui qui tient la caisse, une boîte en fer bleu pâle qui ferme à clé avec un minuscule cadenas. Il en a retiré un chèque qu'il commence à remplir soigneusement en attendant l'addition. L'enfant a tressailli. Il connaît cette écriture. C'est celle de Tristan, l'oncle qui sort de son corps. Les deux frères se détestent mais leurs écritures sont les mêmes. Leurs sangs aussi, comme ceux du petit et de Maman dit Mamane. On peut avoir les sangs pareils et ne pas s'aimer.

L'heure de route a passé vite. Roger s'est endormi en ronflant. L'enfant n'a plus posé de question. Il n'a reparlé de rien avec Louis. Le fourgon a traversé sans encombre les nappes de brouillard qui se sont effilochées avant Bordeaux. Du pont suspendu, ils ont vu la ville tout illuminée. On aurait cru un gros gâteau parsemé de bougies. Dans l'obscurité de la cabine, le petit passe et repasse un doigt sur son nez en butant chaque fois sur la bosse, au milieu. Une très légère dépression. La vieille prétend pourtant qu'il a le nez Ardanuit. Il ne sait plus.

D'habitude, François dort seul dans la chambre de Louis qui émigre chez Roger. Mais cette nuit, Louis est resté dormir avec lui. Un peu avant l'aube, l'enfant est venu se blottir dans les bras de son oncle qui est aussi son parrain. Louis ne l'a pas touché. Il lui a seulement dit le nom de son père. Ils ont sommeillé jusqu'au matin.

CHAPITRE 14

Lina est venue chercher François aux Capucins dès la fermeture des grilles. L'enfant a couru vers elle et tous les deux sont restés serrés près des étals de charcuterie. Une semaine entière sans se voir. Le temps leur a paru long. Ils se parlent à peine. Leurs mots sont les regards qu'ils s'adressent.

Ils ont marché jusqu'à la porte Dijeaux. Dans un petit salon de thé, ils ont pris un chocolat, deux cannelés dorés sur le dessus et tendres à l'intérieur. Ils se sont partagé aussi une tranche de pain perdu saupoudrée de sucre glace. Lina a offert à François le dernier album d'*Astérix*. Il lèche le bout de ses doigts collants et tourne les pages avec précaution. La Dauphine est garée cours du Chapeau-Rouge. L'obscurité enveloppe la ville. Ce n'est pas encore la nuit. Au bas de la pente, les quais commencent à s'éclairer.

Le petit pense à Gilbert. Est-il le nez collé au carreau, à regarder le *São Paulo* arrivé hier soir du Brésil, les cales remplies de café arabica ? Le

Sud-Ouest en a parlé. L'enfant aimerait savoir où se trouvent les pays à café comme le Brésil. Il ne sait rien du Brésil. Il a seulement entendu parler de Pelé. À l'école, ses copains disent que c'est un dieu. Il a demandé à la vieille si elle connaissait le dieu Pelé. Elle a répondu d'un ton pointu qu'il n'existe qu'un seul Dieu et qu'il ne saurait d'aucune manière s'appeler Pelé.

Dans une minute ils passeront sous les fenêtres de Gilbert. Le petit espère que Lina va se garer. Qu'ils iront lui dire bonjour, et aussi à Martine avec son ventre qui grossit. Mais Lina doit aller chercher ce fichu sapin, d'ailleurs, est-ce qu'il a pris avec lui l'adresse de l'entrepôt découpée dans le journal ? Il fouille ses poches. Le papier est là. Il le tient bien entre ses doigts, l'album d'*Astérix* dans l'autre main.

— Une autre fois, dit Lina comme ils filent devant l'immeuble de Gilbert. J'espère qu'il restera des sapins. Sinon ta grand-mère va m'attraper.

L'auto roule sur une nationale au sortir de Bordeaux. Le fleuve est tout proche, veillé par une longue procession de platanes. Sur l'autre rive, derrière le rideau d'arbres, les feux des autos glissent par intermittence. Lina a mis le chauffage au maximum. On ne s'entend plus à cause du bruit de la ventilation et des essuie-glaces. Il pleut. À sa montre aux aiguilles phosphorescentes, l'enfant lit qu'il est presque six heures.

Puis, le temps s'arrête. Une sorte de fin du monde dans un chaos de ferraille et de caoutchouc brûlé. Un son mat, une sensation de chaud, l'odeur de l'essence répandue sur la route. Le visage de l'enfant a percuté le tableau de bord. Des morceaux de Plexiglas constellent ses pommettes et ses joues. Ce n'est rien à côté de Lina qui est morte.

Pendant d'interminables instants, François ne saurait dire combien car sa montre est brisée, Lina est morte. Elle repose à quelques mètres de lui, éjectée de la voiture comme une poupée de chiffon, étendue dans l'herbe mouillée du fossé, en bordure de route, les cheveux épars sur sa figure. Après, l'enfant entend des pas, des gens qui accourent, des voix et même des aboiements. Sa main frôle le visage de Lina sans oser s'y poser.

Deux hommes en blanc ont fini par la ressusciter. Ils l'ont hissée avec son fils dans une ambulance à la sirène hurlante. Le véhicule longe le même rideau d'arbres que tout à l'heure. Le paysage est méconnaissable, avec cette sirène qui déchire la nuit sur son passage.

L'enfant rassemble ses forces et demande si Lina est morte. L'ambulancier ne répond pas. Il n'a pas entendu. La voix de François est si faible. Sa mère a ouvert les yeux, les a refermés. Le petit se retient de pleurer. Il évite aussi de toucher son propre visage. Dans la vitre de l'ambulance, il devine ses joues vernies de sang séché, brillantes sous les éclats de verre. Il a eu raison de ne pas embrasser Lina. À se serrer l'un contre l'autre comme au marché des Capucins, ce matin, ils se seraient coupés. Ce n'est pas facile d'imaginer qu'on peut blesser sa maman en l'embrassant.

Lina souffre d'un léger traumatisme. Tout à l'heure, elle pourra rentrer à la maison. Ils ont eu de la chance. Un refus de priorité. L'autre chauffeur est en tort. La Dauphine devra passer à la carrosserie et peut-être au marbre. C'est ce qu'ont dit des témoins de l'accident. Ils avaient l'air de penser que c'était grave, le marbre, pour une auto.

Aucun homme n'est venu chercher l'enfant et sa mère à l'hôpital Saint-André où ils ont été admis aux urgences. Pas de navalet. Pas de pilote de rallye. Lina embrasse le front de son fils que le choc a épargné. Sa figure a doublé de volume. Il ressemble à un boxeur compté dix. Louis a fini par arriver avec le fourgon des fleurs.

— Décidément, on ne se quitte plus, a-t-il lancé à son neveu.

La vieille a été prévenue. Elle les attend rue Cornac. Elle a dévoré quantité de sucre et remercie la Vierge Marie d'avoir éloigné le pire. Quand ils ont sonné à l'appartement, elle tenait dans sa main son crucifix en bois d'amourette.

— Mes enfants ! a-t-elle crié dans un geste théâtral.

Elle est heureuse de s'occuper de son petit monde. Les ennuis des siens la galvanisent. Elle frétille comme un poisson dans l'eau, elle est à son affaire, on a besoin d'elle, elle est indispensable, elle a quatre mains, elle a huit mains, elle fait allonger Lina sur le canapé avec des coussins pour sa tête et de suite ma chérie, je t'apporte de l'aspirine. Toi mon petit, exceptionnellement, tu peux manger devant la télévision. Tu n'auras qu'à suivre le feuilleton, c'est *L'Homme du Picardie*, je t'ai déjà entendu fredonner la chanson : « Ma péniche s'en va, ma péniche s'en va, lalala... » Ne mets pas le son trop fort, pour ta maman. Ah, mes pauvres enfants, mes pauvres enfants. Qu'on est bien ensemble ! Elle envoie un regard complice à sa Sainte Vierge, se promène de pièce en pièce avec son crucifix. Merci, merci. Elle ne sait pas si elle salue le malheur, bien modeste en somme, ou la chance qu'elle a de pouvoir le soulager, à peu de frais, comme un paradis gagné au rabais.

Dans la nuit, l'enfant a entendu Lina se plaindre. Il est allé lui chercher un verre d'eau et encore de l'aspirine. Elle n'a pas besoin d'un homme à la maison puisqu'il est là. Il voudrait parler de Maman comme gitane mais il a promis à Louis de se taire, toujours se taire.

CHAPITRE 15

Gilbert a frappé discrètement. Il est encore tôt. La vieille lui a ouvert.

— Entre ! a-t-elle marmonné. Ils dorment. Il y a eu du mouvement, cette nuit. Je crois que Lina a mal dormi. Figure-toi...

— Je sais. Louis est passé à la boulangerie avant d'embaucher aux Capucins. Il m'a raconté.

— Quelle veine ils ont eue, Seigneur !

— Oui.

— Débarrasse-toi, tu as les bras chargés.

— Des viennoiseries pour François. Il va comment ?

— Un bobo spectaculaire. Quand il aura désenflé, il n'y paraîtra plus.

— Je peux le voir ?

— Pousse la porte de la chambre. Fais doucement, Lina est dans le lit du fond.

Gilbert a pris les patins et glisse sans bruit sur le linoléum. L'enfant a cru distinguer leurs voix. Il a tourné la tête en direction du salon et maintenant, il attend. La silhouette de l'ancien prisonnier se découpe dans la faible lumière du jour. Gilbert a marqué un temps d'arrêt pour laisser son regard s'habituer à l'obscurité.

— C'est qui ? demande le petit.

— Moi, Gilbert.

— J'arrive.

Gilbert n'a qu'entr'aperçu la silhouette immobile de Lina, sa nuque prise dans une minerve. Il aime regarder la nuque des femmes. C'est ce qu'il trouve de plus émouvant chez une femme. La ligne du cou, et le duvet qui boucle tout autour. Il n'a jamais prêté attention à la nuque de Martine. Il ne pourrait dire si elle est fine, ni si le creux du cou est nettement dessiné sous l'implantation des cheveux. Il n'en sait rien. Il s'en fiche. Maintenant qu'il a vidé son sexe des dizaines de fois dans ce ventre indolent et sans défense, il se demande pourquoi il s'est jeté sur cette pauvre fille dans son lit d'asile. Comment a-t-elle pu atterrir dans sa vie, dans son nouvel appartement face aux quais de débarquement ? Et par-dessus le marché, comme dirait la vieille, elle est enceinte.

Une expression de contrariété traverse le visage de Gilbert. Personne ne peut la remarquer car le petit est encore dans l'obscurité pendant que sa grand-mère réchauffe le café. Gilbert en veut à la vieille d'avoir tout manigancé, la rencontre avec Martine et le reste.

Il a offert à François ses viennoiseries. Sitôt dans la cuisine, l'enfant s'est jeté sur le chausson aux pommes. La compote est encore tiède à l'intérieur.

— Mâche lentement, dit Gilbert.

Ça lui tire partout sur le visage et jusqu'aux arcades sourcilières.

— Tu te sens d'attaque pour une promenade au port ? demande Gilbert à François. Avant de lever l'ancre, le commandant du *São Paulo* ouvre le pont au public.

— Mais, ma tête...

— Tu as mal ?

— Pas très. C'est à cause du gonflement...

— T'occupe pas. Une cagoule et il n'y paraîtra presque rien.

— Je déteste les cagoules !

— Alors, viens comme tu es. Le premier qui se moque de toi, je le passe par-dessus bord !

Ils marchent en direction des quais. Martine ne viendra pas. Elle a des nausées. La nuit dernière, elle a vomi. Gilbert en parle comme d'un chat. Le petit aimerait beaucoup avoir un chat. Lina refuse à cause des poils qu'on retrouve partout, sur les vêtements, sur les coussins. Même dans les poumons. Ils l'ont dit à la radio : ce n'est pas bon de respirer les poils de chat. Sans parler des coups de griffes sur les canapés. Hors de question, a décidé Lina. Le petit lui a fait observer que leur canapé est en rotin. Sa mère prétend que cela revient au même, un chat est toujours un chat, et ses griffes toujours des griffes. Il y a aussi la sciure à changer, les odeurs.

Ils marchent en silence, chacun dans ses pensées. Gilbert se voit sans Martine et François avec un chat. Devant eux, dépassant de très haut les grilles des quais, se dresse le *São Paulo*. Ce n'est pas une coque de navire. C'est un mur de laque noire. Il faut se casser le cou pour distinguer le pont.

Le ciel est sale, l'habituelle grisaille de décembre. La cheminée du bateau fume. Il est annoncé au départ pour le début de l'après-midi.

— On a tout notre temps ! s'écrie Gilbert avec une voix enfantine, tandis qu'ils gravissent la passerelle.

Des marins les saluent. Le petit est fasciné par leurs pompons rouges et aussi par la couleur de leur peau qui ressemble à du caramel.

— Tu aimerais partir, un jour ? a demandé Gilbert.

— Partir où ?

— Je ne sais pas. Loin, là où il fait chaud.

— Avec maman ?

— Non, seul comme un grand.

— Tu veux dire plus tard, alors ?

Gilbert le dévisage, avec sa grosse tête et ses yeux enfoncés dans la boursouflure des arcades.

— Quand tu auras vingt ans, par exemple.

L'enfant ne dit rien. Il désigne du doigt un appareil de guidage qui ressemble à une boussole sertie de cuivre. Il n'a pas oublié la question de Gilbert. Après qu'ils ont atteint le pont supérieur par une échelle de coupée, l'enfant reprend :

— Est-ce que tu connais les pays où il n'y a que du sable ?

— Tu veux dire les déserts ?

— Oui, les déserts.

— Ça existe en Afrique, après la Méditerranée.

— Quelquefois j'ai du sable dans les yeux alors que je suis resté dans ma chambre à jouer avec mon Meccano ou à lire *Les Six Compagnons*.

— Tu es sûr ?

— Oui, c'est comme si je le fabriquais. Ça brûle sous les paupières. Je dois m'allonger dans le noir avec une serviette mouillée sur les yeux. Maman dit que c'est une allergie.

— Si tu vas dans le désert, tu risques de recevoir encore plus de sable et pas seulement dans les yeux.

— Peut-être qu'il ne me fera pas mal, le sable de l'Afrique.

Gilbert hume l'air en gonflant sa poitrine, comme s'il était en pleine mer.

— Tu as raison. De toute façon, il faut toujours aller voir ailleurs, quand ça nous pousse.

Il a parlé pour lui. François essaie d'enfoncer ses doigts dans les bouées accrochées aux rambardes, mais le contact est dur et rugueux. Un officier en uniforme est passé près d'eux en les saluant d'un bonjour à l'accent indéfinissable. Gilbert le suit du regard, d'un air vide. Ils se sont remis en marche sur le bois lessivé des coursives.

Dans cette partie du navire, ils sont seuls. Un léger clapotis fait bouger le sol. Plus loin, un homme en salopette est occupé à serrer une vis grosse comme le poing avec une énorme clé. Le petit aimerait pouvoir le regarder mais Gilbert l'entraîne vers les cabines, là où l'on aperçoit le paysage à travers des hublots. Ils collent leur nez contre le verre rond et s'imaginent sous les tropiques. Le petit ignore à quoi ressemblent les tropiques. Gilbert lui raconte que ce sont des pays très chauds où l'on boit le lait des noix de coco. Cela suffit à l'enfant pour rêver les yeux ouverts, sur les bords boueux de la Garonne, dans le *São Paulo* qui mettra ce soir le cap sur Belém.

— Pour partir, il suffit de suivre le fleuve, dit Gilbert. La nuit, c'est plus joli. Il y a le faisceau des phares pour nous guider.

— Les phares ? a demandé l'enfant.

— On dirait d'énormes cierges plantés sur les rives et même en pleine mer, pour certains. Tu veux savoir leurs noms, si jamais un jour...

Le petit acquiesce. Il voudrait s'arracher à la nuit Ardanuit.

— Ils sont cinq comme les doigts de la main, dit Gilbert. Tu vois, ce n'est pas difficile à retenir. Donne-moi une main.

Le petit a tendu la gauche car il y a le cœur au bout. Gilbert l'a levée vers le ciel.

— Un phare se tient droit. Très bien. En avançant dans l'estuaire de la Gironde, par là, tu aperçois d'abord la tour carrée de la pointe de Grave.

Il a attrapé le pouce de l'enfant.

— C'est le Verdon, le début de l'océan. Si tu goûtes l'eau, tu remarqueras qu'elle est déjà salée.

— Le Verdon, répète François. Et après ?

— Plus loin, il y a Terre-Nègre. Un feu blanc, rouge et vert, trois éclats successifs d'une grande pureté, même par temps de brume. Impossible de ne pas le voir. Tu peux le deviner rien qu'en fermant les yeux.

Tout en parlant, Gilbert déplie les doigts de l'enfant.

— Celui-là, ton majeur, n'oublie pas, c'est Cordouan, le Versailles des phares. Il marche à l'huile d'olive et au blanc de baleine. Il est immense, majestueux.

— Les grandes eaux de Versailles ? demande l'enfant.

— Non, répond Gilbert. Je dis Versailles parce que c'est la voie royale pour foutre le camp. Et après Cordouan, au bord d'une immense forêt, il y a là un ami des voyageurs comme toi et moi. Il s'appelle la Coubre.

Maintenant, l'homme tient l'index de François. Il est ému par cette main d'enfant abandonnée dans la sienne.

— La courbe ? a demandé le petit.

— Non, la Coubre. Il envoie son faisceau de lumière des kilomètres à la ronde. Et encore après, sur l'Atlantique, il y a tous les phares de la Vendée, mais je ne connais pas leurs noms. On cherchera sur une carte, si tu veux.

— Il reste un doigt, a soufflé François, en remuant l'auriculaire.

— Tu as raison. En piquant vers l'Espagne, un feu à éclat rouge brille toutes les cinq secondes jusqu'à vingt-sept milles en mer. C'est le Cap-Ferret.

— Ça fait combien, vingt-sept milles ?

— Assez pour partir loin d'ici, a dit Gilbert.

Un coup de sirène a interrompu leur rêverie. Un grondement assourdissant. L'enfant a sursauté.

— Qu'est-ce qui se passe ?

— On largue les amarres ! On s'en va, mon bonhomme, en route pour l'aventure !

François s'est mis à sangloter. Fini les phares et le mystérieux appel du large. Il ne veut pas partir. Pas si vite. Pas comme ça.

— Et maman, répète-t-il entre deux hoquets, elle va s'inquiéter...

— François ! l'interrompt Gilbert. Tu vois bien que le bateau ne bouge pas. C'était pour te donner le grand frisson du départ. Tu nous vois, partant au Brésil sans prévenir personne ?

Le petit a secoué la tête de gauche à droite sans pouvoir articuler un mot, encore à sa frayeur d'avoir manqué s'éloigner de Lina. Il n'est pas près de filer seul au petit bonheur vers les pays remplis de sable.

— Tu nous vois, partant au Brésil sans prévenir personne ? a répété Gilbert, comme s'il voulait éprouver l'impact de ces mots en lui.

François renifle. Gilbert caresse son malheur. Lorsque la sirène a retenti, faisant tout trembler des accastillages et des membres de l'enfant, il aurait tout quitté d'un cœur léger.

CHAPITRE 16

Pendant quelques jours, l'enfant est devenu le héros du collège. Le choc des autos, le vol plané contre le tableau de bord, l'évanouissement de Lina, l'ambulance, les points de suture au-dessus des sourcils : il a tout raconté. Il en a rajouté.

Aujourd'hui, il est fier. Les caïds de sa classe se sont attroupés autour de lui. Il y a Thomas Daubec le champion de foot, Gagnoux qui mâche toujours du chewing-gum sans en donner à personne, Martinat le fils du coiffeur, un costaud. D'habitude, c'est Daubec et Martinat qui font les équipes de foot, pendant la récréation. François a beau leur envoyer des signes, sautiller en criant « moi, moi ! », ils ne le choisissent qu'en dernier, une fois qu'ils ont pris le grand Casa à l'avant, Rateau dans les cages, et Belloc sur l'aile. Ils ne veulent pas de Gagnoux car il se fiche du foot. Il préfère mâcher ses chewing-gums dans son coin avec deux ou trois gamins de son espèce qui regardent les autres avec mépris. Il paraît qu'on l'a déjà vu fumer près des toilettes.

La plupart du temps, François n'est retenu dans aucune équipe. C'est seulement s'il manque un bon que son nom est appelé, faute de mieux, un « Ardanuit » prononcé sans conviction par Daubec ou Martinat. Son nom est forcément une déception, mais puisqu'il faut faire le compte.

François n'a jamais marqué de but. Il n'a jamais empêché non plus un adversaire de le dribbler quand il joue à l'arrière. Son problème, c'est la position. Il ne sait pas comment se placer. Il ne sait pas trouver sa place au milieu de joueurs qui ont l'air d'avoir trouvé la leur depuis toujours. Certains sont des ailiers-nés, d'autres des défenseurs-nés. François est né pour rien, et il grandit comme cela, dans sa vie comme sur le terrain de foot improvisé du collège où des manteaux jetés à même le goudron de la cour servent de but. Il va de droite et de gauche, se fait bousculer. Quand Daubec est capitaine, il lui crie dessus : « Replace-toi, Ardanuit ! »

François appelle les ballons, tente de se démarquer. Le plus souvent il est hors jeu. Il aimerait gagner la confiance de ses équipiers. Il n'y a pas plus abandonné que lui, dans la cour de l'école, au moment où un match commence et qu'il ne joue pas.

Ce matin au contraire, tous l'entourent, le questionnent, le consolent. Il est triste de devoir renoncer au foot. « T'en fais pas, dès que tu seras remis, on te choisira », promet Martinat. Gagnoux a offert un de ses précieux chewing-gums à François.

Exceptionnellement, il ne restera pas à la cantine. Lina lui a demandé de rentrer chez la vieille à midi. Elle a écrit un mot pour le père préfet. Le petit est content à cause de ça aussi. Lina veut absolument le photographier, maintenant que ses premiers hématomes se sont résorbés. Ses yeux sont encore entourés de taches violacées. Son sourire est redevenu le même, à condition qu'il sourie. De même son regard sombre, sa prunelle marron très clair cerclée d'un trait foncé, comme de l'eye-liner qui cernerait l'iris. Ce cercle foncé donne à son regard une profondeur singulière. Il croit qu'avec des yeux marron, on est moins intéressant qu'avec des yeux bleus ou verts. Peut-être Thomas Daubec le choisirait-il plus souvent, s'il n'avait pas les « yeux marron yeux de cochon ». Casa a les yeux comme des agates. Ceux de Belloc sont d'un vert intense.

En attendant, François va être en retard chez la vieille. Un collègue de son travail a prêté un appareil photo à Lina. « Viens dès midi », a-t-elle dit tout bas à François ce matin, c'était comme un secret entre eux.

Il grimpe deux par deux les marches du méchant escalier de la rue Cornac. La vieille est partie en visite chez une nouvelle malade de Terre-Nègre. Lina se remet de l'accident. Elle veut photographier son fils maintenant parce que le soir, la clarté est trop faible. Quand elle a vu le ciel bleu, elle a saisi l'occasion.

— Approche, mon chéri.

Elle a ouvert la fenêtre. Le visage de son fils lui apparaît à contre-jour. Elle pense que c'est bien ainsi. Elle n'est pas habituée à manier un appareil photo. L'enfant a demandé s'il devait sourire.

— Comme tu veux, mon chéri.

Il sourit.

— Est-ce que je peux aussi tirer la langue ?

— Pourquoi donc ? demande Lina, un œil fermé, l'autre écarquillé derrière l'objectif.

Une fois, dans la boîte à chaussures rangée dans l'armoire de Lina, bâtiment Z, l'enfant a vu une drôle de photo de sa maman où elle tire une très longue langue. C'est un gros plan très amusant. Au dos, une main a écrit au stylo bleu : « Avec une pareille langue... ce qu'elle doit être gourmande... » Il se souvient qu'après, il y a marqué : « Réflexion d'un petit lapin. Amicalement. » Et des initiales, peut-être M.O. ou R.T., il ne sait plus. Elles ne correspondent à aucun prénom d'homme qu'il aurait croisé en compagnie de Lina. Mais d'autres photos prises en Bourgogne et dans le Bordelais lui ont appris qu'il ne connaît pas tous les hommes qui convoitent la jeune femme. Eux jureraient qu'elle est la sœur jumelle de Marlène Jobert. Surtout quand elle plisse les yeux et le haut du nez. Et aussi quand elle dit qu'elle n'aime pas les slows à cause de ce qu'il y a après les slows, elle a entendu cette réplique dans un film.

L'enfant a tiré la langue comme Lina sur la photo. Elle n'a rien dit, s'est contentée d'actionner la pellicule pour une nouvelle pose. Elle le mitraille. De droite, de gauche. Sur le côté. Rien que des gros plans. Les yeux. Le front. Le bas du visage. Le menton. Peut-être aurait-il été plus judicieux qu'elle sorte dans la rue pour éviter la surexposition. Ce qu'elle voit à travers l'objectif lui convient. Oui, c'est parfait. Elle n'a aucune idée de comment il faut se placer pour obtenir une bonne photo. Elle croit que plus il y a de lumière, mieux c'est.

Le cœur de l'enfant bat fort. Il est subjugué par cette cérémonie, des « mon chéri », des « ne bouge plus ». Il ne devine pas qu'il s'agit d'un travail méthodique. Il croit que c'est pour ses beaux yeux. Que pourrait-il savoir des assurances, de ce qu'elles réclament pour réparer les dommages corporels, des histoires de franchise et de preuves à fournir dans un délai précis.

Une pellicule entière a été utilisée. Vingt-quatre poses. En couleurs.

— Je pourrai en avoir pour les montrer à mes copains ? a demandé le petit.

— On verra, a hésité Lina.

Quand elle répond « on verra », François comprend « non ».

Aucun regret, après. Les photos sont revenues du studio quelques jours plus tard. Floues. Entièrement floues. Pauvre Lina qui ne sait pas trouver la distance.

CHAPITRE 17

La Dauphine roule à travers la campagne en fleurs. C'est le début de l'été. Toujours la même enfance qui ne veut pas s'en aller. Lina est au volant. Elle aussi paraît une enfant à côté de son fils. Assis sans un mot sur le siège du passager, il regarde le paysage à travers la vitre. Les vignes n'ont plus leur maigre silhouette de l'hiver. Elles éclatent d'un vert charnu pommelé de lourdes grappes. Une grande année s'annonce en Médoc. Au bout de chaque rang, comme un point de ponctuation, une rose a éclos.

Lina raconte au petit l'histoire de cette rose, mais le cœur n'y est pas car, dans moins d'une heure, ils ne seront plus ensemble. Elle repartira vers Bordeaux. L'enfant restera dans une ferme où un couple de paysans a bien voulu l'accueillir pour les travaux des champs. Il sera au grand air. Cela le changera de la ville et des mauvaises fréquentations. Il a été surpris à fumer avec un grand du collège. Son carnet de notes était médiocre et les appréciations du maître insupportables pour l'honneur des Ardanuit, c'est la vieille qui a parlé d'honneur.

Lina s'est tue. Lorsqu'il a été question de placer le petit dans une ferme de l'estuaire, au-dessus de Blanquefort, elle n'a pas eu le cran de résister. L'enfant serait bien allé à Villenave, chez Louis et Roger. Mais rien ne va plus entre eux. Louis est revenu habiter rue Cornac avec sa mère. C'est du provisoire. En attendant, mieux vaut que le petit cède la chambre du fond à son oncle. Quant à le laisser seul à la cité du Grand-Parc, bâtiment Z, pendant le mois de juillet, pas question, avec ces gamins qui traînent la cigarette au bec, et des couteaux dans les poches par-dessus le marché. La ferme, c'est la solution. Après tout, le Grigou est venu de la terre et son fils aussi, avant d'aller se perdre à Madagascar. Qui sait si François n'y prendra pas goût ?

Il aurait voulu s'installer quai des Chartrons, chez Gilbert. Mais depuis la naissance de leur enfant qu'ils ont appelé Johnny, Martine est dépassée. Le bébé pleure toutes les nuits, ils n'ont que deux pièces et Gilbert a les nerfs à fleur de peau entre son travail à la boulangerie et les cris du nouveau-né.

La santé de Martine inquiète. On fait mine de découvrir qu'elle est fragile à l'intérieur de sa tête. Elle pleure sans raison. Gilbert menace de la jeter par la fenêtre avec Johnny s'ils continuent leur concert de sanglots. François ne va pas les embêter. La vieille a donné son accord aux paysans pour le séjour du petit.

Lina ne roule pas trop vite. Elle n'est guère pressée de laisser son fils de neuf ans à des inconnus. Dans la gorge, elle sent une boule.

— La rose, dit-elle, est une sentinelle, tu sais, comme les soldats qui surveillent du haut des remparts, dans les châteaux forts.

— Mais ce n'est pas fort, une rose, a répondu l'enfant avec l'air de penser à autre chose.

— Justement, explique Lina, si la maladie rôde autour de la vigne, la rose mourra en premier parce qu'elle est fragile. L'alerte sera donnée. On pourra traiter les pieds et les raisins pour qu'ils ne meurent pas à leur tour, tu comprends ?

— En fait, reprend l'enfant, c'est comme un sacrifice.

— Un sacrifice, tu as raison.

Il a laissé retomber le silence sur ce mot qu'il connaît par cœur. La vieille le rabâche à longueur de temps. Il faut faire des sacrifices, toujours des sacrifices. Pour lui c'en est un de devoir rester chez ces paysans qu'il n'a jamais vus. Les Montes l'avaient invité au bord de la mer, du côté d'Andernos. Lina n'aurait pas dit non. La vieille s'est montrée intraitable. Si on ne le corrige pas quand il est encore temps, on en fera un voyou. Tu m'entends, Lina, un voyou. Lina a entendu, François aussi. Les murs sont en papier, rue Cornac. Surtout le soir quand la vieille pousse sa voix dans les aigus.

Lina roule le long de la Gironde qui miroite sous le soleil. Elle ne veut pas que le silence s'installe. Elle se sent fautive de devoir emmener l'enfant si loin. Il faut qu'elle trouve encore quelque chose à lui dire. À Saint-Julien-en-Beychevelle, elle pense qu'elle est sauvée.

— On va passer devant un château en pierre toute blanche. Il y a longtemps, ce château était habité par un amiral qui obligeait les gros navires venus de l'Océan à baisser leur voile devant sa propriété. Beychevelle, ça veut dire baisse-voile.

Elle guette la réaction de l'enfant. Il ne dit rien. Il se demande ce qu'il fera, à la ferme. La vieille a parlé de castrer les maïs. Pour lui, c'est du chinois. Il a voulu savoir s'il y aurait des enfants de son âge. Pas pendant les deux premières semaines. Après, il est question qu'un neveu du propriétaire arrive de Blaye, mais lui, ce ne sera pas pour travailler.

La route s'enfonce dans un bois de chênes et de pins avant de déboucher sur une plaine légèrement vallonnée où ondulent les blés mûrs. Plus loin, des hampes de maïs bouchent l'horizon. On approche. Le silence est de plus en plus épais. Il n'y a plus que le ronflement de la Dauphine et le petit bruit agaçant du clignotant, lorsque Lina dépasse un tracteur qui charrie une carriole de foin. Le compteur marque à peine quarante kilomètres depuis Bordeaux et pourtant un autre monde a surgi. Des champs à perte de vue. L'auto passe devant d'immenses silos à grains et des hangars de coopérative d'où s'exhale une odeur de paille et de lait chaud.

— Il y aura peut-être des chevreaux comme chez le Grigou, a lancé l'enfant.

— Peut-être, s'étrangle Lina.

Son fils a envie de parler de Louis et de Roger. En voyant de hautes fougères, tout à l'heure, il a pensé à eux. Que vont devenir les serres de Villenave, avec l'été brûlant qui commence ? Et les mimosas qu'ils parlaient de transplanter, avant leur dispute ? Louis dit que Roger a la goule méchante quand il a bu. Il l'a chassé de chez lui, un soir qu'ils avaient arrosé une crémaillère chez une fleuriste des Capucins.

Le petit aimerait bien qu'ils se remettent ensemble. Il a envie que tout s'arrange autour de lui. Si seulement Gilbert retrouvait sa bonne humeur du début. La naissance de Johnny a dû lui faire plaisir, tu ne crois pas, maman ?

— Sûrement, répond Lina.

— Tu étais contente, quand je suis né ?

— Bien sûr.

Elle est pressée d'arriver, maintenant. Les questions de son fils l'oppressent. Il sifflote un air idiot. S'il osait, il demanderait encore à sa mère s'il existe vraiment, ce monsieur Maman, à prononcer mamane comme gitane.

À l'entrée d'un chemin de terre est planté le panneau indiquant la ferme Portal. Au fond se tapit une grosse bâtisse précédée d'un portail rouillé.

— Nous y sommes ! a dit Lina.

Il est trois heures de l'après-midi. Elle a rangé l'auto à l'ombre d'un grand marronnier. Des chiens ont aboyé au bout de leurs chaînes. Personne n'est sorti. On devine au loin le grondement d'un engin à moteur. Des haies ont été abattues au bord des fossés.

Une femme en tablier a fini par apparaître.

— J'étais en cuisine. Je vous ai pas entendus arriver. Ici c'est mieux de sonner au klaxon !

Elle est entre deux âges, un chignon de cheveux gris et noirs, la peau du visage marquée, très brune. Elle plaît aussitôt à François qui lui trouve un air de ressemblance avec Mme Montes, sauf l'accent espagnol qu'elle n'a pas, ni le sifflement des *s*. Il aime trouver aux étrangers une ressemblance avec des gens qu'il aime. C'est plus facile pour les adopter.

— Je vais m'occuper du drôle. Venez boire un verre d'orangeade et rentrez vite sur Bordeaux avant la circulation du soir, avec tous ces camions sur la deux-voies.

Lina obéit. C'est elle la gamine. L'enfant la rassure. Tout va bien se passer, maman. Il sent qu'il se plaira ici. Au moins jusqu'à la tombée de la nuit.

CHAPITRE 18

Deux semaines déjà que l'auto de Lina a soulevé un nuage de poussière en reprenant la route de Bordeaux. À la ferme on ne parle plus que de l'événement de la nuit passée. C'est écrit en grosses lettres sur la première page du *Sud-Ouest* et Georges Portal n'en revient toujours pas. Une baleine de trente tonnes s'est échouée sur la plage du Porge, plus bas sur l'Atlantique. Une photographie montre le cétacé dans le sable, cerné par les badauds, des enfants dans leur bouée, des femmes en bonnets de bain. Qu'est-il arrivé ? La baleine ne saigne pas. « Un sacré tas de graisse », dit Portal, en essuyant son front de ses grosses mains de paysan. Il est tôt mais il transpire déjà. Dès que le jour a pointé, il a coupé les blés sur sa moissonneuse. La pendule vient de sonner le quart de huit heures.

Le fermier a déplié le journal sur la table de la cuisine. Sa femme s'est installée à côté de lui pour la lecture à haute voix. François n'en croit pas ses yeux. Il n'a jamais vu un monstre marin, même en photo. S'il pouvait, il partirait là-bas.

— C'est loin, le Porge ? a-t-il demandé.

Le patron lui a fait signe de se taire. Il veut écouter sa femme qui ânnone d'une voix mécanique : « Le rorqual sera éviscéré puis découpé avant d'être évacué par la route vers une société d'équarrissage où il sera transformé en farine. À moins que la carcasse ne soit détruite par explosion. »

— Coquin de sort ! commente le paysan.

François aimerait savoir ce qu'est un rorqual, mais ici les enfants n'ont pas droit à la parole. « Les causes de l'échouage du mammifère restent inconnues, poursuit la fermière. Une tempête au large l'aurait déporté vers les côtes. Il s'agit d'un événement d'une grande rareté. L'animal a pu commettre une erreur de navigation, être trahi par son sonar qui ne lui a pas signalé un banc de sable. L'échouage provoque aussitôt l'écrasement de la cage thoracique et la mort par suffocation. »

La lecture s'est arrêtée là. Ils regardent encore la photographie du rorqual. L'enfant imagine difficilement que le monstre sera changé en farine.

— Tu es encore là, toi ? s'est écrié Portal. File dans le champ que j'ai moissonné ce matin. Je ne veux plus un seul épi qui traîne, c'est vu ?

— Vu, a bredouillé François en prenant ses jambes à son cou.

Le bonhomme n'est pas méchant. Seulement

rugueux comme on l'est à la campagne. L'enfant a senti les larmes lui monter aux yeux, trop émotif, ce gamin. C'est la voix sèche de Georges Portal qui le plonge dans cet état, une vraie voix d'homme, et aussi la baleine échouée qui va finir en farine, il se demande si c'est une femelle et si elle a des petits, et à quoi sert la farine d'un monstre des mers. Le journal ne répond à aucune de ces questions. Dans le champ dénudé, l'enfant zigzague entre les sillons. Il aimerait être auprès de Gilbert. À coup sûr il lui dirait si on fabrique du pain avec la farine de baleine.

L'enfant a fini par ne plus vouloir aller aux champs. On l'a jugé trop jeune pour castrer les maïs. Il est resté dans la cour de la ferme sous la protection de la fermière, à poursuivre les poules dans le foin de la grange. À courir après les dindons et les pintades. À monter sur de vieilles carcasses de charrues à la selle de métal percée de grands trous, bouillante sous le soleil. À attendre Lina.

Un soir, comme il s'était aventuré dans l'enclos des vaches, il a trouvé quantité de mûres aux grains enflés, d'un noir profond, grosses comme l'ongle du pouce. Il n'a pas vu le temps passer. La nuit l'a surpris. Il s'est mis à galoper en direction de la ferme et, dans sa course désordonnée, il a heurté les fils électriques de la clôture. Une décharge l'a stoppé net. Il s'est cru mort.

Une autre fois, il a accompagné la fermière au clapier. Elle a attrapé un gros lapin tout chaud.

Il a promené sa main dans sa fourrure et il s'est amusé à lui chercher un nom. Mais la femme avait assommé l'animal d'un coup derrière la tête. Il était suspendu par les pattes, inerte, ficelé au grillage de la cage, le corps parcouru d'ultimes soubresauts, mortellement écorché. L'enfant n'a pas vu la lame du couteau dans la grosse veine sous la gorge. Le sang très rouge s'est égoutté soudain le long du museau, tombant dans la poussière. Une tache foncée s'est formée par terre. Le petit a caressé le lapin raidi puis il s'est enfui en courant. L'ouvrier agricole a dit qu'il pleurait comme un veau.

Il a enfourché un biclou trop grand pour lui. Manque de chance, il a crevé sur un bout de verre. Il ne voulait pas aller trop loin. Une idée folle l'avait traversé : s'échapper. Il a entendu ce mot à la radio, sur le transistor accroché au tracteur du père Portal. Le fermier avait monté le son car un jeune de Bazas courait son premier Tour de France dans l'équipe de Poulidor. Soudain il avait poussé un juron. Son champion s'était échappé. « Tu imagines, petit ! avait-il crié aux oreilles de François. Je l'ai déjà touché comme je te touche, l'année dernière au grand prix de Saint-Symphorien. Et le voilà en tête ! »

François avait compris qu'à bicyclette, on pouvait s'échapper. À condition de ne pas crever. Il a dû rebrousser chemin. La fermière l'a vu revenir le visage fermé, shootant dans les cailloux du bout de ses souliers.

CHAPITRE 19

Lina est arrivée sans bruit, comme une voleuse. Personne n'a entendu qu'elle était là. Le soleil écrasait tout à la ferme Portal, les bêtes et les hommes aux champs, et l'enfant qui s'ennuyait en regardant tournoyer un bateau de plastique au fond d'une bassine en fer. C'est son mot qui a décidé Lina à revenir avant la date prévue. Ou plutôt deux petits mots avec une grosse faute à la fin, « je m'ennuit », un signal de détresse jeté sur une simple feuille à carreaux arrachée à un carnet de comptes, dans une enveloppe timbrée à tarif réduit qui a mis trois jours pour atteindre Bordeaux.

Un ouvrier des silos a signalé la Dauphine. La patronne est arrivée en essuyant ses mains à son tablier.

— Déjà là ! s'est-elle écriée en apercevant Lina.

L'enfant a sauté dans les bras de Lina et, pendant quelques secondes, il n'y a eu qu'eux au monde. La fermière aux bras ballants et l'ouvrier des silos n'étaient plus que les figurants lointains d'une histoire qui venait de reprendre son cours. Lina et François, François et Lina.

— C'est à cause de son grand-père de Madagascar, a dit la jeune femme. Il est en France pour quelque temps. J'ai pensé qu'il ne fallait pas manquer l'occasion. Le petit a été gentil ?

— Trop ! a répondu la fermière. Trop sensible, sous ses dehors de cabochard. Il aime pas la peau dans le lait.

— Oui, a fait Lina d'un air gêné. J'utilise une passoire, à la maison...

— Oh, ça n'a jamais tué personne, la peau bien épaisse. Nous autres on l'étale sur une grosse tartine de pain frais. Au régiment, faudra bien qu'y fasse avec.

— Il a le temps de grandir.

L'enfant s'est renfrogné. Il n'avait jamais entendu parler de cet inconvénient de grandir. Il se demande si Gilbert a déserté à cause de la peau sur le lait.

Après de rapides embrassades et les promesses échangées de se revoir, Lina a démarré en trombe.

— Alors, mon grand-père de Madagascar ? a voulu savoir François.

— J'ai menti, répond Lina. Je voulais trouver une excuse pour te reprendre plus tôt.

— Il n'est pas là ?

— Non, mon chéri. Je te promets que, s'il vient un jour en France, tu le verras.

Lina pense à un homme. Elle voudrait en parler à son fils. Elle ne voudrait parler que de lui.

Le moment n'est pas propice. Tout est allé tellement vite. Si elle en parle maintenant, François croira à un mensonge, comme le grand-père de Madagascar qui n'existe pas, ou seulement au dos des cartes postales.

L'homme qui occupe ses pensées, elle l'a rencontré un soir à Bordeaux. Il sortait d'un restaurant des Quinconces où il avait vendu plusieurs cents d'huîtres de dégustation. Il lui restait une demi-bourriche et, en voyant passer Lina, il lui en a proposé pour rien, pour le plaisir, à la pointe du couteau. D'abord, elle a vu ses mains. De grosses mains fortes qui ressemblaient à celles de son père, au souvenir qu'elle en gardait. Sauf les coupures. « Les huîtres, on ne les attrape pas comme ça », a-t-il lancé dans un sourire, en voyant le regard de la jeune femme sur ses mains.

Il portait un tablier de toile cirée. Elle a remercié. Elle croyait qu'on ne mangeait pas d'huîtres en été. Lina ne connaît rien à la mer. Ils sont allés dans un bistrot et la soirée a filé. Lina s'est retrouvée vers minuit devant chez elle, il l'a déposée avec sa camionnette qui sentait fort la marée, il devait repartir, préparer de nouvelles huîtres dans ses claires de Lauzières, un bourg près de La Rochelle. Il lui a donné son numéro de téléphone et une adresse toute simple, 17 rue de l'Océan, avec ce nom au-dessus, son nom, Signorelli, ostréiculteur. Dans sa tête — fallait-il qu'elle l'ait perdue —, elle a pensé Lina Signorelli, elle a trouvé que cela sonnait bien, elle était un peu soûle à cause du vin blanc. Elle a retenu sa peau mate, la fermeté de sa voix, sa douceur. Elle a retenu aussi son prénom, Marcel.

— Et Louis ? a demandé l'enfant.

Lina était dans ses pensées. Elle a sursauté.

— Louis ?

— Il n'est vraiment plus avec Roger ?

— Non. Ton oncle, avec ses nerfs... Ils ne pouvaient plus se supporter. J'espère qu'il va retrouver un travail.

François est surpris par l'insouciance de Lina. D'habitude, elle prend un air agacé quand l'enfant l'interroge sur ce qui ne va pas. Maintenant elle est ailleurs. Elle est avec Marcel Signorelli, à se demander quand elle le reverra.

Ils ont franchi le Pont de pierre. La Garonne paraît propre sous le grand ciel bleu de juillet. Les voiliers se faufilent entre les cargos. Il règne sur le fleuve une ambiance de bord de mer. De chez lui, Marcel Signorelli doit voir quantité de bateaux. Il a parlé d'un port peuplé de hérons et de mouettes, près de sa maison. Il a continué de sourire quand elle lui a dit qu'elle avait un enfant. Il a demandé où il était, en ce moment. De le savoir dans une ferme a paru le contrarier. « Il doit étouffer, là-bas, a-t-il dit. Il serait mieux les pieds dans l'eau. J'ai une petite bicoque inoccupée, si vous voulez en profiter... » Elle a remercié, a dit qu'elle verrait. Dans son sac à main elle avait le petit mot de son fils, « je m'ennuit ». C'est grâce à Marcel Signorelli que François a quitté avant l'heure la ferme Portal. Un jour, elle en parlera à son fils. Un autre jour.

Après le Pont de pierre, la Dauphine longe les quais des Chartrons. Le regard du petit est attiré comme un aimant vers les deux fenêtres de Gilbert. Lina fonce. Elle est pressée. Quand elle aura déposé François au Grand-Parc, elle devra repartir à son bureau, Barrière judaïque. Elle a promis d'être de retour à trois heures. Il est moins vingt.

— Tu peux me déposer ici ? a soufflé François.

Elle a levé le pied. Il sent qu'elle réfléchit.

— Et ton sac ? s'inquiète-t-elle.

— Laisse-le dans l'auto. Je le reprendrai ce soir.

Elle a effectué un rapide demi-tour.

— D'accord. Six heures à la maison.

— Six heures et demie ?

— Pas après. J'ai envie de te voir, moi !

Elle l'embrasse. C'est bon, de l'embrasser.

Il trotte les mains libres et en culottes courtes, à deux pas de chez Gilbert et de Martine. Il n'a vu Johnny qu'une seule fois. Il venait de naître. De profondes rides creusaient le front de Gilbert. En levant le nez, François a repéré les fenêtres de l'appartement. Les rideaux sont tirés, les volets à moitié repliés. Le bébé doit dormir. L'enfant monte l'escalier en essayant de ne pas faire grincer les marches. Il a l'habitude d'entrer sans frapper. La porte n'est jamais fermée.

Cette fois, il a beau tourner de droite et de gauche, la poignée résiste. L'oreille plaquée contre la paroi, aucun bruit ne lui parvient. Par le trou de la serrure, tout est sombre. Où donc sont-ils partis, avec cette chaleur ? François se souvient d'avoir entendu Gilbert évoquer un cousin de sa mère qui habite sur la côte landaise, au Capbreton. Mais ils étaient fâchés. Peut-être se sont-ils raccommodés avec la naissance du bébé. François s'invente toujours des histoires qui finissent bien.

À la montre de son poignet, dividende de sa première communion, il n'est que trois heures. Il a décidé de faire un tour sur le port où des hommes en bleu de travail surveillent le déchargement d'un vraquier. Il entend leurs cris au loin pendant qu'une grue manœuvre lentement, une proie de métal au bout de ses filins. Cela ressemble à un réfrigérateur ou à un coffre-fort. Quelques enfants sur leurs patins à roulettes slaloment entre des bornes de béton. Ils tressautent à cause des pavés. Le petit se demande où il a laissé ses patins, la dernière fois. Chez la vieille ou au Grand-Parc ? Et son vélo ?

À travers les grilles du port, il aperçoit les volets toujours à demi fermés, les rideaux tirés. Rien n'a bougé depuis tout à l'heure. Le soleil ne cogne plus dans les vitres de l'appartement. Il est passé au-dessus. Un soleil étourdissant qui fige les hommes et les oiseaux. Ceux qui ont besoin de se déplacer le font par gestes lents et calculés. Qui reste à Bordeaux, un après-midi pareil ? Les négociants des Chartrons équipés de gros ventilateurs. Les dockers consignés. Quelques vieux qui s'accrochent à leurs soupentes et vocifèrent qu'ils n'iront pas en maison de repos. Les autres, tous les autres sont à la mer, ou devant leur téléviseur, car c'est la Coupe du monde de football qui commence au Mexique, et on ne parle plus que de Pelé. Même Marcel Signorelli a trouvé le moyen de glisser ce nom dans sa conversation avec Lina, l'autre soir.

Devant lui, à trente mètres, l'enfant a repéré Gilbert : malgré la chaleur, il avance d'un pas rapide. Il porte un jean et un polo blanc sans manches qui met en valeur ses biceps et l'arrondi des épaules. S'il ne le connaissait pas, François prendrait peur devant son regard plein d'étincelles. Le soleil allume le bleu pâle de ses yeux. Sans doute est-il ébloui car il s'apprête à croiser l'enfant sans le voir. François est noué devant cette force tout en muscles et en nerfs qui marche le long du trottoir. Gilbert est seul. Où sont Martine et le bébé ?

— Gilbert ! a dit l'enfant d'une voix mal assurée.

Le jeune homme s'est retourné. Il a posé sur François un œil lointain.

— Gilbert, c'est moi ! a lancé l'enfant.

Son ami l'a-t-il oublié ? François pousse un soupir. Il vient d'entendre Gilbert murmurer son prénom. Ce n'est pas son timbre habituel. Il lui trouve la voix rauque, une voix prise à la gorge.

Un œil exercé verrait du premier coup d'œil la nicotine au bout des doigts de Gilbert. Il reconnaîtrait le teint hâve du fumeur, sa toux profonde, le sang dans les lèvres à force de tirer sur chaque cigarette avec frénésie.

— Je te croyais à la campagne ?

— Je suis revenu. Maman m'a déposé sur les quais. J'avais envie de te... de vous voir.

— Je dois partir travailler.

— Tu n'es pas en vacances ?

— Non.

Ils ont marché ensemble jusqu'au pied de l'immeuble.

— Je ne te fais pas monter, je suis en retard. À bientôt, François. On se serre la main. Tu es un homme, maintenant.

Gilbert a disparu en direction de la boulangerie. François est resté interdit. Une dernière fois il a levé les yeux vers les fenêtres protégées par les rideaux et les volets.

S'il était en âge de comprendre, et qui sait s'il ne l'est pas, il faudrait expliquer à l'enfant ce qui est arrivé. Lui raconter avec des mots très simples que Gilbert n'était pas préparé à une vie de famille avec Martine la simple d'esprit et Johnny le bébé au sommeil trop léger. Alors pendant qu'il s'ennuyait à la ferme Portal, la vieille est venue un matin avec une ambulance de Picon. Ils ont pris la jeune mère avec son enfant et ce petit monde est allé dans une chambre d'hôpital au milieu des plus vieux et des plus fous, pour préserver Gilbert qui risquait de perdre la raison. La vieille a pu organiser jusqu'au moindre détail de l'opération. À présent, le boulanger est seul dans son appartement des Chartrons. Quand il rentre du travail, au petit matin, il brûle ses dernières forces à regarder les cargos à quai en se disant que désormais plus rien ne l'empêche de partir. La vieille, de son côté, se sent irréprochable. Elle a pris Martine et Johnny dans ses prières et conjure Gilbert de ne pas s'inquiéter.

Là-haut rien ne bouge. François ne se résout pas à s'éloigner. Des ouvriers goudronnent un tronçon de l'avenue. Une pâte noire sort de l'arrière d'un camion-citerne, dans un nuage de vapeur. Un parfum âcre se dégage, qui lui donne la nausée. Les ouvriers dégoulinent. Les reflets de leurs casques éblouissent l'enfant. Il faudrait qu'il s'en aille. Il faudrait que quelqu'un passe et lui dise, va-t'en, François. Ou que Mme Montes, précédée de ses *s* siffleurs, lui chuchote : « Garçon, *ven aquí.* »

CHAPITRE 20

Le petit a marché jusque chez la vieille. Il avait encore le temps avant de retrouver Lina. Rue Cornac, la porte était ouverte. Il a entendu le grésillement d'un transistor dans la salle d'eau. Un bruit d'écoulement dans les canalisations. Il s'est assis dans le salon sans fenêtres, coincé entre la chambre sur jardin et le grenier. Le téléviseur est éteint. Un givre de poussière recouvre l'écran. Tout est sombre. Les saisons s'effacent quand on arrive rue Cornac. Ce n'est pas l'été. C'est la nuit Ardanuit qui retombe et nul n'y peut rien, pas même le jour.

Sur le grand buffet qui mange une moitié de la pièce, deux crocodiles en bois mat ouvrent la gueule. Le petit a pris l'habitude d'y glisser furtivement ses doigts pour éprouver le pointu de leurs dents. C'est un envoi du grand-père de Madagascar dans un colis ficelé, il y a longtemps. Nul ne prend soin des crocodiles. Ne pas les nettoyer, c'est comme ne pas leur donner à manger ni à boire. On les laisse crever. C'est à peine si on les remarque encore. Ils se tournent le dos, servent de serre-livres, ainsi que deux buffles en bois clair cette fois, les cornes cirées, un autre envoi de Léonce Ardanuit, avec des lychees. La vieille avait dit à Louis de les emporter quand il s'est installé à Villenave. Il a préféré les laisser là, dans le noir.

— C'est toi ?

L'enfant s'est retourné. Louis s'approche, une serviette à la main. Il vient de se raser. Peut-être est-il tout juste levé. Le pourtour de son regard est rouge. François ne saurait dire quel âge a son oncle et parrain. Trente ans, quarante ? Il a toujours eu l'impression qu'il était vieux, mais maintenant, il lui semble un vieillard.

Ils se sont embrassés en silence. Louis le regarde avec surprise.

— Que fais-tu là ?

Le petit est saisi par ses yeux enflés. Il se demande si on vieillit d'abord par les yeux. Son oncle sent l'après-rasage. Ils n'ont pas allumé. Ils se tiennent debout au milieu du salon, une chanson de Johnny passe sur le transistor. Ce n'est pas celle que lui faisait écouter Gilbert. Pourtant il pense à Gilbert. Pourtant c'est la nuit.

En dévisageant Louis, sans s'attarder, balançant d'un pied sur l'autre et pressé de trouver le moyen de partir, l'enfant cherche quoi lui répondre.

— Maman est venue me chercher à la campagne. Elle m'a dit que mon grand-père de Madagascar était ici.

Il ferait mieux de se taire. Lina lui a expliqué que c'était une excuse. Sans doute se livre-t-il à une expérience. Observer quelle tête fait un fils quand on lui apprend le retour de son père ? Louis n'a pas de nerfs, Lina s'en plaint tout le temps. Le petit a toujours entendu cette phrase : « Ton oncle, il a pas de nerfs. » On n'a plus rien dit contre lui quand il vivait avec Roger. Maintenant, ça va recommencer. On ne se rase pas à quatre heures de l'après-midi quand on a des nerfs.

— Tu es venu m'espionner, accuse Louis. C'est la vieille qui t'envoie, je parie, pour voir si des fois je ne me prélasse pas dans mon lit ou si je n'ai pas fait de bêtises. Elle a toujours peur que je fasse une bêtise, ta grand-mère.

— Non, parrain, juré.

— Mon père rentrerait de Madagascar ? Je l'attends, le vieux, avec sa négresse. D'ici qu'il me réclame son fric !

— Je me suis trompé, s'effondre François. Maman a dit ça à la ferme pour pouvoir m'emmener. C'était pas vrai...

— De mieux en mieux ! Ma sœur raconte des bobards et tu les répètes ! Allez, fiche-moi le camp, va jouer dehors, il fait beau. File, je te dis.

L'enfant dévale les escaliers jusqu'à la rue. Le soleil l'éblouit. Il marche devant lui sans bien voir où il va. Il est à la lumière, à l'air libre, c'est tout ce qui compte. Bordeaux en juillet est un gouffre. Il n'a personne à qui parler, pas un lieu où on l'attend. Une sensation terrible vient de le submerger. Il lutte mais rien à faire. Le bord de ses yeux le démange comme jamais.

Il s'est assis sur la marche d'un magasin fermé de la rue Cornac. Dans un geste frénétique, il frotte ses paupières, frotte avec ses deux mains comme s'il voulait que le monde disparaisse. Bientôt ses yeux seront à sec. Il les enfonce dans leurs orbites. C'est à peine s'il peut les rouvrir, tant ils piquent à l'intérieur. Quand il y parvient enfin, les grains de sable redoutés ont réapparu. Ses paupières brûlent. Des mouches volantes passent devant lui. Le sable a éteint son regard. Il faudrait qu'il s'allonge dans l'obscurité, attendre que la douleur passe. Il ne va pas remonter chez la vieille. Ni frapper chez Gilbert.

— Debout, mon gars ! a crié une voix.

C'est le bonhomme du magasin. Une espèce de colosse au crâne entièrement chauve. Les yeux de l'enfant se ferment de plus belle, dans le feu du soleil.

— Tu pleures, gamin ?

— Non, m'sieur. C'est la lumière. J'ai du sable dans les yeux.

— Il n'y a pas de sable, ici !

— J'en ai à l'intérieur. Personne ne sait d'où ça vient, même les docteurs.

— Bizarre, lance le bonhomme avant de disparaître derrière sa vitrine.

Il adresse à l'enfant un petit signe de la main.

— Entre t'asseoir. Il fait frais et tu seras à l'ombre.

L'enfant hésite. Ce géant l'impressionne, avec la boule à zéro dont la rudesse est démentie par une voix presque féminine. Il ne l'a jamais vu avant, rue Cornac.

— Qu'est-ce qu'il y a dans votre boutique ?

— Des vieux livres. Tu peux feuilleter. J'en ai pour les enfants, avec de belles illustrations en couleurs. Je te déconseille ceux-là, ils sont pleins de poussière.

Il a désigné un tas de gros bouquins jetés en vrac au fond d'une malle de voyage ouverte.

— Un grenier que j'ai vidé ce matin. Regarde par là, tu trouveras des Jules Verne. Fais attention, hein ! en tournant les pages. Ils sont précieux.

L'enfant s'est approché de grands livres cartonnés de rouge et dorés sur tranche. Sa crise passe. La sensation de sable s'estompe. L'homme lui a servi un verre d'Évian dans une tasse à café qu'il a d'abord rincée sous le robinet, avec le pouce. Le petit a entendu le gargouillis de l'eau tombant à pic dans son estomac. Il s'est souvenu qu'il était tout vide à l'intérieur. Depuis son départ de la ferme avec Lina, il n'a rien avalé, rien bu, malgré la chaleur.

— Tu as déjà lu des Jules Verne, *Vingt Mille Lieues sous les mers*, *Voyage au centre de la Terre* ?

— Non, m'sieur.

— Veinard.

Pendant que le colosse déballe d'autres cartons de livres, l'enfant reste assis dans un fauteuil aux accoudoirs fatigués. Il sent la fraîcheur du cuir contre ses cuisses nues. L'homme a mis un disque de musique classique sur un pick-up. On entend surtout les craquements. De temps en temps, il jette un regard rapide vers François, évite de lui poser des questions : par exemple, pourquoi il n'est pas parti en vacances, ou s'il habite dans le quartier. Il ne connaît guère d'enfants mais il devine que c'est mieux de ne rien lui demander. Il fait pareil avec les chats de passage. La plupart repartent après avoir lapé une soucoupe pleine de lait et ronronné un moment sur le fauteuil de cuir où François s'est plongé dans un Jules Verne.

— Tu as choisi lequel ? a demandé le colosse en s'approchant.

— Celui-là.

L'enfant montre la couverture de carton toilé. C'est écrit : *L'Invasion de la mer.*

— Pas beaucoup de textes et de grandes illustrations. Tu es un malin, toi !

— Vous trouvez.

— C'est moins fatigant de regarder les images. Tu as mis la main sur un livre peu connu de Jules Verne. Il parle des chotts.

— C'est quoi ?

— Attention tes yeux ! Les chotts sont de grandes étendues asséchées dans un pays d'Afrique du Nord qui s'appelle la Tunisie.

— C'est loin, ça, la Tunisie ?

— Pas très. Tu traverses la Méditerranée et tu y es.

— Vous y êtes déjà allé, vous, dans les chotts ?

— Non. Mais j'ai lu ce livre. Il raconte un rêve fou. Peut-être pas si fou, après tout.

— Un rêve comment ?

— Jules Verne voulait piéger la mer au milieu du sable. Il aurait donné naissance à quantité de petites Méditerranées en plein désert, comme des lacs.

— Pour quoi faire ?

— Pour apporter la vie. Les chotts, c'est de la mort partout. Du sable jusqu'à plus soif et rien qui pousse dessus.

L'enfant s'est plongé dans le livre. Son visage disparaît derrière les pages. Les gravures en couleurs l'emportent loin. Le colosse a raison. Du sable à perte de vue. Du sable plein les yeux, indolore. François a envie de le toucher. Il ne se sent plus vide, maintenant. Au contraire, il est tout empli d'un mystère qui le dépasse et qui, pourtant, lui semble à portée de main.

CHAPITRE 21

Fallait-il que tout s'achevât ainsi. Pour l'un une cordelette et pour l'autre, des médicaments soigneusement choisis, alignés sur une table de chevet. La mort vint pareil, la même journée de juillet, à quelques heures de distance. Seul variait le chemin qu'elle emprunta.

Un matin, cédant à l'insistance du petit qui brûlait de revoir Gilbert, la vieille l'emmena trotte-menu jusqu'aux Chartrons. Elle fit d'abord un détour par la boulangerie et le patron confirma que le jeune homme n'avait pas reparu depuis le week-end. Avant de partir, il avait nettoyé les fours, plié son tablier, accroché son bob au clou du portemanteau. Il ne semblait pas plus soucieux qu'à l'accoutumée.

Le boulanger s'était habitué à ses silences et à son regard transparent qui voulait aussi bien dire l'ennui que rien dire du tout. Gilbert travaillait les heures dues, avec la conscience et la propreté requises dans l'établissement. Le bonhomme n'en demandait pas plus. Il serait bien allé sonner chez lui mais, depuis le début de l'été, sa vendeuse était en vacances et il devait servir les clients. « Je suis au four et au moulin », avait-il lancé à la vieille, heureux de son trait d'esprit.

Ils étaient repartis bras dessus, bras dessous, la main du petit broyée dans celle de sa grand-mère qui serrait toujours trop fort.

Lorsqu'ils furent devant la porte de l'appartement, elle frappa deux coups secs auxquels personne ne répondit. L'enfant savait que Martine et son enfant avaient été admis à Château-Picon. La vieille avait expliqué que c'était mieux ainsi. Que tout finirait par se tasser. Que chacun devait porter sa croix. Elle l'avait dit sur le ton de la fatalité, comme quand elle s'écriait avec humeur, les jours de courses dans les grands magasins : « Je ne suis pas Rothschild ! »

L'enfant fut surpris de voir sa grand-mère sortir de sa poche un trousseau de clés qu'il ne connaissait pas. Sans hésiter, elle choisit celle qui déverrouillait la porte. Un courant d'air traversa l'appartement.

— Gilbert ! cria la vieille.

Ils attendirent un instant dans l'entrée sans bouger.

— C'est nous, Gilbert, hou hou !

Ce qui resterait dans l'oreille de François, c'était cet appel enfantin, « hou hou », et le courant d'air qui fit claquer la porte dans leur dos. Le petit sursauta. Le soleil du matin chauffait déjà les murs recouverts d'un papier peint usé.

Au début, Gilbert avait parlé de le changer. Puis il avait renoncé.

Ils s'avancèrent doucement vers les fenêtres. La vieille serrait encore la main de son petit-fils. La première fenêtre sur rue était ouverte à deux battants. Les rideaux dansaient comme s'ils s'étaient mis à toréer les rayons de lumière qui éclairaient des tourbillons de poussière.

L'autre fenêtre était close, sans rideaux. De la rue, un passant curieux aurait pu voir le spectacle. Ou un marin accoudé au bastingage d'un bateau à quai, s'il avait tourné la tête en direction des immeubles.

— Ne regarde pas ! fit la vieille en se précipitant vers le corps qui pendait inerte au bout de la cordelette du rideau.

Les fixations au mur n'avaient pas cédé. Gilbert était de dos, son visage dirigé vers l'extérieur, pile devant le *Belém* qui repartait dans l'après-midi pour Madère et les Antilles. C'était sûrement la dernière image qu'il avait vue avant que le sang ne lui monte à la tête. À moins qu'il n'eût imaginé au loin le phare du Cap-Ferret avec son éclat rouge. Ou la lumière oscillante fixée sur la pointe de Grave, dont il avait espéré qu'elle le guiderait par-delà l'océan.

Une chaise était renversée.

— Mon Dieu ! s'écria la vieille en retournant le corps à demi.

L'enfant ne put s'empêcher de regarder ce visage violacé où pendait une langue dilatée, comme sur les têtes de veau à l'étal des charcutiers, aux Capucins.

Les Capucins. Ce fut un pressentiment ou une intuition. Un excès de vitesse de l'inquiétude. Alors que la vieille dévalait les escaliers en appelant à l'aide, dans le cas miraculeux où il n'aurait pas été trop tard, François disparut à toutes jambes.

Il lui fallut moins de dix minutes pour arriver rue Cornac. Quand ils étaient partis chez Gilbert, la vieille n'avait pas tiré le verrou parce que Louis dormait encore et il n'avait pas de clé. Elle s'était d'ailleurs souvenue qu'elle devait lui en faire graver une chez le serrurier de la rue des Carmes, près des quais.

L'enfant n'allait jamais dans la chambre de Louis. Même quand ils habitaient tous ensemble à Caudéran, il n'osait pas venir le déranger sitôt sa porte refermée. Il se barricadait et on entendait à travers la cloison le bourdonnement du transistor.

Depuis que Louis était revenu habiter chez la vieille, François ne dormait plus que rarement rue Cornac. On dépliait un canapé-lit dans le salon, face au téléviseur que sa grand-mère lui faisait jurer de ne pas allumer tard le soir, car son oncle et parrain avait besoin de dormir.

Pour dormir, il dormait. Il se levait dans l'après-midi, traversait l'appartement sans une parole, sombre et les nerfs à vif pour peu que ses chaussures aient été changées de place ou qu'il manquât de café noir.

Dans ces moments, Louis ne supportait la présence de personne. Le petit était en trop dans son paysage. « Pousse-toi » était devenu son mot d'ordre. François devait puiser dans ses souvenirs pour retrouver un Louis aimant et disponible, si généreux qu'il lui avait donné le nom de son vrai père, Maman prononcé Mamane.

Après son installation rue Cornac, Louis était entré dans une dépression qui l'avait conduit à découper son visage sur toutes les photos de famille prises l'été chez des cousins de Charente, ou pour les anniversaires. La photo sur laquelle il aidait François à pédaler sur un vélo neuf équipé de roues stabilisatrices, l'année de ses trois ans, avait été fabuleusement tronquée. L'enfant n'était plus maintenu désormais que par des mains sans corps, et le visage de Louis avait disparu d'un coup de lame qui n'avait laissé visible qu'une touffe de cheveux en apesanteur.

Plus tard, entre deux sanglots, Lina bredouilla que Louis avait prévenu. Qu'il avait tout préparé pour le jour où il passerait de l'autre bord. Mais à cet instant, comme il avançait à pas feutrés, le petit n'était averti de rien, sinon par cette sensation de panique qui l'avait traversé en voyant Gilbert au bout de son fil et la langue elle aussi bien pendue.

Louis était méticuleux jusqu'à l'excès. C'est ce qui avait fini par énerver Roger, cette manie de l'ordre, les mimosas d'un côté et les cyclamens de l'autre, les couteaux là et les fourchettes ici. Ce que faisait un homosexuel comme il faut, et ce qu'il ne faisait pas.

François entra. La belle lumière du jour baignait la chambre. D'abord il poussa un soupir de soulagement devant les yeux grands ouverts de Louis. Mais ce regard ne le suivait pas. Ce regard était immobile, comme ce corps étendu sur le dos, les mains posées sur la poitrine. Tout était calme. L'enfant essaya de se placer dans l'axe des yeux qui ne cillaient plus. Il eut beau faire, il ne réussit pas à capter cette expression qui fuyait au-delà du plafond et du toit de l'immeuble, au-delà de tout. Louis ne vivait plus pour personne. Il faudrait que quelqu'un abaisse ses paupières, mais ce ne serait pas François qui s'était mis à trembler, un matin chaud de juillet à Bordeaux, à trembler sans fin.

Sur la commode, le soleil illuminait les tablettes d'aluminium. Leurs alvéoles étaient vides. Il ne restait plus un seul comprimé, simplement des boîtes de remèdes bien rangées, la notice impeccablement pliée, comme le tablier de Gilbert, à la boulangerie.

« Jamais deux sans trois ! » se répétait François en quittant affolé l'appartement de la rue Cornac, cherchant où trouver refuge. La vieille aussi disait des choses pareilles. « Jamais deux sans trois. » Le prochain à mourir, ce serait lui.

CHAPITRE 22

— François, viens dire bonjour à Marcel.

L'enfant n'avait pas souri à l'enterrement de Gilbert, ni à l'enterrement de Louis, comme il avait souri devant le cercueil du Grigou. Le vieillard avait bu de la vie tout son soûl et même davantage, il allait sur quatre-vingt-six ou quatre-vingt-sept ans, c'était beau, comme avait dit le fils Bordas. Avec Gilbert et avec Louis, rien n'était beau.

La vieille avait tenté de joindre une cousine éloignée de Gilbert dont elle avait gardé l'adresse, dans le Var. Elle n'avait reçu aucune réponse. Pour Louis, elle avait prévenu son ex-mari à Madagascar, poste restante, et Tristan, à la Réunion. Aucun ne s'était manifesté. Aux Capucins, Roger avait fait la sourde oreille. Lorsque, enfin, il avait paru entendre la nouvelle, il avait explosé. Depuis le temps qu'il emmerdait le monde, Louis, avec ses plaintes et ses états d'âme de princesse, c'était pas trop tôt qu'il ait débarrassé le plancher.

— François, a répété Lina, je te présente Marcel Signorelli.

L'homme a attrapé sa main et l'a serrée. Il a le même sourire que Fernandel jeune. C'est un atout pour lui car l'enfant a perdu l'envie de rire. Il a des corbillards plein la cervelle, un embouteillage de chants funèbres et de « prends-pitié de nous, Seigneur ». La vieille a obtenu deux messes pour ses suicidés. Ça rapporte, d'être bien avec les curés et de caresser matin et soir une statue de la Vierge Marie.

Lina a prévenu son fils qu'ils partiront demain en vacances, un voyage sur la Costa Brava, rien que toi et moi mon chéri. Elle lui a montré l'itinéraire sur une carte routière qu'elle a dépliée sous ses yeux comme un accordéon de papier. Ils vont franchir les Pyrénées, rouler jusqu'à Palafrugel, le nom est marqué en gras au bord de la Méditerranée. Ils se baigneront jusqu'à plus soif, ils se rendront malades de glaces et aussi de ces petits coquillages qu'on appelle là-bas *coquinas*. Mais avant de partir, mon chéri, demain de très bonne heure, il faudra se coucher tôt, je te présente Marcel Signorelli.

L'enfant a senti la pression de cette main ferme. Il a remarqué les entailles sur la paume et le long des doigts.

— Il va venir avec nous ? a demandé François, méfiant.

— Non, a répondu l'ostréiculteur. Ta maman te veut pour elle toute seule. Et puis j'ai mon travail.

— C'est quoi, ton travail ?

— J'élève des huîtres près de La Rochelle, une ville au bord de la mer.

— Heurk. J'ai horreur des huîtres.

— François ! s'est interposée Lina, tu n'en as jamais mangé !

— Laisse, a coupé Marcel. À son âge, je détestais les huîtres, moi aussi. Et quand j'ai su qu'on les mangeait vivantes...

— Elles sont vivantes ! s'est écrié l'enfant.

Tous se regardent.

— Bon, a repris l'ostréiculteur. Il est sept heures du soir. Que diriez-vous si je vous emmenais dîner chez un italien. *Pesto, pasta* et *tiramisu* !

— C'est qu'on n'a pas encore préparé nos affaires, dit Lina.

— Une serviette et un maillot de bain, je vous donne cinq minutes.

L'enfant se force à sourire. À première vue, Marcel n'est pas un crâneur comme le pilote de rallye. Il n'est pas hautain comme un futur médecin naval. Il a la peau mate et les prunelles brunes qui pétillent. En plus, il a vraiment le sourire de Fernandel.

— D'accord, a dit Lina.

C'est un repas de commencement. Marcel n'en a que pour François. Tu aimes le foot, François ? Non ? Dommage. Je t'aurais emmené voir les Girondins. Et la mer, tu aimes la mer ? J'habite à côté d'un petit port. Lorsque le chenal se remplit, je te dirai ce que c'est qu'un chenal, lorsque l'eau monte assez pour sortir, je mets les voiles vers l'île de Ré. J'espère que tu viendras avec moi. Et si ta maman a le mal de mer, on la laissera discuter avec les huîtres.

Le dîner dure car il parle beaucoup, Marcel. Si les mots ne lui suffisent pas, il appelle ses mains en renfort. Il a aussi les poches remplies de gadgets car, il le reconnaît, c'est un grand enfant. Il est disposé à reconnaître pas mal de choses, Marcel Signorelli, pourvu qu'on le lui demande gentiment. À l'heure qu'il est, regardant Lina et son fils, avec leurs petits visages à la peau tachetée de soleil, il serait prêt à épouser la mère et à reconnaître le fils d'un seul coup, un lot gagnant comme on prend treize huîtres à la douzaine. Une sorte de porte-bonheur, cette Lina toute seule avec son gosse qui fronce.

— Il faudrait penser à nous ramener à la maison, a murmuré la jeune femme.

— Allons-y.

Marcel Signorelli a adressé un clin d'œil à l'enfant. François a regretté qu'il ne vienne pas en Espagne avec eux.

CHAPITRE 23

L'été a passé vite. Des vacances en colonie dans les Pyrénées. Un bref séjour à la mer, chez de lointains cousins. Après le retour à Bordeaux, il a fallu faire ses adieux.

À la fin du mois d'août, les copains revenaient peu à peu chez eux. Ce serait bientôt la rentrée des classes, il y aurait un nouveau maître, des têtes nouvelles. François ne serait plus là.

Un soir, après leur retour de la Costa Brava, il a eu la permission de veiller dans l'appartement du Grand-Parc. Lina et lui avaient dîné devant la télévision en attendant. Qu'attendaient-ils ? Lina n'avait rien dit. L'enfant a deviné qu'il se préparait quelque chose d'exceptionnel.

Vers neuf heures, Marcel Signorelli est entré avec une bourriche pleine de moules et une autre de coquillages de toutes sortes. Lina a accouru. François s'est senti heureux. Pendant leurs vacances en Espagne, pas une journée ne s'était écoulée sans que sa mère ne lui parle de l'ostréiculteur au sourire de Fernandel. Tout ce qu'elle avait pu grappiller sur lui, sa naissance en Tunisie, les photos de sa maison de Lauzières, ses champs d'huîtres et de moules, elle l'avait transmis à François comme on donne la becquée. L'enfant n'avait cessé de réclamer plus de détails, qui étaient les parents de Marcel, avait-il des frères et des sœurs, et combien, et où vivaient-ils, et ferait-il leur connaissance ? Et la Tunisie, c'est le pays du désert ? Débordée, Lina finissait par répondre toujours : « Ça, tu lui demanderas. »

Lorsqu'il a sonné, le petit avait envie de le questionner sur mille choses, et en particulier sur les chotts dont il avait découvert les étendues de sable dans le livre de Jules Verne, chez le bouquiniste de la rue Cornac.

— Tu connais les chotts ? s'est écrié Marcel avec une joie incrédule, comme si l'enfant avait évoqué de vieux copains d'enfance.

Il a regardé François dans les yeux puis, les détournant vers Lina, d'une voix qui ne souffrait aucune contestation, il a dit :

— Dimanche, j'emmène ton fils voir Fosco.

— Fosco ? ont répondu en chœur Lina et l'enfant.

— Fosco, c'est mon père. Pendant trente ans, il a sillonné le chott el-Djérid sur son cheval. Il connaît le désert mieux qu'un fennec. Il a vu dans les chotts des spectacles merveilleux. Je suis sûr qu'il te les racontera, à toi, a conclu Marcel en posant sa main entaillée sur l'épaule de l'enfant.

Il a insisté sur ces deux petits mots : « À toi. »

François est resté étourdi dans l'illusion moelleuse du sable et du soleil. Marcel Signorelli a continué à parler. Le petit a encore entendu le son de sa voix et celle de Lina qui renchérissait, mais il était loin. Son imagination galopait à travers le chott, dans le sillage de ce cavalier mystérieux qui s'appelait Fosco.

— Il est où, ton papa ?

— Dans une petite maison pas loin d'ici, au milieu des pins. Il est déjà vieux et il vit avec ma maman qui s'appelle Margot. Il parle tout le temps de la Tunisie et Margot ne dit rien car elle connaît ses histoires.

— J'aimerais bien le voir, a insisté l'enfant.

— Bientôt, a promis l'homme en lançant à la jeune femme un regard de connivence.

Des jours et des jours ont passé, ce n'est plus exactement la même enfance car Marcel Signorelli est là avec ses grosses mains et son regard doux, ses histoires de désert qu'il tient de son père. Un soir sur deux, il gare sa fourgonnette devant le bâtiment Z et l'enfant se surprend à prier pour qu'il ne reparte pas. Il essaie de réciter le Pater Noster que rabâche la vieille avant de se coucher et qu'il s'est toujours efforcé de ne pas retenir.

Le vendredi soir, Marcel retrouve Lina et François. Il les emmène chez lui à Lauzières, devant la mer qui se retire loin. François apprend le rythme des marées, il apprend la patience. La mer part et puis revient, comme Marcel après ses longues journées dans les claires à couper ses doigts aux coquilles d'huîtres.

Un soir qu'il était couché, attendant le baiser de Lina, François a vu paraître l'ostréiculteur avec sa carrure terrible et sa peau tannée par le soleil, son œil et son cheveu noir, ses mains formidables. François a eu la sensation que l'océan était entré jusque dans sa chambre pour l'emporter.

Ce fut simple comme bonjour. Marcel demanda à l'enfant s'il voulait bien qu'il devienne son père en même temps qu'il épouserait Lina. Bien sûr, continua Marcel sur sa lancée car il n'avait guère l'habitude des enfants et préférait tout dire dans le même souffle, bien sûr, s'il le voulait aussi, François s'appellerait Signorelli et comme ça ils feraient une famille à eux trois.

L'enfant parut d'abord fermé, tellement fermé que Marcel resta déconcerté, plus accoutumé qu'il était à ouvrir les huîtres d'un coup sec au marteau plutôt que ce genre de petite tête butée qui lui faisait face.

Il y eut un silence et puis, comme l'émotion était trop forte, François enfouit son visage dans la chemise de Marcel. Quand il demanda d'une voix étouffée s'il aurait le droit de l'appeler papa, l'ostréiculteur songea qu'il avait trouvé les mots pour attendrir cette tête-là.

Lina entra dans la chambre et les trouva légèrement retournés. Elle s'assit au bout du lit et informa François que cet appartement rentrerait bientôt en cartons, qu'ils s'installeraient 17 rue de l'Océan à Lauzières, au bord de la mer, mon chéri. Il faudrait penser aux adieux.

Ce furent de menus adieux. À dix ans à peine, on croit qu'on a la vie entière pour se revoir. François commença par la famille Montes. Il promit qu'il écrirait. Il avait prévu de donner à chacun plusieurs de ses jeux, des billes et des chewing-gums. À Nicolas qui l'avait rejoint au bourrier avec les jumeaux Montes et l'aîné Jean Manuel et leur sœur Isabel, il offrit une poignée de ses cheveux.

François salua le fils du coiffeur de la barrière de Toulouse qui était occupé à faire avancer des petits coureurs de métal sur le carrelage du salon pour dames. Il salua le quartier de Caudéran et les gros marronniers de la rue Félix-Faure. Il voulut dire au revoir au bouquiniste de la rue Cornac, mais son rideau était tiré. Il n'eut pas le cœur à saluer la Garonne, car c'eût été sans Gilbert, et il laissa au loin les Capucins, puisque Louis n'y était plus. Il serait bien allé saluer ses morts qui ensemble reposaient dans un cimetière près du stade. À ce moment, l'évidence le cueillit : il était bien le troisième mort du jamais deux sans trois. Après Gilbert et après Louis, c'était au tour de François Ardanuit de s'effacer pour renaître François Signorelli. Ce fut une mort joyeuse comme jamais il n'aurait soupçonné qu'elle pouvait exister.

DEUXIÈME ÉPOQUE

Un saumon à Palerme

S'il est vrai qu'on s'habitue à la douleur, comment se fait-il qu'avec les années on souffre de plus en plus ?

CESARE PAVESE
Le Métier de vivre

CHAPITRE PREMIER

C'est fini. La nuit tombe sur Palerme. J'entends la circulation sur le corso. Des klaxons, des palabres et des rires. Aux fenêtres de mon bureau s'est déposée une poussière rouge venue d'Afrique. J'ai rangé quelques papiers pour mon successeur. Il sera là dans un mois, peut-être trois semaines. Tout ira très vite, je l'ai voulu ainsi. Il trouvera les dossiers de mes patients, mes notes sur l'amnésie. J'espère qu'il s'en servira mais c'est son affaire, maintenant.

Je ne me lasse pas du spectacle de Palerme. Un dernier soleil s'accroche aux façades. Le sabot des chevaux annonce la relève des *carabinieri* pour le quart du crépuscule. En face, au loin, brillent les lumières du continent. À moins qu'il ne s'agisse de ces navires aux carènes scintillantes que nous envoient Messine et les îles de Missolonghi.

Hier dans le jardin des Mascaro, ils ont évoqué un dîner récent que nous aurions eu dans une auberge de Bagheria en compagnie du juge Leoluca Moser. J'ai demandé :

— Mauser, comme une arme à feu ?

— Non ! m'a répondu, surpris, l'aîné des Mascaro, Moser comme le champion cycliste.

J'ai fait oui de la tête mais je n'en avais plus le moindre souvenir et, en les quittant, j'ai confondu Dino Mascaro avec son cadet Giovanni. De retour à la maison, j'ai recherché dans les journaux une photo de Moser. Depuis qu'il a engagé contre la Mafia une lutte sans merci, on dirait que la presse se délecte à le montrer sous toutes les coutures, comme un homme à abattre. J'ai mis la main sur une édition du *Giornale di Sicilia* vieille d'une semaine à peine. Son visage apparaissait de trois quarts face, souriant à l'objectif. Alors c'est revenu d'un bloc, le dîner dans cette auberge de Bagheria, l'assiette fumante de *penne,* les paroles du juge à grand renfort de gestes, cette jeune femme qui me dévisageait sans un mot, les lauriers-roses aux abords de notre table nappée de blanc, et aussi l'essence de citronnelle qui parfumait le soir et tenait à l'écart des bataillons de moustiques.

Je suis resté un instant hébété dans mon fauteuil, à scruter la photo de Leoluca Moser. Ce n'est pas la première fois qu'il me faut le secours d'un cliché pour retrouver le souvenir d'une scène de ma vie. Il n'était pas très tard. J'ai pris la clé de mon bureau et j'ai filé en auto jusqu'à l'hôpital San Daniele.

— Bonsoir, *dottore* Signorelli ! m'a lancé le gardien à la guérite.

Il suivait un match de football à la radio, le son au maximum. Les Diables de Catane affrontaient la Lazio de Rome. Ce ne serait pas facile. Je lui ai adressé un signe d'encouragement. Ma place était libre devant le pavillon de neurologie. Un vent léger faisait frissonner les magnolias. L'infirmière de garde a paru étonnée de me voir ici un dimanche. Je me suis forcé à lui dire que j'avais oublié un dossier. En réalité, c'était ma vie entière qui fichait le camp. L'amorce d'un oubli complet.

Ce soir-là, dans ma salle de consultation où tant de patients avaient renoué avec leur mémoire, m'offrant leurs existences comme des miroirs brisés qu'ensemble nous recollions, cherchant des indices et des traces de leur biographie incertaine, ce soir-là j'ai compris. Je me suis assis. J'ai ouvert mon *Traité des affections* au chapitre des troubles cérébraux. Mon œil a parcouru les symptômes de celui que j'avais pressenti après l'épisode Moser : perte de mémoire familière, effacement des repères du présent, fausses reconnaissances. En quelques secondes, j'avais identifié un syndrome de Korsakov. Dans toute l'île et même sur le continent, dans ce qu'on appelait autrefois les Deux-Siciles, on respecte mon diagnostic.

Lentement, j'ai allumé une cigarette en me répétant les dernières phrases que je venais de lire : touche les sujets vers la quarantaine (je n'avais pas perdu de temps, on venait de fêter mes quarante-trois ans), tendance à fabuler. Mémoire comblée par l'imagination. Vigilance normale.

Je me suis accroché à ces deux mots : vigilance normale. Puis j'ai tenté de rassembler l'essentiel avant la victoire de Korsakov.

CHAPITRE 2

J'étais interne à la Salpêtrière, au pavillon de neurologie, la première fois qu'un patient atteint de Korsakov me fut amené par un médecin des urgences. Il s'agissait d'un homme d'environ trente-huit ans aux cheveux blonds et emmêlés, qui avait d'abord été soigné pour une blessure au genou. Sans doute avait-il heurté un meuble, à moins qu'il ne fût tout simplement tombé par terre après avoir perdu l'équilibre. Un gros hématome cernait sa rotule.

En l'écoutant, le médecin des urgences avait estimé qu'une fois les premiers soins donnés, l'homme relevait de la neurologie. C'était un soir assez tard et le professeur Le Morzec, auprès duquel je travaillais depuis mon retour de Londres, venait de rentrer chez lui. Après deux années passées au British College à étudier les sphères visuelles du cerveau, j'avais été accepté en internat chez Le Morzec. Mes collègues des autres départements m'enviaient beaucoup. Le professeur ne comptait ni son temps ni sa patience pour former ses élèves. Il était curieux de mon savoir acquis à l'école britannique et m'accordait une attention particulière. J'avais à peine trente ans mais il n'hésitait pas, en signe de confiance, à me laisser le service deux ou trois journées d'affilée, tandis qu'il achevait son ouvrage sur la reconnaissance des visages auquel je me réfère encore aujourd'hui.

L'homme que j'avais réceptionné aux urgences paraissait très jeune. Sa figure était lisse et sans expression, ou plutôt traversée par des mimiques naïves qui semblaient le ramener à sa petite enfance. Son discours n'était pourtant pas celui d'un enfant car il s'exprimait avec des mots d'adulte cultivé et conscient. Il savait nommer ce qu'il voyait et construire des phrases correctes.

Je me demandais pourquoi les urgences me l'avaient envoyé, avant de m'apercevoir qu'il ne vivait plus exactement dans le présent. Il évoqua un match de football entre le Brésil et l'Allemagne qui remontait à plus de vingt ans, et me récita par cœur l'équipe du grand Pelé dont les noms me ramenèrent au temps de mon adoption par Marcel Signorelli. Son horloge retardait d'une génération. Entre le choc au genou qui lui tirait des grimaces et cette finale de Coupe du monde, un jour de l'été 1970, il semblait n'avoir traversé qu'un désert.

Je l'avais interrogé sur sa profession et aussi sur la vie qu'il avait menée toutes ces années. Manifestant sa joie de voir quelqu'un le prendre au sérieux, il s'était mis à raconter ses voyages à travers le monde pour le compte de la marine marchande. Sans que je puisse vérifier s'il s'agissait de pure invention ou de propos empruntés à des récits publiés par d'authentiques navigateurs, j'avais écouté cet homme imberbe parler d'escales à Terre-Neuve, de baleines et de coups de tabac.

Avant d'être confronté à Sylvain, c'était son vrai prénom bien qu'il m'eût d'abord affirmé s'appeler « Monsieur Christian », comme Marlon Brando dans *Les Révoltés du Bounty*, je savais très peu de chose sur le syndrome de Korsakov. Mes connaissances s'arrêtaient à quelques leçons sur les traumatismes cérébraux dus en particulier à l'alcoolisme. Je sais maintenant que Korsakov peut aussi frapper des sujets qui n'ont jamais bu rien d'autre que leurs mauvais souvenirs.

J'avais gardé Sylvain en observation jusqu'au retour du professeur Le Morzec. Je l'avais installé seul dans une chambre. Il s'était endormi rapidement après avoir avalé un calmant.

Le lendemain matin, je conduisis le professeur Le Morzec auprès de mon patient. Le patron l'ausculta sans un mot. Il lui trouva le pouls rapide. Sa blessure au genou se résorbait de façon satisfaisante. Sylvain pourrait bientôt sortir. Lorsque le professeur lui demanda s'il avait un emploi, je tendis l'oreille et dévisageai le malade avec curiosité. Sans se troubler, il raconta que depuis plusieurs mois il menait un chantier de fouilles dans le sud de la France, sur le parcours de la future transversale entre Nice et Montpellier. Il appuya son propos de détails archéologiques vraisemblables. Le professeur voulut savoir s'il était scientifique. Il répondit qu'il enseignait l'histoire de l'art à la faculté d'Aix-en-Provence, et cette affirmation fut d'autant plus saisissante qu'il se mit alors à parler avec un certain accent du Midi.

Avec mille précautions, je lui avais demandé s'il n'était pas plutôt navigateur dans la marine marchande. Il m'avait dévisagé avec son air ingénu puis, reprenant le fil d'une lointaine pensée, il avait secoué la tête en s'écriant : « Jamais de la vie ! » Comme je lui rappelais ses paroles de la veille, il parut un instant troublé, en proie à des univers qui, manifestement, se télescopaient dans son esprit. D'une voix assurée, il déclara enfin : « C'est insensé. Je ne navigue plus depuis longtemps et d'ailleurs, j'ai le mal de mer. »

Le professeur me tira par la manche et nous sortîmes en silence.

— Syndrome de Korsakov, avait-il murmuré entre ses dents.

— Êtes-vous sûr ? avais-je demandé sans mesurer mon impertinence.

— Absolument. Il ne sait plus qui il est. Alors il invente. Korsakov, c'est l'Alzheimer des jeunes sujets. Avec une grande différence cependant.

— Laquelle ? avais-je aussitôt voulu savoir.

— Un cerveau atteint d'Alzheimer n'est plus en mesure d'élaborer le moindre scénario de vie et de biographie. Le malade sombre plus ou moins vite, c'est un naufrage de la mémoire avec l'engloutissement de ses points de repère. Dans le cas de Korsakov, le malade est encore très valide, avec des neurones en pleine ébullition. Les souvenirs que la maladie dévore, l'imagination les remplace par des histoires plausibles mais purement inventées.

— Comment est-ce possible ? avais-je encore interrogé, stupéfait.

— Ne me prêtez pas trop de connaissances, François, avait dit Le Morzec en souriant. Si je savais ce qui se passe sous notre crâne quand nos hémisphères savants et sensibles se détraquent, je serais Nobel depuis longtemps. Retenez ceci : un cerveau en proie à Korsakov s'invente une vie rêvée. Les trous de mémoire, que dis-je, les gouffres de la mémoire, il les comble selon sa fantaisie, avec une rationalité qui donne le change. Sylvain peut vous avoir convaincu de son état de marin, comme il pourrait m'avoir persuadé de ses qualités d'archéologue. Peut-être a-t-il imaginé dans son enfance qu'il faisait le tour du monde en bateau en lisant Jules Verne, ou qu'il était Champollion tombant en extase devant la pierre de Rosette. Mais si nous savions ce qu'il était avant Korsakov, sans doute la réalité serait-elle décevante. Je parie que nous découvririons un fonctionnaire des postes, un chômeur ou un de ces gars instables qui n'ont jamais rien réussi de leurs dix doigts.

Nous avions fait quelques pas en silence, puis il avait ajouté avec un drôle de sourire :

— Tous n'ont pas la chance d'être frappés par Korsakov.

Devant mon air offusqué, il s'était repris.

— Je plaisante, François. Cette maladie est un malheur car il n'y a pas grand-chose que nous puissions faire. Mais avouez que ce n'est pas si mal : par un dérèglement cérébral, un homme croit être devenu ce qu'il a toujours rêvé d'être. Comme il perd le souvenir au fur et à mesure, il peut devenir qui il veut, quand il veut.

Nous nous étions séparés sur ces mots et c'est ainsi que j'avais pour la première fois été mis en présence de Korsakov.

Maintenant que la maladie me gagne, je me demande qui je serai bientôt. Est-il seulement un homme à qui j'aie jamais voulu ressembler ?

CHAPITRE 3

Je suis né à l'âge de dix ans après avoir avalé goulûment sans m'essuyer la bouche une légende plus grosse que moi, si grosse que ça débordait de partout, le soleil, l'eau sulfureuse des piscines romaines, les mottes de henné, la Tunisie du Sud et son héros Fosco Signorelli, mon grand-père offert gratis à mon imagination l'année de mes dix ans je l'ai dit, quand son fils — Signorelli aussi —, Marcel de son prénom, a épousé ma mère Lina Ardanuit, effaçant ce nom, Ardanuit, de mon état civil, le 14 février 1970, jour de la Saint-Valentin. Un officier assermenté titulaire de la Légion d'honneur et affublé du nom de Verola porta sans moufter la correction sur ses registres dans un bureau de l'hôtel de ville à Nice, entre l'avenue de la Californie et la baie des Anges où j'étais né pour de faux.

N'essayez pas de comprendre trop vite. À moi, il a fallu des années. Et encore, je ne suis pas certain que cette histoire m'ait délivré de tous ses secrets. Je sais qu'on n'avale pas impunément une légende sans connaître tôt ou tard une grave altération des souvenirs. Si je dois raconter les choses par le commencement, il faut plonger à l'année 1956, et, pour être précis, à l'instant où Fosco Signorelli, les pattes de son cheval frôlant le sol brûlant du chott el-Djérid, eut pour la première fois et sans le savoir la vision de son exil.

Traçant ces lignes auxquelles je me raccroche pour ne pas tomber dans le vide, j'essaie de me rappeler que je suis le docteur François Signorelli, neurologue en vue du Tout-Palerme et bon connaisseur de la mélancolie, frappé par une maladie aiguë de la mémoire qui sera le prix à payer de cette légende trop vite ingurgitée l'année de ma naissance à dix ans, dès que mon grand-père Fosco, ayant déniché dans cette descendance de raccroc un intérêt pour les récits merveilleux, entreprit de me transmettre ses histoires de désert, de chacals et de femmes aux yeux couleur bleu givre qui dessinent la Voie lactée sous la plante de leurs pieds.

À dix ans je me suis emparé des Signorelli, je me suis repu de leurs souvenirs, je les ai pris par cœur comme un cadeau d'anniversaire, dix petites bougies sur un gâteau de miel et d'amandes et un nom plus brillant qu'un sou neuf sous l'oreiller, les matins de dent perdue, Signorelli pareil à un grand sourire, à une aube nouvelle, au premier matin du monde.

Le bon élève que j'étais devenu : j'apprenais, docile, le lait des orangers, les figues de Barbarie, l'orgeat et les biscuits à l'anis, les étapes de la route du Sahel, des noms étranges, Hammam Sousse, Sidi Bou, Raf Raf et Ben Gardane, l'île des Lotophages, les sangliers de Tabarka, les après-midi de sieste dans la torpeur des étés brûlants.

Né à Nice pour de faux mais pas pour rire, je décidai d'être né à Tunis, Nice près Tunis, une triche de rien du tout, comme les négociants en vins d'autrefois inscrivaient sur leur papier à en-tête : « En Corrèze près Bordeaux. »

À croire que Korsakov m'a atteint très jeune, lorsque j'ai bourré ma cervelle d'un passé qu'il était inutile de voler puisqu'on me le donnait à la cuiller. On me gavait de ses odeurs, dîner après dîner, couscous après chakchouka et salade méchouïa, ressers-toi fils, disait mon grand-père Signorelli, le héros du clan, un vrai héros colossal et doux au regard châtaigne qui avait par miracle échappé à un attentat l'année de l'Indépendance, et qui avait gardé son histoire bien au chaud pour un jour la raconter à un demi-juif de mon acabit laissé sur le tapis par un juif entier du nom majuscule de MAMAN, qui n'avait légué ni son nom ni son adresse.

Fils de personne j'étais devenu le petit-fils de Fosco Signorelli par la grâce des amours dont je fus témoin entre son propre fils Marcel et Lina ma mère que j'appelle maman à moi pour que nul ne puisse la confondre avec MAMAN en majuscules qui ne fut pas mon père et ne se saigna jamais pour délivrer de sa nuit Ardanuit un enfant des brouillards, bien qu'il fût chirurgien obstétricien et accoucheur de métier, c'est-à-dire pour de l'argent. Sans doute avais-je été son brouillon, un geste raté, un faux mouvement, un galop d'essai, il n'était encore qu'un étudiant lorsque Lina s'était enfuie à Nice pour me faire voir le jour à la sauvette et me donner son nom à elle, Ardanuit, elle n'avait rien d'autre à donner, le nom d'Ardanuit, Ardanuit si loin encore de Signorelli.

Le soir, avant de me coucher, je l'appelais dans la chambre, grand-père, raconte-moi l'attentat. C'était tard dans sa petite maison des Landes au milieu des pins, l'air sentait la résine, mais c'était la mystérieuse Tunisie du Sud, les paysages lunaires de Moularès que parcouraient le Lézard rouge du bey, son petit train capitonné de cuir au moteur toussotant, et aussi les aventuriers de la trempe de Fosco, ami et craint des fellaghas, son fusil à deux coups posé sur le siège avant de la Populaire, un amoureux des nuits gantées d'étoiles, dans les replis soyeux du désert où s'étranglaient les oueds asséchés. Je rêvais. Il s'arrêtait. Je lui demandais de recommencer.

« Demain », disait-il en découvrant ses dents blanches et un sourire d'ogre, enfin un petit qui a le goût de l'histoire, pensait-il sans doute. Et le lendemain, le récit reprenait. Fosco Signorelli, lancé sur les pentes abruptes du col de Stah, dévalant les lacets de sa mémoire, croyant qu'avec des mots on peut rattraper le temps qui court. La main allume le faisceau blanc des phares. Des chameaux affolés trahissent la présence d'hommes embusqués. Un cri est lancé d'une voix de gorge : « Rendez-vous ! » Et aussitôt la fusillade, le pare-brise éclaté, les tonneaux de la Populaire. Fosco projeté sur les caillasses, fuyant pieds nus dans la nuit soudain hostile, les tirs dans les jambes, les balles qui sifflent aux oreilles, le sang au front, une course de marathonien au milieu des rochers, l'abri inespéré d'un jujubier. La vie sauve.

Un soir il y eut une surprise pour moi. Un extrait du journal *La Presse*, en date du 30 août 1956. Le titre en caractères gras s'étalait sur trois colonnes : « Au col de Stah, entre Redeyef et Gafsa. Fosco Signorelli, victime d'une embuscade, échappe miraculeusement à la mort. »

L'émotion que j'éprouvai à la lecture de ces lignes est demeurée intacte. Je portais le nom de ce héros ou plutôt, c'est son nom qui me portait. La nuit il me parlait et, le jour, il m'apprenait à devenir grand, comme son fils Marcel que j'avais rebaptisé papa. Fierté de ces années où le nom de Signorelli brillait à la manière d'un talisman.

Un jour, sans m'avertir, ma mère la belle Lina au visage tacheté de grains roux est revenue Ardanuit comme on revient à Dieu ou à diable, me laissant seul Signorelli. À peine divorcée, elle s'en est allée vivre à Nice où j'étais né pour de faux. Elle avait fait son devoir de mère qui donne à son enfant un nom qui tient debout, un nom de bonne fortune avec lequel je pourrais voyager dans la vie sous pavillon de bienfaisance, marque déposée comme nouveau-né dans un couffin, Signorelli de frais, merci, merci, seul de nous deux désormais à pouvoir m'inventer une fable dorée.

Ma première plaque de neurologue, je l'ai vissée moi-même en plein Palerme, dans la pierre tendre de la via Alloro. Les passants s'étonnent toujours que je ne laisse à personne le soin d'en faire étinceler le cuivre. Adolescent, je demandais à la mairie des fiches d'état civil pour un oui ou pour un non. Je montrais à mes copains du lycée que mon père était bien de là-bas, et moi j'étais né à Nice, Nice près Tunis, de l'autre côté de la langue bleue, après l'exil. J'étais le candidat idéal pour le syndrome de Korsakov, dans ce corps à corps entre la nuit Ardanuit et l'aveuglante lumière Signorelli, confondant hier avec aujourd'hui, mon avenir avec leur nostalgie.

Deux continents dérivaient dans ma tête. Le jour viendrait où il me faudrait payer l'addition de ces transports exorbitants. À l'intérieur d'une chemise soigneusement posée sur mon bureau, j'ai conservé l'article de *La Presse* avec le nom en majesté du grand-père Signorelli. Aurait-il péri dans le col de Stah que je ne serais pas né.

Déjà je l'apprivoise, Korsakov. Mon bourreau, mon sauveur. N'allez pas compatir en disant que vous aussi connaissez Korsakov, son *Capriccio espagnol*, ses symphonies numérotées, sa belle prestance du temps où il était inspecteur des musiques parmi les équipages de la flotte russe. Vous faites fausse route. Ce Korsakov-là s'appelait Rimski-Korsakov et le monde lui doit reconnaissance pour la douceur de ses compositions que je pourrais fredonner si ma tête...

Le Korsakov qui a pris ses quartiers dans ma cervelle est un autre genre d'artiste. Il mettra autant de cœur à grignoter ma mémoire que j'en ai eu à la reconstruire. Vous verrez, il ne va pas se gêner pour dérober mes souvenirs, et sans plus de vergogne qu'un huissier traquant un débiteur, quand il connaîtra mon imposture. Rien de ce que je suis ne m'appartient en propre. Je reste un Signorelli de pacotille, un petit voleur de dix ans qui a grandi avec son butin de merveilles. C'est la faute à Fosco. Sa mémoire lui pesait trop, cela tombait bien car, dans la mienne, il n'y avait rien que du vide laissé par un faux père et des silences et des absences.

Je me souviens pendant qu'il est encore temps de cet homme que Lina avait convié un soir dans notre appartement de Bordeaux. Je n'avais pas retenu son nom mais j'avais entendu sa qualité : expert en vins. Il portait un costume gris et le poids de quelques soucis tenaces accrochés à une ride transversale qui lui déformait le front. Son visage couleur brique avait ce que les Britanniques appellent drôlement une *porto wine complexion*. Il suait beaucoup quand il mangeait du fromage, phénomène qui me resta à jamais mystérieux à cette époque où je m'appelais François Ardanuit. Même sous le patronyme de Signorelli, je n'ai pas davantage éclairci la raison de ces ruissellements.

Les mots, eux aussi, se jouaient de mon enfance improbable, et lorsque maman à moi, ainsi appelée pour ne pas la confondre avec MAMAN en majuscules qui jamais ne laissa son nom traîner sur le moindre papier me concernant, lorsque maman à moi présenta l'homme comme un expert en vins, j'écrivis dans ma petite tête mal finie « ex-père en vain », et ce fut la suite de ces malentendus qui avaient commencé avec ma qualité saugrenue d'enfant des brouillards.

Dès que j'ai su lire, j'ai compris que les mots ne veulent pas dire ce qu'ils disent, et c'est pourquoi, ayant reçu de Fosco Signorelli des paroles d'une clarté presque divine, je me suis empressé de les gober sans sourciller, pour une fois qu'on s'adressait à moi sans rébus. Mon grand-père Fosco parlait franc et net. Je comprenais chaque mot de ses récits.

Autant que vous le sachiez : je n'en veux pas à Korsakov qui m'accorde prématurément la grâce d'oublier. L'oubli, c'est de la peine perdue. S'il va au bout de son œuvre, il mangera une à une les poupées russes de ma mémoire douloureuse. Il ne s'appelle pas Korsakov pour rien. Quand il aura bien travaillé, je serai redevenu l'enfant de dix ans à la mémoire vierge, attendant la perfusion toute prête de Fosco Signorelli qui, faute de me donner son sang, me confia sa vie.

C'est lui et lui seul, par l'intermédiaire de son fils qui séduisit Lina au bon moment de mes dix ans, que je tiens pour responsable de mon état bienheureux. À force d'ajouter des légendes aux légendes, de souffler mes bougies d'anniversaire avec le sirocco, à force de glisser dans mon cartable les dunes du désert et toutes les bosses des chameaux, les vues sépia des oliveraies de Sfax plantées en quinconce et des dattes fraîches et des grappes de pistaches roses, Fosco Signorelli a si bien chargé ma barque que ma mémoire a débordé. L'heure est venue d'écoper.

Dans mes moments de lucidité, j'essaie de renouer le lien avec ma propre biographie en jetant vers hier un grand filet, d'un geste ample et formidable, comme le font les pêcheurs de Palerme ou de Ganvier au Bénin, m'a-t-on dit, quand ils ne veulent pas rentrer bredouilles.

Je vais chercher très loin des souvenirs qui ne m'appartiennent pas, j'ai toujours mieux retenu les aventures des autres, comme j'ai toujours mieux aimé leur façon de parler, leurs habits et leurs chaussures. Il faudra que je reparle des chaussures.

Tout ce que je rapporte est marqué du sceau de Fosco Signorelli. Je croyais trouver des traces de mon existence et c'est la sienne qui s'est écoulée en moi. Il parle et je m'entends. Je ne suis que son ombre portée. Appelons cela une greffe de la mémoire s'il faut absolument donner un nom aux esprits malins. Je n'ai encore manifesté aucune réaction de rejet. Elle me ressemble, cette docilité aux hommes d'envergure. J'en ai connu si peu sous la bannière Ardanuit, et ne parlons pas de MAMAN.

J'aimerais ne pas mourir avant la fin de l'histoire. Je crois que je meurs, pourtant. Il faut s'élancer. Pas au trot comme le faisaient les vieilles biques qui croyaient m'amuser en me prenant sur leurs genoux pointus, lorsque j'étais Ardanuit et pour ainsi dire rien du tout. Non, au galop, au triple galop. La mèche Korsakov brûle déjà.

CHAPITRE 4

Je venais de fêter mes trente-huit ans lorsque je me suis installé à Palerme. Mon mariage avait pris fin dans un certain soulagement de part et d'autre, après seize années de vie commune avec Hélène dont le meilleur s'appelait Marco, notre fils. À ma grande surprise, Marco avait choisi de venir habiter avec moi, en Sicile. Il croyait que sa passion du piano s'y épanouirait. Il fréquentait depuis l'enfance la musique italienne avec une assiduité que ni sa mère ni moi n'aurions pu prévoir, compte tenu de notre connaissance très approximative du répertoire classique.

Sans trop insister, j'avais informé Marco que nous allions vivre dans la ville natale de la famille Signorelli. Je dis : sans trop insister car, dans mon souvenir, les références à la Sicile de mon père adoptif, de ses nombreux frères et sœurs, et même de ses parents, étaient on ne peut plus vagues. Si le sujet était abordé, généralement au cours des déjeuners interminables de Noël dans la petite maison des Landes où vivaient depuis leur retour de Tunisie mon grand-père Fosco et son épouse Margot, si le nom de la Sicile était lancé comme un os pour les chiens dont les truffes soulevaient çà et là la nappe de la grande table où s'empilaient les reliefs de dinde et le gras des canards, quelqu'un disait simplement : Signorelli était un paysan pauvre qui avait quitté la Sicile pour naviguer en Méditerranée. Il avait fait escale à Malte, puis à Tunis, avant de repartir au loin, sans doute vers l'Amérique.

On n'en savait pas davantage mais ces mots suscitaient un long silence. Chez les Ardanuit, la vieille aurait dit « un ange passe ». Chez les Signorelli où l'on se devait d'être athée comme les garçons étaient voués au football et les filles aux travaux de la maison, ce silence-là était l'occasion de mettre en commun des rêves anciens faits de soleil et d'outre-mer, avec ce nom plein d'aventures échoué en France après avoir tant voyagé depuis Taormina et Syracuse.

Ma tante Zoune, dont le véritable prénom était Yolande, mais qui tenait au surnom de son enfance tunisienne, savait l'italien. Elle m'avait guidé lorsque, à la fin de mon internat qui coïncida, à peu d'années près, avec la fin de mon mariage, je me mis en tête d'aller exercer en Italie. J'avais choisi la Sicile comme on remonte à la source, à sa propre source. « Tu seras notre saumon », m'avait dit Zoune avec un enthousiasme où perçait aussi une pointe d'envie. Je m'étais imaginé remontant le cours du fleuve Signorelli pour venir frayer sur les lieux du berceau familial.

Au milieu des années quatre-vingt-dix, des textes de Bruxelles avaient autorisé certaines catégories de médecins spécialisés à s'établir dans le pays d'Europe de leur choix. L'Italie manquait de neurologues, et la Sicile plus encore. Un confrère de Bologne, rencontré lors d'un symposium, m'avait confirmé cette carence sicilienne qui allait de pair avec les troubles croissants d'une population dont les nerfs étaient sérieusement éprouvés par les assassinats. « C'est un pays où les gens auraient besoin d'oublier mais malheureusement, ils n'oublient rien », m'avait soufflé ce collègue en m'encourageant à franchir le pas, sans me cacher qu'il fallait sans doute un minimum d'inconscience et d'audace pour se risquer à Palerme, ou tout bonnement la jeunesse que j'avais, et qu'il n'avait plus. J'étais médecin, pas juge anti-Mafia. Et le nom que je portais, croyais-je, serait une manière de sauf-conduit.

Zoune m'avait dirigé vers l'Institut Dante Alighieri de la rue Saint-Jacques, à Paris. Là, j'avais appris de façon scolaire un italien efficace et sans surprise. Je comptais sur mon séjour sicilien pour le parfaire en lui donnant l'éclat chantant et un rien exagéré qu'il prend au Sud. Mes premiers interlocuteurs palermitains me félicitèrent pour mon phrasé, mais lorsque je leur demandai de me dire franchement ce qu'ils pensaient de mon accent, certains osèrent m'avouer, avec gêne et mille excuses préventives, que je parlais avec le ton dur et pointu des Milanais. Ce n'était pas un compliment. Ils ajoutaient aussitôt qu'au bout de deux ou trois mois, il n'y paraîtrait plus. Ils promettaient de m'aider à corriger ce défaut en me fournissant à l'envi des expressions du cru. Le premier idiome que me confia un policier arrivé par miracle jusqu'à l'âge de la retraite était : « *Agghiurno ? Ora speriamo ca scura.* » Ce qui signifiait, je crois : « Il fait jour ? Espérons maintenant que nous tiendrons jusqu'au soir. »

Marco avait acquis plus vite que moi l'intonation qui vient avec une bonne oreille. La sienne était parfaite, une oreille absolue, tant pour déchiffrer Debussy que pour comprendre le marchand d'herbes des montagnes qui passait avec sa charrette via Alloro où nous avions notre appartement.

Dire que nous étions heureux serait un grand mot. Nous nous épaulions l'un l'autre dans un quotidien qui réservait son lot de surprises et de nouveautés, de couleurs et de cris joyeux. Si sa mère lui manquait, il n'en parlait guère. Je veillais à ce qu'il lui écrive régulièrement. Il hésitait à la voir à Paris où elle vivait désormais avec un ingénieur, étranger aux adolescents autant qu'à Debussy. Je me réjouissais secrètement de voir notre lien s'affermir et j'espérais que rien jamais ne viendrait le rompre.

Des événements si graves sont survenus depuis que je n'ai pas le cœur à m'étendre. Je repense aux propos du professeur Le Morzec au moment où nous étions sortis de la chambre de Sylvain. Sa petite phrase me trotte dans la tête pendant que la nuit enveloppe Palerme et que des sirènes retentissent sur le corso pour annoncer je ne sais quel drame. « Tout le monde n'a pas la chance d'avoir Korsakov », avait lancé le mandarin. Il avait raison.

Korsakov entre en moi comme un soulagement, une grâce qui m'est donnée, le signe d'une providence inespérée. Je ne vais pas lutter. Korsakov est là pour me délivrer. Je serai son complice. Mes mauvais souvenirs, les images terribles qui me hantent depuis la longue nuit Ardanuit, je les lui offre sans retenue. Il peut tout prendre. Sauf Fosco, mon grand-père, le cavalier du désert. À présent, lui seul mérite encore de vivre dans ma mémoire.

*

Je suis français par ma mère et marocain par lâcheté, juif dérisoire car à mauvaise moitié, celle du père qui compte pour rien, la voie larvée. Dès ma naissance, des femmes. À chaque pas, des gestes de femmes, des silences de femmes, des regards de femmes. Une grand-mère desséchée loin du rivage des hommes. Et maman, maman à moi.

Parmi les femmes, je range Louis, son frère, mon oncle, malgré sa moustache noire, Louis toujours à bout de nerfs, souffrant de ses hémorroïdes à force de faire la fille sous les étreintes d'un colosse du marché des Capucins où il tenait l'étal des fleurs coupées. Louis qui me fit entrer dans son lit l'année de mes neuf ans et ne me toucha pas. Ne me toucha pas.

Un père de rien, une grand-mère plate comme une limande dans ses corsets de caoutchouc, une fille mère et un oncle comme une tante, et moi intact, pas même juif, ni marocain, avec le nom de maman à moi, Ardanuit, un nom sans lumière, un nom pour Bordeaux. Pour commencer. Pour rire et pour pleurer.

Pas un Signorelli à l'horizon de mes premières années. Ils n'étaient pas si loin pourtant, plus bas sur l'Atlantique, exilés à leur nouvelle adresse sous le ciel de France, une petite maison dans le quartier Dax-Afrique, l'Adour à la place des oueds, la Fontaine chaude au lieu des sources tièdes de Sidi Ahmed Zarroug qui avaient lustré leur peau, les courses de vachettes et les *toros* des *ferias* au lieu des folles parties de foot dans la casbah où résonnaient les tirs de Fosco, le bruit mat du cuir frappé.

Leur monde, je l'ai appris bien tard. Dix ans, c'est vieux pour s'arroger un père, une famille, un pays entier. J'éprouvais soudain ce besoin impérieux et maladif de nommer tout ce qui peuplait l'univers des Signorelli, convaincu d'instinct, maintenant que je possédais un morceau d'eux, que rien n'existe jamais qui n'ait reçu un nom.

Comme je devais faire place nette pour ces arrivages de souvenirs tout neufs, j'ai voulu jeter mes tristesses d'enfant qui encombraient ma mémoire, sans imaginer qu'elles me tenaient pour la vie.

CHAPITRE 5

Aujourd'hui j'ai effacé le nom de MAMAN dans le répertoire de mon téléphone portable. MAMAN en majuscules. Maman à moi, c'est elle. MAMAN en majuscules, en majesté, c'est le nom de mon père. Il dit qu'il est mon père. Il le disait avant que je le déçoive.

MAMAN, c'est son nom. Un médecin, accoucheur, chirurgien, obstétricien, gynécologue et que sais-je encore, l'intitulé est plus long sur ses feuilles de soins, à cause de la référence à ses années du Maroc, quand il fréquentait le palais royal. Des milliers d'enfants sont passés entre ses mains. « Je les ai mis au monde », dit-il. Voilà, mon père s'appelait MAMAN, c'est à peine imaginable pour un nom de père, j'écris « s'appelait » car j'ai effacé son nom sur mon portable, et un geste pareil, une simple pression du doigt sur le bouton, ça ne pardonne pas.

Des milliers d'enfants, et moi. Moins moi. Ma vie a commencé par une soustraction. Pour mes quarante ans, il a appelé ma mère. Elle n'avait pas besoin de l'entendre, Lina. Il faisait chaud à Nice, elle se traînait dans son studio sans air, son cœur battait le rappel des années, cinquante-sept ans, ce n'est pas si vieux, mais quand on a un fils de quarante ans installé à Palerme, connu pour ses travaux sur la mémoire des visages et la mélancolie, un fils qu'on a élevé seule sous l'oblique des regards, cela veut dire qu'on a couché trop tôt avec le malheur. Cela non plus ne pardonne pas.

Un numéro de téléphone sur un portable, on l'escamote comme qui rigole, comme un lâche qui s'est tiré, avec le nom qu'il n'a pas laissé, des fois qu'on l'aurait sali, moi et maman, je sais, ce n'est pas bien élevé de dire moi d'abord — il l'a appelée à Nice pour le lui dire : tu l'as mal élevé, François —, mais si je dis « moi » en premier, c'est pour la protéger, maman en minuscules, minuscule maman.

On portait le même nom, nous deux. Nous formions un petit couple. Petit : ce mot me dégoûte. Aujourd'hui encore, elle ne peut s'en empêcher quand elle me parle. La liaison téléphonique entre Palerme et Nice est toujours mauvaise. Des parasites couvrent sa voix mais j'entends : « Comment vas-tu, mon petit François », et déjà me gagne l'envie de raccrocher, pauvre maman qui me veut toujours petit et qui petit ne me voulait pas. Ou pas si vite, pas si tôt, pas si près. Bien sûr que tu me voulais, trop petite maman.

Je t'entends : mon petit François... Non,

maman, je suis François, la quarantaine, pas petit, que du grand pour nous, maman. Et même du grandiose si je peux. Le temps va nous manquer. Mais dans ces années grises de Bordeaux, ma parole c'était toujours l'automne, nous traversions les rues pavées des Chartrons, elle si petite et moi déjà trop grand, un vieillard de six ou sept ans.

Il m'arrive encore de sursauter lorsque je recherche sur mon portable le numéro de maman. Il faudrait que je le signale aux agents du téléphone italien : leurs appareils ne font pas la différence entre maman en minuscules et MAMAN en majuscules. Je me laisse à chaque fois surprendre. Je me dis, tiens, je croyais l'avoir effacé. Une offensive de Korsakov ? Puis je vérifie le numéro, c'est Nice, c'est maman minuscule, même si son nom s'affiche en majuscules.

Pour couper court à ces frayeurs, je devrais inscrire son prénom dans le répertoire, au lieu de ce maman qui devient MAMAN. Après tout, je n'ai plus cinq ans. Mais je ne connais pas de Lina. Je connais maman, pas Lina.

Maintenant, je me prépare. Dès que je dois l'appeler avec mon portable, un petit circuit — c'est plus fort que tout, j'ai dit « petit circuit ». Je reprends. Un circuit de neurones m'avertit : lorsque s'affichera sur l'écran le mot MAMAN, en majuscules, je devrai lire maman à moi et non pas MAMAN, l'accoucheur de milliers d'enfants (moins moi).

CHAPITRE 6

À dix-sept ans j'ai pris un train. Pas pour voir la mer comme les enfants de pauvres. La mer, je l'avais à mes pieds. Avec maman, nous avions laissé Bordeaux, notre nom de petit couple. Elle s'était mariée avec un homme de « là-bas » (là-bas, c'est comme ça que les pieds-noirs appellent l'Afrique du Nord), Marcel, l'ostréiculteur de Lauzières. Il possédait aussi des cannes à pêche très souples avec toutes sortes d'hameçons pour attraper des poissons impossibles et même un gamin sauvage comme je l'étais, des arêtes plein le ventre et jusqu'à la gueule, un gamin piquant et mordant, insolent, buté, pas un sage comme une image, surtout pas.

À dix-sept ans j'ai pris un train pour aller voir mon père. MAMAN en majuscules. L'autre, le déçu. MAMAN comme chaman, comme gitane. Il m'attendait au bout des rails. Les essieux du wagon ont grincé. Je suis descendu. Une sorte d'accouchement dans les fers. Je ne sais pas pourquoi, cela sentait l'éther à la gare de Pau. Il ne m'a pas emmené tout de suite chez lui. D'abord on a fait un détour par sa clinique. Il s'est installé derrière son bureau, m'a dévisagé, inspecté, ausculté.

— Tu as de fines attaches, a-t-il dit.

Un silence, et il a repris :

— Comme moi.

Puis :

— Des muscles longs... Comme moi.

Et ce premier aveu :

— Quand j'étais jeune, je rêvais d'être Fausto Coppi.

J'ai répondu :

— Moi, je m'appelle Signorelli.

Il le savait. C'était pour qu'il l'entende de ma bouche. Il a écouté mon cœur battre.

— Tu as le cœur lent, un cœur de champion... Comme moi.

J'ai dit :

— Comme Fausto Coppi.

Il n'a rien répondu. Nous nous sommes regardés encore. J'ai plongé mes yeux dans les siens comme dans un miroir vieillissant. Je me trouvais en face de moi, des rides en plus, du blanc aux tempes. L'air trop humble.

— Tu souffres du dos ? m'a-t-il demandé soudainement.

Sa question m'a pris de court. Sans réfléchir, avec un peu trop d'allant, j'ai dit :

— Oui.

J'aimerais oublier ce sourire qui apparut sur son visage, quelque chose d'indéfinissable, une expression de plaisir qu'il ne cherchait pas à contenir.

— Tu tiens ça de moi !

C'était son cadeau de naissance, une douleur aiguë dans le bas de la colonne qui me coupe encore le souffle, certains jours. J'aurais préféré une tache violette semblable à celle de mon ami Nicolas autrefois, mais pour ça il aurait fallu une envie. La douleur m'oblige à m'allonger puis à attendre. Longtemps dans mon enfance, j'ai attendu. Je ne savais pas bien ni quoi ni qui. J'attendais que cet élancement dans le dos disparaisse, j'ignorais que c'était sa manière à lui, MAMAN, de pénétrer en moi, en douce. Son air triomphal m'a troublé. D'instinct je me suis reculé. Je ne voulais plus qu'il me touche. J'étais assez grand pour réveiller mes douleurs tout seul. Je me suis réfugié dans un silence hostile. Il n'a plus parlé pendant un moment. Puis, tout d'un coup, il a prononcé ces mots :

— Avec ta maman, c'était un rapport larvé.

Souvent j'ai tenté d'imaginer comment ils s'y étaient pris pour fabriquer cette larve. Avec les années, je me suis fait une image assez précise de la scène. Lui le pantalon baissé, debout dans l'obscurité d'un couloir à la minuterie défectueuse, ou allongé à l'arrière d'une voiture comme cela se pratiquait dans ce temps-là, à la sortie des dancings. Pas dans un lit. Peut-être ont-ils flirté sur une chanson de Richard Anthony ou de François Deguelt, peut-être lui a-t-il murmuré un compliment à l'oreille, respirant son parfum et caressant ses joues tachetées de grains roux.

Je les imagine amoureux d'un soir, elle a un peu bu mais pour elle, c'est déjà beaucoup trop. Avec ses dix-sept ans, elle ne sait rien sur rien. Que peut-elle connaître avec une mère en éternelle prière devant une statue de la Vierge Marie et un père en cavale à Madagascar. Elle est curieuse, elle a envie d'apprendre. L'étudiant a déjà défait la boucle de sa ceinture qui luit dans l'obscurité, le pantalon a glissé sur ses chevilles et, pendant qu'il cherche avec ses mains habiles de futur chirurgien, il l'encourage et la rassure, sois tranquille, c'est un bon moment à passer. Elle est en confiance, il est presque médecin déjà. Elle s'abandonne, il est très délicat, c'est à peine s'il laissera sa trace, un rapport larvé. Il prétend qu'après, tout s'efface. Le zip de la braguette, le bruit métallique de la boucle quand il serre sa ceinture, et puis s'en va.

— Lina était bien jeune, a continué MAMAN, et sa mère (il a levé les yeux au ciel), sa mère, un dragon.

Je ne la voyais pas en dragon, la vieille qui m'avait présenté à tous les saints des églises de Bordeaux, aux anges soucieux, à saint Georges en majesté sur un vitrail bleu nuit de la cathédrale, saint Georges terrassant un dragon. J'ai quitté son cabinet en bonne santé, ausculté, homologué, dix-sept ans, un cœur de Fausto Coppi, une mamie dragon, un rapport larvé de tout soupçon. On a laissé de côté ce jour-là qu'il était un juif de Fès, travailleur et méritant, car j'en avais déjà assez lourd sur le dos.

Chez lui, attendaient Camille sa femme, ses trois enfants, deux jeunes garçons, une petite fille. S'ils avaient été ma famille, j'aurais été l'aîné. On m'a présenté simplement, j'étais le fils d'un ami. Personne n'a posé de question. Ils étaient polis, attentifs, un peu intimidés. J'étais grand. L'idée que j'aurais pu être leur frère ne les effleurait nullement, il n'y avait aucune raison. Ils étaient au complet. Camille n'était pas juive. Ses enfants étaient comme moi, des « moitié de ».

Il me semblait que MAMAN et maman à moi ne s'étaient pas mariés pour des histoires de religion, mais je n'ai pas cherché à comprendre. Trop de choses bouillonnaient dans ma tête. D'abord cette maison si vaste, avec de larges baies vitrées qui donnaient sur un jardin, puis la piscine et, en contrebas, le court de tennis où des balles avaient été oubliées, après une partie. J'ai pensé à maman à moi, comme elle aurait été bien ici. Comme tout aurait été facile.

Heureusement, j'étais Signorelli depuis sept ans. Lina et moi nous avions l'immunité Signorelli, une protection à toute épreuve. Nous aussi connaissions la joie tranquille des maisons, le soleil dans les fenêtres. Nous avions creusé de la distance avec les greniers froids de Bordeaux, avec les cagibis poussiéreux, les rêves de grandeur qui s'écroulaient sitôt qu'on se réveillait, les projets de vacances et toutes ces choses. Rien ne marchait jamais quand on était Ardanuit, moi et maman petite.

Par miracle j'étais Signorelli. Je pouvais regarder en face un bonheur qui n'était pas le mien comme on rate d'un chiffre le numéro gagnant de la Loterie nationale, avec le sourire, je dis la loterie parce que mon oncle Louis pariait tout le temps, perdait tout le temps. Il n'avait pas la chance de s'appeler Signorelli. Ardanuit, il était fichu d'avance.

Ma mémoire était agile, à dix-sept ans. Elle remontait le temps sans effort. Alors j'ai regardé l'univers MAMAN avec mes yeux Ardanuit. Je me suis vu récupérant dans une décharge la seule raquette de tennis que j'avais jamais possédée, en réalité un tamis désaccordé dont le manche en bois s'était brisé, que nous avions réparé tant bien que mal, les Montes et moi. Quand un des fils MAMAN m'a demandé si je savais me servir d'une raquette, je n'ai pas osé dire oui.

Le soir, nous sommes allés dîner au restaurant. J'ai oublié ce que nous avons dit, ce que nous avons mangé. Je me souviens seulement qu'au retour, la petite fille s'est endormie contre moi à l'arrière de l'auto. Je n'osais plus bouger. Je sentais sa tête appuyée sur ma cuisse et j'ai senti qu'il faudrait partir vite car elle allait me manquer, cette fillette qui était aussi ma petite sœur, abandonnée paisible, son souffle dans mon pull-over, qui creusait sans le savoir une place en moi. J'étais en pays étranger, en amour étranger, il faudrait rayer tout ça. Je crois que la nécessité d'oublier m'est venue très tôt. Korsakov est une maladie de secours.

Comme je regardais les enfants de MAMAN, je me demandais ce qu'ils avaient de plus que moi. Je ne pensais pas à leurs chaussures en daim ou à leurs montres plaquées or, ni même à leurs jeux qu'ils s'étaient battus pour me prêter. Non, je cherchais ce qu'ils avaient possédé dans la nudité de leur naissance pour que leur père en fasse des enfants estampillés MAMAN, ses enfants. En m'endormant dans la chambre d'amis — puisque j'étais le fils d'un ami —, j'ai pensé : c'est un chirurgien, il est habile pour couper. Avec moi, il a coupé.

Le lendemain, j'aurais voulu appeler Marcel et lui dire que tout allait bien, que je rentrerais comme prévu en fin de journée. Plusieurs fois mon regard se posa sur le combiné du téléphone. J'aurais pu m'isoler un instant et composer le numéro de Lauzières. Je savais à quelle heure il rentrait des claires, et aussi quand il venait se réchauffer au feu de la cheminée, les fins d'après-midi d'hiver, une fois ses bottes noires de vase jetées sur le seuil de la maison.

Je n'ai pas eu le courage. Je craignais d'entendre sa voix, je ne voulais pas qu'il s'imagine que j'étais mieux ici. J'éprouvais ce sentiment insupportable de le trahir. Pourtant, c'était lui qui m'avait conduit à la gare de La Rochelle. Il avait neigé toute la nuit, les rues étaient nappées de verglas. Le train partait très tôt. Marcel m'avait réveillé en avance pour être sûr que je ne le raterais pas. Place de Verdun, la voiture avait glissé doucement sur une plaque de givre. Nous naviguions sur une route irréelle. Il s'en était fallu de peu que nous ne heurtions un trottoir. Puis, d'un coup de volant, mon père avait repris la bonne trajectoire et j'étais monté sans encombre dans le Corail La Rochelle-Pau.

Le dernier matin, je me suis levé avant les enfants. MAMAN était dans la cuisine avec Camille. Il m'a tendu la main. Je l'ai serrée comme Marcel me l'avait appris, en y mettant pas mal de force, ce qui me restait de force. Le visage de Marcel me hantait. Je me disais : tu choisis un étranger contre ton père. J'aurais voulu mourir, qu'une arme dissimulée quelque part m'achevât. Un bon coup dans le dos, dans la fissure MAMAN, les vertèbres du bas, comme on abat les traîtres.

Trois jours plus tôt, j'avais rendu visite à Marcel dans sa cabane, sur le petit port du Plomb où était amarré son bateau. Je venais rarement le trouver là. Il était occupé à noircir sa coque de goudron. Une forte odeur d'acétone imprégnait l'air. J'avais attendu qu'il termine puis je m'étais lancé : Tu sais papa... enfin, tu n'es pas mon père, le vrai, alors j'aimerais voir la tête qu'il a, voir sa tête, tu comprends ? Le sang lui était monté aux joues. Jamais je n'avais vu du rouge marbrer sa peau mate. Il m'avait regardé sans colère. Puis il avait répondu d'accord, bien sûr, si maman à moi voulait bien aussi. Elle voulait bien.

Avec Lina, les choses avaient été plus douloureuses. Il faut dire que MAMAN avait répondu à ma demande de visite avec une enveloppe frappée de son cachet, docteur Alexandre MAMAN, en grosses lettres noires, on ne voyait qu'elles. L'avait-il fait exprès ? Une secrétaire s'était-elle chargée de l'envoi sans savoir qu'il valait mieux une enveloppe neutre ? Cette manie qu'ont les médecins d'apposer leur tampon partout et d'écrire des lettres sèches comme des ordonnances. (La sienne disait : « Si vos parents acceptent, je peux vous recevoir. »)

En découvrant le courrier, Lina avait reçu un choc. Elle avait laissé la lettre en évidence sur le marbre de la commode, dans l'entrée, le marbre froid, son visage livide. Je m'étais expliqué. J'avais retrouvé sa trace. Je souhaitais le rencontrer une fois, une fois c'est tout, maman à moi. Entre deux sanglots, elle avait accepté. Et avant mon départ, elle m'avait donné une petite photo en noir et blanc aux bords crénelés, la seule image qu'elle gardait de MAMAN. Il était assis sur un rocher, loin de l'objectif, un homme brun, jeune, vêtu d'un pull épais comme je les aime. Je ne distinguais pas très bien son visage, mais seulement son sourire, un large sourire horizontal, bouche fermée, lèvres fines et pincées, le même que j'ai retrouvé plus tard sur une statue khmère. Le même que le mien, maintenant.

À mon retour de Pau, Marcel et Lina m'attendaient. Je les ai embrassés. Je préférais être seul. Je leur ai dit que j'allais rentrer à pied, j'avais envie de revoir les chalutiers, les tours de La Rochelle, des visages que je connaissais dans les cafés du port. D'un simple regard, Marcel a su que j'étais son fils pour la vie. Il n'a pas insisté pour me ramener à la maison. Plus tard, maman à moi est venue dans ma chambre.

— Ton père a eu si peur, il ne vivait plus... Il s'est imaginé que MAMAN allait te reprendre.

— Comment veux-tu qu'il me reprenne, puisqu'il ne m'a jamais pris, ai-je répondu plus sèchement que je n'aurais voulu.

CHAPITRE 7

Une lettre est arrivée de Londres au courrier du matin. J'ai reconnu l'enveloppe vert pâle et mon pouls s'est accéléré. Gina, ma jeune assistante, l'a laissée cachetée. Elle a deviné que je tiendrais à l'ouvrir moi-même. J'ai attrapé un coupe-papier. Des impressions désordonnées ont traversé mon esprit pendant que la petite lame d'argent fendait le sommet de l'enveloppe.

Depuis seize ans, j'étudie le parcours mental de la reconnaissance des visages. L'entreprise est vertigineuse. Ce qui me guette, je l'ai craint tout au long de mon enfance. J'imaginais : tu vas t'endormir, les autres vont s'endormir. Demain, personne ne te reconnaîtra. On t'aura oublié. Tu découvriras ton propre reflet dans une glace et tu seras incapable de dire : c'est moi. J'imaginais que je ne laissais aucune trace dans la mémoire de mes proches. Leur cerveau était une ardoise magique qui s'effaçait le soir pendant qu'un monde se réinventait sans moi. MAMAN me l'avait démontré. Tout accoucheur obstétricien qu'il était, juif de Fès par-dessus le marché, de ceux qui n'oublient rien et surtout pas la rancune — et qu'est-ce qu'un enfant juif à moitié, sinon un chien de sa chienne ? —, il avait été incapable de me reconnaître.

« Ce sont mes gènes ! » avait triomphé MAMAN, des années plus tard, lorsque j'avais réussi ma médecine. Mis en confiance par mon sourire provisoire, il avait vanté sa mémoire d'éléphant, une mémoire à tout casser. Je n'étais plus un enfant de porcelaine. Je l'avais pourtant échappé belle : il voulait me faire le coup de se souvenir de moi, trop tard, je l'avais oublié. Je le croyais, mais ce n'est pas si facile de se débarrasser d'un visage. Le cerveau n'efface rien. Il emmagasine, classe, étiquette. Chaque image glisse dans une spirale. Le tout est de ne pas la laisser tomber trop profond. On doit s'armer de patience. Elle finit par refaire surface. À dix ans, je n'avais rien vu remonter qui ressemblât à MAMAN. Comme si nos regards ne s'étaient jamais croisés, jamais mesurés, ou seulement au sortir de la nuit maternelle, mis au monde par d'autres mains que les siennes et ne lui devant rien.

L'enveloppe vert pâle a été expédiée par la revue le *New Scientist*, une publication à comité de lecture éditée à Londres. Le directeur, Averell Coox, me félicite pour mon dernier envoi. Mes travaux sur les facultés cérébrales commencent à retenir l'attention. Coox me demande de lui expédier le dessin en écorché des zones pariétales où j'ai situé la mémoire des visages. Un espace minuscule, à peine la taille d'un ongle.

On me connaît. On me reconnaît. Je suis le docteur François Signorelli, on m'a salué ainsi à mon arrivée à l'hôpital, le gardien dans la guérite, l'infirmière en chef, et Gina. Je me revois, enfant, la torche à la main face au miroir posé sur la commode en bois flammé, rue Cornac, éclairant mon visage dans un rayon spectral pour m'assurer que c'était bien moi, et répétant : François Ardanuit, François Ardanuit, François Ardanuit, François Ardanuit.

Et plus tard, à Lauzières, dans notre maison derrière les parcs à huîtres où soufflait l'air de la mer je récapitulais : maman à moi, épouse Signorelli ; son fils, par la même occasion Signorelli ; les Signorelli, une famille de Tunisie originaire de Palerme... Je me revois répétant face à l'armoire à glace, ébloui par le faisceau de ma lampe de poche, les doigts glissant le long de mon visage, répétant : François Signorelli, François Signorelli, François Signorelli, François Signorelli. Je tremblais de ne plus me reconnaître.

J'ai appris qu'on avançait mon nom pour la médaille d'or du CNRS. Je lui suis redevable, à MAMAN en majuscules. S'il m'avait regardé, s'il m'avait gardé, aurais-je passé toutes ces années de ma jeunesse au British College de Londres, à explorer le cortex humain pour tenter de découvrir le secret de la mémoire des visages, cet îlot minuscule du pariétal où dorment aussi les eaux de la mélancolie.

Korsakov n'a pas encore siphonné mes émotions anglaises, ce temps paisible où il était normal que nul ne puisse m'identifier à l'exception des écureuils gris de Regent's Park et les corbeaux aux ailes cassées de la tour de Londres, puisque j'étais un jeune étranger qu'on croisait le dimanche matin en tenue de jogging, derrière Russel Square ou vers les docks de Canary Wharf.

Au British Museum, j'étais devenu un habitué du département des Antiquités égyptiennes où j'avais rendez-vous une fois par jour avec un crâne vieux de cinq mille ans qui laissait deviner entre les sutures disloquées des os une cervelle sèche de la taille d'une mandarine mais veinée et cireuse comme les cuisses d'une grosse noix.

Une mince plaque de cuivre légèrement galbée pouvait laisser croire que ce mystérieux sujet avait été trépané, tout au moins que des expériences menées pour ouvrir sa boîte crânienne avaient permis d'accéder au cortex. Devant mon insistance, on avait sorti le tout de la vitrine d'exposition pour l'entreposer dans un local réfrigéré permettant la bonne conservation de ce matériau venu intact ou presque du commencement des temps.

J'avais pu multiplier à loisir les tête-à-tête avec ce vénérable ancêtre dont j'appris qu'il avait été retrouvé seul de son espèce sur une bande de terre, au large d'Alexandrie. Ses inventeurs supposaient qu'il s'agissait d'un ermite ou d'un condamné à la relégation, à moins que ce ne fût le premier Robinson de l'humanité. Cette explication avait vagabondé dans mon esprit. À quelques centimètres de la fosse nasale, en profondeur, dans ce que mes maîtres nommaient le cortex préfrontal genouillé, une dépression inhabituelle était encore visible. À force d'examiner en silence cette vieille machine à penser, l'idée me vint qu'une telle dépression pouvait être le signe de la mélancolie, car il fallait avoir manqué de chaleur humaine pour que se creuse comme un abîme intérieur la place de l'absence.

J'ignorais que mes visites singulières dans une pièce dérobée et vraiment glaciale du British Museum allaient décider de ma spécialité future.

Mon travail sera bientôt connu et commenté. S'il le faut, je mettrai dans la confidence de la maladie mon ami et collègue le dottore Fulvio Carella. Nous signerons ensemble l'article pour le *New Scientist*. Il protestera. Je connais sa modestie. Mais il finira par accepter à condition que mon nom figure en plus gros. Je l'entends déjà, ce cher Fulvio : « C'est vous seul, Francesco, qui avez mis en lumière la constance. » *Costanza*, comme il dit à voix basse à la manière d'un secret chuchoté.

À Palerme, on chuchote si d'aventure on parle. Mais on préfère le silence pour respecter la mort, c'est-à-dire ne pas la provoquer. La constance, oui, voilà mon apport à la connaissance de notre boîte noire. Jour après jour, mes traits se sont accusés, mes cheveux sont passés du noir au gris, les rides se sont approfondies. Sans le moindre étonnement, je sais pourtant depuis l'enfance que ce visage est mien. Cela n'allait pas de soi. L'intuition m'a traversé une nuit que j'étais resté tard à l'hôpital San Daniele en compagnie d'un patient amnésique. Il ne réagissait à aucune stimulation, semblait avoir tout oublié de sa vie. Sa cervelle était vierge de la plus petite empreinte liée à son passé d'homme. Ni l'image de la Tour de Pise, ni l'ouverture de *Nabucco* n'avaient éveillé la moindre lueur dans son regard. Or, sa femme me l'avait dit, ils avaient passé leur lune de miel à Pise. Chaque printemps aux thermes de Caracalla, il réservait les premières places pour écouter Pavarotti dans le grand opéra de Verdi. J'ai fini par lui tendre un miroir et, cette fois, il a souri. Oui, il connaissait ce visage. Il me le fit savoir avec les yeux.

Le lendemain, j'avais informé Carella : « Je crois que j'ai eu une intuition. »

« C'est bon signe, m'avait-il répondu. L'intuition est un excès de vitesse de l'intelligence. »

Je lui racontai la réaction de mon patient et conclus, sûr de moi : le cerveau humain est doué de constance. Il corrige la perception immédiate pour retrouver l'intangible. Une orange est une orange au soleil de midi comme au crépuscule. Un homme reconnaît son visage d'ancien enfant.

— *Costanza*, répéta, songeur, mon collègue.

Longtemps je me suis demandé si le cerveau de MAMAN était plus évolué que celui des singes mangeurs de fruits qui s'effraient de leur propre image et se cachent les yeux devant leurs petits.

À présent je suis seul face à Korsakov. La partie est perdue d'avance et tant mieux. Chaque jour je refais ce geste machinal de déplier le *Giornale di Sicilia* pour essayer de reconnaître le juge Leoluca Moser. Ma pièce maîtresse s'appelle constance. Si les traités disent vrai, elle aussi finira par me lâcher. Pour l'instant, elle m'offre encore la vision de Fosco Signorelli, mon grand-père, dans la force de ses trente ans. Tout à l'heure, dans ma mémoire, il fuyait au triple galop les mirages du chott. Je me souviens qu'avec le contrôleur civil Simoneau et le receveur Lamouche, sans oublier le chasseur Abdelkrim dont l'œil droit décrivait la course d'une planète dans son orbite, ils parlaient de la Tunisie comme d'une femme qui va les quitter.

CHAPITRE 8

L'homme qui se tient devant moi se demande sûrement pourquoi je lui ai donné rendez-vous à la terrasse du café Pozzi. Il me regarde avec un mélange de surprise et de curiosité. Je perçois aussi de la compassion, une certaine douceur dans ce regard noir. Je me fais peut-être des idées.

Il s'appelle Giordano Vitti. À Palerme, ses amis l'appellent simplement « Vista ». C'est vrai qu'il va vite pour dégainer son arme. Un Beretta, d'après ce que je sais.

On lui a imputé la mort de plusieurs politiciens, dont le député communiste Pio de la Torre. Personne n'a rien pu prouver. Il est libre de tuer encore. L'assassinat du député Castiglia, le mois dernier à Cattane ? « Vista », ont écrit les journaux. Mais Vista avait un alibi. Il tuait le cochon chez des paysans d'Agrigente où vit Donna Maria, sa mère.

C'est par elle que j'ai connu son fils, il y a six ans. Je m'installais à Palerme. À cette époque, j'avais une consultation en ville, en plus de mon service à l'hôpital. Les gens s'étaient passé le mot : il existe un médecin via Alloro qui aide à retrouver la mémoire, une sorte de magicien, un Français du nom de Signorelli.

Elle était venue un soir, j'allais fermer le cabinet. Elle offrait un beau visage de veuve digne, la peau si transparente qu'elle laissait paraître de minuscules torrents bleutés. Jusque-là, les veuves que j'avais connues avaient plus de trente ans. Elle en avait près de soixante-seize, et son mari était mort dans son lit au dernier automne. Ce n'était pas le cas de Claudio, son aîné, qu'elle avait conduit au cimetière après un règlement de comptes entre bandes mafieuses près d'une agence du Banco Ambrosiano. Ni de Patricio, le cadet, abattu un petit matin à la sortie du casino, sur le front de mer, à l'aube d'une magnifique journée. Vista, son dernier, était le seul de ses fils encore en vie. Elle priait chaque jour la Madone qu'il dégainât toujours assez vite, puisque tuer était son destin.

Donna Maria m'avait expliqué succinctement son affaire. À Agrigente, elle trottait du matin au soir, visitait ses amies et faisait ses courses sans avoir jamais besoin de quémander son chemin. La ville n'avait plus de secret pour elle. Il lui arrivait de renseigner les touristes égarés qui cherchaient le site archéologique ou les piscines romaines, ou même le distributeur automatique de billets, puisque son fils la questionnait souvent sur l'emplacement des nouveaux « points argent » ouverts par les succursales des banques du continent.

Mais sitôt la vieille descendue à la gare routière de Palerme, son sens de l'orientation l'abandonnait. Elle qui avait passé toute sa jeunesse dans la ville semblait y avoir perdu chacun de ses repères. Elle errait à travers les rues comme une grive soûle. Cette sensation l'avait troublée.

Quand elle vint me voir, je sentis qu'elle avait peur, se signant après chaque phrase et levant les yeux au ciel. Je l'examinai sans rien trouver d'anormal. Elle avait une tension de jeune fille, le cœur cognant net, la cornée limpide, le murmure artériel d'une femme habituée à l'exercice depuis l'enfance.

Le siège de l'affection se trouvait dans sa tête. Il nous fallut plusieurs séances avant de pouvoir redessiner dans son esprit les quartiers dormants de Palerme. Elle finit par me décrire les itinéraires qu'elle empruntait autrefois, quand elle se rendait à l'église San Viciano ou chez les pêcheurs du port, ou au vieux marché que son père balayait le matin en échange de fruits mâchés et de fromage sec.

Je lui disais : « Voyons, Donna Maria. Vous êtes à la gare routière et vous voulez vous rendre sur la piazetta del Popolo. Par où passez-vous ? » Elle hésitait, descendait mentalement la via Alloro, hésitait encore, entamait un long détour par la via Aragona pour atterrir au pied du palazzo Comitini. Elle ne parvenait à l'endroit voulu qu'au prix d'incroyables allées-venues.

Je finis par comprendre qu'elle évitait deux artères essentielles de Palerme. La via Cavour qui abritait le bâtiment principal du Banco Ambrosiano. Et le corso Vittorio Emanuele où se dressait la façade clinquante du casino. Inconsciemment, Donna Maria refusait de marcher là où ses fils s'étaient couchés, comme si elle avait craint de piétiner leur ombre. Ou seulement de la rencontrer.

Elle entendit mes explications en silence, l'œil noir posé sur moi, immobile et dur, son chignon serré comme un poing. J'appris plus tard qu'elle avait retrouvé son sens de l'orientation, et le demi-cochon que je reçus un matin à l'hôpital fut le signe de sa reconnaissance.

Lors de sa deuxième visite au cabinet, Vista l'avait accompagnée. Il s'était installé dans la salle d'attente. On avait échangé une poignée de main. Je lui avais dit que Donna Maria serait bientôt tirée d'affaire. Au contact de cette main et soupesant ce regard noir hérité de sa mère, j'avais songé que, face à un tel œil, à une telle main où rien ne tremblait, on n'avait pas le temps de voir la mort venir.

Le café Pozzi s'est rempli. Vista me regarde en souriant.

— Comment va Donna Maria ?

— Bien, a répondu le jeune homme. Elle se fait vieille, mais elle ne se perd plus jamais dans Palerme.

On nous a servi deux marsalas.

— Pourquoi vouliez-vous me voir ?

J'observe sa main, son œil, ce couple parfait. On ne sait, de la main ou de l'œil, lequel des deux commande. Des fils invisibles les relient. Gestes synchrones mille fois répétés, mille fois réussis, l'accord parfait de l'inimitable, de l'irréparable.

— C'est assez simple, ai-je répondu. Nous sommes le 18 mai. D'ici un mois, j'aurai quitté mon poste à l'hôpital.

— Vous partez ?

— Laisse-moi terminer. Je resterai quelques jours à la maison via Alloro, histoire de classer quelques affaires. Ensuite...

J'ai marqué un silence.

— Ensuite, ce sera à toi de jouer. Quand tu voudras. À l'heure qui te plaira. Je n'en saurai rien. Tu sonneras. J'ouvrirai. Ou plutôt, voici une clé.

Le jeune homme m'a regardé avec surprise.

— Pour quoi faire, *dottore* ?

— Tu entreras. Je serai sûrement installé à mon bureau, mais si tu ne me trouves pas, avance sous la véranda, arme ton revolver et tire vite, comme tu sais le faire.

— Mais...

— Je t'ai préparé de l'argent liquide. Cela t'évitera pour un moment de risquer ta peau devant les distributeurs des banques. Donna Maria se ronge les sangs quand elle te sait à l'affût de ces machines à sous. Arme et tire, Vista. Je voudrais que tu m'obéisses au doigt et à l'œil.

Le jeune homme a pris la clé que je lui tendais. Et aussi l'enveloppe. Il a glissé le tout dans la poche intérieure de son costume.

— Je voudrais vous poser une question.

— Alors une seule.

— Si vous changez d'idée... Lorsque vous verrez mon visage, peut-être que...

J'ai vidé mon verre de marsala et je l'ai attrapé au poignet.

— Ton visage, petit, dans un mois, je l'aurai oublié.

CHAPITRE 9

Gina est entrée dans mon bureau.

— Vous ne m'entendiez pas frapper. *Permesso ?*

— Bien sûr, Gina, approchez. Vous êtes ravissante.

— Ce soir, c'est le bal au palais Gangi. Mes cousins de Caltanisseta ont fait le voyage et… je voulais vous demander si ce soir, je peux…

— Rentrer plus tôt vous préparer pour être la plus belle ? Ma parole, tout Palerme va se pâmer. D'accord, filez.

Une pensée m'a effleuré.

— Quel âge avez-vous, Gina ?

— Dix-huit ans, mais bientôt dix-neuf, a-t-elle répondu en rougissant.

— Fiancée ?

— Non, professeur !

Elle se balançait d'un pied sur l'autre, une gamine qui jouait les dames avec ses talons aiguilles sur lesquels je l'imaginais vacillante, des paillettes sur ses joues de paysanne et, aux lèvres, un rouge bon marché. Dix-huit ans. À cet âge, maman minuscule me laissait le cœur chagrin pour aller danser. Mais, à minuit, son carrosse redevenait citrouille. Elle était seule parce que j'étais là.

★

Les photos me donneront un sursis. Qu'est-ce qu'une photo sinon une mémoire ? Celles que publie la presse s'accompagnent d'un petit texte curieusement nommé légende.

Une photo, c'est une histoire. Je ne pouvais rêver mieux que Palerme. On y choisit sa mort. Chaque jour, une photo, une légende, une courte histoire de *capomafiosi* qui se vengent, une balle dans la tête d'un juge aux sirènes hurlantes, une autre balle non percutée, simplement posée sur sa poitrine : la signature de Cosa nostra. Signorelli, je ne pouvais que finir à Palerme.

Si j'étais demeuré François Ardanuit, j'aurais fini à la morgue de Château-Picon sans un coup de médoc sur la langue. Les Bordelais ne sont guère généreux avec les vivants, et avec les défunts encore moins. J'aurais fini recroquevillé sur une couche froide, comme la vieille qu'on me sortit d'un tiroir de plomb, un jour d'il y a quatre ans, pas même apprêtée, pas même coiffée, les jambes dénudées et le sexe bleui de froid. Un dément l'avait jetée dans la Garonne un matin d'hiver où elle marchait sur le Pont de pierre à la recherche d'une autre raison de vivre, d'un autre Gilbert, d'un autre Louis. Elle n'avait trouvé que ce fou qui l'avait arrachée du trottoir sans un mot pour la projeter dans le fleuve, et, d'après le seul témoin de la scène — un ouvrier des entrepôts qui prenait son service —, elle ne cria pas, comme si son meurtrier avait été l'exécuteur de sa volonté. Sa mort avait fait quelques lignes dans le *Sud-Ouest*, à la page des faits divers. De toute façon, elle ne lisait jamais cette page.

★

Dans le désordre de mon bureau, une enveloppe remplie de photos d'avant. Du vrac et du temps mélangé. Sur ce cliché de classe, année 1970, école Fénelon de La Rochelle, je suis Signorelli pour la première fois de ma vie. Cette année-là, je me suis promis que je serais le plus Signorelli des Signorelli. Évidemment, Signorelli, ce n'était pas Du Pont de Nemours, mais c'était mieux que rien et Ardanuit, pardon maman à moi, ce n'était rien du tout, on n'était rien, nous deux, moi et toi. Nous n'étions que regrets. Nous avions le goût du malheur. Nous sentions l'échec et cela nous faisait rire. On ne s'aimait pas bien. Le temps pesait sur nous le poids d'un homme mort.

Les Signorelli, eux, savaient vivre. Ils parlaient fort, parlaient avec leurs mains, ponctuaient leurs phrases de « ba-ba-ba », se touchaient les joues et les cheveux, ils racontaient un ancêtre parti de la côte palermitaine, ils racontaient la

Tunisie, le soleil brûlant, le jus des oranges coulant sur leurs torses nus, l'orgeat et les biscuits à l'anis, la pêche aux éponges dans les eaux translucides de la petite Syrte et des îles Kerkennah. Ils parlaient de « là-bas » comme d'un paradis perdu et, sur leur exil, j'avais cloué mon berceau.

Rentrée 1970. École Fénelon, La Rochelle. Bordeaux a disparu dans le rétroviseur de la camionnette remplie des odeurs de marée. Je m'appelle François Signorelli. Un cartable neuf, des souliers neufs, un nom tout neuf, un nom pour vivre et pour oublier. L'appel, un imprimé à remplir, profession du père — j'inscris : ostréiculteur. Avant, je laissais un blanc.

On a décoré la classe. J'ai apporté une photo du Sahara. Une dune de sable éblouissante. D'un air mystérieux j'ai dit : « Un souvenir de là-bas. » Aussitôt des questions. Et les scorpions, les caravanes ? Je réponds bien. Je lance le mot chott. La chance est avec moi. Je suis né à Nice. Léger glissement des syllabes. Nice, Tunis, quelle différence ? Je suis né à Tunis. Je suis le dernier Signorelli de Tunisie.

CHAPITRE 10

J'ai ouvert la fenêtre de mon bureau. Il est tard. Dehors, l'air est tiède. Palerme scintille. Un cortège d'Alfa Romeo bleu et blanc a traversé en trombe le corso Vittorio Emanuele. Sûrement le juge Minazzoti et son escorte.

Au milieu de la nuit, les quartiers du centre sont souvent réveillés par ces sirènes aiguës qui annoncent une urgence : un juge rentre chez lui. Les Palermitains endormis se réveillent une seconde, pensent : « Minazzoti », puis retournent à leurs rêves. Il y avait les mêmes sirènes pour le juge Falcone, pour le juge Borsellino, pour le général Dalla Chiesa. Ils sont tous au cimetière, maintenant. Ils avaient provoqué. Minazzoti finira comme eux.

Des parachutistes en gilets pare-balles montent une garde inutile. La mort est déjà passée, ou elle ne va pas tarder, après qu'ils auront regagné leur caserne. J'ai eu envie de me dégourdir les jambes. Ma mémoire a encore de beaux restes.

J'ai marché seul via Alloro, mon ombre effilée me précédait d'un lampadaire à l'autre. Les vieux palais de Sicile poursuivaient leur dialogue muet. Ici, au 23 de la via Tarbani, la maison du juge Falcone fleurie toute l'année par des écolières qui se recueillent genoux pliés, un carré de soie noire sur la chevelure et des regards effrontés à damner les anges. Plus bas, via Carrini, les gerbes déposées sur le trottoir où s'écroula Dalla Chiesa. Puis les lieux sans fleurs dont tout Palerme se souvient en silence. L'endroit de la via Francia où tomba d'un sixième étage le repenti Fiorulli, la terrasse de la via Rutelli où fut assassiné le juge instructeur Terranova. Via Cavour, ultime destination du procureur Gaetano Costa, et via Leonardo da Vinci, fatale au chef des démocrates-chrétiens Michele Menia. Viennent à mes lèvres ces mots sans appel : trop tard.

Je ne suis pas sorti en pleine nuit dans les rues de Palerme pour me dégourdir les jambes. Tourner en rond dans mon bureau m'aurait suffi. En piochant dans mon tas de photos, j'ai pris en pleine figure le visage de Marco. Il a dix-sept ans sur ce cliché qui remonte à plus de quatre ans. Marco, c'était mon fils. Il va bien, je crois. Il ne vient plus me voir. Pour un jeune homme, ce n'est pas sain d'avoir un père comme moi. Ma notoriété de médecin, mes succès de chercheur, il s'en moque. Il trouve que je ne suis pas à la hauteur. Pas à la sienne.

Il me l'a dit avec ses mots et je n'ai su que le

repousser. J'aurais dû l'écouter mieux, essayer de le comprendre. Je n'ai rien fait de tout cela, au contraire. Je me suis défendu, je l'ai humilié, je lui ai reproché à grands cris de ne pas se mettre une seconde à ma place. Il a attrapé le col de ma chemise. Mon poing s'est abattu sur son visage de dix-sept ans. C'est un poids qui pèse sur mes épaules et m'écrase lentement. Comment être le père d'un fils, quand on n'a pas été le fils d'un père ? Débuter sa vie par une chute n'est pas la meilleure manière d'apprendre à tenir debout.

MAMAN en majuscules ne m'a laissé aucune notice, aucun mode d'emploi, aucune image ni même un mot, un de ces mots qu'on dit à son fils quand il montre les dents pour nous prendre l'amour dans la chair. Entre Marco et moi, il y a tout le vide laissé par un accoucheur obstétricien en cavale. Je suis tombé dans ce vide. Même les parachutistes en gilets pare-balles de Palerme ne peuvent rien pour moi. Mes trous de mémoire vont me sauver. Un trou de mémoire, c'est une folle envie de tomber.

Avant, ils m'agaçaient, les gens qui sortaient à tout bout de champ une photo de leur enfant, voyez comme il est beau, et cet air intelligent, tellement doux avec ça. Maintenant je comprends. Peut-être ne leur restait-il rien d'autre qu'un amour gâché. Je les imagine se disant : s'il me voyait, mon petit, il s'apercevrait combien je suis fier de lui. Il me manque, Marco. Même si Korsakov fait bien son travail, il restera là, je vous montre mon cœur. Marco n'est pas mort. Pire encore. Il est loin.

Il n'a pas besoin de moi. C'est moi qui ai besoin de lui. Sur la photo il ne me ressemble pas. Il a raison. Sûrement s'est-il dit : que vaut un père qui n'a pas intéressé son propre père ? Bien vu, Marco. J'ai eu beau effacer le numéro de MAMAN sur mon téléphone portable, il est trop tard.

*

Le jour se levait lorsque j'ai regagné mon bureau. J'ai regardé la photo de Marco et j'ai pleuré. D'un point de vue médical, c'était une rémission.

J'ai écrit à Marco :

« Pour toi Marco, avant que j'oublie,

Le père que je n'ai pas eu : t'en moquer.

Le père que je suis si peu : t'en moquer aussi.

Fais-moi confiance, il n'y a pas de mauvais fils, seulement des pères insuffisants. »

J'ai relu, signé, puis barré la signature, impossible de laisser ce « papa » ridicule flottant dans le blanc des mots.

Pourquoi s'est-il éloigné, Marco ? Je ne m'en souviens pas. Korsakov avance ses pions. J'ai la mémoire en peau de léopard, une constellation de taches sombres et rien à l'intérieur. Je l'avais sûrement traité de petit salaud. Le plus grave, ce n'est pas « salaud ». Tous les enfants le deviennent. Le plus grave, c'est « petit ». Ce mot Ardanuit. Un mot tiré de la nuit Ardanuit que je lui ai renvoyé à la figure, comme mon poing, n'en parlons plus. Il y a deux ans, la dernière fois qu'on s'est parlé au téléphone, je n'ai pu retenir un « mon petit Marco ». Je suis sûr qu'il a haussé les épaules, comme moi lorsque maman dit « mon petit François ». Moi, j'ai mes raisons.

Marco, je m'en suis occupé depuis toujours. Avec sa mère, on lui avait trouvé un prénom qui se mariait bien avec Signorelli. J'ai proposé Marco comme Marco Polo. Signorelli avec deux *l*, pour mieux voler. On en ferait un voyageur au long cours, un navigateur dans la lignée de cet ancêtre palermitain qui avait gagné le cap Bon et la Tunisie après une escale à Malte. Marco a déjà fait beaucoup mieux : il s'est éloigné de moi comme d'un récif. Au moins avons-nous en commun ce nom propre, Signorelli.

Gina est entrée dans mon bureau sans frapper.

— Vous êtes resté toute la nuit ? a-t-elle demandé.

— Je ne sais pas... Peut-être, encore des dossiers à compléter, je suis si peu ordonné.

Elle s'est plantée devant moi, me forçant à lever les yeux dans le soleil du matin. Je me demande bien ce qu'elle veut à me regarder comme ça.

— Vous me semblez préoccupée, Gina...

— C'est vous qui m'inquiétez, dottore. Vous avez les yeux jusque-là !

Elle a appuyé un doigt sur le haut de sa pommette pour désigner le « jusque-là ».

— Et puis...

— Oui, Gina.

Je la sens qui hésite.

— Vous ne m'avez pas demandé comment s'était passé le bal au palais Gangi, l'autre soir.

Je suis resté saisi.

— Un bal, au palais Gangi ?

CHAPITRE 11

À partir d'aujourd'hui, je suis obligé d'écrire tout ce que je dis pour ne pas oublier trop vite. Chaque mot prononcé dévore le précédent, l'efface, le vide de son sens, au point que je ne sais plus où a commencé ma phrase. Je n'ai dans la tête que tumulte et chaos, et pire quelquefois, le silence. Je vis de mes propres blessures comme l'oiseau vole de ses propres ailes, inconscient de vivre, peut-être plus tout à fait vivant, absent de moi, en voyage, en vacances de mes souvenirs, retiré du présent et fuyant du passé ce qui brûle.

Korsakov progresse. Son triomphe n'est plus qu'une affaire de jours ou d'heures, quelle différence quand le temps n'est plus borné par l'espoir de retrouvailles.

Des cris résonnent sur le corso, mais ce ne sont sans doute plus des enfants, comme ces étoiles défuntes que l'on voit briller longtemps après leur fin. Korsakov fait son diable de chemin. Je perds la mémoire à la vitesse d'un cheval au galop.

Pauvre Gina. Si un grain de beauté ne ponctuait pas le coin de la bouche, je chercherais qui elle est. Les visages finissent par se dissoudre. L'idée d'un visage ne m'évoque plus rien de distinct. Je repère un nez trop long, un front haut, un regard myosotis, mais cela ne compose pas un visage.

C'est une servitude, cette graphomanie soudaine. Il faudrait en finir. J'habiterai bientôt un corps sans histoire, des vaisseaux exsangues. Je perdrai le sentiment de moi. Il me faudra enjamber les vertigineux abîmes de l'amnésie, réinventer ma vie.

Je crois que l'imagination prendra le dessus. Je ne serai pas archéologue ni matelot dans la marine marchande. J'amuserai la galerie. Je confondrai Pedro avec Paulo, comme l'autre jour chez les Mascaro. Je raconterai le temps où je me produisais parmi les chansonniers de La Cigale, à Paris. Je voulais La Cigale car elle me ressemble, une tendance à dilapider. Mon répertoire était épatant. Je vous dirai mes meilleurs textes, si vous me le demandez. Même si vous ne me demandez rien.

Ma mémoire est désormais incapable de retenir. MAMAN en majuscules ne m'a pas retenu, lui non plus (c'était pourtant facile : et je retiens « un », un jeu d'enfant). Marco, mon fils, c'est moi qui n'ai pas su. Maintenant, c'est au tour de ma mémoire de lâcher. Si je me souvenais de tout, j'aurais envie de mourir plus vite. Korsakov n'est pas une maladie. C'est un traitement contre la douleur.

La photo de Marco est devant moi pendant que j'écris. Il y a si longtemps. C'est étrange, il me paraît bien grand déjà. Dans ce qu'il me reste de souvenir, il a six ans. Il est debout, les pieds joints sur un plot de céramique bleue, dans une piscine à ciel ouvert. Il me sourit et pousse de grands cris pour attirer mon attention. Il a plongé, je ne vois plus qu'un remous à la surface de l'eau. Le voilà sur cette photo, remonté du fond de notre histoire, avec une expression adolescente. Disparu le petit garçon. Où es-tu passé, Marco ?

À Palerme, au début, je vivais avec une femme sauvage. Il en est des femmes sauvages comme des chats sauvages : ces bêtes-là n'aiment que leurs petits. Marco, ce n'était pas son petit, c'était le mien.

Elle s'appelait Carla et venait de Corleone, un village dans la montagne que les parrains de Palerme rêvent la nuit de voir brûler. Ceux de Corleone sont fiers. Ceux de Palerme susceptibles. Dans cette guerre d'orgueil où l'on se froissait d'un regard, Carla avait perdu un père et un mari. Il lui restait quatre enfants, sa portée. Marco serait hors de portée. Elle s'y est employée avec douceur et fiel et passion. Ton Marco il est comme ci, ton Marco il est comme ça. Et moi, faible perroquet domestique puant la hantise d'un nouvel abandon, j'allais répétant, tu as raison, il est comme ci, Marco, il est comme ça.

Elle n'écoutait plus, savourait sa victoire, léchait ses petits. Je chapitrais Marco, ne sois pas comme ci, parle plutôt comme ça. Carla en rajoutait, il est voleur, Marco, elle plantait sa griffe jusqu'au sang. Je répondais « non », mais trop tard, voleur sans doute, il avait fini par s'envoler, avec les deux ailes de Signorelli.

Un écho me parvint, apporté par un Sicilien de Raguse établi à New York. Il m'apprit qu'un certain Marco Signorelli enchantait le Philharmonic Orchestra par des toccatas de Bach. « Est-il de votre famille ? » m'avait-il demandé. Maintenant que le souvenir s'efface, rien ne m'est plus familier. Mais j'ai conservé une critique du *New Yorker* qui évoque un pianiste *out of reach*, « hors de portée ».

Il arrive que je m'éveille en pleine nuit un sanglot dans la gorge, et la gorge serrée comme un étau. Je sors chaque fois du même rêve. Je me noie. Près de moi, juché sur le plot en céramique bleue d'une piscine, Marco me regarde. Je lui tends la main. Il me tend la sienne mais ne se penche pas. Aucune chance de l'attraper, cette main d'un petit garçon de six ans au regard d'adulte qui lance deux mots secs au milieu du naufrage : trop tard.

Insatiable femme sauvage. Pour elle j'ai lâché Marco. Comment aurait-il pu me retenir ?

Même les jeux d'enfants ont leurs règles, il faut les expliquer patiemment. Lorsque j'ai voulu rattraper mon fils, il était trop loin. Korsakov est venu à mon secours. Sinon, pourquoi le docteur François Signorelli, éminent spécialiste de la reconnaissance des visages, serait-il plongé dans l'hébétude de sa mémoire ?

J'exerce avec le pouce une pression sur mes tempes. Le cœur bat dans la tête, les algorithmes cavalent, fabriquent des images qui naissent et s'effacent, Marco, Marco, Marco. Le cœur se remet de l'amour perdu d'une femme, pas de celui qu'un enfant a repris. Mon cerveau, ma merveille de connaissance, mon métier à tisser des souvenirs, mon cerveau de malheur ne sert plus désormais qu'à me prévoir sans vie.

CHAPITRE 12

J'ai mis le dottore Carella dans la confidence. Il est assez palermitain pour tenir sa langue. Il m'a demandé si j'étais sûr de mon diagnostic. Je lui ai dit que seules ses rouflaquettes grisonnantes m'avaient permis de le reconnaître à son arrivée dans mon bureau. Il n'a pas insisté. Sur les feuilles de carnet que je ne cesse de gribouiller, j'ai marqué le *New Scientist*. Il s'agit d'un article à traduire en anglais. Carella m'assure que je l'ai déjà fait la semaine dernière. Devant mon air sceptique, il a entrepris de me le lire à haute voix. C'est clair, assez convaincant. L'ai-je moi-même traduit ?

— Si, François, insiste Fulvio. Et pas question que j'ajoute ma signature. Il s'agit de ton travail.

Aujourd'hui il me dit tu. D'habitude il me vouvoie. La maladie rapproche ou éloigne. Lui, elle le rapproche. Il a repris sa lecture. Je l'écoute parler anglais avec son fort accent cuivré au soleil de Sicile. J'ai du mal à suivre le fil.

— Peux-tu revenir sur cette histoire de « pa » ? ai-je demandé.

— D'accord, a-t-il dit en soupirant. Tu te rappelles que certaines propriétés cérébrales s'épanouissent selon un calendrier très strict du développement humain. Ainsi la vision, l'ouïe, le langage. Je te cite : « L'homme n'est qu'une hypothèse, à peine une espérance. Mais tout devient difficile une fois l'heure passée. Il y a un temps pour voir et un temps pour sentir, un temps pour entendre et un temps pour déchiffrer les lettres qui font les mots, les traits qui font un visage. Après, il est trop tard. Les enfants loups demeurent ainsi incapables de... »

— J'ai écrit « trop tard » ?

— Oui, Francesco, « trop tard ». J'arrive à cette affaire de « pa » : les Japonais, dis-tu, ne peuvent saisir les ondes du son « pa ». Seuls les bébés les perçoivent jusqu'à l'âge de six mois. Ensuite, ils perdent cette faculté de les distinguer dans leur langage familier. Tu ajoutes que, pendant la Seconde Guerre mondiale, les Américains avertis de cette lacune codaient leurs messages secrets à base de « pa ».

Carella me sourit. Il a redressé la tête et cherche mon regard.

— Il s'agit bien de ton texte. Jamais je n'aurais pu inventer une chose pareille !

— « Pa » ?

— Oui, surtout « pa ».

Dans les six mois qui ont suivi ma naissance, et longtemps après, jamais ne s'est posée sur moi la syllabe redoublée, « pa », « pa ». Je n'ai rien entendu, rien mémorisé. Signorelli est devenu plus que mon père, un mélange de Zorro et de Lagardère, un père surnaturel. Pour « papa », c'était trop tard. Quand j'ai su le dire, vers un an et demi, d'après maman à moi, je ne savais pas de qui je parlais.

CHAPITRE 13

Un matin via Mapore, je me suis arrêté devant la vitrine de Rutelli, le chausseur pour hommes. Les vendeurs étaient occupés. Cela me laissait un répit pour assurer ma voix avant de dire avec un semblant d'aplomb : je voudrais la paire de mocassins en vitrine, taille 43 ou 44.

Deux autres clients sont entrés avant moi. Puis un carillon d'horloge a annoncé mon arrivée. Les regards ont convergé dans ma direction. Une vendeuse que je n'avais pas repérée de l'extérieur s'est proposée de m'aider.

La panique m'a envahi. Les clients s'affairaient devant des monticules de boîtes que les employés du magasin ouvraient prestement, agenouillés à leurs pieds. Des mocassins sortaient de leur enveloppe de papier cristal, et aussi des souliers cambrés, des bottines, des chaussures de ville au cuir lisse et très souple. Les hommes assis sur les chaises d'essayage se levaient avec des airs de notaires puis esquissaient quelques pas, se regardaient marcher dans le miroir mural, pesaient de tout leur poids sur les semelles. Passait dans leur expression toute la fierté des hommes d'être des hommes.

— Avez-vous vu un modèle qui vous plaît ? me demanda la jeune femme.

Son ton était insistant, comme si elle m'avait déjà posé la même question sans obtenir de réponse.

Je me suis laissé tomber sur un siège et j'ai avisé mes mocassins.

— Ceux-là sont fatigués.

Je n'ai rien pu dire d'autre.

— En effet, approuva-t-elle, comprenant qu'elle devrait prendre l'initiative.

Si la boutique n'avait pas été aussi remplie, j'aurais peut-être tenté de lui expliquer. Depuis toujours, l'idée de choisir une simple paire de souliers me plonge dans un marécage.

Ici, je suis toujours François Ardanuit, égaré depuis la nuit des temps, qui n'a jamais vu de chaussures d'hommes et serait bien en peine de préférer les bleues aux noires, les plates aux rehaussées. Cette panique qui monte, c'est l'absence de MAMAN en majuscules. Si au moins il m'avait laissé une paire de souliers, même usagés. Le moment venu, on m'aurait chuchoté : c'étaient les siennes. Maintenant que tu as grandi, elles sont à toi. Aussitôt j'aurais eu un modèle, une pointure, une référence. Je n'aurais pas passé tant d'années à vaciller, à ne jamais savoir sur quel pied danser — s'il est vrai que dans la vie on danse —, à hésiter des heures devant de simples mocassins.

Chez Rutelli, je redeviens l'enfant des brouillards incapable de quitter la nuit Ardanuit, perdu, tellement perdu, épousant avec soulagement l'avis du premier venu et repartant, comme aujourd'hui encore, avec des chaussures qui ne me vont pas du tout.

CHAPITRE 14

Je me suis éveillé très tôt, ce matin. La nuit venait de finir. Palerme dormait. Il faisait bon, presque trop chaud déjà. Le soleil n'était pourtant qu'une rumeur d'oiseaux impatients devant la clarté qui montait. J'ai marché sur le balcon de mon appartement, face à la mer sombre, un maigre nuage commençait à se détacher de l'obscurité, en altitude, pointu comme le nez d'un espadon. Cette lance de brume annonçait une folle température.

Plus tard le soleil est apparu, un soleil encore modeste, rond et bronzé, pareil à un gros louis d'or, avec les griffes rentrées d'un chat qui somnole. Ses rayons ont transpercé la rosée répandue sur la pierre du balcon.

Devant cette explosion soudaine de lumière, je me suis réfugié à l'intérieur. J'ai atterri dans le fauteuil du salon qui tourne le dos à la baie vitrée, rappelé à l'ordre, démasqué, presque défiguré, premier des Signorelli depuis la nuit des temps, et justement il s'agissait bien de la nuit, premier de la lignée à reculer devant le soleil.

Maintenant, je suis affalé dans ce fauteuil, mes mocassins neufs aux pieds. Des heures se sont écoulées, j'ignore combien. Je me tiens immobile, attendant que le trop de lumière s'éloigne. Dans ces instants de vive clarté, je sens que le masque tombe avec mes forces. Je redeviens l'enfant perdu au nom sans aventure, hanté par les visions anciennes de l'époque où je n'avais pas abordé les rivages Signorelli.

Le grand miroir au-dessus de la commode en bois de rose est trop éloigné. Tant mieux. Inutile d'approcher. Je ne suis plus le fringant docteur François Signorelli au teint délicatement cuivré. Je suis Ardanuit. J'ai le visage Ardanuit. Les cernes Ardanuit. Le dos voûté Ardanuit, leurs traits creusés, l'allure vaincue et résignée, humble à recevoir des gifles, et souriant par-dessus le marché, les pieds légèrement en dedans, quelque chose qui ne veut pas vivre, une peine à respirer, la sensation du malheur avant qu'il ne survienne. Je suis toujours en avance aux rendez-vous. Je mourrai en avance.

Le temps s'enfonce où je suis Ardanuit. Surtout ne pas paniquer, ne pas se débattre. Cette ombre repartira avec la fin du jour, quand toutes les ombres glissent. Je reprendrai les notes sur mon grand-père Signorelli, je finirai par me trouver un air de famille avec lui. Ma mémoire s'apaise dès que la lumière est moins crue.

En attendant, il faut éviter les gestes brusques

qui trahiraient un manque de confiance, la maladie des Ardanuit. Il existe un no man's land entre Ardanuit et Signorelli, que je traverse chaque fois que le soleil m'aveugle. Journées d'apnée pendant lesquelles je ne sais plus qui je suis. Une petite voix me dit, tu n'es pas plus Signorelli qu'Ardanuit. Regarde-toi. Tu es MAMAN en majuscules. Tu as son sang, tu as ses os. Inutile de te débattre. Renonce aux légendes. Il n'a pas voulu être ton père, mais tu n'es rien d'autre que son fils.

Cherchant une diversion, j'ai déplié l'édition matinale du *Giornale di Sicilia* posé sur la table basse du salon. Aussitôt une nouvelle a capté mon regard. L'histoire est racontée sur une pleine page avant les résultats sportifs. Envoyé par la commission pontificale des biens de l'Église, monsignore Crespino Valenziano prétend avoir identifié l'auteur du fameux triptyque ornant depuis des siècles l'autel de la chiesa Madre de Polizzi Generosa, dans les environs de Palerme. Cette information devrait me laisser indifférent. Pourtant je la lis avidement et puis je recommence, m'efforçant de retenir chaque mot. Nul ne semblait plus se préoccuper de l'énigme attachée au triptyque. En se livrant à une étude minutieuse, le prélat s'est fondé sur l'observation de deux petits couteaux dessinés aux pieds d'une sainte pour attribuer le tableau au maître flamand Rogier Van der Weyden qui traversa l'Italie à la fin de sa vie, vers 1460. « Le père de l'artiste fabriquait des couteaux », a simplement déclaré monsignore Valenziano à l'envoyé de la presse palermitaine. D'après lui, ce détail est la signature de Rogier, le fils du coutelier.

J'ai posé le journal sur mes genoux. Le soleil surprenait dans son rai de lumière des milliers de particules virevoltant au milieu du salon. J'ai tiré les rideaux de velours, fermé les yeux qui me picotaient encore. Deux couteaux, deux petits couteaux se sont mis à danser au milieu de ma nuit. Le temps a poursuivi sa course lente, je n'ai pas bougé de toute la journée, occupé à renouer en vain le fil brisé qui me liait à l'autre versant de mon existence, au légendaire Fosco, à son fils Marcel. Ne disait-on pas que j'avais fini par leur ressembler, par attraper leur accent, leur intonation de voix, leur façon de marcher d'un pas souple et tranquille, les jours où je me sentais fort, incollable sur leur histoire, mon histoire ?

À cet instant précis, je ne suis plus des leurs. Si je me voyais dans le miroir lointain — mais par chance je ne sais pas où j'ai laissé mes lunettes —, je me découvrirais pâle de la pâleur Ardanuit, tenu en respect par deux petites lames qui reviennent, obsédantes, comme les deux notes d'une sirène hurlant la mort dans les rues étranglées du vieux Palerme. Six cents ans après qu'il a vécu, le fils du coutelier a été reconnu. Cela peut prendre tout ce temps, la reconnaissance, toute la vie et un morceau d'éternité.

Le malaise ne se dissipe pas. Au contraire, une

douleur aiguë dans le dos me coupe le souffle. Je connais bien cette douleur. Elle ne m'a jamais quitté depuis l'enfance, telle une marque de fabrique. Avec quoi couper le souffle sinon un couteau. Je me suis approché du grand miroir et, pris de panique, j'ai déboutonné ma chemise en me contorsionnant pour tenter d'apercevoir mon dos. Les couteaux qui me font suffoquer sont invisibles à l'œil nu. Je sais qu'ils sont là, profondément enfoncés, indélébiles, fichés à même le squelette quelque part dans la région des lombes ; la signature de MAMAN en majuscules sur son enfant des brouillards.

Je ne connaissais pas son visage que déjà il me faisait mal.

Cette vieille douleur me ramène un flot d'images du temps où j'étais François Ardanuit, voûté, plié comme la femme que je vois déambuler, une vieille Ardanuit elle aussi, une vieille douleur aux bas filés, mon seul modèle des années Ardanuit, la mère de Lina et peut-être la mère du bon Dieu car dans ma vie elle peut tout, elle a même bouté MAMAN et ses couteaux loin de l'air que je respire, car un juif, ce n'était pas pensable, chez nous les Ardanuit baptisés, les Ardanuit ruinés et abandonnés mais fiers à crever, indignes d'intérêt. Il fallait être seul au monde et sortir de nulle part, comme Gilbert, pour avoir envie de nous approcher.

Gilbert, je pense encore à lui quand je vois dans le *Giornale di Sicilia* la photo d'un pendu. S'il n'avait pas perdu l'espérance, je l'aurais invité dans ma nouvelle vie de Signorelli. Je suis sûr qu'il aurait aimé parler avec Marcel, des huîtres et de tout le reste. Marcel aurait agrandi d'un coup les horizons de Gilbert comme il avait agrandi les miens jusqu'à la Tunisie, par le truchement de son père Fosco.

Mon père, lui, n'évoquait jamais son pays natal. Il se refusait d'y retourner jamais. Il avait combattu en Algérie et pointé son fusil sur des hommes qu'il avait connus enfant, avec lesquels il avait sans doute partagé des biscuits à l'anis et des cigarettes, et le ciel d'Afrique du Nord. Lorsque, l'année de mes treize ans, Fosco m'emmena enfin à la découverte de la brûlante Gafsa où se tenait le décor de ses exploits, ce fut sans Marcel qui, à mon retour, ne me posa aucune question sur ce voyage dans le passé Signorelli. Il se contenta de m'ouvrir en silence une douzaine d'huîtres au pied de sa barque à fond plat qui ne ridait pas l'eau, suivant du regard l'envol fastidieux d'un héron.

Les phares de la Charente-Maritime, comme les courants divers qui travaillaient les fonds du chenal entre Lauzières et l'île de Ré, Marcel les connaissait si bien qu'on l'aurait cru né là au milieu du gué, entre deux épaisseurs de vase et de rochers noirs coiffés d'algues. Gilbert l'aurait écouté lui raconter comment on quittait le vieux port de La Rochelle sans risquer de s'échouer. Il fallait garder dans son champ de vision les trois phares alignés, celui enchâssé au milieu des habitations du quai Valin, le deuxième à hauteur de la tour de la Chaîne et le dernier vers les Minimes, qu'on appelait le phare du Bout du Monde, avec son bois de Patagonie et ses sept lampes à huile de colza.

En vrai Charentais qu'il était devenu, Marcel aurait détaillé pour Gilbert les vigies du bord de mer jusqu'à la pointe des Dames, aux confins de Noirmoutier. Ensemble ils auraient voyagé de tête. Ils auraient salué la tour en cylindre de Chassiron, les pierres nues des Baleines, le Groin du Cou et sa pyramide surmontée d'un flash tournant, l'Armandèche à l'ouest des Sables-d'Olonne, son feu blanc à trois éclats groupés. Par délicatesse, surtout s'il avait deviné sur sa peau la trace d'une cordelette, mon père aurait passé sur le phare de la Potence, tout près de l'Armandèche, équipé de son énorme projecteur Mazda qui blanchissait les nuits les plus sombres jusqu'aux façades maritimes de Saint-Gilles-Croix-de-Vie. C'est ce que prétendait Marcel. Je le croyais sur parole. Gilbert aussi l'aurait cru.

Devant une bourriche d'huîtres ouvertes à la lame de son Opinel, mon père se serait montré intarissable sur les phares de terre et les phares des îles, les phares de rochers ou de lagunes inhabitées. Je mettrais ma main à couper que tous les deux se seraient accordés pour décerner la palme du mystère et de la majesté à Cordouan.

Un geste ancien me revient. J'ai déplié les doigts de ma main droite et je m'efforce de me souvenir. D'abord, il faut les dresser pour qu'ils soient semblables à des phares. Le majeur, facile, c'est Cordouan. Mais les autres ? Leurs noms se sont envolés. Il est inutile d'insister. L'oubli a épargné Cordouan. Les autres sont morts. Ces phares de sortie de la Garonne, comment s'appelaient-ils ? L'un d'eux surnage encore dans les décombres, je prononce son nom à voix haute : Terre-Nègre.

D'autres noms reviennent. Mais ce ne sont pas des phares. Korsakov devrait les balayer. Ils dérangent, à présent. Après Terre-Nègre vient Picon, l'asile où la vieille m'emmenait voir la cousine ramollie qui sentait l'eau de Cologne et voulait à toute force m'embrasser, je me débattais un peu, mais embrasse la cousine, insistait la fausse bonne sœur en me poussant dans le dos, là où MAMAN avait laissé ses couteaux. Je bloquais ma respiration, son visage piquait et je me disais que c'était normal parce qu'on était à l'hôpital Château-Picon. Ma petite récréation, c'était de jouer avec les mots car jouer n'était prévu nulle part, dans cet hôpital.

Pourquoi m'emmenait-on là ? Et MAMAN, s'il avait su où l'on traînait son fils, aurait-il laissé faire ? Mais j'invente. Je n'étais pas son fils puisque j'étais Ardanuit. Revenait aussi la messe du dimanche, interminable, le corps du Christ, la vieille qui cognait trois fois sa poitrine plate, c'est ma faute, c'est ma très grande faute, pour un peu je l'aurais consolée. Elle avait réussi à se faire aimer de moi, elle qui m'avait volé mon père trop juif, ma mère trop petite.

Souvent je me retournais pour voir qui entrait

à l'église en retard, qui allait venir me chercher. Personne, bien sûr. On n'avait jamais vu l'ombre d'un Signorelli aux abords d'une chapelle. Le dimanche, les Signorelli célébraient le foot sur des pelouses plus étendues que des églises.

On me poussait vers le prêtre distributeur d'hosties. Je lui tirais la langue, il déposait le corps du Christ, murmurait « amen », c'était fade dans la bouche. Quand les corbeilles de la quête s'approchaient, je me servais. Je prenais un franc, une fois même une grosse pièce de cinq francs. C'était le salaire de ma peine et ce n'était pas cher payé.

J'aurais tout donné pour voir apparaître Fosco sur son cheval, ou son fils Marcel qui aurait emporté maman à moi à la barbe de ma grand-mère. Fosco aurait surgi. J'aurais tout donné pour l'entendre appeler mon prénom, et mon nom qui aurait été le sien. Mais rien n'arrivait. Comme elles étaient vastes, ces églises. La place pour les enfants ne manque pas, dans le malheur des grands.

CHAPITRE 15

Un gros cahier rouge ne quitte plus mon bureau. Je l'ai ouvert au hasard et j'ai lu ces quelques lignes sans doute tracées de ma main, en tout cas d'une écriture que je suis à même d'imiter si je m'essaie à mon tour à former des lettres sur le papier. Ces lignes disaient : « La mémoire, c'est retenir. Moi, je n'ai retenu personne. Ni mon père ni mon fils. Ni ma femme. »

J'ai relu plusieurs fois ce passage, et c'est la petite figure de ma mère qui m'est apparue. Une fillette ou presque, le visage couvert de taches de rousseur, une peau à rendre fous les hommes, et d'ailleurs ils sont fous quand ils passent près de nous, moi et maman, Lina qui s'appuie sur moi, s'appuie trop fort. Un danger rôde et ne dit pas son nom. Il s'est insinué entre nous, puis en nous, une sorte de silence qui porte le poids du mensonge, des demi-vérités comme il y a des demi-juifs, une vie à moitié, maman qui disparaît, puis revient et pèse, absente et envahissante — c'est sûrement commode un petit garçon, c'est mieux qu'un barrage face à un frère morbide et à une mère en prière, à un père envoyé au diable. Un petit garçon en serviette-éponge pour pleurer dedans.

Lina et lui ont grandi ensemble. Perdus. Éperdus. Trop près. « Tu ne l'emporteras pas au paradis », avait soufflé la vieille, au début, devant le ventre déformé de Lina. L'amour n'était pas gagné d'avance. Il est venu en plus. Un cadeau pour cœurs seuls. Le père s'est désisté. Du travail l'attendait, une gloire princière, un clan.

Lina a tout pris. Les angoisses du petit garçon, elle les a eues. Les questions sans réponses, elle les a eues aussi. Pour elle les reproches. Pour elle les accusations d'injustice et d'abandon. Pour elle les insomnies, les yeux rouges, les cauchemars de la nuit, les chagrins de l'enfant qui croit que devenir un homme, c'est forcément être un lâche. Ou un type comme Louis qu'on a renvoyé de partout. Ou un type comme Gilbert qui balance au bout d'une cordelette. Enfin, quelqu'un qui ne tient pas debout.

À mesure que s'effacent mes souvenirs immédiats, une très vieille mémoire s'active. Je retrouve des voix, des parfums de l'enfance, des visages qui dormaient sous l'empilement des jours. Jamais je n'étais descendu si profond. C'est un signe annonciateur. L'éclaircie sera de courte durée. J'aurai bientôt oublié tout ce qui se rapporte à ma vie. Cette nuit que j'avais tant voulu chasser, la voilà en marche, assurée de vaincre. Quand elle aura noirci les petits cailloux clairs de ma conscience, il ne restera plus rien. Le temps sera venu pour moi de fabuler. Je m'inventerai des vies à n'en plus finir. Je serai artiste, chanteur de variétés, vétérinaire pour éléphants d'Afrique. Je serai le cadet de mes soucis.

CHAPITRE 16

La canicule s'est abattue sur Palerme. Les concurrents du Giro d'Italia arrivent aujourd'hui sur le corso Vittorio Emanuele. Des autos équipées de haut-parleurs sillonnent la vieille ville et donnent des nouvelles de l'épreuve entre deux réclames pour une poudre de cacao.

La Rai Uno diffuse les premières images du peloton qui se désaltère aux fontaines. Des gamins arrosent les cyclistes avec des tuyaux de caoutchouc. Syracuse, Trapani, Catane, les routes sont pavoisées aux couleurs de la Molteni, havane et beige, de la Squadra Azzura, avec son bleu des mers du Sud qui se confond avec le ciel. Des noms de champions ont été peints sur la chaux des murets.

Tout à l'heure, ils rouleront sur le dos de l'Etna. Un commentateur décrit la finesse des boyaux « lisses et tendus comme de jeunes serpents ». Une crevaison est si vite arrivée sur ces routes pierreuses où passent encore les charrettes et les ânes. La course longe la mer au bord des roches basaltiques. Pour tuer le temps, des anciens aux rides abruptes racontent la légende de Fausto Coppi, ses longues jambes d'échassier, la tresse de son guidon — ils disent la guidoline —, parfumée aux senteurs d'une dame blanche. Lui aussi aimait une femme sauvage, et on dit ici, après un signe de croix et les yeux baissés, qu'il en mourut.

Les concurrents sont maintenant à l'image sur tous les téléviseurs de Palerme, en file indienne, bouche ouverte, le maillot échancré sur le torse. Des séminaristes en soutane jettent sous leurs roues des pétales de roses.

On a sonné à ma porte.

— Francesco, c'est moi, Fulvio.

— Je vous ai reconnu, ai-je menti.

Une fois de plus, ses rouflaquettes grises m'ont sauvé.

— Il fait trop chaud aujourd'hui. Et puis toute cette agitation en ville. Je ne comprendrai jamais votre engouement pour ces analphabètes qui se tuent la vie sur un vélo ! Allons prendre le frais villa Luigi. Je vous emmène à la *camera dello scirocco*. Dans une heure, on joue Scarlatti. Ils ont descendu un piano à queue à trente mètres sous terre. L'acoustique est parfaite, Francesco, et l'air tellement léger.

Carella a mimé chacun de ses mots avec ses mains. Je dois avoir mauvaise mine, c'est la première fois qu'il m'invite à la *camera dello scirocco*. Autrefois, les riches d'ici avaient fait creuser ces pièces aveugles pour les jours de vent brûlant.

La plupart sont aménagées en salon avec des fauteuils d'osier, des canapés à balancelle et des tables basses.

Certaines résonnent du chuchotis discret d'une cascade souterraine. Alessandro Scarlatti est un enfant du pays. Ses innombrables cantates de chambre sont souvent interprétées dans les *camera dello scirocco*. C'est une sensation étrange, lorsque le soleil plombe Palerme, d'entendre monter des fondements de la cité cette petite musique aérienne qui semble soudain irriguer le ciel.

Fulvio m'a prêté un chapeau de paille et nous sommes sortis dans la lumière. Comme les rues étaient interdites à la circulation — on attendait les coureurs d'une minute à l'autre, le speaker parlait d'un homme seul en tête —, nous avons coupé à pied par le cimetière monumental. Combien de fois, à mon arrivée en Sicile, mes yeux ont recherché sur l'une des pierres aux inscriptions fanées le nom de Signorelli.

Je croyais en trouver légion, puisque tout avait commencé là. Le navigateur avait bien un père et une mère, des cousins, des frères peut-être ? Mes enquêtes sont toujours restées vaines. On m'a parlé d'un Signorelli à Naples. Je croyais être le dernier des Signorelli. En Sicile, je suis le premier.

Nous sommes arrivés essoufflés villa Luigi. Les rumeurs de la course s'étaient éloignées. Carella m'a précédé dans l'escalier aux marches taillées dans la roche. Les notes d'un piano voletaient à nos oreilles.

— Je vous présente l'éminent dottore Signorelli, a lancé Fulvio en atteignant le salon qu'éclairaient des bougies larges comme des pieux.

Mon cœur donnait des coups sourds contre mes tempes. Korsakov et la migraine dansaient sous mes yeux sur un air de Scarlatti. Un habitant de la *camera dello scirocco* s'est approché. Fulvio m'a soufflé qu'il s'agissait du metteur en scène Rosi. On lui doit la reprise du répertoire de Pirandello, au Teatro Massimo.

— Vous êtes le personnage qu'il me faut, a lancé le maestro en scrutant mon visage.

— Mais je ne suis pas un personnage...

— Vous êtes mieux que cela : vous êtes le drame.

Puis il s'est retourné radieux vers l'assistance :

— J'ai un drame sous la main, il ne reste plus qu'à le jouer. Je suis certain que ce visage (il m'a désigné) m'apporte un drame. Qu'il est même le drame en personne. Honneur au drame !

La musique s'est tue. Il fait doux et mon crâne ne me fait plus souffrir. Une main m'a tendu un verre d'eau fraîche rempli au robinet d'une antique citerne. Dans la pénombre, j'aperçois Fulvio en conversation avec deux jeunes femmes. On m'attend. Je n'ai guère le choix que de lancer un appel à ma mémoire. Le metteur en scène avait raison. Il s'agit d'un drame. On réclame mon numéro. On me prie. Je vais essayer de m'en tirer avec la saynète que je donnais à La Cigale, du temps où j'étais dompteur de mots. Laissez-moi me concentrer.

Voilà, je suis un grand dompteur de mots. Cela se passe la nuit. Le jour, je ne parviens à en dresser aucun. Ils m'échappent, impossible de les retrouver. Mais la nuit...

Ce soir-là, j'en avais attrapé une bonne vingtaine et pas un seul ne bougeait. Ils étaient là, disposés sur une page, bien serrés, sans aucune envie de s'enfuir. Mon exploit était d'importance : moi qui ne retiens rien ni personne, je les avais retenus.

Dans le silence de cette nuit — on n'entendait que le crissement de ma plume sur le papier —, quelqu'un a cogné à ma porte. Une voix a ébranlé les lustres de la maison mais les mots sont restés sagement accrochés à la feuille.

La voix disait :

— Je suis la force de l'ordre. Ouvre.

J'ai ouvert. La force de l'ordre était un homme corpulent à l'air soucieux. Il avait dû être dérangé dans son sommeil.

— On se plaint du bruit que tu fais, commença-t-il. Personne ne peut fermer l'œil à cause du remue-ménage épouvantable qu'on entend chez toi.

— C'est impossible, ai-je répondu. Je suis seul ici et j'ai moi-même besoin de calme pour travailler. Donnez-vous la peine de vérifier.

La force de l'ordre m'a dévisagé soupçonneux.

— Quel genre de travail ?

Non sans fierté, j'ai dit :

— Je suis dompteur de mots.

L'homme corpulent a voulu tirer cette affaire au clair. Je l'ai conduit jusqu'à mon bureau. Une feuille était posée dessus, avec la vingtaine de mots que j'avais attrapés depuis le début de la nuit. Pas un seul n'avait bougé. Je l'ai signalé à la force de l'ordre. Mais son œil déjà brillait. Il m'a écarté d'un geste brusque, saisissant mes modestes écrits.

— Ta page nocturne ! s'est-il écrié triomphalement.

Des applaudissements ont crépité à mes oreilles. En fait d'applaudissements, ce sont des gifles que je reçois. Fulvio est penché au-dessus de moi. Je suis allongé sur le sofa où régnaient tout à l'heure les deux jeunes femmes.

— Ce n'est rien, Francesco, tu as perdu connaissance. Je vais te raccompagner chez toi.

Je ne saurai jamais si j'ai réussi mon retour à La Cigale. Je voulais être chanteur, les lettres de lumière annonçaient « Signorelli chante » mais, lors de ma dernière apparition, les ampoules qui éclairaient la lettre « c » avaient grillé. Il ne restait plus que ces mots : « Signorelli hante. » Viens Korsakov, allons danser au bal des revenants. Sylvain nous attend. Il raconte des histoires de la marine marchande.

CHAPITRE 17

Depuis mon malaise à la *camera dello scirocco*, Fulvio ne me quitte plus. Il reste avec moi devant le tas épars de photographies que j'ai disposées sur mon bureau, près du cahier rouge sur lequel j'essaie de retendre le fil du temps.

Gina nous a rendu visite. Elle est entrée avec une carafe de citronnade. Les rideaux étaient tirés dans le bureau pour favoriser la fraîcheur. Une douce pénombre baignait la pièce.

— Qui êtes-vous ? lui ai-je d'abord demandé.

— Je suis Gina.

— Non, vous êtes Lina, n'est-ce pas ? Lina. Je vous ai connue gamine, vous aviez dix-sept, dix-huit ans, je me souviens d'un petit garçon, votre frère ou peut-être...

Gina faisait « non » de la tête, presque suppliante.

— Pardon, vous êtes Carla, cette allure, ce port de tête, bien sûr, mille pardons, Carla Korsakova, une femme qui me veut du bien...

— Non, non ! a crié Gina affolée.

Elle a jeté un regard d'impuissance à Fulvio puis s'est éloignée. Avant qu'elle ne disparaisse, Fulvio l'a remerciée pour le jus de citron. Je suis encore assez lucide pour garder à l'esprit les symptômes de Korsakov. « Vigilance intacte », dit la notice clinique.

Au milieu des photos qui envahissent mon bureau, Fulvio a extirpé une coupure de journal. C'est l'extrait de *La Presse* d'août 1956, le récit de l'attentat contre Fosco Signorelli dans le col du Stah. L'article est fixé par un trombone à un petit paquet de feuilles volantes dont j'ai oublié le contenu.

— « Élève Signorelli François, classe de première. Dissertation », s'est extasié mon confrère. « Sujet : Évoquez un personnage pris dans la tourmente de l'Histoire. »

Fulvio m'a lancé un regard de curiosité.

— Tu permets que je lise à haute voix, dottore ?

— Si tu veux, Fulvio.

Je me demande par quel prodige ce texte est encore en ma possession, j'étais si désordonné. Fulvio a bu une gorgée de jus de citron et s'est éclairci la voix.

— Je commence.

Il s'est mis à lire très lentement, appuyant sur chaque mot, levant les yeux sur moi de temps à autre, guettant mes réactions. Je comprends qu'il essaie de perfuser ma mémoire avec les mots d'un ancien enfant qui venait à peine de se trouver une famille. Il est question d'un cavalier dans le désert. Un cavalier droit sur son cheval qui parcourt une étendue de sable comme en son royaume, sans imaginer que le sabot de l'animal l'emporte vers l'exil.

Quand il a eu terminé, Fulvio a vidé son verre d'un trait.

— Ce Fosco Signorelli ? a-t-il demandé.

— C'était mon grand-père.

Il m'a fixé avec insistance.

— Que s'est-il passé ?

— Un attentat contre lui, une nuit dans les montagnes. Là-dessus, tu peux lire l'article de *La Presse*. Tout y est raconté.

Magnifique, Francesco, tu te souviens !

J'ai secoué la tête.

— Non. Ces souvenirs ne sont pas à moi. Je ne suis pas un Signorelli. Ce n'est pas ma mémoire qui parle.

— Mais qui, alors ?

— Le cœur, sûrement. Tiens, j'ignore même où je suis né.

— Tu m'avais pourtant dit...

— À Nice, oui. Mais où, à Nice, dans quel quartier, dans quelle rue ?

Je m'accroche à ces deux mots attachés à Korsakov : vigilance intacte. J'ai réussi à les dompter. Pour combien de temps encore ?

CHAPITRE 18

Le vol Palerme-Nice s'est posé avec un retard de vingt minutes. Lorsque j'ai annoncé à maman que je viendrais bientôt la voir, elle n'a pu retenir un « mon petit ! ». La communication était mauvaise. Je lui ai seulement crié mon heure d'arrivée.

Elle ne m'attend pas à l'aéroport. Chaque fois, elle me donne rendez-vous à Cagnes-sur-Mer, devant l'hippodrome. Ce n'est pas commode. Elle se gare sur le côté opposé de la route, « pour te voir arriver », dit-elle sans me convaincre, car elle ignore quelle voiture de location je conduirai.

Je dois donc passer à sa hauteur en donnant un coup d'avertisseur — évidemment, elle ne m'a pas vu —, puis poursuivre sur ma lancée encore deux bons kilomètres avant qu'une brèche dans le long haricot de ciment me permette de faire demi-tour. Nos retrouvailles sont des exercices hasardeux.

Maintenant, je la suis jusque chez elle. Je ne

sais pas m'orienter à Nice sans qu'elle me guide. Je suis né ici, un ici flou et informe, mais je ne comprends rien à cette ville. Avant d'arriver, je pressens que je vais m'y perdre. Même la Promenade des Anglais me semble difficile d'accès. Je confonds le Negresco avec un autre palace qui n'est peut-être pas à Nice.

C'est petit, chez maman. Une seule pièce que prolonge une terrasse, un lampadaire, un palmier et au fond, très loin, la mer. Elle me regarde. Elle me dévore des yeux. Elle attend que je dise quelque chose, mais quoi, petite Lina, on est abonnés au silence depuis si longtemps. Les mots, c'était avant, lorsque j'étais le plus grand de nous deux. Je te consolais comme je pouvais. J'aurais dû me taire alors pour t'obliger à parler. C'est seulement à La Cigale que j'aurais pu essayer de te faire comprendre : certains mots qu'on écrit font un boucan du diable, ta page nocturne, ce n'était pas un mot pour rire, il racontait le temps où nous étions Ardanuit, toi et moi, ma chérie presque fillette, coquette, proprette, abandonnée des tiens et qui m'avait tout mis sur le cœur, puisqu'il ne battait, ne se battait que pour toi, maman, rien que pour nous deux. Mais ai-je seulement un soir hanté La Cigale ?

Je n'ai pas ouvert le luxueux *Tout l'Univers* que m'avait prêté la mère de mon ami Ambroise. L'univers s'arrêtait à ton regard sur moi. Tu as fait ce que tu pouvais, petite, ce n'est pas si mal, dis-moi vite le nom du premier qui te jettera la pierre, il mourra de mes mains ou de mes mots, il mourra.

Toutes ces photos agrandies de moi, ce n'est pas trop, dans ton minuscule appartement ? La place te manque pour ta propre vie, d'ailleurs, tu n'as jamais su où la mettre. Ce soir, si tu veux, nous irons au casino. J'ai des sous pour flamber, on ne va pas tout laisser à Korsakov, un ami. Cela rapporte bien, de soigner les nerfs des autres. Ils ne guérissent jamais, alors on est amenés à revoir souvent les patients.

Le croupier dira « impair et manque », je traduirai « un père et passe ». Korsakov, c'est un nom russe. Non, je ne crois pas qu'il ait vécu à Nice. Un musicien ? Certainement qu'il connaît la musique. Rien à voir avec les frères Karamazov, maman. Laisse-moi parler maintenant que j'ai commencé. Je sais, tu veux me montrer que tu t'intéresses, mais ce n'est pas le moment, tout cela ne tient que par un fil, écoute.

Ma mémoire brûle comme une étoffe dans l'obscurité. La flamme qui la détruit ravive sa couleur, la vie redevient très nette. Je revois tout, absolument tout. Et puis tout s'en va. L'image ne dure qu'un souffle. Ensuite vient l'obscurité, les souvenirs disparaissent à jamais, tu comprends ? C'est la paix à l'intérieur.

J'ai sorti le gros cahier rouge où sont consignées mes semaines de tête-à-tête avec Korsakov, depuis le soir où je n'ai pas reconnu Gina. Je relis attentivement une phrase écrite sans doute dans l'avion ; comme un pense-bête, voilà : maman, peux-tu me dire où je suis né, à Nice, dans quel quartier exactement ? Quelle rue ? Et le numéro ?

Bourreau de fils que je suis. À quoi sert de s'acharner quand tout est promis à l'oubli. Ne pleure pas, Lina, petite maman chérie, ce n'est rien si tu ne sais pas, c'était juste pour parler, tu ne sais plus, le choc fut tellement violent, cette mise au monde, oui, tais-toi, comme une mise à mort. Tu te rappelles un détail, petite chérie ? Dis-le si tu veux, je t'écoute. Ah, bien, je note. Pas trop vite, s'il te plaît. De la chambre où tu étais, tu voyais des chevaux, un hippodrome. Nous y sommes. L'hippodrome de Cagnes-sur-Mer. Alors, nos rendez-vous sur cette route impossible, évidemment.

Ne m'en veux pas si je noircis mon cahier. Ce serait idiot d'avoir à te redemander. Tu me dis qu'il m'avait vu, MAMAN en majuscules ? Je ne me souviens pas de son visage. J'étais aveugle. Lui aussi, sans doute.

D'accord, cette tête de boxeur. Mon air cabossé. Tu as raison, il a jeté l'éponge. Je sais, la vieille et sa basse-cour de jésuites avec leurs cous de poulet juste plumés. Je sais, les juifs de Fès, le Maroc, le frère Rabi, tant de bonnes raisons de partir.

Ne pleure pas, petite maman. Avant, j'aurais voulu ces larmes. Quand tu pleurais pour ton amie Julie emprisonnée dans son auto accidentée, c'était vers Libourne, tu te rappelles, j'étais à l'arrière, une jambe blessée, rien du tout, mais elle, Julie, ton amie de petite fille, presque morte, comme tu sanglotais. Si j'avais péri, ces larmes auraient été pour moi. On peut regretter à huit ans d'avoir manqué disparaître.

Ma première grande étude parue dans le *New Scientist*, MAMAN l'avait trouvée remarquable. Je crois même qu'il en avait parlé à quelques-uns de ses proches, « un de mes fils, il ne porte pas mon nom, mais c'est mon fils, voyez ». Ce nom de Signorelli lui laissait des regrets. Je l'ai déçu, je n'ai rien pris, pas d'argent, pas son nom, rien.

Tu te souviens, maman, le chien des Signorelli, la première fois ? Il s'est avancé. Il s'est assis tranquillement et m'a donné la patte. Il n'en a pas fait une affaire, je crois même qu'il regardait ailleurs, et moi, je sentais le poids de cette patte dans ma main. Jamais je n'ai pu aimer un autre chien.

Nous marchons dans les rues de Nice, est-ce l'avenue Jean-Médecin ? Nous marchons, petit couple Korsakov, bras dessus, bras dessous, elle ignorant le lieu de ma naissance et moi sachant si peu qui je suis.

La veille de mon départ, pourtant, le merveilleux cadeau de maman à moi tout oublieuse du premier lieu du premier cri. Elle m'a dit, François, je vais t'emmener dans un village perché loin au milieu des montagnes, il faudra rouler une bonne heure, peut-être davantage, et prudemment, car la route tourne et vire et frôle les ravins que c'en est effrayant. Elle a prononcé un nom enfin, Ascross, je lui ai fait répéter, Ascross, au bout du monde en direction de l'Italie, à l'époque mon petit François, il y a plus de quarante ans, la piste n'était pas goudronnée. Elle a pris sa respiration, cela n'éveillait rien en moi, Ascross. Jamais entendu ce nom de ma vie. Elle m'a souri de son sourire de fillette, voilà, François, Ascross, c'est là que je t'ai attendu.

Elle a dit le plus beau de tous les mots du monde, Lina petite. Attendu, j'étais attendu, et attendre, c'est une économie de tendresse. Attendre, c'est tendre les bras. Elle sait très bien, Lina, où elle m'a attendu. La vieille l'avait reléguée chez de lointains cousins, elle préparait le paquetage des bergers montant à l'estive. À Bordeaux, on aurait jasé sur son ventre arrondi, et encore heureux qu'on ait voulu d'elle là-haut.

Nous avons pris sa voiture. Je me suis installé au volant. Comme ce fut long, étourdissant de virages. Par la vitre ouverte, je respirais le parfum des genêts. Au détour d'une épingle, j'ai demandé : « C'est là ? » Elle fronçait les sourcils, interrogeait les toits circonflexes des baraques, les clochers en chapeau de sorcière, non, pas encore, continue. On roulait. Elle demeurait silencieuse. Jamais elle n'était revenue à Ascross, n'avait emprunté cette route. Heureusement, il faisait beau. Le soleil aide à sourire aux mauvais souvenirs. Elle tremblait un peu, maman à moi petite, un temps magnifique à Ascross. Sur la place du village, un vieillard somnolait, assis exactement au milieu d'un banc et immobile comme son ombre. À la terrasse du café, nous avons bu un verre d'eau pétillante.

— MAMAN est monté jusqu'ici, a dit maman. Il remonte aussi dans mon cœur.

— Que voulait-il ?

— M'épouser, a répondu Lina les yeux fermés. Ta grand-mère n'aurait jamais voulu, un juif du Maroc, jamais voulu, alors je ne l'ai pas épousé, non, je l'ai repoussé. C'est moi qui lui ai dit de rentrer chez lui.

On a marché sur ces mots comme on foule un tapis de feuilles mortes. Elle voulait revoir la maison du berger, elle l'a trouvée au bord d'une corniche donnant sur le vide mais, aussitôt, elle dit que l'idée de se jeter ne l'avait pas traversée parce que, François chéri, je t'attendais.

— Quelques semaines avant la date prévue de l'accouchement, j'ai pris l'autobus pour Nice. Je ne voulais pas risquer d'être bloquée à Ascross. Comme j'ai été malade ! À chaque virage je croyais m'évanouir. Il faisait si chaud. Tu es un enfant d'août.

Elle a redit : un enfant d'août.

J'ai dressé l'oreille. Une fois encore, pardon petite maman, j'ai compris : tu es un enfant doute, un être dont on n'est pas sûr qu'il existe. J'aurais tant voulu garder ma gaieté de petit garçon qui te ravissait, maman à moi, ma gaieté que tu évoques parfois comme une promesse trahie.

Le soleil du soir avait le relâchement d'une montre molle. À mi-chemin j'ai stoppé l'auto près d'un talus, nous avons cueilli une brassée de genêts. Ascross était loin déjà, on ne voyait plus la moindre maison, peut-être même qu'Ascross avait disparu depuis plus de quarante ans et s'était reformé seulement pour notre visite. Le café a dû s'effacer, le vieux sur son banc a regagné sa place au cimetière, le galetas du berger, au bord du précipice, sera devenu poussière avec les traces de notre passage et les mots qu'on a dits, maman petite et moi.

À Nice, nous avons garé l'auto derrière la place Masséna. Nous avons marché à travers les ruelles. Lina m'a entraîné à la terrasse du glacier Fenocchio. Des effluves de café flottaient dans l'air, et aussi le fumet des pâtes juste coupées, l'odeur tiède des galettes de socca. La place Rossetti avait revêtu ses habits d'Italie. On buvait aux terrasses quelques vins roses, des anis, des monacos. Il aurait suffi d'escalader la façade de la cathédrale Sainte-Reparate pour s'envoyer dans les yeux tout le bleu de la Méditerranée, le bleu nuit d'avant la nuit, la mer a toujours le pressentiment des choses qui finissent.

Nous vidions en silence nos coupes argentées où flottaient des auréoles de vanille. Ma petite cuiller bataillait pour attraper un fond de rhum. Soudain Lina a dit :

— MAMAN est venu te voir le jour de ta naissance. Ton premier jouet, c'est lui qui te l'a donné. Tes premières piqûres aussi, c'est lui...

Le premier jouet ? Elle a oublié ce que c'était. Une peluche ? Non, elle ne sait plus. Elle avait autre chose en tête. À Bordeaux, sa mère l'attendait. Elle devait rentrer mais seule, oui, Lina, tu as bien compris, sans l'enfant. Elle a obéi, m'a laissé à une inconnue, quelques jours, quelque temps, ça vient de si loin, cette impression de toujours gêner les autres, de les déranger au beau milieu de leur chaleur, alors maman à moi, combien de temps entre ces mains étrangères, assez pour creuser une distance entre nous ? François mon chéri, tu as de ces questions, je venais te voir mais c'était si difficile au moment de repartir, mon bébé, si pénible pour moi ta maman, alors j'ai affronté ma mère et un jour, je suis revenue avec toi. On ne s'est plus quittés mon chéri, mon petit.

Maman, ne m'en veux pas si je note aussi le nom d'Ascross sur mon carnet, je risque de ne plus m'en souvenir, ce serait trop bête de te demander encore...

Nous étions absorbés. Aucun de nous n'a prêté attention aux conversations alentour. C'est pourtant l'événement de la journée. La terre a tremblé à Nice, en début d'après-midi. Nous étions à Ascross, la secousse ne s'est pas ressentie sur les reliefs. Un flash à la radio, sur la route du retour, nous apprend la nouvelle après tout le monde. Le séisme a atteint 4,9 sur l'échelle de Richter. « Nice est située sur une faille », dit le commentateur. Une faille. Le mot s'éparpille dans mon esprit pendant que la nuit gagne. Je suis né sur une faille, dans une ville où je n'ai pas grandi. Ma vie a commencé par une chute si dure que Lina ne sait pas où, ne saura jamais, inutile d'insister, abandon des recherches, les secours peuvent rentrer chez eux. Voilà, c'est dit, ce n'est que ça, la terre tremble à Nice, la ville bâtie sur une faille, la ville de ma naissance qui me poursuit sur le moindre papier officiel, lieu de naissance, une identité tremblée, ne plus s'étonner que la terre s'y cabre, parfois, comme Lina petite quand elle n'avait pas l'âge de supporter le poids d'un enfant.

CHAPITRE 19

Ascross... Pendant le vol du retour, j'ai fermé les yeux. Je voulais revoir le petit village où Lina m'avait attendu, mais ma mémoire avait déjà avalé la place ombragée, les murets de pierre et aussi le petit vieux sur son banc qui avait regardé maman à moi en lui disant comme elle passait près de lui : « Ne le laissez pas tomber. »

De quoi parlait-il, de qui ? Ah oui, Lina a compris, c'était le panier d'osier qu'elle tenait dans sa main, plein à craquer de provisions, de sandwiches, de fruits mûrs, d'eau en bouteille. Elle avait insisté pour le porter. Moi, j'avais son Instamatic en bandoulière. Au vieux, elle demanda s'il acceptait de nous photographier devant le panneau routier signalant Ascross, sur fond de montagnes bleutées. Il a dit : je ne sais pas si je pourrai faire marcher ce truc-là.

Maman a répété les gestes sous ses yeux, le cadrage, les visages dans le rectangle de verre, et hop, vous appuyez sur le bouton. Il s'est exécuté avec application. Un détail m'est resté : il avait des cristaux de vin dans sa moustache blanche, séchés au soleil de midi. J'ai perdu les traits de son visage mais pas ces grains rubis qui lui donnaient le sourire d'un fauve après un festin sanglant. Puis nous sommes repartis, Lina s'est emparée des anses du panier délesté d'une pêche qu'elle avait offerte au vieux. À ce moment il a encore lancé, « ne le laissez pas tomber ». Cette fois, j'ai eu l'impression qu'il parlait de moi.

L'avion atterrira à Palerme dans moins de trente minutes. Nous commençons la descente au milieu de nuages d'altitude étirés comme des lanières de guimauve. Il me reste la sensation trouble d'un amour exclusif de quarante ans, comme je t'aimais maman à moi, petite Lina. C'était trop fort. Tu attendais que je te console si un homme te cherchait des pleurs. Je te consolais, t'embrassais, c'était trop Lina maman, on était trop près pour ne pas se toucher sans se dévorer.

Je disais des mots plus grands que mon âge, ne t'inquiète pas ma chérie je suis là, alors tu me serrais, je sentais ton cœur dans ma poitrine, tes amants savaient ton parfum mais moi, je connaissais ton odeur, je te respirais, tu étais ma petite fille et, certains soirs, tu me demandais l'autorisation de sortir. Abusant de mon pouvoir exorbitant, je répondais non, non et non.

Tu restais en boudant, tu n'aimais pas jouer aux cartes, tu détestais. Tu aurais préféré aller danser. Puisque j'avais refusé, le temps s'écoulait trop lentement, on irait se coucher tard, tu finissais par retrouver le sourire. MAMAN, lui, le majuscule, il m'aurait remis à ma place, il aurait dérivé un peu de cet amour sur lui de même que les sourciers, dans l'oasis de Gafsa, détournaient l'eau des seguias pour ne jamais laisser mourir le moindre pied de coriandre.

Tout mon amour pesait sur toi, un concentré de sentiments, sur tes yeux fardés, sur tes coiffures qui changeaient souvent, cheveux courts à la garçonne, sosie de Marlène Jobert dans *Le Passager de la pluie*, taches de rousseur et jupe-culotte, cheveux mi-longs aux reflets d'ambre, chignons en tour d'ivoire, impénétrables et laqués, peinture sur les ongles. Mon amour se portait tout entier sur toi et un jour, sans prévenir, il se retourna.

Cela s'appelle la perte de l'amour. Il s'agit d'un phénomène connu et répertorié, comme la perte d'appétit, la perte des cheveux. Il n'y a pas de lotion contre, pas de piqûre. Tuer notre amour ou ne jamais aimer que toi : j'ai choisi, c'était difficile et, tu vois, à ne plus t'aimer, je n'ai plus aimé personne. Plus aimé une femme. Ce qui s'appelle aimer. Ce qui s'appelle une femme. J'étais devenu aussi froid qu'un serpent, distant, fuyant, ne t'embrassant qu'à contre-envie, lèvres sèches, cœur sec. Lassitude d'être le petit François, dégoût, répulsion, répudiation. Qu'avais-tu fait de mal ? Rien. J'avais grandi.

CHAPITRE 20

Fulvio m'attendait à l'aéroport. Gina lui avait sûrement communiqué mon heure d'arrivée. Je voyageais sans bagages. Il m'a pris à l'épaule comme un vieux camarade. J'étais fatigué mais je l'ai reconnu sans mal grâce à ses rouflaquettes grises. Quel âge peut-il avoir, Fulvio ? Je dirais cinquante-six, cinquante-sept ans. Je me pose cette question à cause de son attitude bienveillante, presque paternelle. Il prétend que je lui ai tout appris de l'univers cérébral. Il exagère. C'est un bon médecin, Fulvio, précis, ouvert, humain, formé auprès des meilleurs neurologues de l'Université de Bologne. Il aurait pu devenir un fameux chercheur s'il s'était donné la peine de quitter l'Italie. Il a préféré rester ici, délicieusement coincé entre les petits plats de sa vieille mère et les poèmes de Leopardi qu'il récite *al dente*, les mots longtemps portés en bouche avant de les lancer dans l'air saturé des nuits palermitaines.

Pourquoi serait-il parti ? Fulvio est très aimé, ici. Je ne parle pas des patients qui se bousculent à sa consultation, toujours plus nombreux et avides, y compris ceux qui n'entendent rien à Leopardi. Il les rassure avec son allure bonhomme, son léger embonpoint de mangeur de sauces, ses fameuses rouflaquettes cendrées qui me font le repérer au premier coup d'œil. Il a une femme qui l'aime, des enfants qui l'aiment, une mère n'en parlons pas, un chien dégoulinant de reconnaissance jusqu'aux plis de son ventre toujours plein, et aussi, je crois, un vieux couple de perruches au bec acajou qui crèveraient de chagrin s'il ne venait pas chaque soir siffler avec elles le début des *Vêpres siciliennes* de l'estimé Giuseppe Verdi. Tout cet amour en réserve, c'est une raison suffisante pour n'avoir jamais eu la curiosité des océans.

Depuis qu'il me sait malade, je devine ses ruses pour m'inciter à parler du passé. Il croit que certains circuits cérébraux peuvent se réimprimer à l'exception des agonies primitives, comme on appelle les souvenirs des nourrissons. Il a raison, Fulvio. Encore faut-il le vouloir. Rien ne reste qui ne relève de la volonté, face aux démolitions massives de Korsakov. Moi, je ne suis pas prêt à lutter. Bien sûr, il faudrait sauver du naufrage quelques instants, et des visages, accoupler des moments chers comme Noé les animaux. J'ai beau tenter un inventaire, rares sont les êtres et les choses qui sont allés par deux, dans ma vie. Ou cela n'a pas duré. Ou j'ai oublié. Deux s'est toujours changé en un par-ci et un par-là, pas de « un » en fusion regardant dans la même direction par le jeu convergent de l'amour, non, chacun renvoyé à sa solitude, chacun sans sa chacune, chacun avec sa rancune.

C'est étrange comme les hommes corpulents peuvent s'enticher de petites voitures. Celle de Fulvio est une minuscule Autobianchi dont le moteur éructe à trente à l'heure tel un roquet asthmatique. Nous avons roulé un bon moment sur les voies rapides. Je soupçonne Fulvio d'avoir rallongé le chemin pour me forcer à parler davantage. Il me semble que nous passons pour la deuxième fois près du dôme rutilant de la cathédrale.

— Francesco, tu as mangé ?

Et sans attendre ma réponse.

— Que dirais-tu d'une polenta bien arrosée, d'un minestrone ou de pastas à l'ail avec un verre de vin de l'Etna pour t'épaissir le sang ?

— Merci, Fulvio, j'ai dîné dans l'avion.

Il a grimacé.

— Bah ! du saumon de piscine avec des tagliatelles froides collées au ramequin, tu appelles ça dîner. Alors tu n'es pas difficile. Viens au moins prendre une tourte à la pistache ou alors des *gelati* à la passion.

— Vraiment non, Fulvio, je suis barbouillé. Il y a eu des turbulences avant l'atterrissage.

— Des turbulences, *sì*, a-t-il approuvé, soulagé que je sache encore employer ce mot.

À brûle-pourpoint, il a voulu savoir quel âge avait Fosco l'année où je l'avais connu. C'était curieux cette question, il en convenait lui-même car en français il a dit, « un cheveu sur le soupe, non ? ». Je ne m'y attendais pas et pourtant la scène était prête dans un sanctuaire de ma mémoire.

Fosco, la première fois, dans sa petite maison des Landes.

J'ai commencé.

— Il était tard comme ce soir. Nous avions quitté Bordeaux la nuit. Marcel conduisait une grosse auto, elle filait sur d'interminables lignes droites bordées de pins fantomatiques. Nous sommes arrivés devant un jardin sans grille, protégé par un muret de briques facile à enjamber. Des chiens ont aboyé. Une lumière s'est allumée dehors. Lina et moi on n'osait plus bouger. Marcel a fait taire les chiens et nous a invités à le suivre. Nous sommes entrés dans la maison. D'abord, j'ai vu Margot l'épouse de Fosco. Elle était assise sur une chaise basse, le visage éclairé par une grosse lampe avec un abat-jour de laine.

— Formidable, a dit Fulvio en m'encourageant, continue.

— Elle se tenait bien droite, un châle de couleur vive sur les épaules. Ses cheveux lâchés descendaient presque sur ses reins et une jeune femme les brossait très doucement, c'était Micol, sa fille, une sœur de Marcel, ma tante en somme, dont le visage commençait par un sourire. Nous avions plongé dans un décor des *Mille et Une Nuits*. La pièce était parsemée de coussins à l'étoffe sombre, de poupées ventrues, d'objets hétéroclites qui cohabitaient dans un désordre joyeux. Un bâton d'encens brûlait.

En même temps que je parlais à Fulvio, des images ont surgi, incroyablement nettes. Dans une coupelle d'eau flottaient des écorces d'orange et des pétales de capucine. Korsakov a préservé ces trésors. J'entends encore le crissement de la brosse qui descend lentement sur cette cascade déliée, les cheveux sans fin de Margot. Je revois ses lèvres muettes, son œil bleu. Elle ne ressemble pas à une grand-mère, c'est une belle femme silencieuse et petite. À Gafsa, on l'appelait Garbo.

— Et Fosco ? a demandé Fulvio.

— Il n'est pas venu aussitôt. Je crois qu'il dormait. Ou alors il était occupé dans la chambre du fond, à chercher Radio Tunis sur son gros poste à touches d'ivoire. Les aboiements ont dû l'alerter. Il nous a rejoints. Je ne l'ai pas entendu arriver. Tout à coup il était là, dense, immense. Il dégageait une présence inhabituelle, presque surnaturelle. J'avais fini par prendre la mesure de Marcel. Je me disais qu'en grandissant je pourrais le rattraper, calquer mon allure sur la sienne, dégager cette tranquille assurance, avoir cette assise de lutteur bien planté sur ses deux jambes. Lorsque Fosco est apparu, j'ai senti qu'il venait de se produire un événement très grave. On peut éprouver pareil bouleversement, à dix ans. Ce n'était pas tant sa hauteur ni son cou taillé dans un bloc de granit qui émergeait d'une chemise. Ce n'était pas non plus la longueur extraordinaire de ses mains, ou encore ses dents blanches et serrées qu'il faisait claquer à grands coups secs en croquant du raisin, ou sa peau très foncée avec des rides pâles au coin des yeux. Non. Ce fut son regard sur moi, la force de ce regard très noir. Il était impossible d'y échapper.

Fosco s'est penché à ma hauteur, m'a embrassé. Il connaissait mon prénom. À mon grand soulagement, il ne m'a posé aucune question sur l'école. Il m'a demandé si j'aimais le football. Je ne savais pas quoi répondre, il m'a proposé de m'emmener jouer le lendemain au stade, derrière sa maison. Puis il a sorti d'un sachet un ballon tout neuf. Après, il m'a regardé sans plus rien dire. Ses yeux me souriaient, comme le visage de Micol, comme les poupées ventrues. J'ignorais que, dans le jardin, un chien noir savait aussi sourire de toutes ses dents.

Maman à moi se taisait. Margot l'avait invitée à s'asseoir près d'elle. On n'osait pas parler, pourtant on était bien. On entendait la pendule sonner les quarts d'heure, et ce temps semblait frappé dans l'air cuivré d'un pays lointain. Je crois qu'ils ont commencé à parler de la Tunisie, de la chaleur de là-bas. Tu te souviens Marcel ? demandait Nine, une autre fille Signorelli venue nous rejoindre, tu te souviens, les scorpions dans la baignoire, les jours de tempête de sable ? Ils ont ri ensemble. Margot a dit : « Je détestais cette chaleur. »

On a entendu le tic-tac de la pendule, encore. Il y a eu un silence. Oui, il faisait si chaud, en

Tunisie, l'été à Gafsa. Le bruit de la brosse a repris dans la chevelure de ma grand-mère. Fosco a annoncé qu'il avait reçu des nouvelles d'Abdelkrim, son ancien complice de chasse, un sac à bla-bla de trois pages tapées à la machine, avec deux doigts, a-t-il précisé. Marcel a demandé : et alors ? Fosco a parlé d'un ancien gardien de but qui avait ouvert une auto-école, d'un ami de Sousse devenu magistrat à Tunis, du parfum des orangers, la nuit. Marcel a dit : papa, et ces petites oranges sanguines, tu te souviens, les maltaises qu'on chipait au vieux Guédouar.

Je n'avais jamais vu un fils et son père. Ils étaient assis devant moi, trempant leurs lèvres dans leur café brûlant avec de brèves aspirations sifflantes. On aurait cru un concours tacite, c'était à qui boirait le plus lentement, il s'agissait de ne pas finir, de parler de là-bas jusque très tard. Margot serait partie se coucher. Micol et Nine auraient montré sa chambre à Lina. On serait restés entre nous, les gardiens du souvenir. Déjà j'étais adopté, pris comme un petit oiseau dans la glu de leur mémoire, si heureux d'être pris, à jamais pris. Rien ne comptait plus que là-bas. Leur passé, c'était ma vie qui commençait.

Fosco a tendu la lettre d'Abdelkrim à mon père.

— Donne l'enveloppe au petit, pour les timbres.

Marcel a détaché soigneusement les deux images dentées. Un renard des sables et le visage de Bourguiba. Dans cette existence nouvelle, les choses semblaient vouloir aller par deux.

— Tu ne m'as toujours pas dit quel âge avait Fosco, m'a interrompu Fulvio.

— Nous étions en 1970. Il avait soixante ans. Ce soir-là, le premier soir, Fosco m'a emmené dans la chambre du fond, la chambre au puits de lumière ouvert sur le ciel. Elle aussi était remplie de coussins et de poufs, de tapis aux couleurs d'incendie enchevêtrés les uns sur les autres, de ces couvertures épaisses dont ne se séparent jamais les Bédouins, de petites lampes en terre cuite modelées de la main même de Margot.

Elle avait préparé mon lit, des draps rêches qui sentaient le propre. « Elle cuisine aussi des merveilles de beignets aux courgettes », m'avait soufflé Fosco sur le ton du secret, à moi qui détestais les légumes. Il me montra quelques étoiles et je m'endormis bercé par sa voix qui racontait une fusillade dans une nuit lointaine d'Afrique. Je n'ai pas compris tout ce qu'il disait mais déjà nous partagions un pays, un renard et un secret. Avant de me laisser sombrer dans un sommeil en cinémascope, il m'avait glissé que cette chaleur de là-bas, lui, il l'adorait. Le soleil, il adorait. La mer, le jasmin, les ciels du Sud, il adorait. Il avait parlé très bas pour que personne d'autre que moi ne puisse l'entendre. S'il avait su que je n'avais pas le droit d'employer ce mot, adorer. J'ai entendu la vieille grincer entre ses dents : « On n'adore que le bon Dieu. »

Comme elle avait dû souffrir, Margot, avec sa peau de lait, son regard clair. Fosco me promit qu'un jour on irait ensemble à Gafsa. Il me montrerait les piscines romaines et le col du Stah, le chott brûlant. Il me semblait sentir le souffle de Fosco gonflant la grand-voile d'un départ vers la Tunisie de sa jeunesse, celle qui n'existe plus que dans mes rêves d'enfant dessinés sur ses yeux quand il murmurait : « Là-bas... »

Fulvio a stoppé son auto devant mon immeuble, via Alloro.

— Rentre vite, m'a-t-il dit sur un ton rassurant. Le sirocco souffle, cette nuit.

J'ai répondu : oui, comme là-bas.

CHAPITRE 21

Le lendemain, comme je marchais seul vers la mer dans la lumière rasante du dernier soleil, j'ai arrêté un taxi qui remontait la via Maqueda. Sans réfléchir, j'ai dit « hôpital San Daniele ». Toute la durée du trajet, le chauffeur n'a cessé de me jeter des regards furtifs. Étais-je un malade parti en escapade qui regagnait sa chambre en catimini ? Ou un de ces indécis qui tournent une journée entière dans Palerme avant de se décider à rendre visite à leur mère mourante et qui arrivent trop tard, soit l'heure des visites est passée, soit leur mère... Il m'observait sans se cacher. Je voyais ses yeux durs encadrés dans le métal du rétroviseur. J'avais hâte d'arriver. Devant l'entrée, le gardien m'a reconnu.

— Bonsoir dottore !

J'ai répondu d'un signe de la main.

— Vous travaillez ici ? me demanda, surpris, l'homme au volant.

— On dirait, ai-je fait sans conviction, le laissant dans une perplexité aggravée sans doute par mon apparence physique. (Je ne m'étais pas rasé depuis plusieurs jours et je portais un maillot de coureur cycliste aux poches bâillant dans le dos, un cadeau de Fulvio qui connaissait mon faible pour les champions.)

— Arrêtez-vous devant ce bâtiment et attendez-moi, ai-je lancé. Laissez tourner le moteur et bien sûr le compteur. C'est une affaire de quelques minutes.

Seul, je me serais perdu pour rentrer chez moi. Je préférais être attendu, surtout par un inconnu et bougon de surcroît. Je n'aurais pas à faire les frais de la conversation.

J'ai allumé les deux lampes posées sur mon vieux bureau et l'éclairage indirect des bibliothèques. J'aurais pu venir un samedi avec Fulvio. Nous aurions rempli plusieurs caisses de livres, de statuettes, de ces moulages numérotés de crânes anciens qui impressionnent si fort Gina et dont aucune femme de ménage employée à l'hôpital n'a jamais accepté de dépoussiérer les orbites creuses, sauf en se signant et en poussant de petits cris, ce qui m'a contraint de leur épargner la morbide corvée. Combien de fois, pourtant, examinant un de ces crânes dans le silence de mon bureau, tard le soir ou parfois au beau milieu de nuits passées à rêver d'un homme capable de renfermer dans cette petite boîte nocturne tous les secrets de l'humanité, combien de fois n'ai-je pas puisé, face à ces ossements blêmes, une profonde fraternité avec mes semblables.

Si Korsakov n'avait pas lancé son offensive, j'aurais aimé élucider quelques-uns des mystères qui se jouent dans le cortex humain. Comme les anciens navigateurs traçant leurs cartes de Mercator, peut-être aurais-je fini par établir un atlas cérébral assez précis pour identifier d'un hémisphère à l'autre, de pli en dépression, l'essentiel de l'homme. Par exemple son rougissement. A-t-on jamais vu un zèbre rougir, ou un loup de mer, ou même un singe ? Je crois que j'avais approché comme on flaire une présence divine le lieu de ce qui donne au cerveau des anciens Cro-Magnon sa marque aussi unique qu'une empreinte digitale : le siège de l'émotion.

Enfant, je rougissais, du ventre aux joues, quand on m'appelait Signorelli. Plus je sentais ce feu du corps, plus je voulais l'éteindre, plus il s'étendait à la manière des grands incendies qui ravagent les forêts. J'ai compris en aimant mes malades que leur cas était désespéré dès l'instant qu'ils ne ressentaient plus la moindre émotion pour leurs proches, pour le parfum d'une fleur ou le chant d'un oiseau. Mes maîtres du British College avaient raison de moquer la raison raisonnante des mandarins français, toujours prompts à railler l'affect, à brandir Descartes, à brocarder les émotifs et les sensibles.

J'étais heurté par leurs propos que je mettais sur le compte d'un préjugé hostile. C'est plus tard, dans ma consultation de Palerme, lorsque j'ai soulagé des patients par de courtes hypnoses, obtenant des sourires en évoquant le souvenir d'un enfant ou d'un animal familier, prononçant son nom, que j'ai mieux saisi ce qu'ils essayaient de me transmettre. Un cerveau meurt s'il cesse de s'émouvoir, s'il oublie le chant et la musique : ils appelaient cela amusie et dysmélodie.

Ces pensées m'assaillent tandis que je range dans une petite boîte cartonnée mon plus vieux moulage. Mon savoir de chercheur me submerge. C'est le signe qu'il va me quitter. Korsakov est coutumier de ce tour-là. Tout ce que je sais, que j'ai appris dans la fièvre ou l'abattement, avec joie ou en souffrant, je le sais une dernière fois. Avant l'oubli.

Je ramasse sur mon bureau les quelques objets qui bientôt ne me rappelleront plus rien. Mes doigts garderont peut-être le souvenir de leur forme, de la chaleur qu'ils prennent une fois pétris par la main. Je pense à mon jeu d'osselets en métal blanc qui n'a jamais quitté l'horizon de mon regard. Il y a aussi la photo du chien qui sourit, dans son cadre en bois. Mon premier ami, à peine j'ai poussé la porte de Fosco Signorelli dans sa petite maison des Landes, au début de l'éternité.

C'était un bâtard un peu épagneul, un peu cocker, noir comme un boulet de charbon, noir jusqu'aux yeux. Il retroussait si haut ses babines qu'on aurait cru qu'il souriait. Évidemment, il s'appelait Black. Il fallait le voir lorsque Fosco pêchait des nuits entières sur la jetée de Socoa : le Pays basque entier dormait, sauf eux deux,

Fosco et Black. Mon grand-père lançait dans l'obscurité son hameçon plombé où s'entortillait un ver de vase. Le chien trépignait, aboyait, tournait en rond sur ses pattes. C'était à peine s'il ne se jetait pas à la mer pour suivre le fil volant qui s'échappait du moulinet. Lorsque Fosco, alerté par le tintement d'un grelot, accourait au pied d'une canne plantée plus loin dans l'anfractuosité d'un rocher, Black attrapait délicatement son sandwich du bout des crocs, retroussait ses babines de plus belle, s'interdisant de gober la plus petite miette. Fosco retrouvait son bien intact, l'œil amoureux et fier du chien posé sur lui, sourire sous la truffe, pas une goutte de bave sur la croûte, juste l'impact des canines.

J'ai conservé sur mon bureau de l'hôpital une photographie de Black. À la fin, son poil avait blanchi, d'abord autour du museau, puis sur sa robe. Seule la truffe était restée anthracite. Il me suffisait de regarder ce cliché pour éprouver la sensation lourde et bouleversante de sa patte sur le petit garçon que j'avais été. Il me disait quelque chose comme : « Reste, tu seras chez toi ici, on t'adoptera, on m'a bien adopté, moi. »

Personne ne savait d'où il venait. Giko, le chien-loup de la maison, était arrivé un matin avec ce corniaud. Il semblait réchappé d'une nuit incertaine où il avait été battu, à lire les cicatrices dissimulées sous son poil et cet air soudain furieux qu'il prenait, lui si doux et débonnaire, pour peu qu'on s'emparât d'un bâton. Fosco l'aurait pris sans hésiter, mais il s'occupait déjà du beau Giko. Sans trop d'états d'âme, il avait donné Black à un bûcheron du massif landais qui vivait seul en pleine forêt, loin. Mais Giko avait aussitôt disparu et au bout d'une semaine, efflanqué, épuisé, les coussinets en sang, guidé par le flair inépuisable de l'amitié entre bêtes, il était revenu avec son compagnon. Fosco avait jugé qu'autant de persévérance forçait le respect. Il garda Black. Giko avait adopté un frère, Marcel un fils. On avait grand cœur, chez les Signorelli.

Quelqu'un a frappé à ma porte. Un homme a passé la tête.

— Dottore, m'a-t-il dit, il y a près de cinq cent mille lires au compteur.

J'ai dit :

— Je rentre les chiens et j'arrive. Retournez en bas.

Il a regardé autour de lui l'air inquiet, comme apeuré. J'étais avec Black. Je sentais ses coups de patte fraternels, j'étais avec Giko qui mourut un soir d'orage, perdu dans la lande, le cœur foudroyé. Fort comme il était, Giko craignait le tonnerre, et sa fourrure soyeuse tremblait sous les éclairs. J'ai sifflé dans le vide, j'ai crié : « Giko, Black, à la maison ! » J'aimais bien dire « à la maison ! ».

Avant d'éteindre la lumière de mon bureau, j'ai vérifié que le crâne était rangé dans son écrin de carton. J'ai glissé la photo des chiens dans la poche dorsale de mon maillot de cycliste. Je n'ai emporté aucun livre. Mon successeur en fera ce qu'il voudra. Je n'atteindrai jamais l'âge où on aime relire. La seule histoire qui vaille la peine s'écrit en moi et ne laissera aucune trace, comme le cheval de Fosco lorsqu'il galopait contre le sirocco dans les caillasses du chott.

CHAPITRE 22

Fulvio est venu me chercher chez moi. Il était midi. Sans rien dire je l'ai suivi, abandonnant une salade de poulpes que m'avait préparée une voisine. Devions-nous déjeuner ensemble, aujourd'hui ? Je ne sais plus.

— Je t'emmène manger un poisson sur le port. On regardera les barques se déhancher dans l'eau de la Cala, et pas seulement les barques ! Profitons que les jours allongent et que les jupes des filles raccourcissent. Que penses-tu d'une terrasse sur la mer ?

Je me suis laissé faire. Fulvio donnait le change. Je voyais bien qu'il poursuivait son idée, m'obliger à parler, à penser, à me souvenir. Il a raison. Je me souviens.

Je me souviens. Tout était comparé. La référence des Signorelli, c'était « là-bas ». La menthe ? Elle sentait meilleur « là-bas ». Le soleil ? Il était moins chaud en France, et moins large le sourire des gens. Les légumes, les petites tomates, les poivrons, les courgettes ? Margot faisait la moue. Oui, moins parfumés chez les Français de France, moins goûteux. Elle n'aurait pas su dire ce qui manquait ; cela manquait pourtant. Et si d'aventure un vent brûlant étouffait les Landes, embrasait la forêt, Fosco disait comme pour se rassurer : je suis certain qu'il vient de « là-bas ».

Pour les fêtes du Nouvel An, lorsque la tribu se réunissait autour de Fosco et de Margot, les filles Signorelli rivalisaient de sensations. Zoune exhalait des souvenirs de menthe et Nine de cumin. Micol, elle, avait encore sur la langue le goût de la coriandre. L'eau me venait à la bouche pendant que je les écoutais en silence déflorer ce monde inconnu d'herbes et d'épices, roulant mes yeux de l'une à l'autre car elles étaient belles autant que savantes. Pour moi qui avais l'infortune de n'avoir rien connu de ce paradis, elles traduisaient. Elles ne disaient pas cumin mais kamoun. La menthe s'appelait naanaa et la coriandre, tabel. Il était question aussi de courses à perdre haleine dans l'oasis le long des rigoles, de café maure, de gâteaux à l'anis achetés au petit marchand de la casbah, d'une bouillie de sorgho dans un chaudron brûlant. Les filles Signorelli parlaient feu doux et temps de cuisson. Cela durait des heures de les écouter, de voir leurs lèvres remuer quand une fois encore elles prononçaient kamoun, naanaa, tabel.

Dans la petite maison au milieu des pins, un homme venait quelquefois avec des bonjours de Tunisie, un carton rempli de dattes et un panier d'olives noires empanachées de sel. Fosco l'accueillait d'une voix flûtée qui étirait comme de la pâte un mot étrange, *labess*. *Labess*, répondait le visiteur mis en confiance dans la douceur de sa langue. Margot se mettait en quatre. Des piments rouges apparaissaient en collier sur la table, le pot de harissa au couvercle argenté, une assiette de grosses fèves, des pois chiches. L'homme engloutissait les piments par deux sans cesser de bavarder. Allait-il cracher du feu tel un dragon de vitrail ? Non, il continuait de donner tranquillement des nouvelles de « là-bas », secoué çà et là d'un petit rire enfantin, évitant avec soin de s'irriguer la gorge. Il disait à Fosco : « Lorsque nous étions enfants, c'était la punition pour qui troublait la sieste, un piment fort dans la bouche. »

Venaient le couscous à l'agneau, au poisson, les boulettes, la pyramide fumante de semoule blonde, la vapeur au-dessus des assiettes. Ne bois pas, François, me soufflait Fosco. Avec la graine, ton ventre éclaterait. Manger le couscous, c'est devenir un chameau, ne bois pas. L'œil bleu de Margot sur moi, sur Fosco, sur l'homme en djellaba qui, la dernière cuiller à soupe engloutie, venait de lâcher un rot sonore, terminé par « hamdoullah », puis un autre, puis un troisième. Fosco continuait de manger comme s'il n'avait rien entendu, Margot hochait la tête en signe de merci, l'homme regardait fièrement autour de lui pendant que la main de

Fosco tendait une orange pelée, la peau en guirlande dans son assiette récurée.

Fulvio avait raison. Seuls me reviennent les souvenirs de Fosco. Ils sont intacts, immunisés contre Korsakov. Ils sont ma mémoire de rechange, une procuration sur le temps passé que j'ai seulement vécu dans l'éclat de ses yeux. C'est une scène toute simple. Fosco tend au visiteur une orange pelée puis jette dans le feu mourant l'écorce en colimaçon. Il dit alors : cela me rappelle le jour du brevet militaire. Son hôte connaît l'histoire. Comme toujours avant de raconter un épisode de son existence, Fosco se tourne vers moi.

— Je ne t'ai jamais parlé du brevet militaire, fils ?

Quand bien même il l'aurait fait, je répondrais non.

— Une chaleur, ce jour-là, ba-ba-ba...

Il gonfle ses joues, j'imagine le soleil à pic, une étuve en plein air. Fosco court à pied depuis vingt kilomètres pour atteindre la butte de tir aménagée dans la montagne. Une heure plus tôt, il a partagé son casse-croûte avec un soldat qui avait oublié ses provisions de bouche. Plus de quarante ans ont passé, Fosco pourrait dire à la rondelle d'oignon près la composition de son sandwich, l'œuf, la tomate, le thon imbibé d'huile d'olive, il en salive encore et pourtant, lui aussi vient d'avaler une lampée de piments à emporter la gorge, deux assiettes pleines de couscous, des dattes et une moitié d'orange dont il regarde la peau se recroqueviller dans les flammes.

Il raconte lentement, Fosco, il aime bien prendre son temps. Nous avons tout le temps, non ? Voilà, il court dans la montagne comme les petits bourricots de velours gris, mais il sent son ventre léger. La butte de tir est encore à trois kilomètres. Là-haut, avec un lourd fusil aux trajectoires incertaines, il faudra placer cinq balles dans la cible. Son regard se voile mais pas le soleil, de l'or fondu sur la nuque de Fosco, sur son front, sur ses cuisses nues. Il a faim. La fringale. Une faim de loup qui lui ferait manger des cailloux, s'ils n'avaient pas la taille des rochers amoncelés près de la butte où attend l'instructeur.

Fosco manque s'évanouir. Il ne va tout de même pas trembler devant une cible immobile ! Tous les ans pour la beauté du geste, il passe le brevet militaire. C'est son travail d'Hercule. Il l'emporte chaque fois haut la main, course à pied, tir, cinq balles logées dans le cœur de paille. C'est le meilleur de Tunisie, Fosco. Il sait d'instinct rectifier la position du canon qui a tendance à placer le projectile trop haut. Mais cette fois, Fosco a faim.

Ses mains sont secouées de frissons, son corps entier, comme un pressentiment de Parkinson qui le guette, qui attend son heure, il peut attendre, il le rattrapera beaucoup plus tard, à la fin de sa vie, pour avoir raison d'un roc presque centenaire.

Fosco tremble de cette moitié de sandwich qu'il n'a pas mangée. Il se souvient des câpres, des lanières d'anchois, d'une lamelle de concombre. Déjà l'instructeur lui a tendu le fusil qui pèse des tonnes. Dans le brouillard de ses yeux s'insinuent quelques taches colorées. Est-ce la danse d'un papillon ?

Il s'est approché. Non, ce sont des pelures d'orange. Quelqu'un est venu ici, a épluché son fruit, l'a mangé — Fosco l'imagine dégustant quartier après quartier —, en a négligemment jeté la peau. Fosco se précipite et serre entre ses doigts les confettis d'orange. Il se met à mâcher chaque morceau. Le suc amer picote ses papilles. Il broie l'écorce, ses dents claquent, découpent, écrasent, la langue réclame son tribut, son corps entier s'ébroue. Bientôt il ne reste plus rien. Il épaule son fusil, léger. Plus rien ne tremble, cinq balles fusent dans le mille de la cible.

— Si tu l'avais manquée, je l'aurais trouée avec mon doigt, murmure l'instructeur en montrant son index.

C'est l'histoire de l'orange, de la peau d'orange qui a sauvé Fosco de la déroute. Son orgueil n'aurait pas supporté qu'un seul impact fût marqué avec le doigt.

*

— On peut dire qu'il a une tête de mule, ton grand-père, me lance Carella.

— Oui, une vraie tête de bourricot.

Des effluves me parviennent des ruelles voisines.

— C'est drôle, Fulvio, tu ne sens rien ?

Il a reniflé avec application.

— Ça sent le poisson.

— Non, autre chose.

Il a encore respiré l'air en plissant les yeux.

— Le basilic ? Le jasmin du petit marchand ?

— Je ne crois pas. On dirait plutôt une odeur d'orange amère.

Fulvio a souri.

— Mémoire olfactive, triomphe-t-il. Ma parole, tu n'es pas près de l'oublier, Fosco !

CHAPITRE 23

Mes difficultés à reconnaître mon décor familier se sont aggravées. Au réveil, marchant vers le balcon comme si j'attendais autre chose du ciel qu'il soit bleu, je reste interdit devant les toits de Palerme en me demandant : est-ce La Rochelle, ou Nice, ou une ville inconnue dont l'air, les toits, les bruits de la circulation me sont étrangers.

J'ignore ce qui a guidé ma main dans le fouillis de papiers entassés au pied de mon gros fauteuil. En remuant ces feuilles volantes, je suis tombé sur un agenda de grand format, semblable à un livre de comptes. Au dos est inscrit un prix en lires. Je feuillette lentement. Il n'est pas rouge comme mon gros cahier, mais bleu, d'un bleu profond. Une écriture sombre, légèrement penchée, court sur des dizaines de pages, très régulière, avec des dates. La première, c'est 1994. Je lis : « Installation à Palerme. » Je découvre l'histoire d'un homme qui est venu ouvrir un cabinet de neurologie à Palerme. Il raconte les raisons de son arrivée et sa rencontre avec une femme.

Un fil me relie à lui, un fil ténu, fragile, assez solide encore, qui me donne le sentiment d'exister de façon aiguë et presque douloureuse car cet homme, c'est moi. Plus tout à fait moi, à présent. Celui que j'ai été avant mon sauvetage par Korsakov. Il faut accepter ce mot, sauvetage. Je voudrais que ces lignes qui entrent dans ma tête ne soient pas mes souvenirs, elles le sont pourtant. Des souvenirs pareils à la chair fraîche, dévorés par ma mémoire qui brûle, puisse-t-elle brûler plus vite pour les consumer à jamais. Je devrais refermer cet agenda, le jeter, le déchirer. C'est plus fort que moi, je ne peux éloigner mes yeux de ce naufrage minutieusement consigné comme dans un journal intime.

Une voix me dit : lis.

> *26 août* : Arrivée à Palerme. M'installe dans un appartement haut perché parmi les vieux immeubles de la via Alloro. Le propriétaire raconte que celui-ci est un des rares à avoir résisté aux bombardements de 1943. Je n'ai pas réagi sur-le-champ. Plus tard, j'ai réalisé : Lina est née en 1943, l'année des attaques aériennes au-dessus de Palerme.
>
> Marco est heureux de se retrouver avec moi, même si je n'ai guère de temps à lui consacrer. Tard le soir, lorsque je rentre, j'entends son piano. Les voisins jurent qu'ils sont ravis de cette récréation musicale.

Rencontré mon nouveau collègue, Fulvio Carella, un homme jovial et d'un abord facile. Il dit qu'il faut se faciliter la vie tant qu'on est encore en vie. Comme je lui faisais visiter mon appartement, il est resté un moment silencieux à inspecter l'horizon vu du balcon. Je lui ai demandé si quelque chose clochait. « Non », a-t-il répondu. Il a paru hésiter puis il a ajouté : « En somme, vous avez posé vos bagages à la frontière. » Une frontière à Palerme ? Devant mon air surpris, il a essayé de s'expliquer : « Vous voyez, dottore, le 27 via Alloro où nous sommes, c'est le lieu où se rencontrent la mort et la beauté. »

6 septembre : Je rêve du jour où le souvenir de MAMAN aura cessé de me tourmenter. À quoi bon s'interroger sans cesse sur un père qui n'a jamais voulu de moi, maintenant que le Palerme des Signorelli m'ouvre les bras ? Les enfants jouent à se poursuivre dans les terrains vagues. Ils s'écorchent aux pierres laissées par d'anciens combats et par la molle insouciance du quotidien à réparer les blessures du temps. Les chats contemplent les ruines en s'étirant, pendant que la végétation monte à l'assaut des ombres. Le carrefour voisin des Quattro Canti, avec ses larges avenues délabrées, me suggère qu'on peut vivre heureux au milieu du désastre.

La cervelle remplie de mon savoir d'Italie,

je suis venu à Palerme avec l'idée fixe de déposer une terre et un ciel sur mon nom. Les Signorelli venaient de Palerme ? Qu'à cela ne tienne. Depuis la promesse que je me suis faite de tout oublier de MAMAN — et ce tout est bien peu —, à l'âge où les promesses se donnent à la vie à la mort, je n'ai jamais été aussi près du but.

Marco ne partage pas mon enthousiasme. Il est persuadé que je ne trouverai pas ici la trace d'un Signorelli. C'est seulement devant son clavier que je le sens optimiste, quand il joue des morceaux déchirants de désespoir.

13 septembre : La via Alloro est l'avenue la plus émouvante de Palerme avec ses draps aux fenêtres et le lent balancement des palmes dans le vent du soir. Chaque vestige est la preuve que la ville retient le temps au bord d'un précipice, dans l'air immobile. J'ai déjà été témoin d'actes de violence. Ils sont une concession faite à la sieste éternelle érigée en religion, aux humeurs qui montent si d'aventure, et d'aventure il y a, les femmes sont trop belles, le parfum des œillets trop entêtant, apportés par charrettes entières des monts Madonie avec les violettes de l'Etna et les cris des bergers.

Partout je questionne les concierges, les marchands des quatre-saisons, les poissonniers que j'imagine en cheville avec des dynasties de marins : Avez-vous connu des Signorelli partis il y a un siècle pour l'Afrique du Nord ? Ils me considèrent avec respect. Des souvenirs d'un siècle, cela ne court pas les rues. Les palais décatis exceptés, qui pourrait oser parler en siècles, à Palerme ?

Je suis devenu au fil des jours un rôdeur de margelles, une ombre parmi les chats du palais Gangi, à peine plus gros, à peine moins souple, le pas hésitant quelquefois entre deux souvenirs rêvés. L'autre matin, je me suis retrouvé dans la galerie des Cadavres aux proportions insolites, à examiner en silence le visage figé d'un roi de Tunis mort en 1622, une couronne en carton sur la tête. La tâche est fastidieuse. À tisser d'improbables destins pour les nouer au mien, François Ardanuit recréé Signorelli se construit l'image acceptable à ses yeux d'un homme qui vient de quelque part.

À Paris, on me demandait : « Signorelli, c'est italien ? » Chaque fois je répondais : « Sicilien. » La Sicile était un mot de plus pour mentir, le plus beau. J'en ai eu assez, des beaux mensonges.

Octobre : premier dimanche de repos. Une semaine entière de consultations qui se prolongent tard le soir. On n'imagine pas le deuil de ces mères de Sicile. Elles parlent, parlent, ne savent plus si elles veulent oublier ou tout retenir de ce qui fait leur douleur.

Ce dimanche, les vapeurs du sirocco ont disparu très tôt. L'air était encore salé. Le ciel était d'une grande pureté sur la ligne d'horizon fléchie comme un arc. Fulvio assurait la permanence à l'hôpital. J'ai pris mon auto jusqu'à Catane, et là, j'ai filé jusqu'au village de Calataporto. Je voulais admirer cette mer que les pêcheurs appellent mer africaine, dont le bleu suave déroule son tapis d'écume jusqu'à la Tunisie. Je suis reparti avec la conviction qu'autrefois la Sicile et la Tunisie ne formaient qu'une même éminence de terre et d'eau. En découvrant sur ma carte que les îles Pelagie s'avancent plus au sud qu'Hammamet, je me réjouis devant ces enlacements de la géographie.

Côté recherches, je vais finir par croire que Marco a raison. Signorelli paraît à mes interlocuteurs un nom inventé. Il existe en Italie des Signorelli fameux et même l'auteur d'un dictionnaire. Mais jamais un Palermitain ne se lancerait dans la rédaction d'un ouvrage aussi colossal. Il faut avoir du temps et ne pas craindre la mort au coin de la rue, pour oser écrire un dictionnaire. Ici on dit que le temps est comme le pain, on doit en garder pour le lendemain.

Octobre encore, le 19 exactement, neuf heures du soir à la terrasse du palais

Gangi : J'inscris toutes ces précisions pour ne pas oublier. Une femme comme les filmait Visconti, je vais dire la Claudia Cardinale du *Guépard*, parce qu'elle était de Tunisie. C'est le moment d'unir Tunis à Palerme. Une apparition. Au balcon intérieur, une créature resplendissante en habit de vêpres balaie les tables d'un œil lointain. Elle glisse sur mon visage, s'y arrête, ses mains couleur ivoire se tiennent à la rambarde en fer forgé. Puis elle descend les marches disjointes de l'escalier, légère. Je n'entends pas le claquement de ses talons, elle avance en survolant le sol. J'étais seul, perdu dans une pensée qu'elle a interrompue pour me demander, justement, si j'étais seul. J'ai répondu : « Maintenant, non. »

J'arrête ici ma lecture. Dans mon cerveau cambriolé, aucun visage ne survit qui ne soit lié à Fosco et aux siens. Cette femme qui m'a fait battre le cœur n'est déjà plus qu'une émotion sans point d'appui, un malaise inexplicable, une mélancolie que je ne peux relier à un socle visible, et si je murmure pour moi seul « palais Gangi », ces mots réveillent une souffrance dénuée de raison, indépendante de l'événement qui lui a donné naissance, une bulle sans le souffle qui l'a créée.

Quelque chose m'incite pourtant à tourner encore les pages. Celles qui suivent sont blanches, pas tout à fait blanches car un prénom est écrit, Carla, en lettres amples et très arrondies. Seulement Carla, Carla, Carla. Rien que des pages blanches avec marqué : Carla. Cela dure des jours. Le texte reprend au début du mois d'août, une poignée de mots qui ne me sont guère intelligibles, à présent. Près d'une année s'est écoulée depuis ma rencontre avec Carla et son installation via Alloro avec ses quatre enfants. Je les lis malgré tout.

> *6 août* : Nous sommes à l'étroit dans mon appartement. L'idéal serait de louer une de ces grandes villas Liberty de la via Palagonia. Carella m'assure qu'il arrive à certains propriétaires établis sur le continent de les céder pour deux ou trois ans. Nous pourrions nous étaler. Carla logerait sans peine ses enfants, et moi j'aménagerais une chambre à l'écart pour Marco avec son piano. Est-ce la musique ? Je le sens qui s'éloigne de moi depuis l'arrivée de cette joyeuse marmaille, sans doute trop bruyante à son goût. Il me dit avoir trouvé un professeur hors du commun, une vieille femme qui prétend avoir connu Verdi. C'est rigoureusement impossible. Je ne cherche pas à en savoir plus. Il lui arrive de découcher.

> *13 août* : Carla m'a annoncé ce soir que nous partions tous les deux pour la France, samedi prochain. Chez MAMAN. J'ai accusé le coup. D'une voix très douce, comme si

elle s'était adressée à un enfant, elle m'a dit : « François, depuis que je te connais, pas un jour ne passe sans que tu me parles de lui, de l'abandon, de ce manque, de tes doutes. Tu ne peux pas vivre ainsi cent sept ans. »

Je suis surpris qu'elle connaisse cette expression française, « cent sept ans ».

Elle a saisi ma main et a continué : « Même le premier soir au palais Gangi, quand je t'ai dit que mon mari était mort et que je m'occupais de nos quatre petits, tu ne m'as plus écoutée. Tu es parti aussitôt dans ton histoire de père absent. J'ai fini par l'appeler. J'ai trouvé son numéro sans difficulté. Il ne se cache pas. Il était fou de joie quand je lui ai fait part de mon intention. Il balbutiait : « Mais vous êtes sûre qu'il voudra venir ? » Tu aurais entendu sa voix ! Au début, il était très sec. Il n'a pas l'air de quelqu'un qu'on dérange facilement. Dès que j'ai prononcé ton prénom, il s'est mis à bégayer. J'ai cru qu'il allait pleurer. Son timbre avait changé. Je lui ai demandé de ne pas me couper, que ce n'était pas facile, ma démarche, que tu n'étais pas au courant, tu vois, j'ai été honnête. « Alors voilà, docteur MAMAN, j'aime François, je voudrais me marier avec lui et aussi avoir un enfant de lui, mais je crois que tout cela restera impossible aussi longtemps que vous ne lui aurez pas expliqué certaines choses. »

J'ai interrompu Carla. Je voulais l'entendre répéter qu'elle voulait se marier avec moi, et aussi qu'elle aimerait avoir un enfant de moi.

Elle a répété.

Puis elle a pincé le lobe de mes oreilles entre ses doigts et après, elle m'a embrassé. Mais comme elle n'avait pas fini, elle a repris son fil. Carla sait précisément ce qu'elle veut.

« Il viendra nous chercher à l'aéroport. Ses enfants ne seront pas là. Il n'y aura que lui et Camille, sa femme. La première fois, je ne lui ai pas parlé. Mais en rappelant pour fixer la date, c'est elle qui a décroché. Je me suis présentée. Elle m'a dit : Vous n'imaginez pas combien votre appel a soulagé mon mari. J'ai toujours su l'existence de François, il est venu chez nous quand il était adolescent, la maison lui était ouverte. J'espérais qu'ils réussiraient à construire un lien à eux, mais ils se sont manqués. Depuis, mon mari a avalé le silence de François comme un poison quotidien. Je crois qu'il a essayé de le rencontrer deux ou trois fois à Paris et à Londres, lorsque François terminait ses études de neurologie. Puis il a renoncé. Il sentait qu'il dérangeait. Vous imaginez son état, à l'idée de le retrouver.

« Il est vieux, maintenant, a ajouté Carla, et tu n'es plus un enfant. C'est le moment pour vous deux. Il pourrait mourir bientôt. » Je n'ai pas eu le cœur à hausser les épaules.

14 août : Elle s'occupe de tout, billets d'avion, nounou pour ses enfants, frigo rempli pour Marco. Il sait se garder tout seul. Il suffit de lui laisser de l'argent, et de lui écrire « À bientôt, papa », sur une feuille. Il tient de moi sa hantise d'être abandonné. Lorsque je pars, il me demande la date de mon retour. La présence d'une femme lui a manqué. Il se laisse bercer par les événements, lui aussi. Je ne sais pas ce qu'il pense de Carla. Ni ce qu'elle pense de lui. Parfois elle lui demande de jouer moins fort, lorsque ses enfants sont sur le point de s'endormir.

J'ai le sentiment que le bonheur s'est posé comme une coccinelle sur mon épaule.

Avant le dîner, Carla a dit : « C'est drôle, quand il est content, MAMAN, vous avez la même voix, exactement. »

15 août : On aurait dû choisir une autre date pour venir en France. L'avion était bondé. Il faisait plus chaud qu'à Palerme, dans le Sud-Ouest. Comme prévu, il nous attendait à l'aéroport. Le teint cuivré, une couronne de cheveux très blancs, son œil foncé, la voix pareille à un gazouillis d'oiseau pour demander : « Vous avez fait bon voyage ? » Il m'a serré la main. Il a embrassé Carla. On est allés directement chez lui, pas de détour par sa clinique, pas de stéthoscope, pas de marteau à réflexes pour les genoux, aucune palpation des bras ni du gras de la peau.

Tout est lisse, comme la trajectoire de son auto le long de la nationale ombragée de vieux tilleuls. On dirait la même voiture qu'il y a vingt-cinq ans, une Mercedes couleur sable, les sièges durs. Je l'avais vue luxueuse. Elle est rudimentaire et mal entretenue. La tôle est rouillée à l'avant.

J'ai détaché mon regard de l'agenda bleu. Après tout, je ne suis plus très sûr qu'il s'agissait d'une Mercedes. Je n'ai jamais retenu les marques de voiture, sauf celles de Marcel, le fils de Fosco, celles où j'avais vraiment ma place, à côté de lui, maman à moi à l'arrière, d'abord pour surveiller le sommeil des petits Signorelli qu'ils ont eus ensemble au temps de leur mariage, puis plus tard, par habitude.

Avec Marcel, François Signorelli de frais, j'étais un grand. Ensemble on parlait de mon avenir. Pour la première fois, demain avait un sens. Je posais un pied dessus avec Marcel fils de Fosco, presque fils de dieu, mais pas le dieu des curés. Un dieu avec des épaules solides, avec un corps d'homme, une voix d'homme, un regard sans détour, le contraire de ce que j'avais toujours été dans ma nuit Ardanuit, avec mes airs sournois, ma démarche empruntée, ma voix de fausset et mes genoux en dedans.

Pendant les trajets brefs, il me parlait des vertus du travail en classe. Si nous partions pour plus loin, il évoquait les mille métiers que je pourrais exercer plus tard, de coureur cycliste à vétérinaire, il mentionnait aussi forestier, ingénieur, fonctionnaire, car tout de même ils ont la belle vie, les fonctionnaires, puis encore menuisier de marine — alors là, François, il te faudrait être plus adroit de tes mains —, ailier gauche... ça, c'était pour me taquiner car il m'avait vu à l'œuvre sous un maillot de poussin et l'expérience avait été cuisante ; par chance je portais encore le nom d'Ardanuit, je n'avais pas fait honte à trois générations de Signorelli footballeurs. Les dirigeants du Bordeaux Étudiants Club où il m'avait inscrit l'appelaient M. Ardanuit. Il ne rectifiait pas, il savait qu'on avait le temps de se refaire une autre vie, une vie qui aurait de l'allure, lui et moi, au soleil de La Rochelle, Signorelli père et fils.

Lisant ces pages, je retrouve péniblement le souvenir de la Mercedes de MAMAN. Ce sont surtout les voitures de mon père qui viennent pétarader dans ma mémoire. La Simca bleue, la première que j'ai connue. Au début, quand il restait dormir à Bordeaux, bâtiment Z, je me levais en pleine nuit pour vérifier qu'elle était bien là, son éclat d'azur dans le halo du lampadaire. Non, elle n'avait pas bougé. Il restait, et ma place était à côté du chauffeur. Les soirs où l'on rentrait tard à la maison après de longues promenades sur les bords de la Garonne — mes parents marchaient devant moi, je les laissais prendre de la distance et, tendant mon bras en avant, par jeu, je l'installais au creux de ma main, ce petit couple à présent fané —, quand nous rentrions tard, donc, Marcel m'invitait à poser ma tête contre sa cuisse. Je sentais ses muscles se tendre lorsqu'il appuyait sur la pédale de l'accélérateur, ses doigts m'effleuraient dès qu'il changeait de vitesse.

Puis il y a eu toutes les autres voitures, la 4 L immatriculée 8072 BZ 33 que je guettais avec anxiété dans le flot des voitures, le samedi à midi. Mon père attendait à la sortie de l'école. Deux minutes de retard et je cessais de vivre. Je me précipitais vers l'agent de la circulation, pardon, vous n'avez pas vu une 4 L blanche immatriculée 8072 BZ 33 ?

Elle finissait par arriver, la portière s'ouvrait. Marcel avait acheté du pain frais, des gâteaux dans une pâtisserie des arcades, mon gâteau préféré bien sûr, un puits d'amour dont la crème légère flageolait, et pour lui un mille-feuille saupoudré de sucre glace.

Le trio que nous formions devint quartet puis quintet. Mathieu hérita la peau mate de Marcel et la douceur de Lina. Pierre hérita le teint clair de Lina et le sourire de Marcel. À eux quatre, mes parents et mes frères ressemblaient à toutes les familles quand les enfants prennent un peu de l'un, un peu de l'autre. Je pensais qu'un jour ils n'auraient plus besoin d'un enfant dont une partie du visage ne ressemblait à personne.

Si Marcel avait une course à faire avec maman à moi, ils me laissaient seul dans l'auto avec les deux petits Signorelli, mes frères ; je n'ai jamais imaginé qu'ils puissent être des frères à moitié car l'amour était d'un seul bloc. Marcel me disait : tu les surveilles, et la porte claquait. Ils s'éloignaient légers, amoureux. La panique me gagnait.

Pour me rassurer, je me disais qu'à la rigueur Marcel et Lina pourraient m'abandonner, mais pour rien au monde ils n'auraient laissé leurs deux enfants pour de vrai, des enfants « même père même mère ». Quelle idée d'encombrer sa mémoire avec des choses pareilles. C'est dans une Lada rouge que, l'année de mes dix-sept ans, à travers les rues verglacées de La Rochelle, Marcel me conduisit sans trembler — je parle de ses mains, car à l'intérieur il était en miettes — au train de Pau.

Je reprends la lecture de l'agenda à la date de ce 15 août 1995.

> Nous sommes entrés dans le garage ouvert de MAMAN. Sa femme nous attendait. Nous nous sommes retrouvés au milieu d'une terrasse à l'ombre, face au jardin. Sur la table ronde était posée une carafe ventrue remplie d'orangeade et de glaçons. MAMAN s'est installé dans le contre-jour.

J'avais du mal à soutenir son regard, à cause de la lumière. Il souriait.

Il a montré la piscine, à côté, si nous avions envie de nager. Elle m'est apparue de taille modeste, comparée au souvenir que j'en avais gardé. Au bout de la pelouse ratatinée, le court de tennis n'était plus qu'un vague terre-plein couleur brique, craquelé et bosselé. De l'herbe poussait le long des lignes. « Il a toujours eu des faux rebonds », a indiqué MAMAN en suivant mon regard. Il a marqué une pause et sa mine s'est assombrie. « Mes enfants ne veulent plus jouer avec moi. Ils prétendent que je triche. Ce n'est pas ma faute si je vise mieux qu'eux ! » Il a dit « mes enfants ». Carla a posé sa main sur mon bras. On a tenu quelques propos insignifiants sur le temps à Palerme comparé aux ciels de France, sur la violence qui traîne dans les veines des Siciliens, mais sans conviction, seulement pour meubler le silence qui menaçait de nous engloutir.

Camille et Carla nous ont laissés. J'ai entendu leurs voix amorties par les feuillages, quelques mètres derrière moi. Elles parlaient de fleurs, je crois.

C'est lui qui a commencé : « Tu étais grassouillet, quand tu étais petit garçon. »

Devant mon air surpris, il a continué : « Un de mes amis de Fès, étudiant en médecine comme moi, te voyait de temps en temps. Sa fiancée était copine avec ta maman. Il me donnait de vos nouvelles. »

Cela m'a contrarié qu'un étranger ait pu m'observer à mon insu, pour le compte d'un homme que je ne connaissais pas non plus. Ensuite, MAMAN m'a demandé si maman à moi était heureuse. Par principe, j'ai répondu oui. Il n'a pas besoin de savoir qu'elle s'est séparée de Marcel Signorelli, qu'elle est revenue dans la nuit Ardanuit, ni qu'elle vit à Nice où je suis né pour de faux. Après, il ne m'apprend rien que je ne sache déjà. La demande de Lina en mariage, le refus de la grand-mère, une bonne sœur en civil, insiste-t-il. Il confirme pour les piqûres. Il n'est plus très sûr pour mon premier jouet. Quant au lieu exact, à Nice, il fallait gravir une pente, c'est tout ce qu'il peut dire. Mais à Nice, la route s'élève partout dès qu'on veut regarder autre chose que la mer.

Il a prononcé ces mot : ta grand-mère m'a interdit de te voir. Il avait sûrement de bonnes raisons d'obtempérer, à vingt-trois ans. Même futur médecin, on est toujours un juif marocain, en France. Je n'ai pas cherché à savoir ce qui l'avait poussé ensuite à étudier la gynécologie, le sexe des femmes, les milieux humides, à répéter des milliers de fois les mêmes gestes, sortir de minuscules enfants de leur nuit aquatique.

Le silence a fini par nous saisir. Les

femmes parlaient de la fragilité des orchidées. Carla est venue m'embrasser puis elle est repartie. À mon tour j'ai parlé. J'ai dit : « Tu m'as manqué. »

Ces mots l'ont électrisé. Je me suis repris. Je n'avais pas fini ma phrase. J'ai continué : « Tu m'as manqué onze fois. » Le chiffre m'est venu au hasard. J'aurais pu aussi bien lancer trois fois ou sept fois. C'est onze qui est sorti comme à la roulette.

Maintenant il va falloir les trouver, les onze fois. L'œil de MAMAN s'est assombri. Il sait compter. Il sait ce qui se compte et ce qui ne se compte pas. L'amour, ça ne se compte pas. Onze, ce n'est pas beaucoup, ce n'est pas innombrable. On en voit la fin. Onze, Fosco mon grand-père dirait que c'est à peine une équipe de foot et encore, sans le remplaçant ni le coupeur de citrons. Il suffit d'un blessé pour terminer le match en effectif réduit. MAMAN pensait : je lui ai manqué. Et aussitôt la déception. Onze fois seulement, en quarante ans ? Moi, je voulais un chiffre, poser une limite à l'épanchement. Lui interdire de croire que, jour après jour, il m'avait manqué. Onze fois. Pas plus.

Il allait me demander des détails, les circonstances, les dates peut-être. Carla est venue à mon secours. Camille nous proposait une promenade dans les rues de Pau. Le soir tombait. On irait voir la chaîne des

Pyrénées, les neiges éternelles, sur les plus hauts sommets.

Demain, il faudra que je trouve les fois où j'ai eu besoin de MAMAN. Je ne vais pas mentir. À l'évidence, je l'aurais aimé.

Une chambre à l'étage, très loin de tout. L'amour la nuit avec Carla. Longtemps. C'est une criminelle, Carla. Elle supprime toutes les femmes qui ont existé avant elle.

CHAPITRE 24

16 août : Après le petit déjeuner, sur un banc du jardin, au bord de la piscine. Camille a proposé à Carla de lui montrer des photos de leurs enfants, la famille MAMAN. Cela risquait de durer. Elles se sont installées sous la véranda. À nouveau nous n'étions plus que nous deux, lui et moi. « Alors, ces onze fois... »

Il m'attendait avec un sourire bienveillant que démentait son regard noir sur moi. J'ai commencé : « Il y a le jour où ils ont emmené Bobby. » C'était mon ours, un bon gros ours décousu à l'oreille, auquel manquait un œil. On avait grandi ensemble jusqu'au jour où une tante débarquée de la maternité avec une petite fille chérie a décrété que maintenant j'étais trop grand pour avoir un ours, j'étais un homme oui ou non ? Je la revois descendant l'escalier de notre appartement Ardanuit sous les toits, rue Félix-Faure, Bordeaux Caudéran,

Bobby cul par-dessus tête dans ses gros bras de matrone. Lina était au travail, mon oncle Louis devait penser à la meilleure façon de mourir sans faire de bruit. La vieille, elle, croyait me consoler en répétant que j'en avais assez profité de mon ours, que maintenant c'était le tour de ma cousine. Il fallait être charitable, accepter de partager. J'aurais dû crier : la charité mon cul ! Même les peluches fichaient le camp, du temps où j'étais Ardanuit.

MAMAN a dit : « Une fois. » J'ai hoché la tête. Je me suis demandé comment j'allais tenir jusqu'au bout car déjà retentissait la sirène d'un bateau. Mon menton tremblait. J'ai continué tant bien que mal : « La deuxième fois, c'était sur les quais de Bordeaux, derrière les grilles des Chartrons. Un ami (je n'ai pas précisé : Gilbert) m'avait emmené sur un grumier en partance pour l'Afrique. Je n'avais jamais vu autant de gros arbres abattus. Nous jouions à nous poursuivre sur le pont, la Garonne à perte de vue. Soudain je suis resté pétrifié. La sirène du cargo s'est mise à barrir, un cri déchirant de pachyderme. Nous levions l'ancre, nous partions, larguez les amarres ! Je courais dans tous les sens pour retrouver la passerelle et m'enfuir, rejoindre Lina. Je pensais : elle va mourir, sans moi. À cet instant j'aurais eu besoin de toi. »

Il n'a rien répondu. Sur un minuscule

bout de papier, il avait inscrit deux petits traits. J'ai poursuivi : « Il y a eu le jour où des morveux de la cité du Grand-Parc m'ont menacé avec leurs couteaux. » C'était à Bordeaux, l'année de mes neuf ans. Il y avait le terrain vague à traverser pour arriver au centre commercial. J'ai donné sans résister l'argent des courses lorsque j'ai vu les lames. Ils m'ont tellement secoué, des gamins pas plus hauts que trois pommes, les joues grises, l'haleine de tabac qu'ils me soufflaient au visage. Je les dominais d'une tête et pourtant je ne me suis pas défendu. Après, j'ai pensé que j'étais lâche. MAMAN a insisté pour savoir s'il m'avait manqué cette fois-là. J'ai répondu oui. J'aurais voulu qu'il m'apprenne à me battre, à ne pas être une mauviette, un petit bichon à sa maman, un fils de femme, une fillette. Plus tard, quand je suis devenu Signorelli, mes copains m'ont dit : il n'y a que les filles pour changer de nom.

MAMAN a souri en traçant un troisième trait sur son papier. Pour casser son sourire, j'ai ajouté : « De toute façon, tu ne sais pas te battre. » Puis j'ai continué : « Lina m'avait acheté un scriban en bois foncé, une imitation acajou, avec un plan de travail qui s'abaissait grâce à une charnière dorée. C'était un beau cadeau. Elle m'a dit te voilà grand, tu pourras écrire ce qui te passe par la tête, des poèmes, des chansons, je ne sais pas. Elle ne savait pas. J'avais posé près de moi mon stylo quatre couleurs et un cahier à couverture glacée. Elle est sortie de ma chambre et, dans ce silence tout neuf, sur la première page blanche après la couverture glacée, j'ai écrit que j'étais le fils d'un salaud qui s'était tiré après avoir baisé ma pute de mère. Cela tenait en peu de mots mais je trouvais que c'était fort, pour un début. J'en frémissais chaque fois que je relisais, c'était une bombe atomique, ces mots ensemble.

« Je n'ai pas entendu Lina rentrer dans la chambre, ou alors je n'y ai pas prêté attention tant j'étais fasciné par ce qui avait dégringolé de mon stylo. Je crois que j'avais sorti la bille rouge du quatre couleurs. J'avais la bouche sèche comme lorsque j'écrasais des escargots avec mes grosses godasses, ces saloperies qu'on fait môme et qui nous restent longtemps, avec le sentiment d'avoir été un assassin. Lina tanguait par-dessus mon épaule. Elle a arraché la page sans rien dire, d'un coup bref, pfuit, j'ai entendu qu'elle pleurait, après, dans l'escalier, mon crime froissé dans ses mains. Elle n'a pas voulu me parler jusqu'au soir, ni que je lui parle. »

J'ai regardé MAMAN dans les yeux et j'ai dit : « Une bonne gifle de mon père m'aurait fait du bien, ce jour-là, et même deux. »

Je me suis tu. Il m'a demandé avec une

pointe d'inquiétude si j'avais terminé. D'un coup d'œil, j'ai dénombré seulement quatre petites barres sur son papier.

J'ai répondu que je réfléchissais. C'est venu tout seul, les fois où ces types tournaient autour de maman à moi, j'ai parlé de ce coureur de rallyes qui, pour embobiner Lina, me proposait des virées dans sa Gordini. Je ne sais pas ce qu'il fabriquait, MAMAN, pendant ce temps, à quel petit prince il tendait ses mains ouvertes. Il n'était pas là où il fallait, et il n'avait qu'à venir voir lui-même si j'étais grassouillet, avec tout le mauvais sang qui me fouettait les veines.

MAMAN a demandé si je comptais cela pour une fois. J'ai confirmé, une fois. Il a tracé une barre supplémentaire. Puis j'ai parlé du navalet breton et chauve dont le regard s'arrêtait aux seins de Lina et qui m'écartait du passage. Je me suis montré si odieux qu'ils ont fini par se séparer. Quand il est parti, maman à moi pleurait, j'ai dû la consoler, la serrer. On partageait la même chambre, deux lits jumeaux, c'est vrai que nous étions aussi frère et sœur, il arrivait qu'on se chamaille le soir pour savoir qui lirait le premier un nouvel album d'*Astérix*, on se l'arrachait, aucun ne voulait céder, les pages volaient, nos cœurs se déchiraient, le ciel nous tombait sur la tête.

Quand MAMAN a voulu savoir pour combien je comptais le navalet chauve et Astérix le Gaulois, j'ai répondu : « Deux fois. » Il ne perdait pas le nord, MAMAN.

Je lui ai parlé de ce soir où je suis resté des heures à me regarder dans la glace de ma chambre, le bout du nez collé contre le verre froid, scrutant le moindre détail de mon visage pour tenter de l'accrocher à un modèle d'homme. Je n'y arrivais jamais, c'était désespérant, chaque fois se dessinait sur ma figure celle de Lina. J'écarquillais les yeux, je détaillais mes pommettes, mon menton, mon front, en vain. Je ne trouvais pas la solution de l'énigme. Je cherchais un homme et je tombais sur ma mère.

Ensuite j'ai rassemblé quelques épisodes de peur. Le jour où je me suis retrouvé enfermé seul dans l'appartement du huitième étage... un été placé dans une ferme de Gironde à ramasser les épis de blé au milieu de paysans autistes... une opération de l'appendicite, il fallait respirer dans un drôle de tuyau pour s'endormir, et pas une main d'homme pour me tenir la main. L'odeur de l'éther à l'intérieur du masque.

J'en étais arrivé à dix lorsque, tout d'un coup, je me suis trouvé à court. MAMAN a compté et recompté ses petits bâtons, dix, il en manque un. Un autre silence s'est installé, plus long que les autres, plus douloureux. J'ai fini par murmurer : « La onzième fois, c'est quand j'ai vu Marco. »

Il a accusé le coup. À la naissance de mon fils, dans ce flot de bonheur, une pensée m'a chaviré. Une pensée violente, un coup de poing à retardement, ou un coup dans le bas du dos, là où je continue de souffrir, par moments (il faudra que je consulte un ostéopathe, à Palerme). Comment avait-il pu me lâcher, MAMAN ?

Moi, j'avais pris mes précautions. Une semaine avant l'accouchement, je m'étais renseigné sur les modalités de reconnaissance auprès de la sage-femme de l'hôpital, madame, dites-moi comment je dois procéder pour reconnaître mon fils ? C'était d'une simplicité enfantine. On savait forcément qui était la mère, car on avait vu le bébé sortir de son ventre. C'est pourquoi le petit portait d'office le nom maternel. Aucune démarche n'était nécessaire. Un fils était d'emblée le fils de sa mère. Mais un père, monsieur, m'avait dit la sage-femme d'une voix martiale, car elle devait avoir d'autres chats à fouetter que de m'apprendre les réalités de l'existence, un père, pour reconnaître l'enfant, doit d'abord se faire connaître, si vous me suivez. D'accord, mais auprès de qui ? De la mairie du lieu de naissance, cher monsieur, avec un papier prouvant qu'il vit bien avec la maman. C'est ainsi que Marco devint Marco Signorelli avant même sa venue au monde, par une reconnaissance anticipée que j'aurais signée mille fois plutôt qu'une. Serait-il mort dans le ventre d'Hélène qu'il aurait tout de même été mon fils.

À Nice, Lina n'avait pas eu à courir. J'étais à elle. Rien qu'à elle. Photo du studio Vollo. Certificat de l'agent d'état civil Verola. Signorelli est venu après comme par magie. Aussi longtemps qu'un homme ne nous a pas reconnu, on n'est pas né.

17 août : Dans l'avion pour Palerme. Carla s'est blottie contre moi. Elle n'a parlé que de MAMAN. Comme vous vous ressemblez. Tu es celui de ses enfants qui lui ressemble le plus. J'ai demandé : « Tu crois ? »

Dès que nous nous sommes revus, cette réflexion m'est venue : je lui ressemble davantage qu'à dix-sept ans, ou alors c'est lui qui, en vieillissant, s'est mis à ressembler au petit garçon que j'étais. J'ai écouté Carla énumérer nos points communs. Camille lui a fait quelques confidences. Il adore les pamplemousses, il déteste la course à pied, il ne peut s'endormir sans lire quelques pages d'un livre. L'été, il conduit son auto pieds nus. Il ne supporte pas l'alcool. Comme moi, comme moi, comme moi.

J'ai refermé l'agenda bleu avec un violent mal de crâne. Ces ombres qui s'agitent me deviennent pour la plupart étrangères. Dans ma mémoire dévastée ne surnage aucun visage.

Excepté celui de MAMAN. C'est normal. Pour le voir, je me regarde.

Si je veux l'oublier, il faudra que je m'oublie à mon tour. Korsakov est sur la bonne voie. Dans ce néant ne subsiste que la figure de Fosco Signorelli, mon providentiel grand-père.

CHAPITRE 25

Un attroupement s'était formé, cet après-midi-là, devant le grand cinéma de la via Calzone. Comme je marchais sur les pavements déchaussés, évitant au mieux la file d'attente qui débordait du trottoir, une arrivée d'eau a cédé. Il y a eu des cris. Les enfants ont sauté à pieds joints dans cette flaque inespérée qui prenait rapidement les proportions d'un fleuve.

La proximité du cinéma et cette brusque inondation, tout cela causa dans ma mémoire un étrange court-circuit. Je fus ramené trente ans en arrière, dans une salle de projection de la petite ville de Saint-Paul-lès-Dax où Fosco m'avait entraîné pour me présenter la Tunisie, comme on vient voir une fille à marier. Nous avions enjambé l'Adour et ses berges grasses à bord de sa Panhard Tigre. Je rêvassais devant cette eau boueuse dont il me vantait les vertus antirhumatisantes, « comme les sources de Sidi Ahmed Zarroug ».

C'est sa voix que j'ai entendue au moment où

le caniveau de la via Calzone a dégorgé son fleuve sale, la voix inimitable de Fosco qui disait : « Sidi Ahmed Zarroug », roulant le *h* d'Ahmed comme un *r*, et doublant le *r* de Zarroug comme le moteur de sa Panhard Tigre lorsqu'il brassait l'air de la nuit landaise. L'image s'est alors insinuée de ces piscines de Gafsa remplies d'eau soufrée, écœurante au goût, qui avait doté les filles Signorelli d'une peau douce et ferme comme la chair d'une mangue. Par un après-midi sans lumière, sous un ciel de France mélancolique, Zoune m'avait fait cet aveu : le secret de notre peau, c'est l'eau de Sidi Ahmed Zarroug. Elle aussi changeait le *h* en *r* et roulait les *r* comme des galets de rivière, avec une grimace qui plissait son nez si lui revenait le souvenir d'une tasse bue en toussant. Ils restaient là des heures face à la ligne déchiquetée du Djérid, jusqu'au coucher du soleil derrière les montagnes. Une écorce de chêne-liège sous le ventre, ils nageaient avec nonchalance, les orteils écartés pour mieux sentir les sources tièdes rescapées de la nuit des temps, fermant les yeux quand la lumière violente sautait en ricochet sur les risées d'eau.

Ce soir-là, Fosco conduisait son auto en prenant de profondes inspirations puis en soufflant l'air droit devant lui, comme se serait vidé un ballon gonflé à l'hélium. C'était sa manière de lutter contre le sommeil. Deux nuits d'affilée, il avait pêché le loup dans les rouleaux de l'Atlantique, remettant le repos à plus tard. Et ce soir, il ne voulait surtout pas dormir car des images de Gafsa l'attendaient. C'est en passant le pont sur l'Adour qu'il me parla de l'oued Baïech à la sortie de Gafsa Gare. Un filet d'eau stagnait en permanence sur la route, rappelant son existence. Il suffisait que la pluie tombe sur les reliefs pour qu'il prenne en quelques heures l'aspect d'une mer grondant. Les chameaux s'y désaltéraient, et la lune, la nuit, s'y dédoublait. L'oued Baïech, Sidi Ahmed Zarroug ; les points d'eau de Gafsa, leur musique rauque ou cristalline, Fosco y pensait encore en franchissant l'Adour. J'ai dû boire une sacrée tasse, moi aussi, pour qu'ils aient continué à sourdre dans ma mémoire, réveillés par une vulgaire canalisation inondant une rue du vieux Palerme.

La Tunisie n'avait pas déménagé à Saint-Paul-lès-Dax, mais dans une bâtisse aux murs lépreux. Était-ce une mairie, une salle de classe ? On avait tendu un écran blanc qu'éclairait le faisceau jaune vif d'une machine à diapositives. Impossible de me souvenir s'il s'agissait d'une séance de « Connaissance du monde » ou de vues prises par un éternel amoureux de l'Afrique du Nord, un de ces fous de sable et de solitude qui prononcent certains noms, Tataouine, Timimoun, avec le regard inquiétant des envoûtés. On attendait Fosco pour commencer. Nous prîmes place au milieu de la salle et aussitôt la machine se mit à ronronner. « La Tunisie est une terre froide où le soleil est brûlant », lança en préambule une voix sans visage. L'homme qui actionnait le carrousel passa rapidement sur Carthage. L'héroïne s'appelait Gafsa la fauve, la Gafsa de Fosco cuite et recuite au grand feu du sud, Gafsa sortie d'un four de potier, ocre et rouge.

Fosco reconnut une rue étroite de la médina. L'endroit où Beya, la vieille servante, s'était fait piquer à l'oreille par un scorpion en se serrant contre un mur au passage d'un tombereau débordant de figues de Barbarie. Il retrouvait des lieux qu'il croyait à jamais disparus.

La perfusion des souvenirs a commencé ce soir-là, lorsque je n'ai plus regardé l'Adour comme une rivière de France, lorsque sur les tombes des cimetières, j'ai scruté les alvéoles emplies d'eau de pluie qu'à Gafsa ils appelaient « bols aux oiseaux », lorsque dans les trous aux écrevisses mon imagination a reconnu des scorpions. La voix sans visage poursuivait son exploration. Il fut question des foules du Sud, de femmes en tuniques bleues à grands ramages, de silhouettes voilées de noir, du flot blanc cassé des haïks enveloppant les corps, retenus à l'épaule par de grosses épingles d'argent ou par une lourde clé ouvrant sur quelque porte mystérieuse.

Parfois, Fosco se penchait vers moi : « Je t'emmènerai, fils, je t'emmènerai. » Je devinais son sourire éclatant, sa denture serrée. Il n'aurait dormi pour rien au monde devant cette résurgence de Tunisie chaude comme les sources souterraines de Sidi Ahmed Zarroug. Une vue du marché et, aussitôt, se dessinaient dans les yeux de Fosco des pyramides de maltaises et de citrons à la peau cirée, des himalayas de henné, des grappes de dattes luisantes. Sur un cliché des remparts, il désigna un espace vide et nu où se tenait autrefois la guitoune du marchand de « gazouze », et je suis sûr qu'il sentait dans sa gorge couler cette eau piquante et fraîche qui éteignait les flammèches de fine poussière en suspension. Doucement il murmura : « En rentrant à la maison, rappelle-moi que j'ai mis de l'orgeat au réfrigérateur. Margot a préparé des biscuits à l'anis, ils sont dans la boîte en fer sur le buffet, tu n'oublieras pas ? » En ce temps-là je n'oubliais rien, et surtout pas les festins sucrés de l'éternelle Tunisie que Fosco adorait, tu m'entends fils, je l'adorais.

Les lumières à peine rallumées, une femme à la peau de papyrus s'est précipitée vers Fosco dans un geste d'abandon. « Notre maire ! Monsieur Signorelli ! Notre maire de Gafsa ! » fit-elle le visage en crue. Je revois Fosco bouleversé, souriant pour ne pas pleurer, prenant aux épaules cette tige de femme inconsolable qui versait toutes les larmes du Baïech.

Les participants à la soirée s'étaient massés autour de nous. Leur babil composait une mélopée de consolation, on se serrait, on se comprenait, on était ici comme là-bas. C'est à cet instant que je sentis leurs regards sur moi. Rien d'hostile, seulement des expressions surprises. Comment un homme si fort, si mat, comment un homme à l'iris brun cerclé de noir, de la stature de Fosco, pouvait-il compter dans sa descendance un enfant à la peau laiteuse, et chétif que c'en était pitié ?

Sous le poids de ces visages interrogateurs, je m'étais mis à rougir comme le dernier des Ardanuit, et plus je m'en rendais compte, plus le rouge virait à l'écarlate. Alors Fosco posa ses mains sur mon épaule et me délivra par ces mots : « C'est François, le fils de Marcel mon aîné. » Tous entendirent et leurs sourires furent le signe qu'ils avaient bien entendu. Certains s'obstinèrent à me parler de Fosco en disant « ton père ». J'avais gagné une génération dans ma course vers le soleil.

CHAPITRE 26

Certains soirs, le souvenir s'estompe de l'instant où je suis devenu François Signorelli. Mon cœur bat plus fort, quelque chose d'animal remue en moi, un instinct qui me presse de rassembler ce qui reste de ma vie avec eux, leurs rires, les grandes tablées bruyantes, leurs histoires de là-bas, tout ce que j'ai perdu depuis que je m'enfonce à Palerme dans la solitude de ma mémoire détraquée.

Parfois ce sont leurs voix que j'entends, mais sans un visage auquel les accrocher. D'autres fois, ce sont des visages muets, celui de Fosco, celui de Margot, celui de Marcel mon père, de Zoune la magnifique apparition — elle avait à peine trente ans lorsque je la vis pour la première fois. J'ignorais qu'une femme pouvait être aussi belle. Avec sa chevelure terre de Sienne, son sourire espiègle, la grâce de ses mouvements, sa peau brunie à tous les soleils de France qui rivalisaient tant bien que mal avec le seul soleil qui lui donnât jamais la chair de poule et noyait son regard à peine elle y pensait, le soleil de la Tunisie du Sud.

Un jour de ma jeunesse, j'ai connu la crainte de n'être plus Signorelli. Marcel et Lina avaient chacun repris sa route. Rien n'obligeait les Signorelli à me garder dans leur affection. Ils me gardèrent pourtant. Signorelli j'étais, Signorelli je restais. On fut triste de voir Lina s'éloigner, c'était son choix de petite Lina qu'on pleura comme une disparue.

*

Aujourd'hui le soleil n'a pas été si violent que je me sois claquemuré dans la nuit Ardanuit. Pourtant je chancelle sur mon socle improbable de Signorelli, toujours la même histoire, le même besoin de se rassurer, suis-je bien l'un d'eux ? Ce sont des moments pénibles. Au milieu de mes papiers en désordre, je retrouve un acte d'état civil établi à Nice l'année de ma naissance puis dûment corrigé par l'officier de la Légion d'honneur, le nommé Verola, certifiant que oui, je suis François Signorelli, fils de Marcel du même nom, et de Lina son épouse, tant pis si leur mariage a été dissous, Signorelli je demeure, Signorelli je meurs. Je consulte les premières pages de mon passeport, mes papiers à en-tête de l'hôpital San Daniele, et si cela ne me suffit pas, mon chéquier. Signorelli encore et partout. C'est épuisant, cette quête infinie.

Enfin la pompe à souvenirs se réamorce. Je

suis sauvé pour ce soir. J'ai fermé les yeux. C'est peut-être grâce au thé à la menthe que Carella m'a laissé brûlant sur la table du salon, avant de repartir. Je m'en suis servi un plein verre en levant très haut le bec de la théière, comme ils font là-bas, comme faisait Margot, comme faisait Zoune, ou Nine, ou Micol. Elles semaient dans le liquide ambré quelques pincées de pignons. Parfois de la cardamome. Marcel rajoutait un sucre. Tous étaient assis près de Fosco, sa longue carcasse débordant du fauteuil de velours, près de Margot qui fermait ses yeux bleus.

— Tu te souviens, papa, les bonbons de chez Guédouar l'épicier, ils collaient aux doigts, commençait Zoune.

— Il n'y avait pas d'emballage comme maintenant, continuait Nine.

— Pourtant vous n'avez jamais été malades, concluait Margot en rouvrant un œil.

Les hommes souriaient, Fosco, Marcel mon père, Alain et Francis, ses frères.

— Jamais malades, reprenait Zoune en écho.

Ils laissaient passer un peu de temps, on les entendait aspirer le thé. Les cuillers tintaient dans les verres.

— Et les oreillettes boursouflées, bien gonflées, saupoudrées de sucre, lançait Micol.

— Et la pâte élastique que maman jetait dans l'huile bouillante pour faire les beignets, renchérissait Zoune.

Tous approuvaient en silence. Oui, ils se rappelaient.

Aux pieds de Fosco, Black s'était endormi. Il poussait de petits jappements, remuait vivement le bout de ses pattes, poursuivant en rêve quelque garenne dans les salines, derrière la petite maison du lotissement Dax-Afrique, l'adresse de Fosco et des siens depuis l'arrivée en France, une adresse de rapatriés. Fosco essayait d'amuser son monde, au début, avec des histoires de « rats triés » et de « rats pas triés », mais le cœur n'y était pas et quand tomba la première neige du premier hiver en France, quand se forma dans l'évier la première plaque de givre, on pleura beaucoup chez les « pas triés ».

Black n'était pas le seul à rêver.

— Vous vous souvenez du jour où papa avait oublié qu'il devait célébrer un mariage ? Il est arrivé en short à la mairie, les jambes tout écorchées, en sueur, il venait de la chasse.

— ba-ba-ba...

Fosco se mordait la lèvre d'amusement. Un éclair de malice illuminait son visage. Francis, le plus jeune des fils, venait de ranimer un souvenir de poursuite dans les montagnes pelées au bord du Djérid. Ce matin-là, Fosco avait pisté les perdreaux à la manière des petits Arabes, au pas de course, comptant sur le soleil pour les étouffer. Les volatiles battaient des ailes, s'éloignaient à quelques mètres, repartaient. Puis ils avaient fini par s'immobiliser, épuisés de chaleur. Il ne restait plus qu'à les cueillir. Renonçant à des proies si faibles, Fosco s'était mis en tête de traquer un mouflon qui l'avait entraîné loin dans la montagne avant de disparaître. Quand il avait rebroussé chemin, redescendant fourbu vers Gafsa, il était l'heure du mariage. Fosco n'avait guère eu le temps de se changer. Il avait passé son écharpe et ses insignes officiels sur un polo troué aux manches et auréolé de transpiration, arborant ses cuisses mates de coureur de fond.

— Comme on a ri ! s'écria Margot.

*

J'ai ouvert la fenêtre. C'est toujours un soulagement lorsque je retrouve le fil. Je veux bien tout perdre, tout excepté la marque Signorelli. Je veux bien oublier le fruit de mes années d'études, de ces nuits de travail à tenter de comprendre pourquoi l'enfant loup de Wetteravie n'a jamais parlé, ni le premier enfant ours de Lituanie, ni le petit Victor de l'Aveyron, ni Kaspar Hauser, ou encore la fille truie de Salzbourg et les enfants de Midnapore, ceux de Sultan Pur, les enfants panthère, les enfants gazelle de Syrie. Aucun d'entre eux ne fut capable d'un langage articulé faute d'avoir vécu en compagnie d'êtres humains à l'âge où le cerveau est prêt à se construire avec des mots. Après, c'est trop tard. Cela me fascinait, cela me révoltait. Je buvais les paroles de mes maîtres de la British University, j'observais leur sérieux quand ils évoquaient Frédéric II dont les traces se perdent dans quelque *palazzo* de Palerme.

Le souverain avait enfermé de très jeunes enfants avec interdiction qu'on leur adressât la moindre parole, pour découvrir quelle était la vraie langue naturelle. Était-ce le grec ? Était-ce le latin ? Était-ce l'hébreu ? Ce n'était rien puisque aucun ne parla jamais. Il aurait fallu que ces petits d'homme puissent repasser un jour par leur enfance, remonter le fil de la vie pour qu'il ne soit pas trop tard. Si la fatigue prenait le dessus, je me trouvais un lien de parenté avec ces muets, moi qui n'avais pas prononcé la double syllabe « pa » avant l'âge tardif de dix ans. Naître n'est rien. Sans Fosco, sans Marcel, aurais-je dit de vrais mots ?

J'ai consigné mes observations quelque part sur un registre. Mon successeur pourra les lire, s'il le souhaite. Tout cela me semble à présent si futile, quand mon salut provisoire tient à la faculté qu'il me reste de rappeler à la surface du temps ces moments insouciants passés avec les Signorelli, la plus belle smala que j'aie connue sur terre, même quand ils parlaient pour ne rien dire, même quand ils ne disaient rien, agglutinés devant le poste de télévision pour revoir *Rocco et ses frères* dont ils connaissaient chaque scène. C'était leur histoire. Ils étaient de la famille de Rocco et de tous les déracinés. On n'entendait pas un mot jusqu'au générique.

Je me suis servi une deuxième tasse de thé à la menthe. De nouveau les voix et les visages se brouillent. Il me semble reconnaître le rire de Zoune, le regard tranquille de mon père, et surtout et d'abord Fosco, les traits de Fosco, l'œil plissé derrière une volute de fumée, le cœur à jamais bronzé par les étoiles du Sud.

CHAPITRE 27

Il me semble que je me suis toujours levé tôt. Certains gestes que je crois familiers sont peut-être de nouvelles manies liées à mon état, par exemple vérifier que mes souliers sont correctement lacés, que je me suis rasé la totalité du visage. Hier ou un autre jour, je n'avais rasé que ma joue droite et on m'a moqué dans la rue, avec cette mousse blanche séchée sur l'autre joue. Je garde mieux la mémoire des humiliations.

Quelle est cette blouse blanche abandonnée sur un bras du fauteuil ? Je me demande si cet habit est une habitude. J'ai dû le porter quand on venait à ma consultation. Le souvenir s'estompe. Étais-je un bon médecin ? À présent je m'en fiche. Dire que cette question m'a tourmenté longtemps. Étais-je plus fort que MAMAN ? Avais-je un meilleur diagnostic ? Étais-je plus brillant ? Maman à moi ne savait dire que ce mot, brillant. Pour moi ce n'était qu'une ombre et les ombres ne brillent pas.

En feuilletant mon *Traité des affections*, tout à

l'heure, je me suis arrêté sur la notice consacrée au syndrome de Korsakov. Le malade réinvente sa vie et comble les trous béants de sa mémoire par des aventures imaginaires. Il peut aussi se choisir une biographie de rechange, une figure qui a impressionné les cellules neuronales encore malléables de son enfance. Mon obsession pour Fosco Signorelli est une maladie cérébrale. Fosco pour effacer Ardanuit, pour effacer MAMAN, pour tout effacer.

J'ai ouvert l'agenda bleu à la page cornée, sans doute l'endroit où j'avais laissé ma lecture. Impossible de retrouver le fil, je ne sais déjà plus ce qui est écrit avant. Quel intérêt ai-je à continuer ? Je continue pourtant. Je suis comme ces chats maigres des terrains vagues de Palerme qui rouvrent sans cesse leurs blessures pour mieux les lécher, et qui éprouvent le goût du sang sur leur langue râpeuse.

La date qui me tombe sous les yeux est le 29 décembre 1995. Je lis :

> Appel de Camille. Carla a décroché. Je l'ai vue pâlir. Elle s'est assise dans le canapé en répétant « mon Dieu ! ». Elle m'a regardé avec des yeux si tendrement désemparés que je me suis rué vers elle. Sa main tremblait. Elle m'a tendu le combiné.
>
> La voix de Camille. C'est MAMAN. Un accident cérébral, hier soir. Il ne se sentait pas bien et tout d'un coup il a perdu connaissance. L'attaque est sérieuse. Des

artères bouchées, le cerveau très mal irrigué. Du cholestérol. Camille me demande si j'ai déjà fait mesurer mon cholestérol. À l'instant où il a repris connaissance, MAMAN l'a suppliée pour qu'elle vérifie.

Malgré son état de grande faiblesse, il a rempli une ordonnance destinée au laboratoire d'analyses. Elle va me l'envoyer. MAMAN insiste. Mes gènes me rattrapent.

A-t-il oublié que je suis médecin ? Je n'ai pas besoin de son ordonnance. Pourquoi m'empoisonner l'existence avec les maladies d'un étranger ? Toutes ces années, j'ai tenu MAMAN à distance. Le connaître, c'est l'aimer. Je n'avais pas envie de l'aimer. Son accident vasculaire abaisse mes défenses. Nous venons à peine de nous retrouver, voilà qu'il va se défiler une fois de plus.

3 janvier 1996 : Sa voix est inaudible. Je dois plaquer le téléphone contre mon oreille. Je n'ose pas l'obliger à répéter. La communication avec Pau n'est pas meilleure qu'avec Nice. Ils ont glissé une sonde dans ses artères. Un examen dangereux. Pour lui, le pire serait de finir en légume. La veine a tenu le choc de l'invasion métallique. Il me demande si j'ai reçu l'ordonnance. Oui, je l'ai sous les yeux. Son écriture est émiettée, minuscule. Trois lignes illisibles pour des recherches routinières de graisse dans le sang. Ce qui me frappe, c'est la date qu'il a inscrite. 1977. Que s'est-il passé dans sa tête ? 1977, l'année où nous nous sommes vus pour la première fois, l'année de l'auscultation dans sa clinique et de l'aveu du rapport larvé.

L'ordonnance m'attendait dans sa mémoire. Camille l'a dit à Carla, en août : son mari a une mémoire d'éléphant. Il retient tout. Il ne m'a pas retenu, vieille histoire. Passons. Il faut grandir.

Carla m'a répété les propos de Camille. MAMAN se souvient de tout. Aussitôt elle a ajouté : comme toi, François. Pour la première fois, j'éprouve un certain plaisir à cette comparaison. Je caresse l'idée de notre ressemblance. Il adore porter des chapeaux. Moi aussi.

6 janvier : Une nuit blanche. Cela ne m'arrive jamais. Hier soir, nous avons dîné au restaurant du palais Gangi. L'hiver, ils chauffent la véranda avec des poêles en fonte remplis de bois de rose. Un air chaud et parfumé nous a engourdis. Carla était magnifique dans une longue robe de laine écrue. Nous avons bu assez pour être gais. Au milieu du repas, elle m'a reparlé de mariage. Nous avons évoqué plusieurs dates vers septembre. L'important, c'est d'abord de trouver une maison où nous tiendrons tous. Carella m'a parlé d'une grande demeure via Palagonia. Il a promis de se renseigner. Il croit connaître le propriétaire ou son cousin. Carla aimerait aussi être enceinte. Elle voudrait être accouchée par MAMAN.

J'ai chaviré. Je me suis resservi du chianti bien épais. Elle a continué en disant que maintenant ça suffit, cette histoire Signorelli. « Fosco, Marcel, ils ont été parfaits quand tu avais dix ans mais tu dois tourner la page. Notre petit connaîtra son vrai grand-père MAMAN. J'y tiens. » Carla sait vraiment ce qu'elle veut. Pas question d'élever notre enfant dans le mensonge de ses origines.

Dans la nuit, une fois dégrisé, les mots de Carla m'ont poursuivi. Je n'ai pas pu trouver le sommeil. J'ai pensé à MAMAN, j'ai pensé à Marcel. Le bonheur ne dure jamais longtemps.

7 janvier : Il m'est arrivé de repousser MAMAN. Il était venu m'attendre un après-midi devant la faculté de médecine. C'était le printemps. Il séjournait à Paris. Je n'avais manifesté aucun plaisir à le voir. Il avait pris sur lui d'appeler maman à moi. Depuis la visite de mes dix-sept ans, je ne lui avais plus donné signe de vie. Fière de pouvoir répondre « il fait médecine », maman n'avait rien caché, pas même mon adresse. Il avait préféré me rencontrer dans un endroit neutre. Je suppose qu'il n'avait eu aucun mal à se procurer les horaires des cours de neurologie. On était entrés dans un café de l'Odéon. Il m'avait paru fatigué.

« Je travaille beaucoup », s'était-il borné à dire. J'avais mal supporté son regard nu fixé sur moi. J'avais argué d'un rendez-vous pour abréger. J'étais resté froid comme je sais l'être quand je ne veux pas qu'on me parle. Il ne s'était pas plaint. J'avais gardé cette impression troublante que je pourrais tout lui faire endurer, qu'il ne réagirait pas. À l'époque, il m'était indifférent.

Aujourd'hui, je me sens devenir moins Signorelli. J'ai perdu ce sentiment de trahir qui me paralysait, avant. Les paroles de Carla ont-elles porté juste ? Je n'éprouve guère l'envie d'appeler Marcel ces temps-ci, ni la smala Signorelli. D'autres visages m'occupent, prennent possession de moi. Je ne résiste pas. Je me laisse faire. C'est agréable, parfois, de se laisser faire. Une douce attraction m'emporte vers ma famille MAMAN. Il m'a promis que, sitôt rétabli, il organiserait une grande fête chez lui, avec ses frères et sœurs, ses amis, et bien sûr tous ses fils.

J'ai refermé l'agenda bleu puis je l'ai serré contre moi en le berçant. Des chansons d'enfant me reviennent, j'ai oublié les paroles. L'air trotte dans ma tête. Cela disait « Dépêche-toi petit lapin, et embrasse quelqu'un que tu aimes bien. »

Je n'ai plus personne à embrasser, maintenant.

CHAPITRE 28

Carella me l'a laissé avant-hier. Il m'a dit son nom mais j'ai déjà oublié. Je l'appelle « le chien ». Les noms propres m'échappent. Il se tient assis à mes pieds, tranquille, ses bons yeux posés sur moi. Je me souviens qu'il guide les aveugles dans Palerme. Il connaît la ville comme un chauffeur de taxi. J'ai retenu sa race, un labrador. Mais son nom, impossible. J'ai toujours eu du mal, avec les noms, ils changent tout le temps. Et les noms de chien, n'en parlons pas. Il en meurt tellement dans une vie d'homme.

C'est un labrador mélomane. Il est très consciencieux et obéit à l'oreille. Il suffit d'articuler distinctement la destination, et le voilà parti. S'il croise en route un éclat de bel canto, quelques bribes de concerto, l'effet est immédiat : il se met à l'arrêt, identifie la provenance, puis dirige sa truffe jusqu'à la première note de musique en cavale.

Ce matin, sur la longue liste de noms que Carella m'a aidé à rédiger, j'avais demandé via

Polini, à cause de la pâtisserie où ils fabriquent des délices de gorge proprement inoubliables. Nous allions bon train, je suivais le chien les yeux fermés, lorsqu'une onde infime l'a stoppé dans son élan. Il s'est mis à gémir, m'a regardé avec insistance comme s'il m'implorait. Moi, je n'avais en tête que ces sucreries divines, et je ne peux plus guère poursuivre deux idées ensemble. Il a tant tiré sur sa laisse que j'ai dû me résigner au détour musical. Nous sommes restés debout contre le volet entrouvert d'une belle demeure bourgeoise qui exhalait l'arôme lourd des magnolias et la plainte vibrante d'un violoncelle accompagné d'une flûte.

Il est presque cinq heures. La nuit n'est pas près de tomber mais il fait moins chaud. J'ai attrapé ma liste des destinations. Carella, je sais que c'est lui, a rayé le nom de via Gandolfi. Il a beaucoup appuyé sur la bille noire pour le masquer. Si étrange que cela puisse paraître, je sais quel nom a été étouffé sous ce bâillon noir. Je pourrais même le prononcer. J'évite. Un danger est là, tapi. Mon vieux cerveau reptilien veille, un cerveau très ancien auquel Korsakov ne s'attaquera pas, un cerveau de survie qui crie au feu, qui détecte l'ondulation du serpent sous un lit de feuilles mortes. Un souvenir mortel est enterré via Gandolfi.

Le chien me regarde avec passion. J'ai lancé ces mots : « la mer ! » Il les a saisis au vol, la gueule ouverte, l'air content. Nous nous sommes précipités dans l'escalier. C'est à peine si j'ai eu le temps de passer une veste de toile. « La mer ! » J'ai eu la présence d'esprit de prendre l'écriteau de bois sur lequel, au marqueur bleu, j'ai inscrit en grandes lettres : Signorelli. Carella n'en sait rien, et s'il savait, il pourrait avoir envie de me faire enfermer. Il faudrait que je lui explique l'histoire de la corneille mais cela l'inquiéterait.

Au temps où j'étais un spécialiste reconnu de la mémoire, j'avais noté mille observations sur les méthodes employées par les hommes pour retrouver leur chemin. De tout ce savoir ne me restent que des détails, comme celui de la corneille. Je ne critique pas l'ardeur de Korsakov. Il me rend de grands services.

Je me souviens qu'autrefois les guerriers du Grand Nord embarquaient sur leurs bateaux des centaines de corneilles qu'ils lâchaient en pleine mer et dont ils suivaient le vol du regard afin de repérer la présence de la terre ferme.

En fin de journée, je vois souvent un de ces oiseaux se prélasser dans la tache de soleil qui tombe comme une goutte de miel sur le bord de ma fenêtre. Cette corneille vient m'annoncer un marin de retour à Palerme, un navigateur des lointains revenu au port de sa naissance. Un ancêtre Signorelli.

Maintenant que le chien est là pour m'emmener, j'ai confectionné cet écriteau de fortune avec le dos d'une chaise en bois. Et nous filons à toutes pattes jusqu'au port. À la manière des chauffeurs guettant les voyageurs à l'aéroport, je brandis ma pancarte devant l'étrave des bateaux rentrant de pêche. Jusqu'ici, personne n'est venu vers moi me dire qu'il est Signorelli, mais patience, il reste demain et les autres jours. Avec le chien, nous regardons les pêcheurs décharger leurs caisses de poisson. Il est comme fou devant cette chair fraîche et luisante. Je m'assois en silence sur un ponton. Certains patrons de chalutiers ont fini par nous reconnaître. Il arrive que l'un d'eux m'offre une belle pièce argentée : une daurade ou un loup.

L'autre fois, je suis reparti avec une moitié de saumon. Je suis resté un moment à l'examiner avec des larmes à fleur de paupières. Par chance, le chien avait envie de jouer. Nous sommes repartis vers la ville et il a déniché un adagio avec des violons et une harpe, à hauteur du palazzo Verdura. Quelle idée de s'émouvoir à la vue d'un saumon. La maladie me réserve des surprises. Nous appartenons à la même famille, les saumons et moi. À Palerme, remontant à la source des Signorelli, je n'ai trouvé que moi.

CHAPITRE 29

Avec Fulvio, nous restons ensemble de longs moments sans qu'un seul mot ne vienne enfreindre le calme. Il lit le *Giornale di Sicilia* dans un fauteuil pendant que je déchiffre de nouvelles pages de l'agenda bleu. Nous sommes amis parce que nous partageons des silences.

Aujourd'hui, il est venu vers onze heures me préparer une salade de pâtes froides avec des morceaux de poulpe. Il a saupoudré le tout de parmesan râpé, versé un jus de citron pressé. Il s'est assis pour jeter un coup d'œil sur le journal, puis il a disparu. J'ai ouvert l'agenda bleu à la page du 7 mai 1996 et je suis tombé au fond d'un gouffre.

Une fête se préparait.

> Pour nous laisser libres de nos mouvements, MAMAN nous a réservé une chambre dans un hôtel du centre-ville. Il a insisté : « Vous serez plus tranquilles là-bas. » Il a récupéré de son attaque de l'hiver.

À l'aéroport nous nous sommes embrassés. C'était la première fois.

« J'ai recommandé aux uns et aux autres de ne pas t'importuner », m'a soufflé MAMAN une fois chez lui. Qui suis-je, aujourd'hui, pour tous les invités ? Il répond : « Tu es qui tu veux. » Je ne sais pas ce que je veux. Ses fils se sont approchés, avec leurs épouses et leurs enfants, puis sa fille et son mari. Une femme, à présent, plus distante que la petite endormie contre moi, il y a si longtemps.

Les garçons MAMAN dégagent une sorte d'aisance naturelle. C'est inné, leur manière de bien se tenir, de placer leurs mains, de poser leur voix. Ils sont tranquilles, curieux, bien élevés. Ils savent qui je suis. Ils le savent mieux que moi.

Carla et MAMAN s'envoient des petits coups d'œil en soulevant leur coupe de champagne. Camille sourit. MAMAN porte un chapeau de paille. Il me présente ses frères, ses sœurs. Une réplique de la smala Signorelli. Six enfants comme chez les Signorelli, le Maroc au lieu de la Tunisie, mais c'est toujours « là-bas ». Un frère de MAMAN, le plus jeune, ose à peine le regarder dans les yeux. MAMAN est l'aîné. Comme Marcel, mon père Signorelli. Mes tantes d'un jour m'entourent pour une photo, puis mes oncles. Parmi eux, un rabbin.

Vers minuit, j'ai voulu rentrer à l'hôtel. Le front de Carla s'est plissé, un regard dur, tout à coup, « non, pas maintenant », sa voix sèche. MAMAN s'est approché en compagnie d'un couple d'amis. Ils ont connu Lina. Est-ce lui qui m'observait en douce, dans mon enfance, prétendant que j'étais grassouillet ? Il fume le cigare et parle fort. C'est un petit coq enflé, propriétaire de trois cliniques. Rien de ce qu'il dit ne m'intéresse. Il donne des petits coups de dents nerveux dans un chewing-gum.

Une sono s'est mise en route et des couples ont dansé. MAMAN était aux anges. Ses enfants m'ont entouré au moment du dessert. « La chance que tu as, c'est qu'il ne t'a pas élevé », m'a dit l'un d'eux. Il m'a raconté la sévérité de son père, sa raideur, et, se tournant vers le court de tennis : « Il voulait toujours nous battre, tu aurais vu comme il nous traitait. Chaque point était discuté, les lignes, les faux rebonds, il refusait de perdre une seule balle. À la fin, aucun de nous n'a plus voulu jouer contre lui. » Un slow a commencé, j'ai pensé à Lina qui n'aimait pas les slows à cause de ce qui vient après les slows.

La fille de MAMAN me regarde avec un air de défi. Il serait préférable de partir. J'imagine le bouillonnement dans sa tête. Qu'a-t-il donc de si extraordinaire, ce sosie de son père qu'on reçoit avec tant d'égards ?

Est-il en porcelaine ? Je la comprends, cette ancienne petite fille qui m'a laissé jadis la chaleur de son souffle. Nous n'avons pas assez dormi l'un contre l'autre, petite fille qui ne sera jamais ma sœur.

Des amis de MAMAN rentraient à Pau. Nous sommes partis avec eux. Ils possèdent une très belle auto, « la même que MAMAN », m'a lancé l'homme. Les portières, en se refermant, ont fait un bruit mat. Sa femme se taisait. Lui ne cessait de répéter qu'il connaissait très bien MAMAN. C'est un intime, vraiment. Le jeu consistait à savoir qui de nous deux était le plus proche de MAMAN. Le championnat du monde des plus proches. Il voulait gagner. « D'ailleurs, c'est pas difficile, on se fréquente depuis combien, ma chérie, avec les MAMAN ? » Sa femme a desserré les dents pour souffler trente ans. Il m'a dévisagé dans son rétroviseur. Qui dit mieux ? demandait son regard. Il brûlait de savoir qui j'étais. Il n'a pas pu s'en empêcher. « Vous êtes qui, vous, par rapport à MAMAN ? » Je déteste les gens qui disent « par rapport ». Je ne connais pas de « par rapport ». Je ne connais qu'un rapport larvé. J'aurais pu lancer le nom d'Edmond Dantès, pour rire. Mais je n'avais pas envie de rire. J'ai répondu : « Un cousin éloigné », en insistant sur « éloigné ». Il a paru satisfait.

Sa femme lui a envoyé un signe, presque

rien, un léger haussement des sourcils. Il n'a plus parlé jusqu'à l'hôtel. La nuit est tombée. Le néon de l'hôtel, enfin. De la musique s'échappait des fenêtres ouvertes. L'homme nous a salués. La femme m'a serré la main avec chaleur. À son regard, j'ai su qu'elle savait. Les femmes savent toujours.

Sur le moment, je n'ai pas prêté attention à cette musique. J'avais l'esprit encore imbibé des MAMAN. C'est en retirant ma clé à la réception qu'un air lancinant est venu me cueillir. Carla est montée la première. Elle avait mal aux pieds. Ses souliers neufs la faisaient souffrir. Je lui ai dit que j'allais la rejoindre. Elle a disparu.

— Ça ne va pas ? m'a demandé l'hôtesse d'accueil. — Si, très bien, ai-je répondu. Il y a une fête ? — La musique ?... Je suis désolée. C'est un banquet de mariage, mais vous n'entendrez rien de là-haut. Les chambres sont bien insonorisées. »

Je lui ai dit que cela ne me gênait pas, au contraire.

« Un architecte de Bizerte épouse une fille du pays. Ils jouent de la musique tunisienne, monsieur. Allez-y si vous voulez, ils sont très sympathiques. »

Je me suis approché. Les mariés se tenaient par la main au milieu d'une tablée immense. Ils m'ont adressé un signe, comme si nous nous connaissions depuis toujours. On aurait dit le mariage de Marcel et de Lina. J'étais un petit garçon, ils s'étaient unis dans les mêmes rires, dans la même musique.

Un vieil Arabe en djellaba blanche m'a tendu un verre de thé à la menthe. Des plateaux circulaient entre les convives, remplis de makrouds, de zlabias emmiellés, de dattes fourrées. J'ai dit au vieux : « Moi aussi je suis de là-bas. Mon père s'appelle Marcel Signorelli, il est né à Sfax. — Sfax, a répété le vieux d'un ton rêveur. Ba-ba-ba, Sfax, tous ces oliviers. »

Il a repoussé l'air du dos de la main, comme pour saluer le temps qui s'est enfui et l'infini de cette mer d'oliviers argentés. Puis le silence s'est installé. Un joueur de oud a chanté un air du Sud. Toute la nuit j'ai laissé la fenêtre ouverte. J'aurais voulu que cette musique ne s'arrêtât jamais. L'étoile Signorelli veillait sur moi.

J'ai refermé l'agenda bleu pour un instant. Je n'ai gardé aucun souvenir de cette journée. On dirait maintenant que rien de tout cela n'a existé. Sauf le joueur de oud, ses yeux plissés pendant qu'il pinçait ses cordes. De profil, il ressemblait à Fosco Signorelli, à Fosco jeune et aussi à Marcel mon père.

Je tourne encore quelques pages, sans espoir de trouver un fil à tirer qui me conduirait vers un souvenir épargné dans les décombres de ma mémoire. Tout doit disparaître, tout disparaît. Korsakov y veille. Je voudrais lui chuchoter tout bas, non, ce parfum qui volait, cette douce plénitude avec ceux que j'aimais, ce moment de bonheur intense, laisse-le-moi. Korsakov n'entre pas dans les détails, il coupe en grand. C'est mieux ainsi. Pas de regret, seulement de l'oubli. Déjà, les visages ne sont plus que des esquisses floues et changeantes. Les voix familières s'abîment dans un chaos sonore où se mélangent le sifflement de la cafetière, la sirène d'un bateau sur le port — à moins qu'il ne s'agisse d'un autre bateau croisé dans une existence ancienne, à Bordeaux, à La Rochelle, loin.

Je suis devenu incapable de reconnaissance. Seuls s'accrochent une petite confrérie d'animaux, un chien et l'ombre d'autres chiens, une corneille. Pas de quoi remplir l'arche de Noé. Et aussi deux ou trois détails de physionomie chez les derniers témoins de mon naufrage, les rouflaquettes de Carella, l'œil brillant de Gina.

Ailleurs, je ne saurais dire où précisément, dans les lobes de mon cerveau, j'ai stocké l'image de Fosco à tous les âges, jeune, mûr, vieillissant, solide comme le roc ou tremblant devant Parkinson.

Ailleurs encore, je ne peux pas croire qu'ils cohabitent, je garde MAMAN en gros plan, la cicatrice de son sourire, sa couronne de cheveux blancs. Si je le laisse échapper, il suffit que je surprenne mon visage dans le reflet d'une vitre pour le voir apparaître, MAMAN. Aussi longtemps que je pourrai me reconnaître, je le devinerai sous mes traits. C'est une bonne raison pour m'oublier.

À la date du 7 août, je lis :

> À deux pas de la mer, dans le quartier Liberty de Palerme, nous sommes tombés en extase devant une grosse maison baignée de lumière, précédée d'une véranda aux parois fleuries d'acanthes. C'est une des premières demeures de la via Gandolfi. Le loyer me paraît raisonnable, vu la taille de la villa, l'enfilade de six pièces aux plafonds aériens, les frises et les angelots sculptés dans un bois tendre, le fumoir, le cabinet de lecture circulaire donnant sur le jardin, où restent à demeure plus de mille volumes reliés. Le propriétaire est un nouveau riche qui a fait fortune dans les cuirs. Il vit toute l'année entre Milan et Paris. Il nous propose un bail de deux ans. Je suis prêt à signer. Nous pourrons installer tous les enfants. Marco ira dans le pigeonnier, si son piano passe l'escalier.
>
> Il faudrait que je songe aussi à acheter une voiture plus grande. Depuis quelque temps, je regarde avec plus d'attention les monospaces. La plupart ont sept sièges. Exactement ce qu'il nous faut, Carla et moi, nos cinq enfants, les siens, le mien. Je devrais me compter parmi les enfants.

10 août : Carla exulte. Demain nous signons le bail. Marco s'entend bien avec ses deux grands fils, et les deux fillettes ne se lassent pas de l'écouter jouer Chopin dans mon petit salon encombré de la via Alloro. Bientôt, Marco aura toute la place pour s'isoler.

Pour que le bonheur soit complet, je leur ai réservé une surprise. Je suis rentré tôt dans l'après-midi et j'ai proposé une balade en voiture. J'ai eu du mal à garder le secret tandis que nous descendions l'escalier. Devant la porte de mon immeuble, un monospace bleu nuit aux verres teintés nous attendait. D'une pression sur la clé, j'ai libéré le verrou des portières. Ils se sont engouffrés à l'intérieur en poussant des cris d'Indiens. Marco est entré le dernier. Il n'aime pas se presser. Il a dû se contenter d'une place à l'arrière. Je crois qu'il s'en fiche. J'ai mis la ventilation à fond pour simuler un décollage. Nous avons filé en direction du port puis nous avons longé la côte jusqu'à Bagheria. Les enfants s'amusaient à déplier les tablettes devant eux et tiraient la langue aux cyclistes. En abaissant le miroir de courtoisie, j'ai vu le visage de Marco, son expression lointaine. Je lui ai dit : « Souris, Marco ! » Il a souri.

Cette fois j'arrête là ma lecture. Korsakov a bien travaillé. Je serais incapable de dire quel drame contiennent les pages qui suivent et, d'ailleurs, certaines ont été arrachées. Je n'éprouve aucune émotion. Korsakov manie l'oubli comme une anesthésie. Je revis ma vie sans l'endurer, en spectateur protégé. Une fois l'agenda refermé, tout se referme, ma mémoire est une eau lisse après qu'un caillou l'a troublée. Plus rien à la surface, un calme paisible. Il ne s'est rien passé, absolument rien.

CHAPITRE 30

2 juin 1997 : Bientôt un an que nous avons emménagé via Gandolfi. Je devrais être heureux. Je suis accablé. Carla parle moins souvent de mariage. Il n'est plus question de bébé. Nous avons déjà une belle tribu, et Marco n'est pas facile. J'espérais qu'il se sentirait bien avec nous. Il s'est enfermé dans un silence de défiance. Il n'a pas eu la grande chambre qu'il voulait dans le pigeonnier. La cage d'escalier était trop étroite pour hisser son piano. Je lui ai demandé de comprendre.

Maria, la fille aînée de Carla, ne retrouve plus une cassette vidéo et deux CD. Sa mère prétend que Marco les a pris. De la *house music* ! Que ferait Marco d'un disque de house music. Il nie. « Ton fils crée des problèmes pour montrer qu'il en a », m'a dit Carla d'un ton abrupt. « Je ne veux pas que mes enfants soient exposés à ses agissements malsains. »

Marco n'est pas malsain. Il est mal dans sa peau, c'est l'âge qui veut ça. Depuis que sa mère est partie s'installer aux États-Unis, il y a dix-huit mois, elle lui manque. Carla prétend qu'il devrait jouer moins de piano, qu'il nous casse les oreilles, avec son piano. Ils ne s'aiment pas, Marco et Carla. Ils se détestent. Autant que je les aime, ils se détestent. Ce soir elle m'a lancé : « Tu es son père, c'est à toi d'agir. » Je suis paralysé. Marco va bientôt me détester. Et Carla.

16 juillet : Carla s'est plainte de Marco. Il ne range rien, laisse sa vaisselle sale traîner, dit à peine bonjour. Elle me répète qu'il est hypocrite et sûrement voleur, que je devrais mettre le holà parce que cela ne peut plus durer. MAMAN a téléphoné en fin de journée. Il m'a demandé si tout allait bien. J'ai répondu oui. Je ne me suis pas attardé. Il a parlé avec Carla. Je l'ai entendue qui disait : « Son fils est difficile. » Ensuite elle a prononcé cette phrase : « Pas maintenant, on verra. » Je crois qu'il lui demandait si nous avions fixé une date pour notre mariage.

Je suis sorti marcher. À mon retour, Carla dormait le dos tourné.

4 août : Carla a retrouvé les disques de sa fille dans la chambre de Marco. Ils étaient posés sur un coin du piano. En représailles, un enfant de Carla, impossible de savoir lequel, a badigeonné le clavier de ketchup.

J'ai terminé tard à l'hôpital. Lorsque j'ai poussé la porte d'entrée, j'ai entendu des cris. Je suis monté aussitôt à l'étage. Les enfants de Carla étaient partis chez leur grand-mère de Corleone. Il n'y avait que mon fils et Carla. Elle l'insultait, l'humiliait, le traitait de petite merde, de lâche, de sournois. Il répondait avec violence, les yeux durs et terrifiés en même temps. On aurait cru deux bêtes sauvages. « Pars rejoindre tes petits porcs à Corleone », éructait Marco. Je n'étais pas au courant, pour le ketchup. Quand elle m'a vu arriver, Carla m'a parlé des CD. « Dis à ton fils qu'il s'excuse immédiatement ! criait-elle. Tu es son père. Réagis ou je fiche le camp ! »

J'aurais voulu mourir, ce soir.

J'ai demandé à Marco de s'expliquer à propos de ces fichus disques. Il m'a dévisagé, abasourdi. « Toi aussi tu t'y mets ? Tu es aux ordres ? Allez, approche si tu veux, viens te battre. » Jamais il ne m'a parlé ainsi, mon petit garçon. À dix-huit ans, il me dépasse d'une tête mais c'est encore un petit garçon. Carla s'est interposée : « C'est comme ça que tu parles à ton père ? » Puis, se tournant vers moi : « François, fais quelque chose, bon Dieu ! Ce petit salaud est en train de nous empoisonner l'existence et tu lui parles comme à un agneau. »

J'ai attrapé mon fils au col. Il s'est débattu, a lancé ses poings en l'air, dans le vide. Moi, je ne l'ai pas raté, un bon coup dans la mâchoire. Comme ma main fermée s'abattait, j'ai vu l'espace d'un éclair son visage d'enfant, sa petite tête à croquer le jour de sa naissance, avec ses yeux légèrement bridés. Il s'est mis à hurler, Carla a hurlé plus fort. Elle a dit à Marco : « Je ne veux plus te voir ici. »

Je n'ai pas insulté Marco. Je me suis entendu l'insulter. Je n'ai pas frappé Marco. Je me suis vu le frapper.

Marco a voulu que je l'emmène à la gare centrale. « Pour aller où ? » ai-je demandé. Mes mains tremblaient et j'avais froid. « Je n'en sais rien. Je dégage », a répondu Marco. Je n'ai pas eu la force de le réconforter, pas le courage de m'excuser. J'ai obéi comme un automate, absent de corps et d'esprit. Il a pris son sac avec quelques affaires. Il allait chez Vittorio Baldini, un ami violoniste de Catane. Ensemble, ils préparent le concours de sortie du conservatoire. Ils forment une belle paire. Pas comme nous, mon pauvre Marco.

Il s'est installé dans le monospace. Il avait toute la place pour lui. Il s'est assis sur la dernière rangée de sièges, loin de moi. J'aurais aimé trouver des mots. Il avait l'air calme. Je lui ai demandé de me faire un signe par la fenêtre, quand il serait dans le train. Il a dit d'accord. Il est descendu de l'auto sans me regarder. Pour un peu, j'aurais voulu qu'il me console. Une fois dans le wagon, il s'est tourné dans ma direction. Il a effacé la buée de la vitre et c'est moi qu'il a effacé.

Je crois me souvenir que, ce soir-là, je ne suis pas rentré aussitôt. J'ai marché un moment au hasard des rues. Près d'une fontaine, je me suis demandé s'il y avait assez d'eau pour se noyer. À mon retour, Carla dormait à poings fermés. Elle avait laissé la petite veilleuse allumée de mon côté du lit, et ces mots griffonnés à la diable sur mon oreiller : « Dors bien, je t'aime. »

Quand j'étais enfant Ardanuit sur le point d'être changé en Signorelli, Marcel m'avait dit que je devrais apprendre à m'endurcir et que, pour cela, il ne connaissait que le sport. Je lui avais demandé quels étaient les sports les plus difficiles. Il avait d'emblée exclu le judo et tous ces amusements où l'on apprend d'abord à tomber. Il avait réfléchi un instant, puis avait répondu : le vélo et la boxe. J'avais choisi aussitôt le vélo. Il m'avait offert un demi-course avec le nécessaire de réparation sous la selle, des garde-boue légers, des pneus de professionnel, aussi fins que des boyaux. Mais, pendant cette funeste soirée via Gandolfi, j'ai commencé la boxe. Sur le visage de Marco, mon fils.

Le grand agenda est ouvert sur mes genoux. Korsakov, Dieu soit loué, a rendu ma lecture indolore. Je ne pense à rien. Une chanson enfantine court dans ma tête :

Doucement, doucement,
doucement s'en va le jour,
doucement, doucement,
à pas de velours.

Après il y a des pages déchirées. Impossible de dire combien. Le texte reprend à la date du 27 septembre. J'approche de la fin.

27 septembre : C'est en rentrant à la maison que tout commence. Je me réfugie au fumoir, et là, je me sers un verre. Au début, ce n'était presque rien, un fond de whisky, ou un vieil armagnac. Je ne supporte plus de passer devant la chambre de Marco. Le jeune fils de Carla s'y est installé. Il m'a demandé la permission. J'ai dit oui. Avec l'alcool, on peut tout me demander.

J'ai reçu avant-hier un appel de New York. C'était la mère de Marco. Elle lui a payé l'avion pour qu'il la rejoigne. Il est bien arrivé. Je ne me suis occupé de rien. J'ai seulement fait le nécessaire pour son passeport. On s'est vus une demi-heure, dans un service de l'ambassade. Il n'a pas voulu qu'on aille prendre un café après. J'aurais fait pareil avec MAMAN.

Le préposé aux passeports m'a demandé

si j'étais son père. C'est vrai que Marco ne me ressemble pas beaucoup.

28 septembre : L'alcool me rend léger. Très tard, le téléphone a sonné. Il y avait du souffle sur la ligne. Quand j'ai crié « allô ! » ma voix a ricoché comme un écho sur l'onde. C'était Marco. Il voulait me dire qu'il allait bien. À son intonation glaciale, j'ai pensé que sa mère avait insisté pour qu'il m'appelle. Je l'imaginais se tenant près de lui pour bien s'assurer qu'il composait mon numéro. Pendant que j'essayais de parler, Carla s'est approchée. J'étais tout entier concentré sur cette voix lointaine. « Il n'a pas vu l'heure ! » s'est-elle plainte. Elle s'est emparée du combiné puis elle s'est mise à insulter Marco.

Après, elle m'a rendu le téléphone, « c'est lui ou moi », a-t-elle menacé. J'ai collé mon oreille contre l'appareil. Il n'y avait plus qu'un souffle grésillant. J'ai essayé d'appeler New York, mais je ne retrouvais pas l'indicatif. Quand j'ai fini par mettre la main dessus, le numéro a sonné dans le vide.

2 octobre : Dimanche. La journée a mal commencé. C'est toujours trop long quand je n'ai pas l'exutoire de ma consultation, les amnésies des autres. J'envie mes malades. J'envie aussi le juge Bartoli. Ils l'ont tué ce matin comme il promenait son chien. Au moins n'aura-t-il pas trouvé le dimanche trop long. J'ai acheté l'édition de l'après-midi du *Giornale di Sicilia*. Il était en photo pleine page. Il ne connaît pas son bonheur, Bartoli.

D'habitude, le dimanche, c'est Carella qui m'apporte le journal. Mais depuis quelque temps, il ne vient plus. Une ou deux fois, Carla s'est montrée distante avec lui. Il a senti qu'il gênait.

La semaine dernière, j'ai insisté pour qu'il déjeune avec nous. Il a prétexté une visite chez un malade. Maintenant, je n'insiste plus. Carla n'y tient pas. Elle préfère rester seule dans sa maison, à lire les magazines de mode en regardant les séries guimauve de la Rai Uno. Carla est une femme sauvage. Elle soupire dès qu'elle s'ennuie, elle tourne en rond, elle fume et martèle le sol avec ses petites chaussures à talonnettes. Même ma respiration l'indispose.

En fin de journée, nous sommes allés faire un tour en monospace, les quatre enfants de Carla, et Carla. Dans le rétroviseur j'ai vu les visages tranquilles des deux garçons, des deux fillettes. J'entendais les bip d'une Game Boy, le grésillement d'un Walkman. À la place de Marco, il n'y avait personne. Marco s'asseyait toujours au fond, dans l'angle mort. Quand il était là, je ne le voyais pas non plus.

4 octobre : Je n'ai pas supporté. C'était un mot en l'air, un mot sur Marco, sur l'ombre de Marco, sur la tranquillité sans Marco. Et ce piano qui ne joue plus. Qui pourrait encore voir la trace de Marco dans cette belle maison de la via Gandolfi ? C'est vrai aussi que j'avais bu sans soif, et beaucoup. D'abord avec Carella. Il était tout heureux qu'on parte ensemble trinquer dans une taverne de la Kalsa. Je suis rentré assez gai. Puis il y a eu ce mot sur Marco. Nous n'étions que deux, Carla et moi. Elle a lancé ce mot dans le vide, il a volé, enflé, il est devenu gros à éclater. Marco ne pouvait plus se défendre, un océan nous séparait, un immense décalage horaire.

Elle a lancé ce mot puis, tranquillement, elle est allée s'asseoir dans la chambre de son jeune fils, l'ancienne chambre de Marco, l'endroit où nous nous étions entre-dévorés, le soir du coup de poing dans la figure et du train pour Catane. Je suis entré, suivi par ce mot énorme, et je me suis jeté sur Carla. Ma main a frappé. D'abord Carla a protégé son visage. Ensuite, elle a renoncé. Les coups pleuvaient. C'était moi qui cognais, avec mes poings serrés.

J'étais trop fort, avec ce mot énorme derrière moi qui m'encourageait à cogner encore. Elle n'a pas crié.

Je suis allé me coucher. Je ne retrouvais plus le mot qui avait déclenché ce cataclysme.

Ce matin très tôt en me réveillant, j'ai senti une chaleur contre moi. Elle était venue se blottir comme un animal blessé. J'ai reconnu son parfum. Elle s'est frottée à moi. Après, elle s'est déshabillée.

5 octobre : J'ai constitué une petite réserve de whisky et de vodka dans le meuble roulant du fumoir. Il arrive que je mélange les alcools. Rien ne vaut les petits vins de soif de l'Etna. Après, je suis d'attaque. J'aurais fait un boxeur honnête. Un type capable d'encaisser les coups sans broncher jusqu'au moment où il sort son uppercut et envoie l'adversaire au tapis. Ce n'est pas donné à tout le monde. Chez les Signorelli, ils parlaient de Cerdan. Fosco se souvenait de sa voix d'enfant qui n'avait pas mué, de ses mains en argile qui se blessaient souvent, au début. Après, il est devenu Marcel Cerdan, le tombeur de Tony Zale. Mon palmarès est plus modeste. Je suis François Signorelli, le tombeur de Marco, le tombeur de Carla. Je croyais que tombeur, c'était un mot pour les amoureux. Tombeur comme *french lover*.

On a frappé à la porte. Le chien s'est dressé sur ses pattes. Il se retient d'aboyer car il a reconnu une odeur ou un pas. C'est Carella. J'ai refermé mon cahier. Il fait nuit.

CHAPITRE 31

Il m'arrive de penser à Vista. Mais si j'essaie de me remémorer son visage, c'est Marco que je vois.

CHAPITRE 32

Un animal court ce soir dans mes décombres. Il sait comment éviter les trous de mémoire où sont tombés tant d'êtres que je chérissais, des visages, de précieux amis, des parfums à jamais évanouis, tant de rues que j'arpentais les yeux fermés, que je tenais pour parties de moi-même et où je me perdrais, maintenant.

Quelques noms surnagent, qui n'appartiennent pas à Palerme. Il m'arrive de les dire à haute voix pour le trouble qui me vient à les entendre, le cours David-Johnson, la rue de Grassi, l'hôtel de Sèze. Je suis à Bordeaux, une régression Ardanuit. Je continue, la rue Judaïque, la rue Fondaudège, le palais Galien, la rue Sainte-Catherine, le cours du Chapeau-Rouge où se cache la jeunesse de maman à moi, les allées de Tourny, la place des Quinconces, le marché des Grands-Hommes, les Capucins. « Sous les Capus », disait mon oncle Louis comme il aurait dit : trente-six pieds sous terre.

Ces noms ont bercé mon enfance, ils resurgissent comme si rien d'autre n'avait existé, ni la rue du Brave-Rondeau à La Rochelle, la rue du Minage et la rue des Saintes-Claires, la rue des Mariettes, ou la Pergola, son fantôme blanchi sur la plage, ni la via Alloro, le corso Vittorio Emanuele, les Quattro Canti, le palais Gangi, la via Palagonia, j'entends *agonia*, et via Gandolfi, mon terminus de Palerme.

Je parlais d'un animal, je crois. Je m'en souviens mais je ne l'ai jamais vu. Il court dans ma mémoire. Fosco me l'a confié. Il fut un souvenir à la seconde où j'appris son existence. Il s'appelait Dicky, c'était le jeune chacal de Fosco, à la fin, son dernier compagnon lorsque l'air de la Tunisie du Sud se chargea du vent de l'exil. Je l'ai tant de fois imaginé qu'il ne peut pas s'échapper. Peut-être Korsakov lui réserve-t-il un piège dans lequel il finira par dégringoler. Pour l'instant, Dicky court toujours, le ventre plein du festin de roi que lui prépara Fosco avant de quitter sa terre natale. Je le reconnais chaque soir de mon balcon, aussitôt que le soleil passe son habit rouge et meurt en sang. Cette boule au loin, c'est Dicky, la robe pourpre de Dicky, une pelote de poils couleur de feu qui réclamait de la viande et du lait.

Le coucher de soleil est particulièrement doux, ce soir, sur les vieux toits de Palerme. Je n'ai jamais senti aussi vive la présence du petit chacal. Dans ma bouche, il est vrai, « jamais » est une distance de fantaisie. Une pensée me terrasse. Dicky, c'est le jour qui s'en va, et la vie.

CHAPITRE 33

Le *New Scientist* a publié un article signé de mon nom. Gina me l'a porté ce matin dans mon bureau. On étouffait à Palerme. La radio avait annoncé de l'orage pour la fin de l'après-midi. En voyant le grain de beauté au coin des lèvres de Gina, j'ai demandé : « Comment va la danseuse du palais Gangi ? » Elle a répondu d'un sourire forcé. Je vois tout cela, vigilance intacte, mais je reste interdit en lisant mon nom dans le *New Scientist*.

— Le dottore Carella a déposé la revue pendant votre absence.

Je pense : Carella, rouflaquettes grises. Je pourrais tenir longtemps comme ça. Quelle heure est-il ? Il fait sombre et pourtant je suis certain qu'il n'est pas encore midi. Je n'ai plus de montre depuis si longtemps. Je relève une lacune de Korsakov. Il n'a pas effacé de ma mémoire cette scène pénible d'il y a trois ou quatre ans. La femme sauvage m'avait conduit dans l'antre de MAMAN.

Les femmes sauvages aiment à rassembler les tribus. On ne se dévore bien qu'entre soi. Il était souriant, hésitant, sur ses gardes. Je l'ai vu soudain détacher sa montre et me la tendre. Elle était à l'heure mais il était trop tard. Le verre était rayé. Le cadran était couleur bordeaux. Cette couleur, c'était du temps qu'on n'avait pas passé ensemble. Après seulement, j'ai vu la marque : Cartier. Il a voulu que je la porte comme j'aurais porté son nom, mais le bracelet de métal était trop long d'au moins deux maillons. Il s'était vanté autrefois de ses fines attaches semblables aux miennes, pas si fines car le bracelet flottait à mon poignet. Je n'ai jamais porté cette montre. J'ignore où elle se trouve à présent.

MAMAN aurait tiré fierté de mon article dans le *New Scientist*. Depuis que j'ai effacé son nom du répertoire de mon téléphone portable, il ne peut plus être question de fierté entre nous. Je ne porte pas le nom qu'il faut, ni la montre, et je ne suis même pas sûr, à cet instant, d'être l'auteur des lignes qui me sont attribuées, écrites dans un anglais convenable, sous ce titre qui garde à mes propres yeux une part de mystère : « Pour une géographie corticale de la reconnaissance des visages : repères et mélancolie. »

Une expression me trotte dans la tête : finir en beauté. Vendredi, mon successeur sera installé à ma place. C'est un praticien en vue formé à l'Université de Bologne. On lui doit des études prometteuses sur l'architecture neuronale et la localisation des foyers épileptiques. Il est de ceux qui travaillent avec des particules radioactives pour situer au plus près les fonctions savantes de l'homme et leurs altérations. Il a déjà mis en évidence plusieurs propriétés liées à la vision des couleurs, des mouvements et des formes. Elles lui ont inspiré des analyses saisissantes sur le cerveau des peintres cubistes.

À ma connaissance, il n'a jamais publié dans aucune revue à comité de lecture comme le *New Scientist*. Je lui laisserai une copie de mon dernier article. Il pensera que j'ai fini en beauté. C'est important, ce que pensent les autres, quand on a effacé le numéro du seul être dont on espérait un regard.

CHAPITRE 34

Février 1998, en date du 8. Je lis :

De la boxe, je suis passé au judo. Fini les coups. On se repousse. On se méprise. On fait l'amour sans fin. Le reste du temps on ne se dit rien. Ce n'est plus Carla. Ce n'est plus moi. C'est une histoire sans paroles.

J'ai appelé MAMAN. Je lui ai décrit la situation. Il y a eu un long silence. J'ai cru que la communication avait coupé. Non, il était là, occupé à réfléchir. Il m'a dit : Il faut que tu changes ton comportement, que tu changes ta personnalité. Il faut que tu changes. Que tu deviennes François MAMAN. Choisis une bonne fois qui tu es.

Je n'ai rien répondu. Le silence était de mon côté. En retrouvant MAMAN, je me suis perdu.

11 février : Hier soir nous étions invités chez les Mascaro. J'y suis allé seul. Au dernier moment, Carla m'a annoncé qu'elle ne viendrait pas. Comme je m'éloignais, elle m'a dit que nous n'aurions pas d'enfant. J'ai pris le monospace. Je l'aurais volontiers échangé contre la minuscule Autobianchi de Carella.

Fulvio m'avait prévenu qu'il passerait me chercher ce soir pour une promenade avec le chien. Je ne m'en suis pas souvenu. Comme je n'avais pas mis le verrou à ma porte, il est entré. Le chien s'est précipité vers lui sans aboyer.

Leur gesticulation m'a réveillé. Carella s'amusait à faire rebondir une balle de mousse contre un mur du couloir. Je m'étais assoupi, l'agenda bleu sur les genoux.

— Le dernier soleil est servi, m'a lancé Carella.

En entendant « soleil », le chien a bondi vers la porte. Ce mot ne figure nulle part sur la liste des destinations qu'il a apprises pour moi. Tous les chiens d'aveugle ont sûrement une idée précise du soleil, pour pouvoir y mener leur maître.

CHAPITRE 35

Je lis.

10 avril 1998 : Carla s'est installée à Corleone, dans la maison de sa mère. Elle n'a plus aucune marque au visage. Un camion de déménageurs est venu ce matin pour emporter ses meubles, sa vaisselle et son linge. Je ne pourrai pas retrouver mon ancien appartement de via Alloro avant un bon mois. En attendant, je reste ici.

Je garde le monospace, des bibelots qu'elle a oubliés, à moins qu'elle ne me les ait laissés exprès, comme des témoins de son passage. Des cailloux comme hibou, genou, des cailloux comme gitane, chaman, MAMAN. Je garde un cendrier qui appartenait à Louis. Il me suit dans chacun de mes déménagements. Plusieurs fois il s'est cassé. Je l'ai recollé. Le vernis est parti. Il est plein d'éclats sur les bords. Il représente une scène de vendanges, en Médoc.

Au moment de partir, Carla m'a demandé : Que s'est-il passé entre nous, François ? Elle avait retrouvé son regard du premier jour, au palais Gangi. Elle n'a pas attendu ma réponse. Le camion allait démarrer, les déménageurs voulaient gagner Corleone avant la pause déjeuner.

14 avril : Carla et ses enfants ont quitté via Gandolfi depuis moins d'une semaine. Je rentre le plus tard possible de l'hôpital. Je déteste cette maison vide. Je me suis replié dans le cabinet de lecture. J'y ai même transporté un matelas, le poste de télévision. Je vis dans quinze mètres carrés. Le matin, je prends soin de fermer toutes les portes et de ne pas regarder derrière moi.

La première nuit seul, j'ai dormi dans l'ancienne chambre de Marco. Je me suis réveillé en nage à trois heures du matin et je n'ai plus fermé l'œil. J'ai fini par migrer dans le cabinet de lecture. J'évite aussi la cuisine. Carla m'a laissé des livres de recettes, quelques fiches cartonnées remplies de sa main, qui détaillent le navarin d'agneau et un plat palermitain avec des tagliatelles et des champignons, de l'ail frais tranché en très petites lamelles transparentes. Mon petit déjeuner, je le prends dans un café de la piazza Virgilio. Le temps me paraît interminable. Avec moi, je ne suis pas en bonne compagnie.

22 avril : Une famille est venue visiter la maison. C'est une épreuve d'ouvrir une à une toutes ces portes où me sautent au visage des cris joyeux, le sourire de Carla quand elle souriait, l'emplacement du piano de Marco qui a laissé sur le parquet en point de Hongrie une tache plus claire, comme la marque d'une présence extraterrestre. J'ai appris par le journal que Marco brille à New York dans l'exécution d'un morceau très difficile de Rimski-Korsakov, un compositeur russe.

L'homme m'a demandé pourquoi nous laissions une si belle demeure. J'ai répondu que mon père venait de mourir. Il n'a pas insisté. Sa femme le tirait par la main pour qu'il vienne voir, oh viens voir mon chéri, comme la salle de bains des parents est somptueuse, avec cette vasque en marbre et le ploiement du saule, devant la fenêtre.

Leurs enfants s'égaillaient à travers les pièces. Leurs rires montaient sous les hauts plafonds. Il m'a semblé que pour la première fois les angelots sculptés dans le bois tendre avaient envie de jouer. J'aimerais rester avec ces gens. Je devrais les convaincre de m'adopter, leur laisser croire que je suis compris dans le loyer, avec les ouvrages reliés du cabinet de lecture.

Ils sont repartis ravis et m'ont chargé de prévenir le propriétaire qu'ils l'appelleront très vite.

24 avril : Entorse à la cheville et luxation de l'épaule après une chute dans l'escalier. Je sortais de l'ancienne chambre de Marco. Un taxi m'a emmené à l'hôpital. Trois semaines de repos forcé.

29 avril : Je ne quitte plus le cabinet de lecture. Gina m'a téléphoné. Elle me rappelle le dîner de la semaine prochaine à Bagheria, avec les frères Mascaro et le juge Leoluca Moser. J'irai. Lorsque le téléphone a retenti dans la maison vide, j'ai cru que c'était MAMAN, à cause de l'insistance de la sonnerie. J'ai reconnu la voix de Gina. Elle voulait savoir si j'allais mieux.

30 avril : Plus de nouvelles de MAMAN.

8 mai : Ce matin, on m'a enlevé le plâtre et les bandes. J'ai marché un peu en ville, mais je me suis vite fatigué, alors je suis resté à la terrasse d'un café des Quattro Canti. Soudain, Carla est apparue. J'ignore comment elle m'a trouvé. Je n'aurais pas su dire si c'était son visage, son regard ou son sourire, mais elle avait changé. Nous étions près de la rue. Les bruits de la circulation couvraient sa voix. Je lui ai demandé de répéter.

Elle a dit : « Je veux bien t'épouser, et aussi avoir un enfant avec toi. »

Mon cœur s'est mis à bondir dans ma poitrine. Elle a souri. C'est ce qui avait changé chez elle, ce sourire radieux.

Elle m'a parlé sur le ton de l'évidence. Elle voulait que je change de nom. Elle aimerait François MAMAN, pas François Signorelli. « Ton nom, insistait-elle, c'est MAMAN. Tu n'es pas Ardanuit et tu n'es pas Signorelli. Tu es MAMAN, François, MAMAN. »

Elle a disparu. Je suis resté seul avec le nom de MAMAN.

15 mai : Au dernier feu rouge du corso Vittorio Emanuele, comme je partais à Bagheria rejoindre les frères Mascaro et le juge Moser, un motard m'a fait un signe. Il voulait me parler. J'ai hésité à descendre ma vitre. Les tueurs de la Mafia se déplacent souvent en deux-roues. Il a soulevé son casque et m'a demandé le prix du monospace. Il avait lu sur le hayon l'affichette que j'ai posée hier : À vendre.

J'ai refermé l'agenda en me promettant de ne plus le rouvrir. Je ne sais pas l'heure qu'il est. À voir le ciel encore blanc sur Palerme, il est tôt le matin.

CHAPITRE 36

Un bateau est arrivé dans le port. Un gros bateau blanc avec trois rangées de hublots par-dessus la ligne de flottaison, comme des boutons dorés au soleil sur un habit de marin. Je me promenais sans but quand je l'ai vu s'avancer dans la rade. Je me suis mêlé à la foule.

Dans ma poche, je gardais pliée en deux la lettre de ma grand-mère Signorelli. Il n'y a que les grand-mères pour aimer encore écrire. Oh, une lettre toute simple, remplie de l'émotion d'une femme déjà bien avancée en âge, qui dit combien ils sont heureux, Fosco et elle, pour cette distinction, la médaille d'or de la Recherche.

« Dire que jamais nous n'aurions dû nous appeler Signorelli, a-t-elle écrit de sa fine écriture. Signorelli était un navigateur palermitain. Il resta très peu de temps à Tunis, mais assez pour se marier avant de disparaître en ne laissant derrière lui que le souvenir d'un magnifique jeune homme. Son épouse eut ensuite des enfants d'un certain Delpech qui disparut à son tour sans les reconnaître. Si bien que ses enfants — dont ton grand-père Fosco — portèrent le nom de leur mère, Signorelli. La reconnaissance de tes travaux par les sommités de la science, cher François, c'est aussi la reconnaissance de notre nom. Nous autres, nous l'avons reçu du hasard. Toi, tu l'as voulu si fort que tu l'as fait grandir en même temps que tu grandissais. Tu es mieux qu'un enfant voulu. Tu es un enfant choisi. Le sang est toujours un accident. Pas les élans du cœur. »

J'essayais d'ordonner mes pensées pendant que le grand bateau blanc approchait du quai. Je me répétais : Delpech, Delpech. Quelle histoire me serais-je inventée avec ce nom escarpé.

La lettre de Margot était remplie de détails que j'ignorais.

« Fils, songe que l'ascendance de ton grand-père était aussi bancale que la tienne lorsque tu es venu pour la première fois dans notre maison de Dax-Afrique avec ton visage chiffonné de petit renard. Le père de Fosco avait perdu sa mère à l'âge de cinq ans, et son propre père à sept.

« Pour que tu t'y retrouves, je vais au plus simple. La mère, c'est-à-dire la grand-mère de Fosco, était une Coppola, de Constantine. Elle vivait avec un fonctionnaire du cadastre relégué en Algérie nommé Delpech, dont elle avait eu trois enfants. Mais tous, dont Henri, le papa de Fosco, avaient été déclarés sous le nom de Signorelli, le fameux navigateur disparu, j'espère que tu me suis.

« À la mort de leurs parents, les trois petits furent séparés. Henri se retrouva seul à l'Assistance. Il racontait souvent à Fosco son chagrin de pierre le jour où il ne répondit pas à l'appel de son nom, Signorelli, croyant porter le nom de Delpech — tu me suis toujours, j'espère —, et n'ayant jamais entendu quiconque prononcer celui du marin fantôme. Aux yeux de l'administration, il était Henri Signorelli. Ce charabia pour te dire, cher garçon, que ton grand-père Fosco est le fils d'un ancien enfant qui ne savait pas son nom.

« Tu mesures j'en suis certaine l'impact de ton arrivée sous notre toit. Avec ta peau claire et ton nez allongé, tu ne ressembles à aucun d'entre nous. Et pourtant, en te voyant l'œil aux aguets comme un animal apeuré craignant qu'on ne le chasse, lors de ta première visite ici, Fosco reconnut sous tes traits son pauvre père, la détresse muette d'Henri Signorelli qui se croyait Delpech. Je sais que tu comprends.

« Mais pour ne pas achever ma déjà trop longue lettre sur une note grave en ce jour de fierté, sache qu'Henri s'accommoda fort bien du nom de Signorelli, qu'il transmit à ses trois fils, et d'abord à Fosco l'aîné, l'aimé de toute ma vie. »

À l'appui de ses explications, Margot avait tracé cet arbre naïf, le plus bel arbre qu'il me fût donné de voir.

la grand-mère Coppola   le navigateur Signorelli
/   /
pas d'enfants mais un nom pour la vie : Signorelli
la grand-mère Coppola   le fonctionnaire Delpech
devenue Signorelli
/   /
Henri, Caroline, Gaston, déclarés Signorelli
/
Henri épouse une Marie-Louise Knecht
De leur union naît Fosco. Puis Fosco épouse Margot.
Puis Marcel, fils de Fosco et de Margot, épouse Lina.
Leur premier fils s'appelle François Signorelli.

Consciente de l'aspect quelque peu étrange de cet arbre, Margot s'y était reprise à deux fois, élaguant à grands traits pour obtenir ce qui ressemblait à une succession de bras ouverts, prêts à m'accueillir. Cela donnait :

le navigateur Signorelli
la grand-mère Coppola et le fonctionnaire Delpech
/   /
Fosco   et   Margot
/   /
Marcel   et   Lina
François Signorelli

Peu importe si je n'ai pas le teint olivâtre de mon père, ses cheveux noir corbeau, les lèvres retroussées des Siciliens. Va pour François Signorelli, né à Nice et rempli des souvenirs de « là-bas ». Le bateau blanc qui vient d'accoster sous mes yeux porte son nom comme un faux témoignage en ma faveur : c'est le *Ville-de-Tunis*.

CHAPITRE 37

Un sentiment de vertige m'a saisi aujourd'hui vers midi. Je me suis retrouvé sur le corso Vittorio Emanuele écrasé de chaleur. Puis je me suis enfoncé dans les vieux quartiers du centre pour mendier l'ombre secourable des palazzi qui dominent les artères des Quattro Canti. Plus rien ne m'était familier. Pas une ruelle, pas une silhouette de pierre, pas une façade ni un balcon. Mes repères s'étaient évaporés. Il ne me restait plus désormais qu'un nom, un visage solaire. J'avais dix ans et Fosco Signorelli galopait dans ma tête, inoubliable.

De retour chez moi, je me suis installé devant la table du salon. J'ai ouvert le grand bloc de papier blanc sur lequel Carella me laisse parfois des messages et des pense-bêtes.

Depuis, indifférent au monde qui m'entoure, j'écris. Tout ce qui me reste de Fosco Signorelli, mon ultime souvenir épargné par Korsakov, est consigné sur ces feuilles.

Maintenant, la nuit a succédé au jour. Mon

stylo glisse, les mots viennent les uns derrière les autres, nombreux et précis, tombés de mille récits merveilleux, mille fois racontés par Fosco. Peut-être le bonheur est-il cette sensation où l'on se moque de la couleur du ciel. Je n'ai plus de montre. Un sablier posé sur le buffet reste entravé par quelques cristaux en suspension qui retiennent le temps. Je n'existe plus. Ma mémoire est habitée par la haute silhouette de Fosco. Je suis Fosco.

Fosco chasseur de bécasses et de vingt-sept renards, Fosco semeur d'anecdotes, Fosco fomenteur de farces, embrouilleur d'Allemands, enguirlandeur de chameaux, consolateur de petites vieilles et de moins vieilles aussi, Fosco soupe au lait des pince-sans-rire, ravisseur des ravissantes, coureur, tireur, nageur et voltigeur de palmiers, éplucheur d'oranges, noceur de belle étoile et diable connu jusqu'à Tozeur, amuseur du soir et gladiateur des lions d'El Djem, simulateur de colère, cavalier d'ardeur, et menteur comme arracheur de dents pour la cause de tous les bonheurs terrestres et des plaisirs et des joies lentes, Fosco raccommodeur de sourires, joueur de mots, dompteur de Bédouins édentés, de chacals et de vent brûlant, épépineur de pastèques, dénicheur de carcasses avec Delco et moteur italien six cylindres en ligne, heurteur en douce de portes cloutées, rameuteur d'amis, caresseur de doigts mouchetés, enjoliveur de souvenirs, gauleur d'olives, éventreur de melons, radoteur de nostalgies, voluteur de gauloises, chapardeur de ventilateur, tourneur en bourrique de fonctionnaires empesés, aplatisseur de scorpions, terreur des vaniteux, amoureux des ciels jamais gris, guetteur de Baïech, arroseur de roses des sables, ébahisseur d'enfants, gentilleur de gentillesse, ranimeur de femmes, agenouilleur de goals, hypnotiseur d'alouettes, de gazelles, de filles sans voile, de Voie lactée, diseur de blabla, agitateur d'agités, trompe-la-mort, éveilleur d'aube, égosilleur de muezzin, ogre de côtelettes, de makrouds et de zlabias, de poissons complets, tomates, poivrons et tout, avaleur de harissa sans rougir, bonhomme de bonheur, naisseur de courgettes, protecteur des dromadairement bons, des gazellement belles, harponneur de pies endimanchées et de grives musiciennes, navigateur de mirages, rémouleur de graine à couscous, mangeur sans fin de croûtons trempés d'huile d'olive, béni des bénissants, honni des humiliants, étourdi de la lune rousse, hâbleur, chuchoteur de légendes et j'en passe, j'ai tant oublié.

TROISIÈME ÉPOQUE

Le cavalier du chott

Et les citrons amers où s'imprimaient tes dents.

GÉRARD DE NERVAL

CHAPITRE PREMIER

Un bateau. Il n'est pas très grand. Il n'est pas très beau. Il n'a pas l'allure lévrière des felouques encordées au port de la Goulette. Son étrave a le galbe trapu des sardiniers, même si la hauteur du mât et une voile d'envergure le rangent dans la famille des coureurs de vent.

Que fait-il ici ? Nul ne sait. Sur un socle de rocaille et de sable sec, loin de la Méditerranée, là où plus aucun courant ne vient s'aventurer depuis mille ans, il vogue. Jamais mirage n'a paru si vrai.

Un homme jeune, droit sur son cheval, les mains en visière contre son front, observe la mystérieuse embarcation dans le soleil de midi. C'est Fosco Signorelli. Il est Fosco depuis toute la vie, pour toute la vie. Il est Signorelli jusqu'à la moindre extrémité de ses nerfs, dans la plus petite goutte de son sang.

Le cavalier songe qu'il faudra bientôt rentrer. Le soleil éclabousse la surface du chott el-Djérid, allumant sur la moindre caillasse un éclat d'acier.

L'alezan s'efforce de trotter droit mais, aux trébuchements de ses sabots, Fosco a compris que la lumière l'aveuglait. « Làààà », murmure-t-il en caressant l'animal à l'encolure. Ils restent immobiles, pétrifiés dans la terre crépue du chott. Le cavalier voudrait rebrousser chemin. Ce bateau le retient, qui n'est pas un bateau.

Son image fluide continue de s'imprimer au loin. Que ferait-il à trois cents kilomètres de la mer ? On n'a signalé aucun oued en crue. Le Sud souffre au contraire de la soif qui oblige les chameliers à remonter vers Kairouan. Dans le passé, des bateaux croisant au cap Bon ont, paraît-il, été aperçus en plein désert, par le sortilège du soleil et du vent, ou de l'imagination des Bédouins. Fosco connaît la légende. Autant qu'il peut la discerner, l'embarcation ne ressemble pas à ces coques de noix auxquelles il est habitué depuis toujours. Enfant, il a souvent plongé du haut de leurs mâts, quand un étranger de métropole jetait à l'eau une pièce brillante dans le port de la Goulette.

Une vapeur trouble s'élève du sol. Fosco a la sensation d'un feu qui couve. Plusieurs jours de suite, la presse de Tunis a commenté la disgrâce de Salah Ben Youssef, l'homme du renouveau arabe. Ses amis accusent les bourguibistes d'avoir précipité sa chute avec l'assentiment des Français. Après l'exil de La Galite et de l'île de Groix, après son retour tant de fois suspendu aux lèvres d'un destin contraire, l'œil de Bourguiba n'a jamais paru si bleu, ni ses mains si libres, que les Européens comparent à des oiseaux.

À Gafsa, on ne perçoit guère le babil de Tunis. Entre le Nord et le Sud profond s'étend le chott. L'eau a fini par s'évaporer de l'immense lac marin. Le sel recouvre de lanières blanches ce socle tourmenté que les mouflons viennent lécher à la nuit noire.

Fosco est né ici au début de l'année dix. Très jeune, son père l'a instruit du secret : ses yeux sont noirs, ses cheveux sont noirs, sa peau est mate, mais il ne doit pas oublier qu'il appartient à la France. « Fils, nous ne sommes pas des Tunisiens. Ta mère est une Knecht, une pure Alsacienne de Rouffach. Et ton grand-père, Dieu protège son âme, arrivait droit de Palerme. »

Ce jour-là, Fosco a couru pieds nus à travers le chott, s'écorchant jusqu'au sang. Son cœur s'est mis à galoper comme s'il avait appris que son père n'était pas son père. Pourtant, il parlait l'arabe aussi bien que ben Achour, le fils du savetier, et c'est sous le maillot de la Patriote de Sousse qu'il avait marqué ses plus beaux buts. Il était du pays et les élancements à la plante de ses pieds lui en donnaient la violente certitude.

Le cheval a eu un mouvement d'impatience. Fosco est descendu le tirer par la bride. Il serait bien resté encore une heure ou deux à guetter la lente ondulation d'une caravane. Mais il est tard. L'alezan s'agite. On attend le cavalier pour un bridge au café Richier. Une soudaine envie de thé à la menthe l'a décidé à se mettre en route. Il parcourt une dernière fois l'horizon comme un élève appliqué repasse sa leçon.

Une détonation s'est écrasée dans le chott. Fosco est remonté en selle. Le bateau avait disparu.

Chaque fois qu'il tourne la bride vers Gafsa en dévalant les tables de Jugurtha, Fosco éprouve l'ivresse muette d'un retour à Ithaque. On reconnaît dans les douars voisins le sabot léger de son cheval. Les cris de « Yahia Signorelli, Yahia monsieur le maire » le poursuivent comme le chant d'une cascade.

Certains soirs, Moktar Choukri l'attend au milieu de la piste, les bras en ailes de moulin, au risque d'être renversé par l'équipage lancé au grand galop. Fosco est forcé de mettre pied à terre et de le suivre sous la tente.

Moktar appartient à la tribu des alfatiers. Les femmes transforment l'alfa en nattes épaisses qu'on s'empresse de rouler sur la monture de Fosco. Des mains tendent le méchoui, les brochettes, le foie et les merguez, la boukha, les dattes translucides de Tozeur et le thé brûlant. Depuis l'annonce de l'indépendance prochaine, Moktar a entrepris de gaver Fosco, de le couvrir pour les nuits froides d'un autre ciel.

Le maire de Gafsa ne voit dans les gestes des alfatiers qu'un élan de générosité, un signe de reconnaissance depuis que Moktar a obtenu un emploi de chauffeur à la municipalité.

— Maintenant l'indépendance, répète Moktar, tu vas rentrer chez toi Si Fosco ?

— Chez moi, c'est ici, répond le maire. Et garde tes côtelettes, je vais bientôt éclater !

Ce soir encore, Moktar Choukri a vu son ami s'éloigner avec appréhension. Mais Fosco ne risque rien car il est tout entier à Gafsa et Gafsa l'attend.

Jamais dans les annales de la régence on n'a connu un chef de municipalité aussi jeune. Fosco avait juste passé la trentaine quand le vieux M. Jeay lui remit les clés de la ville, à l'automne 1942. Après le départ précipité des Américains mis en fuite par une poignée d'Allemands éclopés (depuis la fenêtre du café Richier, Fosco en compta seulement huit affalés dans une vieille carriole hippomobile), Gafsa vécut trois journées de folie. Les soldats de l'Afrikakorps firent sauter le dépôt de munitions de la casbah et aussitôt commencèrent les pillages. Pendant que les Allemands fuyaient vers Carthage sous les cris de « Vive Pétain ! », on dévalisait maisons et magasins sans que le contrôle civil ni la police ne se décident à intervenir. Il fallut toute la rage de Fosco pour que quelques hommes en uniforme, s'abritant derrière ce grand gaillard en chemise blanche, eussent enfin à cœur de neutraliser les plus excités. On tira un coup de feu. Un voleur resta à terre et la foule se dispersa comme une compagnie de perdreaux.

De Fosco, M. Jeay connaissait les états de service. À dix-neuf ans, il avait conduit à Médenine un détachement du train, avec, sous ses ordres, neuf conducteurs de 2e classe, la responsabilité de seize mules et mulets, son cheval, un camion-citerne et une ambulance. Les autorités lui avaient aussi confié quatre chevaux d'officiers du régiment sénégalais.

Au rendez-vous de Médenine, Fosco avait surtout découvert l'ennui d'un poste reculé au fond de mornes étendues sablonneuses que la mer renonçait à dissoudre. Pour casser le rythme des jours et satisfaire une solide constitution, l'aspirant soldat passait des heures en selle. Si les bêtes frissonnaient de fatigue, il lâchait la bride et pointait le canon de son fusil sur la tête en feu des palmiers, une boîte d'étain en guise de cible flottant au souffle du sirocco.

Ses papiers militaires portaient de brèves indications : visage ovale, nez rectiligne, teint nocturne, un détail rare pour dépeindre un Français. À la main, un général avait ajouté que Fosco Signorelli était excellent cavalier et tireur hors pair. Deux vertus de l'ennui qui s'épanouissaient dans les espaces infinis et dilués où les jours semblent plus longs que les semaines. Un dernier détail éclairait son caractère : « Ne se livre qu'à la fin. »

M. Jeay avait eu vent de ce phénomène qui jetait le poids à neuf mètres, de chaque bras, pratiquait la nage et l'escrime, courait le cent mètres et le dix mille mètres, sillonnait les pistes jusqu'aux mines de Redeyef sur une bicyclette de marque Sélecta équipée de pneus « ballon » et sans changement de vitesses.

C'est l'année 1956. M. Jeay repose au cimetière des Européens, derrière la colline et le point de vue. Fosco, lui, est le maître de Gafsa. Le teint plus nocturne que jamais, le visage impassible et fier avec sa façon de fumer empruntée aux Arabes — la cigarette en l'air et le regard lointain —, il jouit de l'estime de tous en n'étant l'homme d'aucun. Et puis il aime rire. Les Gafsiens ne savent pas ce qu'ils redoutent le plus, de ses farces ou de ses colères.

Comme il approche du café Richier, il revoit cet épisode mémorable où il emporta les lourdes portes de l'établissement dans un oued, à la sortie de la ville. Pendant plusieurs jours et autant de nuits, Richier n'a pas eu moyen de fermer boutique. On a bu beaucoup à sa santé, lui qui n'aime que le football et son couchage dès neuf heures du soir, un bonnet de laine sur son crâne lisse et huilé.

— Vous voilà enfin ! s'est écrié soulagé M. Lamouche. Nous commencions à nous inquiéter. J'allais envoyer mon chaouch à votre rencontre. (Il a désigné un passe-ruisseau qui répond au nom de Gazelle.) Mais où étiez-vous passé, nom de nom ?

Fosco a raconté le chott, les éblouissements solaires et la tribu des alfatiers. Il s'est bien gardé de décrire le spectacle du bateau. Est-il seulement sûr de l'avoir vu danser, sur la fausse mer balisée par les seuls sabots de son cheval ?

Dans le café, les voix se sont tues. On entend les gros dominos que deux Arabes en pleine partie font claquer sur une tablette de bois, le grésillement d'un narguilé dont l'odeur de miel se répand à travers la salle.

— Tout de même, a repris M. Lamouche (que ses qualités de receveur des impôts disposent à la sagesse), vous n'auriez pas dû rentrer à la nuit après les événements de ces jours-ci. Fosco, songez aux deux gendarmes qu'ils nous ont tués, les pauvres Monbrun et Castagnet.

Insensiblement, le climat change. Un mois plus tôt, Lamouche aurait pris ce retard pour une étourderie de Signorelli, un oubli de cet homme distrait qui vit sans montre et devine l'heure à la position des ombres sur les murs.

Personne n'a pensé à battre les cartes. Fosco s'est assis à côté de Simoneau, le contrôleur civil, qui sifflote entre ses dents devant un café maure.

— Un nouveau gouverneur vient d'être nommé. Il sera à Gafsa sous huitaine.

— Qui est-ce ? a demandé Fosco.

Simoneau s'est raclé la gorge puis il a allumé une cigarette algérienne.

— Béchir Choura. Un ancien chef terroriste du Sahel. Le bruit court qu'il a un sale caractère. Même les gars du Destour s'en méfient.

— Alors pourquoi l'ont-ils nommé à ce poste ?

— Gafsa, c'est loin de Tunis, a observé Simoneau.

Fosco suit du regard son vieil ami Richier qui chaloupe de table en table, occupé à porter l'écho d'une gloire éternelle. Ancien ailier du Sporting de Gafsa, Richier conserve au-dessus du comptoir les photos assombries de jeunes dieux qui auront toujours vingt ans. Sur l'une d'elles, Fosco se tient à droite avec un brassard de capitaine noir comme le deuil. Il ne peut lever les yeux sans revivre ce cuisant après-midi de juin 1948. La finale du Centre-Ouest opposait son équipe du Sporting à la Patriote de Sousse, la formation de sa jeunesse qui avait vu ses premiers exploits de buteur. Tout Gafsa s'était agglutiné sur les murs de la casbah. Lorsque l'arbitre siffla un penalty en faveur du Sporting, une rumeur s'éleva, unanime et sourde : « Fosco, Pilanty, Fosco, Pilanty, Fosco, butobut ! »

Au bout de sa chaussure, Fosco tenait la délivrance des siens et la condamnation de ses coéquipiers d'hier, ses amis de Sousse. Un silence de tombeau glaça la casbah au moment où il posa le ballon face au gardien et prit trois pas d'élan. Jamais de sa vie Fosco n'avait raté un penalty. Il les marquait en finesse, à contre-pied, laissant le goal s'effondrer dans un nuage de poussière.

Ce jour-là, il préféra la force. Ce serait un tir tendu. Il sautilla, s'élança, shoota. Le ballon partit si haut qu'il franchit les murs de l'enceinte sous des cris de désolation et de stupeur mêlées.

— Vous ne vous sentez pas bien ? s'est enquis Simoneau.

— Un vieux penalty... Ce n'est rien.

Fosco a rencontré le sourire d'Abdelkrim, le collaborateur discret de M. Lamouche. Malgré son œil droit qui tourne comme une planète dans son orbite, Abdelkrim est un fin fusil. À ses oreilles sifflent encore les balles tirées pendant les battues interminables à travers le chott et les montagnes, Fosco et lui traquant un gibier courageux qui leur cisaille les jambes avant de se rendre à leurs arguments de plomb.

Abdelkrim sourit mais il reste silencieux. La porte s'est ouverte sur Zazou, la petite fille adoptive de Richier. Après son veuvage, il a récupéré la gamine chez des nomades que la sécheresse bloquait au nord. Tout se mélange dans la tête de Zazou. Richier l'a amenée confuse vers Simoneau, tenant à la main son cahier d'histoire. L'instituteur navigue à son aise entre la reine Didon, les kroumirs, les traités de la Marsa et du Bardo, le protectorat, Sadi Carnot, le palais d'hiver des beys, l'assimilation des Italiens, des Siciliens, des Grecs et des Maltais. Il rappelle aux petits Gafsiens qu'« ici, mes enfants, on aima Garibaldi ». Mais l'histoire se révèle d'un coup si brûlante, avec ce Mendès France qui donne à leur pays l'audace d'être libre.

— Quelle chakchouka ! s'enflamme Richier. Et l'autonomie interne, c'est l'indépendance ?

Simoneau a serré Zazou contre lui.

— Il y a eu les Italiens pour les terrassements

et le gros œuvre. Les Siciliens pour les vignes du Mornag. Les Français pour le blé et même les olivettes.

— Et les Maltais, a coupé Richier.

— Oui, les Maltais, pour la messe du dimanche et les prières tous les autres jours, a approuvé en souriant le contrôleur civil.

— Vous oubliez les Bédouins, a ajouté Abdelkrim qui n'avait pas encore parlé. Des hommes de poigne. Quand l'un dit « je tue », il tue.

Simoneau a regardé la fillette.

— Demain, ce sera toi, la Tunisie.

M. Lamouche a distribué les cartes sans entrain, comme si les jeux étaient faits.

CHAPITRE 2

Le petit groupe s'est séparé dans la nuit sur la route de Feriana. Il a fallu pousser la 402 de M. Lamouche dont le moteur toussotant a fait aboyer les chiens longtemps après qu'elle avait démarré. Abdelkrim a regonflé le pneu arrière de sa bicyclette qui perd de l'air depuis qu'il a roulé sur une figue de Barbarie. Une pointe d'épine s'est cassée dans la chair du caoutchouc. Il espère tenir encore quelques jours sans réparer, à condition de donner dans la valve quelques coups de pompe énergiques, quand son épaule droite endolorie par le recul de son fusil anglais le laisse en paix.

Abdelkrim aime remettre les choses à plus tard. Ainsi prend-il le temps de rêver. Il a disparu dans une rumeur de dynamo, ébahi par l'aplomb de Fosco lorsqu'il jure devant tous que jamais il ne quittera le Sud. Si le maire de Gafsa se sent chez lui sur la terre de sa naissance, s'il croit que sa bonne étoile brille à jamais dans le ciel d'Orient, ce n'est pas lui, Abdelkrim, qui le contredira. Certes, l'exil de Fosco lui vaudrait des chasses plus somptueuses. Mais Abdelkrim ne connaît pas de sentiments médiocres, surtout quand il pense à son ami. Il renoncerait à l'indépendance et à tout son tralala, aux hymnes et au drapeau, et aussi au nom des rues en arabe, pour conserver Fosco près de lui jusqu'à leur mort qu'il imagine lointaine, dans les bras d'une belle ou à l'affût d'une gazelle qui les aurait épuisés par une longue course dans la rocaille.

Les chiens se sont tus. Fosco a regardé Simoneau s'éloigner à petits pas vers les jardins étagés du contrôle civil. La masse des pistachiers aux troncs énormes accentue l'obscurité, comme un trait de khôl sur les paupières de la nuit.

Derrière les jardins s'étend l'oasis de Gafsa. Elle se repose des journées brûlantes où les feuilles de palmiers entrouvertes laissent les rayons du soleil transpercer la peau des olivettes et, plus bas encore, à même le sol humecté par l'eau des rigoles, le cuir noir des aubergines, le bouquet fragile de la coriandre sauvage qui, pour peu que la température affole le mercure, se met à exhaler l'urine de chat ou l'odeur pestilentielle des punaises écrasées sous les pas des légionnaires.

Le silence enveloppe de nouveau la route de Feriana. Il suffit à Fosco de la traverser pour rentrer chez lui. Comme la lune s'est levée, il songe que Margot et les enfants doivent dormir. Il emplit ses poumons de la fraîcheur tombée du ciel et marche vers la mairie. Son bureau est resté en désordre depuis son départ matinal pour le chott.

Fosco a allumé la lampe à pétrole. Devant le texte de son dernier avis municipal, il a poussé un soupir d'aise. Désormais, les chameliers devront museler leurs bêtes sur le territoire de la commune, sous peine de confiscation du troupeau. Il entend d'ici les cris de ses amis les Ouled Mansour et les Boukteb, et de tous les nomades du gouvernorat qui ne connaissent d'entrave à leur liberté que les degrés du soleil.

Fosco est intraitable. Les eucalyptus sont une promesse d'ombre à condition de les soustraire à l'appétit des chameaux. À chaque transhumance des caravanes vers le nord, il faut préserver les jeunes pousses de leurs dents voraces. Fosco a signé l'arrêté en imaginant la colère des Bédouins. La vision de leurs mines outragées lui a tiré un sourire.

Sur un coin de son bureau, une feuille pliée en quatre a été déposée. Les coins sont collés par un grossier cachet de résine. Ce n'est pas exactement de la résine mais une gomme amère que les petits Arabes appellent loubène et mâchent des heures sans se lasser. Fosco l'a récupérée puis l'a modelée comme une bille entre ses doigts. Zoune adore cette friandise qu'elle fait d'abord ruminer par Beya, la vieille servante de la maison, si d'aventure elle est trop ferme.

C'est l'écriture de Nouredine, un des plus âgés de la tribu des Boukteb. Fosco l'a souvent emmené chasser le mouflon à bord de la Populaire. A-t-il eu vent de l'arrêté municipal ? C'est impossible, le document est encore à la frappe. Il faut un motif plus grave pour que Nouredine prenne la plume.

Fosco passe pour un marabout aux yeux de Nouredine depuis qu'il a « sauvé » son père atteint de la cataracte. Le maire s'était contenté de l'accompagner à l'hôpital un jour qu'il avait trouvé le vieil homme étendu dans l'obscurité de sa tente, se plaignant qu'il était aveugle. Le bruit a rapidement couru que Fosco Signorelli avait rendu la vue au patriarche.

Après une longue formule de politesse adressée à Fosco et à tous les siens — Vénéré Sidi Fosco — Nouredine accuse : des chameliers en provenance de Tripolitaine longent le chott à la nuit noire, avec à flanc de bêtes, dissimulées entre la selle et les couvertures de laine, des armes pour les combattants du FLN. Le prochain convoi passera dans quarante-huit heures et fera halte à hauteur de l'oued aux épices.

Depuis plusieurs semaines, on signale ces mouvements au sud de Gafsa. La rumeur rapporte des scènes de reddition des partisans de Salah Ben Youssef, dans les étendues pelées proches de l'Algérie. Les hommes de Bourguiba récupèrent leurs fusils pour les vendre aussi, dit-on, aux délégués du FLN. L'armée française a tenté quelques expéditions nocturnes mais elle n'est tombée que sur des pasteurs ensommeillés dont la seule arme — et quelle arme ! — se limitait à la palabre. Les soldats sont rentrés en ville exténués, ivres de paroles et de sommeil. Ils ont été consignés à la caserne pendant huit jours sous la surveillance de fer du colonel Jurion.

Chargé du territoire opérationnel de Gafsa, Jurion est un militaire orgueilleux et colérique qui tient la défaite française en Indochine pour un affront porté à sa personne. D'échecs en insomnies, sa haine du Viet s'est changée en ressentiment tenace à l'endroit des Arabes. Les exactions des fellaghas l'entraînent au bord de la crise nerveuse, peut-être de la folie.

Depuis les événements du 7 mai, Jurion se méfie de Fosco. Ce jour-là, des gardes mobiles escortant une ambulance de l'armée ont été mitraillés dans le quartier d'El Ksar. On n'a relevé aucune victime mais le colonel a déclenché des représailles dans la population, donnant l'ordre de lancer des grenades incendiaires dans les magasins de la médina et chez de paisibles particuliers.

Parti dès le matin pour une affaire d'héritage à Sidi Bouzid, Fosco ne savait rien des troubles de la journée quand il est rentré à Gafsa en début de soirée. Les rues étaient étrangement calmes. Nul ne prenait le frais aux abords des maisons à l'heure de la *passeggiata*, le moment où le soleil, desserrant enfin son emprise, donne le signal aux élégantes de la ville. Accompagnées de leurs chevaliers servants eux-mêmes en habit du dimanche, parfumées et coiffées à la mode de Tunis réputée être celle de Paris, elles s'engagent sur les allées ombragées avant de grimper vers le

Point de vue. De cette colline, elles plongent leur regard jusque dans les profondeurs du Sud ou poussent au contraire leurs rêveries en direction de la mer invisible qu'elle se plaisent à imaginer les yeux mi-clos.

Ce soir-là, le Point de vue était désert. Une foule excitée attendait Fosco sur les marches de la mairie. Des femmes criaient. Les hommes arboraient leurs médailles militaires gagnées pour la France, ou leurs cartes d'anciens combattants. On a conté au maire les vitres brisées, les meubles incendiés, la peur des enfants. Aussitôt, il a entrepris de dresser des constats d'huissier qui furent autant d'accusations portées contre l'état-major. À la suite de cette initiative, Jurion a demandé au Tribunal de Tunis un ordre d'informer pour intelligence avec l'ennemi visant Fosco Signorelli.

En relisant le message de Nouredine, Fosco envisage la réaction du colonel. Que va-t-il s'imaginer de ses liens avec les fellaghas, si c'est par lui qu'il apprend l'existence des caravanes armées ? Et dans l'hypothèse où le renseignement serait mauvais, de quel coup de sang est capable Jurion ?

Fosco est contrarié. Les tribus chamelières rattachées à Gafsa se plaignent d'être rançonnées par les nationalistes algériens qui, une fois leurs attentats commis sur l'autre versant de la frontière, trouvent refuge en terre tunisienne et les dépossèdent de leurs moutons, de leurs plus grosses couvertures. Combien de violences, combien d'humiliations et pire encore se cachent entre les lignes sèches de Nouredine qui indiquent seulement un lieu et une heure à la porte du désert ?

La lumière baisse dans la lampe à pétrole. Fosco a replié la feuille de papier. Il a reconnu la tache jaune qui avance de guingois vers ses pieds. Au campement de Médenine, il retrouvait chaque matin un scorpion assoupi au fond de ses bottes. Les hommes du régiment s'amusaient à barricader leur proie dans un cercle de toile ou de papier qu'ils enflammaient ensuite comme au cirque avant le saut du tigre. L'animal tentait en vain de fuir.

Pinces ouvertes et queue dressée, le scorpion s'est approché de Fosco. D'un coup de talon, il l'a écrasé.

L'aube violette commence à découvrir les montagnes autour de Gafsa. Fosco a attrapé une feuille et rédige un mot à l'attention de Simoneau. Le contrôleur civil sera informé des mouvements annoncés par Nouredine.

En rangeant son bureau, Fosco a trouvé une convocation du juge Richon. Lui revient à l'esprit que le magistrat a fixé au matin suivant la tournée mensuelle dans les mines de phosphates. Des dizaines de dossiers d'accidents du travail qu'il faut remplir au plus vite, à Metlaoui, à Redeyef, à Moularès, toujours plus au sud. Partout les galeries menacent de s'effondrer. Le juge et l'interprète judiciaire attendront le maire à six heures, précise la note. C'est maintenant.

Avant de passer chez lui se changer, Fosco a ouvert la fenêtre du bureau. Il respire en étirant ses épaules vers l'arrière. Dans l'air flotte une odeur d'huile chaude. Le vieux Djemal doit préparer les beignets que sa femme vendra plus tard sur le trottoir, près de l'école. Le jour s'est glissé sur la courbe de l'horizon.

La chienne Bella a émis un jappement qu'elle a aussitôt ravalé dans une plainte aiguë en reconnaissant Fosco. Elle flaire longuement son pantalon encore imprégné de la sueur de son cheval et part s'allonger d'un air de reproche sur le carrelage frais de la cuisine. Bella est une chienne exclusive qui n'aime que Fosco et ses enfants. Elle manifeste à Margot une vive jalousie que les années et les caresses de la jeune femme ont transformée en digne indifférence.

Lorsque le coiffeur juif se déplace à la maison pour couper les cheveux de Fosco, Bella cherche asile sous la table et n'en bouge pas jusqu'au départ de l'intrus. Un jour qu'il s'était présenté en grand équipage, vêtu d'un pantalon bariolé qui lui donnait l'allure d'Arlequin, la chienne se jeta sur ses chevilles qu'elle avait mordues jusqu'à la chair. L'histoire, largement embellie, a fait le tour de Gafsa. Au point que les chapardeurs évitent la maison de Fosco, même pendant les absences de la famille partie pour Sousse ou pour Tunis, ou dans les îles Kerkennah d'où les petits reviennent les bras chargés d'éponges arrachées aux fonds transparents de la petite Syrte.

Fosco est entré dans la chambre des enfants.

Il écoute le souffle lourd des sommeils emmêlés. La clarté naissante révèle de minuscules visages chiffonnés par les derniers rêves de la nuit, ceux que l'on croit vrais. Le regard de Fosco s'est arrêté sur le lit du fond qui reste vide depuis l'inscription de Marcel au lycée de Sousse. La décision n'a pas été facile à prendre. Mais l'aîné des garçons travaille bien. Il risque de perdre toute son avance dans les écoles de Gafsa.

Au début du soulèvement, les professeurs français du gouvernorat ont demandé leur mutation à Tunis et à Sousse. De jeunes Arabes sans instruction les ont remplacés. Un soir qu'il passait dans les classes pour une affaire de fournitures, Fosco est tombé sur une phrase laissée au tableau : « La Tunisie ait un pays riches en fosfates. » Le lendemain, la fiche d'inscription de Marcel partait pour Sousse où vivent les parents de Fosco. Margot aurait aimé appeler le plus grand de ses fils Raphaël, comme le peintre. Fosco a imposé Marcel, comme Cerdan.

Sousse est éloignée de trois cents kilomètres de Gafsa. C'est un autre monde. Une ville de mer et d'oliviers, de lauriers-roses et de filles dévoilées. Marcel s'est senti trop triste pour songer aux filles. Il pense que si on l'a placé à Sousse, c'est qu'il n'est pas le vrai fils de Margot et de Fosco. La nuit, il rêve parfois qu'il a été adopté. Au réveil, avec ses poings de Marcel, il boxe le mur de sa chambre. Aucun des autres enfants de Fosco et de Margot n'a quitté la maison. Marcel ne manque de rien chez ses grands-parents. Mais la famille vit douloureusement ce départ, comme s'il annonçait d'autres exils toujours plus au nord, pour cause de fautes sur les tableaux noirs que l'éponge de l'histoire oublie d'effacer.

Souvent, le vendredi, Fosco emmène la smala à Sousse jusqu'au dimanche. Au moment de rentrer à Gafsa, Marcel pleure et crie pour monter lui aussi dans la Populaire. Ses frères et sœurs l'embrassent, le serrent, le consolent, promettent de revenir bientôt. Le père de Fosco sort le ballon de football et fait signe de démarrer. Le moteur à peine en route, Marcel court derrière l'auto à grandes enjambées. Le cœur en capilotade, Fosco accélère pour ne plus voir dans le rétroviseur son fils haletant, sa silhouette qui s'efface peu à peu pour n'être plus qu'un point dérisoire.

D'un coup d'œil circulaire, Fosco a avisé Micol, Nine et Zoune, la mâcheuse de loubène. Plus loin dorment les deux garçons, Alain et Francis, le premier aux poings serrés, l'autre aux longues jambes maigres qui dépassent sous la couverture. Certains jours de grosse chaleur, tout ce petit monde arrive pieds nus à la mairie et réclame le bain des piscines romaines. « Je vous emmène de suite ! » promet Fosco. Les heures passent. Le maire reçoit des visiteurs, signe des papiers, s'inquiète de la nourriture à l'hôpital, règle un litige entre deux épiciers sur le prix des concombres et des piments rouges.

Vers midi, il se demande où Belgacem, son

chaouch, a pu disparaître. « Il vous déposera avec la Populaire », dit Fosco à ses enfants. Faute de Belgacem occupé à récupérer quelque ferraille dans le bled — il reste de la guerre italo-allemande des véhicules neufs à moteur Lancia, douze cylindres en ligne et un réglage d'horloge —, le maire finit par s'installer au volant de l'auto et lâche sa marmaille sur les dalles brûlantes de la piscine romaine, à moins qu'il ne pousse jusqu'à Sidi Ahmed Zarroug, dans les bassins citernes creusés au pied des montagnes.

Les dimanches d'hiver, Margot prépare un bain à la maison. Elle jette du bois d'Alep dans le fourneau. De la buée se dépose sur les vitres et les miroirs. Une vapeur odorante envahit les chambres. Ces jours-là, les enfants ont la permission de déjeuner au lit en écoutant sur le gros poste aux touches en ivoire l'émission *Cent francs par seconde* de Zappi Max. Radio Luxembourg donne le concert des auditeurs. Zoune est émue par cette fillette qui a réclamé une chanson de Line Renaud « pour mon papa en Indochine ». Le poste grésille. Alain et Francis cabriolent sur les couvertures pendant que la voix entonne : « Je voudrais un mari / docile et sans reproche / qui tienne dans ma poche. »

Il manque Marcel pour chatouiller Zoune ou pour recevoir les coups de ceinturon sur les cuisses, aux longues heures de la sieste. Fosco donnait la rouste au plus grand de ses fils, avant son exil à Sousse. Ses frères et sœurs n'y voyaient d'ailleurs que justice. Son départ n'a pas effacé de leur mémoire ses raids sur la farine lactée qu'il soustrayait d'une main ferme à la convoitise des petits. On avait frisé le drame le jour où, ayant dérobé la mitraillette de Fosco, il était entré dans la cuisine en criant : « Embuscade dans les Aurès ! » Il avait visé Margot puis le lustre qui avait explosé sur le sol. Fosco se souvient du visage livide de son fils. La frayeur d'avoir manqué tuer sa mère lui avait servi de punition.

Nine s'est retournée. Elle a ouvert un œil. Les soirs où Fosco rentre tôt, elle est la première à le suivre au salon. Il se laisse tomber dans son fauteuil craquelé aux accoudoirs comme la peau d'un vieux blouson d'aviateur. Nine lui caresse les cheveux si doucement qu'il s'assoupit. Zoune et Micol se penchent à leur tour au-dessus de l'épaisse crinière qu'elles scrutent, les yeux exorbités. Fosco paye un franc par cheveu blanc. Les petites mains fouillent, passent et repassent, doigts écartés, dans la chevelure d'ébène.

— Tête de fou ne blanchit pas ! se moque Margot.

— Tête de teigneux est près de Dieu, répond Fosco qui voit dans son casque noir un défi au temps.

Fosco a fait signe à Nine de rester couchée. Il a attrapé une veste de toile et enroulé un foulard à son cou en prévision des vents de sable. Dans l'indulgence d'un jour nouveau, il est sorti.

CHAPITRE 3

Fosco a retrouvé le juge Richon. En scrutant l'intérieur de la Citroën noire du magistrat dont le moteur chauffe doucement, il s'est étonné de ne pas voir la silhouette d'Illouz, l'interprète judiciaire qui aide habituellement à la traduction auprès des mineurs.

— Il n'est pas venu, a lancé Richon en lisant dans les yeux de Fosco. Il a peur.

Fosco a pris place à côté du juge. Les suspensions de l'auto ont grincé. Le maire pèse son poids.

— Peur de quoi ? a demandé Fosco. Mendès a dit que la transition se passerait dans le calme.

— Tout le monde n'a pas la largeur de vue de Mendès, a répondu Richon. Demandez à ces gens qui posent des bombes pour précipiter l'indépendance.

— En Algérie, a corrigé le maire de Gafsa.

— On m'a signalé un attentat dans un cinéma de Tunis, derrière l'avenue de France. La presse a gardé le silence sur ordre du résident général pour ne pas frapper les esprits, mais la tension monte. Il se pourrait que la Comédie-Française annule ses représentations au Théâtre Sarah-Bernhardt et les services de sûreté craignent d'autres actions violentes.

— Des provocateurs, monsieur le juge, des fanatiques qui veulent enflammer tout le Maghreb au nom de la révolution. Ils n'arriveront à rien. Bourguiba sera le maître et Salah Ben Youssef devra s'incliner.

Fosco a pris la cigarette blonde que lui tendait le juge dans un étui de cuir. Richon aime la présence tranquille du maire de Gafsa. Il l'observe à la dérobée pendant qu'il aspire ses premières bouffées puis souffle la fumée vers le plafonnier, les yeux plissés, perdu dans une insondable rêverie. Ils ont laissé le silence envahir l'habitacle. Fosco a descendu la vitre de sa portière. Le jour fait entendre ses premiers bruits, les roulements sourds de la meule de pierre, à l'huilerie, les cris des tourterelles surprises par l'aube sur les sacs de farine du boulanger.

— Ce Bourguiba, a soupiré le juge en démarrant, un œil sur le voyant d'eau. J'étais présent à la Goulette quand ses partisans l'ont hissé sur un cheval. Il tremblait de trouille. J'ai appris qu'il n'était jamais monté de sa vie sur un canasson. Dire que cette image restera, le Combattant suprême reprenant pied dans son pays à la hussarde. Il aurait pu se casser le cou ! Un sculpteur de Carthage est chargé de mouler une statue équestre de ce nouvel Hector, et en bronze s'il vous plaît !

Fosco a souri.

— Au moins le cheval ne bougera pas, ni le cavalier, monsieur le juge. Je n'étais pas à Tunis, mais on m'a raconté son retour. Ces centaines de petits bateaux dans le roulis, des felouques, des barques de pêcheurs, des canots et des gros remorqueurs venus au-devant du *Ville-d'Alger* qui ramenait Bourguiba d'exil. Les embarcations menaçaient de chavirer tant la foule était nombreuse. J'ai vu un cliché dans *La Presse*. Des manifestants s'étaient agglutinés le long d'un mât de dix mètres. C'est peut-être l'habitude de nos matchs de football, quand on sent la respiration des supporters et qu'on entend presque leur cœur battre. J'aime ces scènes de liesse où un homme incarne une espérance plus grande que lui. Je suis peut-être naïf mais devant un tel spectacle, j'ai la chair de poule. Voyez, Richon, je suis français puisque c'est écrit sur mes papiers et que mon père me l'a enfoncé dans le crâne depuis que j'ai l'âge de grimper aux troncs des palmiers. Jamais je n'ai vibré les jours de défilé du 14 Juillet, ou seulement au passage des spahis dans leurs burnous blanc et noir au son des tambours. Lorsqu'une huile de l'armée française vient se perdre dans nos postes du Sud, je ne suis pas touché. Mais l'image de Bourguiba rentrant au pays coiffé du gigantesque chapeau à plume de la tribu des Zlass restera gravée en moi comme si j'étais son propre fils. « Yahia Bourguiba ! » Si j'avais eu la chance d'être à la Goulette ce jour-là, ba-ba-ba, j'aurais crié avec la foule...

— Vous êtes un romantique, Fosco ! s'est écrié Richon amusé, surpris aussi d'entendre le maire aligner plus de trois mots, de bon matin.

Fosco a parlé pour la journée. Dès qu'ils se sont engagés sur la piste après le marabout blanc et la piscine de Sidi Ahmed Zarroug, il s'est calé dans son siège pour rattraper son manque de sommeil. Même assoupi, il occupe tout l'espace.

C'est l'odeur qui l'a réveillé. L'auto roulait depuis plus de trois heures quand soudain il a dit :

— Moularès.

— Nom de nom, qu'en savez-vous ? a sursauté Richon en vérifiant que Fosco n'avait pas ouvert les yeux.

— Je peux vous dire que nous avons passé l'oued Thameur et qu'il nous reste environ huit kilomètres avant Moularès.

— Vous êtes devin ?

— Non, je suis un *jnoun* !

— Qu'est-ce que c'est ça, un *jnoun* ?

— C'est ainsi que les Arabes appellent le diable.

— Sérieusement, Fosco. Je vous ai observé pendant que je conduisais. Vous dormiez à poings fermés. À présent vous m'annoncez Moularès à huit kilomètres, l'oued Thameur... Allez, ne me faites pas languir, comment saviez-vous ?

Fosco raffole du parler désuet de Richon. Il

croit percevoir une langue ancienne qui lui parvient de la vieille et lointaine France, une langue intacte malgré la traversée de la Méditerranée et d'un morceau de désert.

— La terre sent le phosphate, a répondu Fosco. Au début, c'est imperceptible. Puis l'air change, on respire une odeur de tourbe sèche. Il paraît qu'au Texas la terre sent aussi. Là-bas, c'est le pétrole.

— Le pétrole, a répété Richon. Ça vaudrait mieux que le phosphate. Les accidents se multiplient. Les contremaîtres intensifient les cadences depuis qu'on exploite les mines du Maroc. Dans deux ans, peut-être moins, les Chérifiens auront raflé le marché. Leurs filons sont faciles d'accès. Il suffit de se baisser, comme pour ramasser les diamants du Congo. Ça vous dit quelque chose, les pierres qui brillent dans la nuit ?

— Non.

L'auto s'est immobilisée devant de sombres baraquements où se pressent des dizaines de mineurs. Fosco se tait. Des visages fermés s'offrent à son regard. Des yeux résignés de jeunes hommes qui n'ont plus d'âge. Chaque fois qu'il vient à Moularès, Fosco embarque pour une contrée inhospitalière qui aurait inventé toutes les nuances du gris. Les arbres aussi sont gris.

— J'ai la bouche toute sèche. Et dire que ce couard d'Illouz nous a fait faux bond. Vous prendrez en main ceux qui se font comprendre en français. Je me chargerai des autres, propose-t-il à Richon.

Après un verre de thé brûlant, les deux hommes se sont installés chacun à une extrémité du bâtiment de la cantine où s'affairent deux vieilles femmes. Il flotte une forte odeur de chou et d'acétone.

Richon a étudié le droit du travail. Il tient pour sacrée la défense des ouvriers. Avec le soin d'un chirurgien vérifiant ses outils d'incision, il remplit dossier après dossier. Pour une case mal cochée, il faudrait tout recommencer, les courriers se perdraient et, à l'accidenté, pas la moindre indemnité ne serait versée. Ils seraient trop contents de ne pas payer, à Tunis. Là-bas, ils croient qu'à partir de Gafsa la Tunisie est peuplée de Noirs.

Avant d'être envoyé dans le gouvernorat de Gafsa, Richon n'avait jamais quitté ses monts d'Auvergne. Il a échappé au destin familial en utilisant sa bonne mémoire pour retenir les articles du code plutôt que d'aller pointer aux Manufactures. À Clermont comme à Moularès, la misère ouvrière a le même visage. Il devine qu'en exaspérant ces pauvres types après avoir sucé leurs dernières forces, on remplira leur cœur de haine. Il sait tout cela, le juge Richon qui n'a pas lu Marx mais repère l'injustice au flair, comme Fosco renifle les effluves du phosphate.

Fosco venait à bout de sa file quand un jeune Arabe, qui l'observait avec les yeux perdus d'un homme malade, s'est avancé. Fosco a eu un mouvement de stupeur. Dans la chair de l'avant-bras, sous la saignée du coude, un hématome noir et purulent avait fait éclater la peau comme une figue trop mûre.

— Tu n'as pas vu l'infirmier ?

— Je l'ai vu, Sidi Fosco, mais il n'avait plus rien pour désinfecter. Les frères m'ont donné du whisky pour nettoyer. Ça brûle et c'est tout.

— Quel âge as-tu ? a demandé Fosco.

— Dix-neuf ans.

— Du whisky ?

— Oui Sidi, il n'y a plus que du whisky au dispensaire.

— Comment t'appelles-tu ?

— Je suis Naas, de la tribu des Ouled.

Fosco a paru réfléchir.

— Qu'est-il arrivé ?

— Au début de la semaine, une poutre s'est affaissée dans la galerie nord. Le bois a cassé en biseau, on n'y voyait plus rien. Une grande écharde est entrée sous ma peau. J'ai bien trois centimètres à l'intérieur.

Fosco s'est tourné vers Richon et lui a fait signe d'approcher. Les deux hommes se sont mis d'accord : ils emmèneront Naas à Gafsa.

— Tu rentres avec nous, a annoncé Fosco.

Le jeune mineur arbore un faible sourire.

— Attends-moi sur la chaise à côté, j'aurai bientôt fini, lui a dit Fosco. Si tu as la force, tiens ton bras en l'air.

Naas a obéi. Il a dressé son bras comme un étendard.

La nuit tombait quand ils ont chargé dans

l'auto une centaine de dossiers. Les vieilles cuisinières leur ont servi une soupe épaisse où surnageaient quelques fèves et des haricots à la peau dure comme des cailloux. Au moment de partir, Naas est resté cloué sur sa chaise.

— Tu viens ? a demandé Fosco.

Le jeune homme était paralysé.

— Allez, petit, il se fait tard. Ce soir tu seras soigné, tu dormiras dans des draps propres...

Naas pleure en secouant la tête. Fosco l'a dévisagé plus attentivement. Avec ses cheveux blonds et bouclés, ses yeux clairs, il ressemble à ces éternels bergers de l'*Iliade*.

— Je ne peux pas, a enfin soufflé Naas.

— Je vais te porter.

De son bras valide, Naas a repoussé Fosco.

— Sidi, je t'ai menti. Je ne peux pas te suivre.

— Qu'est-ce que tu me chantes là ?

— Tout à l'heure, j'ai prétendu que j'étais de la tribu des Ouled.

— Et alors ?

— Ce n'est pas vrai. Mon nom est Lassoued. Je suis le frère de Sassi Lassoued.

Fosco a blêmi. Sassi Lassoued est le chef des terroristes du Sud. Réfugié dans les montagnes, il sème la peur depuis que Bourguiba s'est engagé à désarmer les fellaghas pour rassurer Paris. Fosco ne connaît pas le visage de Sassi Lassoued. Il sait seulement qu'il a vingt ans et qu'il est terrible.

Ceux qui l'ont vu décrivent un homme long et maigre toujours armé d'un fusil anglais, le visage ombré d'une barbe naissante, un nez d'aigle, des yeux rapprochés, d'un bleu trempé dans l'acier. C'est un berger pauvre aussi efflanqué que ses moutons, fier et rebelle, analphabète et pourtant féru de poésie traditionnelle que lui lit un vieil oncle lettré, en même temps que les sourates du Coran. Le chef des fellaghas est prêt à mourir si l'avenir s'écrit sous le nom de Bourguiba.

Un instant, observant Naas attentivement, Fosco s'est demandé s'il n'avait pas en face de lui le véritable Sassi Lassoued.

— Ne dites rien au juge, Si Fosco. Vous, ce n'est pas pareil, vous êtes d'ici... Vous êtes avec nous.

Fosco fixe Naas. Le jeune homme ne pleure plus. Son bras le lance. Il a de la fièvre. Son état empire.

— J'ai entendu, dit Fosco. Tu es Naas, le frère de Sassi Lassoued. Maintenant suis-moi.

Fosco l'a attrapé comme on porte une mariée dans les comédies américaines qu'il fait projeter en plein air au milieu de la casbah, les nuits d'été, et que flottent longtemps après les silhouettes agrandies d'Humphrey Bogart dans *Casablanca* ou de Johnny Weissmuller poussant par-dessus les toits de la médina son cri de Tarzan. S'ils roulent sans encombre, ils arriveront à temps pour le début de la séance. Hier, Fosco a reçu de Sousse deux grosses bobines dans leur galette de fer-blanc. Un film avec Brigitte Bardot.

En installant Naas à l'arrière de la « Citron »

du juge, Fosco a murmuré quelques mots à son oreille. Le jeune homme a répondu d'un signe d'approbation. Fosco s'est redressé satisfait.

— Je prends le volant, juge, vous pouvez dormir. Comptez sur moi pour vous réveiller si vous ne reconnaissez pas l'odeur du bercail.

Richon ne s'est pas fait prier. Fidèle à son habitude, Fosco roule tous feux éteints. C'est le soir que les fellaghas s'en prennent aux automobiles. Et pourquoi allumer ? La nuit est plus belle sous la lune. La Tunisie du Sud, il pourrait la traverser les yeux fermés. Il songe à ce qu'il vient d'obtenir de Naas. Cette pensée éclaire son visage d'un sourire de loup. Le blessé a promis à Fosco d'organiser une rencontre avec Sassi Lassoued, dans les montagnes violettes, une aube prochaine.

CHAPITRE 4

Le juge Richon et Naas dormaient quand la Citroën noire s'est engagée sous Bab Castilia. De nouvelles caravanes chamelières se sont installées aux abords du souk. Les rares lampadaires à gaz allumés font briller l'argent des parures et des étriers. Fosco tient à la présence des Bédouins à Gafsa. Chaque fois qu'il parcourt en plein jour les étendues sableuses et nues que la chaleur décolore, le maire vibre en apercevant au loin le pointillé des caravanes. Où qu'elles aillent, traçant leurs sillons provisoires au sud du Sud, il sait que les tribus nomades reviendront, leurs couffins emplis de l'écho friable du désert, et s'il les force à museler leurs bêtes, c'est pour mieux les faire rêver du retour, de l'ombre qui s'étire sous les eucalyptus de Gafsa.

L'auto a stoppé devant une porte massive en bois d'olivier.

— Vous êtes arrivé, monsieur Richon, a dit Fosco.

Le magistrat a bâillé puis il s'est retourné en direction de Naas.

— Il a l'air sonné. Gardez la voiture pour le déposer à l'hôpital, Fosco. Vous la rapporterez demain. À moins que je ne vienne avec vous. On ne sera pas trop de deux pour l'aider à marcher.

— Non, vous avez besoin de repos. Je trouverai de la main-d'œuvre sur place.

— Comme vous voulez, a répondu Richon. Mais vous aussi devez être fatigué...

Fosco a paru ne rien entendre. La fatigue lui est étrangère.

Il s'est assuré que le juge rentrait chez lui avant de démarrer sans tarder. La séance de cinéma va bientôt commencer à la casbah. Dans la cour de l'hôpital, deux silhouettes ont surgi.

— Un problème, monsieur le maire ?

Fosco a reconnu Nacer, l'assistant du docteur Mazil.

— Derrière, le gars qui dort. C'est urgent. Le docteur est là ?

— Il allait sortir.

L'infirmier a tapoté les joues de Naas.

— Il ne dort pas, Si Fosco, il a perdu connaissance ! Je cours chercher le médecin.

Le docteur Sadok Mazil est un homme d'une soixantaine d'années au physique préservé par la gymnastique et la sieste. Il a obtenu ses diplômes de médecine à Paris, d'où son prestige considérable. L'attention qu'il porte à ses patients est sans limites, et la population lui manifeste son attachement avec ferveur sitôt qu'il se montre dans quelque lieu public ou simplement devant l'étal d'un marchand de légumes.

Il est apparu dans un habit blanc de percale, le col orné d'un nœud papillon rouge éclatant comme une fleur à son cou.

— Je crois que c'est sérieux, Sadok, a dit Fosco.

On a transporté Naas dans une salle de soins. L'infirmier a relevé la manche du bras blessé qui commence à dégager une forte odeur de pourriture. Le maire de Gafsa raconte l'accident survenu dans la mine, l'écharde enfoncée, le whisky. Il garde pour lui la véritable identité du jeune homme. Le docteur Mazil se tait. Il écoute le pouls de Naas et soulève l'intérieur de ses paupières, conclut par une grimace.

— Je vais lui administrer des antibiotiques et tenter de faire tomber la fièvre. Avec Nacer, nous allons nettoyer la plaie. Cela prendra un moment. Rentrez chez vous, Fosco, vous m'avez l'air d'un déterré, ce soir.

— Vous avez raison, docteur, mais je dois être présent à la casbah.

Le docteur Mazil a esquissé un sourire.

— C'est vrai, toute la ville a rendez-vous avec Brigitte Bardot. Regardez, moi aussi je m'étais mis sur mon trente et un... D'abord un conseil, passez-vous sous la douche et changez de vêtements. Cet hôpital est devenu une mine de phosphates, depuis que vous y êtes entré !

Une demi-heure plus tard, Fosco Signorelli a franchi l'enceinte de la casbah, face au mur nord de la forteresse où un gigantesque drap blanc tient lieu d'écran. Une chevelure blonde s'agitait tant et plus lorsque l'image s'est arrêtée net. Les lumières se sont rallumées. Il y a eu des sifflets. Très vite le calme est revenu. On a l'habitude de ces interruptions quand M. le maire arrive en retard. Déjà le machiniste rembobine la bande. Souvent Fosco proteste. Cela lui est égal, d'attraper le film en route. Rien à faire, on recommence toujours au début. Pour lui. Le docteur Mazil n'a pas droit à cette faveur.

Margot est assise au deuxième rang. Fosco l'a rejointe, puis il s'est assis en indiquant de la main qu'on pouvait redémarrer. Dans le halo de lumière réfléchi par le grand drap blanc, il a aperçu le colonel Jurion et la silhouette proéminente d'un inconnu. Sans doute le nouveau gouverneur. Aucun n'a adressé le moindre signe à Fosco. Seul le lieutenant Tanguy, un officier des Joyeux installé à Gafsa, s'est retourné pour le saluer. Il est vrai que cet aimable soldat des bataillons d'Afrique a tapé dans l'œil d'Olga, la sœur de Margot. Il y a dans cette attention quelque oblique raison du cœur.

Fosco a attrapé la main de Margot et ne l'a plus lâchée. Lorsque la lumière est revenue, les regards ont convergé en direction du maire. L'homme bedonnant qui accompagne le colonel Jurion s'est avancé vers lui.

— Monsieur Signorelli, mon nom est Béchir Choura, je suis le nouveau gouverneur de la région.

— Soyez le bienvenu à Gafsa, monsieur le gouverneur. C'est une ville que vous connaissiez ?

— Mes occupations passées m'ont surtout voué à l'exil et aux combats du Sahel contre les autorités du protectorat, a répondu le gouverneur (faisant allusion à ses actions terroristes du temps où la France tenait encore Bourguiba pour un ennemi).

— Je vois, a répondu Fosco d'une voix neutre. Dans ce cas, passez me voir un jour prochain à la mairie, je vous dirai comment devenir un authentique Gafsien.

— Pour les vrais Tunisiens comme moi, a rétorqué le gouverneur, il n'est nul besoin d'être adopté puisque, à la différence des Français, je suis naturellement d'ici.

— Vous parlez déjà beaucoup pour un nouvel arrivant, l'a coupé Fosco. Il faut toujours savoir, quand on entreprend de s'exprimer à voix haute, si les mots valent l'eau dont ils se payent une fois sortis de la bouche.

Le gouverneur s'est éloigné en courbant le dos.

— Je n'aime pas cet homme, a murmuré Margot soudain toute pâle. Il porte la méchanceté sur son visage.

— Sois tranquille, dit Fosco. Je ne lui donne pas six mois. Gras comme il est, le soleil n'en fera qu'une bouchée. À cinquante degrés, il sera en syncope.

La jeune femme reste blême. Elle aussi craint la chaleur et pourtant elle a quitté les vignobles de son père, du côté d'Enfidaville, dans le Nord, pour suivre l'homme qu'elle aimait. Elle ne s'est jamais habituée au climat de Gafsa, aux hivers glacés, aux étés de feu. Béchir Choura, lui, semble n'aimer personne, mais la haine qui sort de ses yeux pourrait être un ressort assez puissant pour l'enraciner à Gafsa.

— Il n'y a pas plus méchant qu'un serpent assoiffé, reprend Margot. Celui-là me fait penser à un serpent.

— Alors, on lui écrasera la tête, a dit Fosco en poussant sa jeune femme vers la sortie de la casbah.

Ils abordaient l'avenue du contrôle civil quand une auto avec deux spahis juchés sur les marchepieds s'est arrêtée devant eux. Fosco a reconnu le docteur Mazil.

— Votre gars est tiré d'affaire, j'ai fini par inciser. Il délire un peu mais dans quarante-huit heures, il n'y paraîtra plus.

— Je viendrai le voir demain.

— Il n'arrête pas de parler de Sassi Lassoued, vous savez pourquoi ? a demandé le médecin en baissant d'un ton.

— Non, dit Fosco sans montrer le moindre trouble. Sans doute en a-t-il peur.

— Ouais ! a lâché Mazil sans conviction. Et Brigitte Bardot ?

— Demandez à Margot.

La jeune femme n'a rien répondu.

L'auto est repartie dans la nuit, ses deux spahis en vigie.

CHAPITRE 5

L'aube pâlit à peine que, déjà, un attroupement silencieux s'est formé devant la maison de Fosco. Ceux qui cherchent un bon conseil, une aide pour entrer à la municipalité ou la permission de vendre des sauterelles grillées dans les rues de la médina — Fosco adore leur goût de grosses crevettes et il distribue volontiers des emplacements gratuits aux indigènes qui pratiquent ce commerce —, tous ceux-là se postent tôt le matin sous les volets du maire et, patiemment, l'œil encore ensommeillé, ils attendent.

C'est un rituel auquel se joignent parfois quelques Bédouins arrivés du bled en pleine nuit et qui ont dormi sur place, roulés dans d'épaisses couvertures de laine, pour être sûrs de pouvoir poser la main sur l'épaule de Fosco, de lui souffler quelques paroles à l'oreille et, surtout, d'entendre ses oracles. Lui-même a pris goût à ces consultations matinales. Il sort de chez lui en habit léger de coton, rasé de frais, sa première cigarette aux lèvres, le sourcil noir, puis il entame d'un pas tranquille le bref parcours séparant sa demeure de la mairie.

Pour les témoins de ces scènes, Fosco est une apparition. Certains jours, des crieuses de youyous et des chanteurs de oud formés à la Scola du baron Erlanger viennent donner à ses gestes l'allure d'une comédie chantée.

La silhouette longiligne de Fosco paraît flotter dans l'air. Ses souliers en peau de serpent crissent, des bras l'enlacent. Le cortège se met en branle. Ceux qui ont aussi la chance de savoir écrire glissent un simple mot dans ses poches. La mine impassible, Fosco donne des recommandations, murmure le nom d'un remède, fixe un rendez-vous pour trancher un conflit sur les tours d'arrosage entre deux maraîchers de l'oasis, ou sur le prix abusif de la garance dans le souk aux herbes.

Une fois la mairie en vue, cette cour s'évapore dans la nature comme si elle appartenait au monde des songes et des djinns, laissant Fosco grimper seul les marches qui mènent à son bureau. Lorsqu'il se retourne, ne reste plus que l'écho de ses paroles. Chaque jour débute ainsi par un rêve peuplé d'ombres complices.

Ce matin, tout en progressant de son pas souple, Fosco arbitre, apaise, semonce. Il grignote au passage quelques pois chiches grillés qu'on verse dans ses larges mains. Des vieillards en burnous de fête se portent à sa hauteur, le remercient pour un panier de fruits déposé la veille par ses soins, récitent les bribes d'un poème écrit pour lui. Fosco écoute, sourit de toutes ses dents blanches, félicite.

Avant d'atteindre son bureau, le maire a réglé plusieurs affaires d'importance, dont la plus bénigne n'était pas l'heure et le lieu à fixer pour une partie de bridge avec le contrôleur civil et Abdelkrim. Le chaouch de ce dernier, le dénommé Gazelle, s'était mêlé à l'essaim des quémandeurs. Une fois son fait rapidement exposé, il a reçu de Fosco la réponse escomptée : ce sera dans deux jours à l'heure de l'anisette, et au café Richier pour que nul ne passe au travers de ses dettes d'honneur consistant, pour les perdants, à payer de généreuses tournées de legmi, la sève fraîche du palmier.

Fosco a évoqué avec un chamelier la possibilité d'un abri pour ses bêtes blessées, le remplacement d'une meule à l'huilerie de Gafsa Gare, la livraison de couvertures aux tribus installées de l'autre côté de l'oued Baïech. Un gamin lui a tendu une coupure de presse sur laquelle un cliché le montre inscrivant un but de la tête contre l'équipe première de Sfax, la tignasse épaisse, le front volontaire et tout son visage tendu par l'effort. Il a signé la photo sans se faire prier, heureux qu'un petit ait la mémoire d'un match plus vieux que lui et ne se doutant pas une seconde, lui l'indomptable Fosco, que la nostalgie l'a déjà ferré.

Dans le couloir qui mène à la salle du conseil, le docteur Mazil attend. En l'apercevant, le maire est sorti de son rêve éveillé.

— Il est arrivé quelque chose à Naas ?

— Rassurez-vous, il va mieux. Mais il ne cesse de vous réclamer à son chevet.

— Il fallait venir me chercher chez moi !

— Vous étiez très entouré, a dit Mazil.

Fosco a allumé une cigarette.

— Où est-il ?

— Dans une chambre voisine de mon cabinet. J'ai préféré qu'on ne l'entende pas trop car il en a vraiment après les fellaghas, si vous voyez...

— Je vois, l'a interrompu Fosco. Allons-y.

Naas est allongé dans la pénombre. Fosco a vu deux yeux brillants qui regardent dans sa direction. Le bras blessé du jeune mineur est recouvert d'une large bande qui court du poignet jusqu'à la saignée du coude.

Dehors, des enfants en blouse bleue guettent la carriole du ramassage scolaire. On entend leurs cris et aussi le claquement des osselets de mouton que lancent leurs mains habiles.

— Pas trop longtemps, a prévenu le docteur Mazil. Il est encore groggy. Je vous laisse. Avec cette chaleur, il faudra bientôt changer ses pansements. Il vous a tellement réclamé que je vous tiens pour indispensable à sa guérison...

Les deux hommes une fois seuls, Fosco s'est assis près de Naas et l'a dévisagé. Il n'a plus vingt ans mais le double ou peut-être mille ans. Seules ses boucles blondes portent la trace de sa jeunesse.

— J'ai eu peur qu'on me coupe le bras, souffle Naas faiblement. C'est un bon médecin, votre ami. Il a tout nettoyé en me récitant des sourates du Coran, l'homme né d'un caillot de sang...

Fosco a hoché la tête. Il n'a jamais possédé le moindre exemplaire du livre sacré, mais l'islam imprègne l'air qu'il respire. C'est un islam sans passion ni excès qui sent la pistache et les pâtisseries, un islam débonnaire et partageux les jours d'agneau de lait et de mouton grillé. Si les femmes de la médina vont encore voilées, Bourguiba a déjà annoncé qu'il fera tomber ce linceul dès que la Tunisie sera sienne. « L'islam, tu l'as d'abord dans le cœur », dit souvent le docteur Mazil. Fosco s'en tient à cette croyance affective.

— Je dois vous remercier, monsieur le maire, articule Naas lentement. Sans vous...

— Tais-toi, proteste Fosco. Si je n'étais pas venu, tu aurais peut-être fini par apprécier le whisky !

— Ne vous moquez pas. On vit là-bas comme si le but de vivre était de mourir.

— Je sais, Naas, mais je n'aime pas être grave de si bon matin. Tu n'as rien à me dire ?

Naas a pris l'air étonné.

— Non.

Fosco l'observe avec perplexité.

— Le docteur Mazil est un homme discret qui place au-dessus de tout la tranquillité de ses patients. Cette nuit, il t'a entendu délirer. Sois rassuré, il a aussitôt renvoyé les infirmiers. C'est pour te protéger qu'il est resté seul à ton chevet pendant que tu criais le nom de Sassi Lassoued !

— Mon Dieu !

— Du calme, petit, personne ne t'a entendu. Tu m'as promis une rencontre avec ton frère. Je suis prêt à me déplacer sans arme et le miel à la bouche, si la paix du gouvernorat est à ce prix.

— Sidi Fosco, je tiendrai parole, a répondu Naas en essayant de relever la tête. Mais il faudra patienter.

Fosco s'est encore rapproché.

— Dans ton sommeil agité, le docteur Mazil m'a dit que tu répétais : « Attends, Sassi, attends. » Que doit-il attendre ?

Une infirmière est entrée dans la pièce. Fosco lui a fait signe de revenir plus tard. Le regard de Naas s'est assombri. Le maire lui a tendu un verre d'eau. Derrière la porte vitrée, l'infirmière fait les cent pas. Les semelles de ses babouches claquent sur les dalles.

— D'ici trois jours, quatre au plus, mon frère aura mené une grande opération, finit par murmurer Naas.

— Quel genre ?

Le blessé a hésité.

— Avec des armes et des grenades, Si Fosco. Je devais lui préparer le terrain à Moularès. Il va sans doute se rabattre sur Metlaoui ou Redeyef. Il ne restera pas sans agir.

— Raison de plus pour établir un contact, s'impatiente Fosco. Que proposes-tu ?

Le visage de Naas a repris un semblant d'expression.

— Depuis hier, une caravane de Bédouins en provenance des gorges du Selja a dû s'installer près de Bab Castilia. Son chef s'appelle Mansour. Il est facile à reconnaître car il chevauche un demi-sang arabe à la robe argentée. Il porte toujours une large gandoura noire. Lui sait l'endroit où se cache Sassi. Arrange-toi pour qu'il vienne me voir. Il se chargera de prévenir mon frère et d'organiser la rencontre.

Fosco a soupiré.

— Je vais l'envoyer chercher. Il faut qu'il parte sans attendre.

— C'est un excellent cavalier. S'il n'est pas arrêté en chemin, il sera de retour dès demain à l'aube.

Fosco a pressé l'épaule de Naas, puis il a appelé l'infirmière. En la voyant entrer, une paire de ciseaux à la main, le blessé a retenu un cri.

CHAPITRE 6

Béchir Choura n'est pas un matinal. Son chauffeur ne le dépose jamais avant dix heures devant le gouvernorat. Il arrive qu'on le voie pointer sa bedaine seulement vers le début de l'après-midi, le pas hésitant et lent d'un gros insecte terrassé par la chaleur. Il gravit les marches du perron trempé de sueur, ne salue personne et s'enferme dans son bureau, interdisant qu'on le dérange. Les câbles urgents de Tunis envoyés par le Destour restent en souffrance jusqu'au crépuscule, moment où il demande de sa voix rogue un thé à la menthe qu'il prend soin de corser avec un jet d'alcool de datte.

Ce jour-là, cependant, le chaouch et les hommes de pied du gouvernorat ont été surpris de rencontrer leur patron dès les petites heures du matin, rasé et parfumé, la marque du peigne de corne dessinée dans ses cheveux noirs rejetés en arrière. Personne, la veille, ne l'a vu sortir. Le gouverneur aurait utilisé la chambre d'hôte attenante à son bureau, ainsi que le cabinet de toilette.

A-t-il reçu nuitamment une femme de petite vertu ou une Européenne fascinée par le fumet de guérillero attaché aux bottes de ce gredin ? Le jardinier du gouvernorat ne sait rien. La présence de Béchir Choura avant le lever du soleil est un mystère.

Comme à son habitude, il s'est isolé dans son bureau dont il a fermé la porte à double tour. Un majordome qui frappait a été renvoyé sans ménagement. Le courrier attendra. Les visiteurs prévus pour une audience sont invités à revenir une autre fois.

Béchir Choura n'est pas seul. Devant lui, mal à l'aise dans un fauteuil profond qui escamote sa haute silhouette, Ouari Badiaf l'observe. Il vient d'Algérie. Son port noble et élancé, sa figure émaciée, son regard habité par la foi combattante, ses gestes vifs, tout le distingue du satrape débraillé qui lui fait face. Mais les deux hommes ont en commun de combattre la France, de vouloir la chute de l'empire, le départ et l'humiliation des colons, leur mort s'il le faut.

Béchir Choura hume la petite boîte de chêne foncé que lui a remise Badiaf. Le visiteur a offert son présent sans plaisir. Depuis que leur approvisionnement en armes passe par le bon vouloir du gouverneur de Gafsa, les chefs du FLN ont ce genre d'attentions envers lui. Le mois dernier, Béchir Choura a dit apprécier les gros cigares qu'on fume à La Havane. Il sait que des émissaires cubains sont venus à Alger répandre clandestinement la bonne parole révolutionnaire auprès des leaders du nationalisme maghrébin. On lui a même rapporté que les hommes de Boumediene ont reçu une importante cargaison de ce qu'il appelle des « rouleaux de printemps », en échange de dattes du désert. Badiaf lui en a donné un bel échantillon qu'il renifle avec délectation.

— La situation est sous mon contrôle, commence le gouverneur. Bourguiba s'est engagé auprès des Français à désarmer les partisans de Salah Ben Youssef et de garantir la paix civile y compris dans les territoires du Sud. Nous avons repéré des youssèfistes non loin de la frontière algérienne. Leurs chefs nous ont assuré de leur reddition imminente en contrepartie de leur impunité. Je me ferai accompagner d'une escorte et je collecterai leurs fusils. Ils seront à vous sans délai.

— Combien ? demanda l'Algérien.

— Combien de fusils ?

— Non. Combien ? répète Badiaf en frottant le pouce et l'index de sa main droite.

Béchir Choura attend cet instant depuis la veille, lorsque son visiteur est arrivé au gouvernorat, perclus par son long voyage à cheval. Il a abandonné sa monture aux portes de Gafsa et a marché dans la nuit jusqu'aux grilles du bâtiment officiel, suivant les instructions secrètes. Son hôte l'a accueilli avec une chaleur forcée. Il lui a offert un repas froid puis lui a laissé la chambre et le cabinet de toilette. Ils ont peu parlé, se contentant de paroles convenues sur le ciel bleu qui se dévoile chaque matin comme un don d'Allah.

Le gouverneur a ouvert l'huis de la petite boîte de chêne. Il soulève le couvercle mat et choisit un cigare bagué dont il éprouve la souplesse entre ses doigts. Badiaf lui tend un briquet à pétrole dont il fait jaillir la flamme, mais Béchir Choura a repoussé sa main.

— Je sais que l'Algérie regorge de pétrole. Ce n'est pas une raison pour gâcher le goût de ces Hoyo de Monterey avec du feu qui pue l'huile à plein nez.

Ayant extrait de sa poche un briquet à gaz, Béchir Choura entreprend de chauffer le pied de son cigare. L'extrémité s'est mise à rôtir doucement, jusqu'à former un joli cercle de braise. Il a retourné le bout vers lui et, avec un ravissement d'enfant, il l'observe qui se consume en dégageant un parfum de miel. Enfin, il tire une première bouffée, les yeux fermés à demi, ne quittant pas du regard son visiteur qui attend un prix.

— Il s'agit d'armes de très grande qualité, a fini par annoncer Béchir Choura. J'ai été surpris, lors d'une récente reddition, de ramasser de gros pistolets automatiques allemands, les parabellums des soldats de Rommel. Le Foreign Office a aussi distribué des fusils solides et très précis. Je croyais qu'on les trouvait uniquement en Tripolitaine du temps où Londres voulait transporter le « grand jeu » des puissances d'Asie centrale jusqu'à la mer Rouge. *The great game*, insiste-t-il fièrement dans un anglais grumeleux de boutiquier. Mais vous voyez, les armes sont comme les idées ou les germes des maladies. Elles voyagent selon des routes imprévisibles, et aussi vite que le feu qu'elles crachent.

— Nous savons tout cela, s'impatiente Ouari Badiaf. Nous avons déjà obtenu de vos hommes des modèles très performants produits par les manufactures européennes. Il n'y a rien de nouveau, alors les prix...

— Les prix ont été revus à la hausse, a coupé le gouverneur. Nous aussi avons notre indépendance à conquérir.

Le regard de l'Algérien s'est assombri. Choura sait que les dirigeants du FLN n'ont guère le choix. Ses conditions seront forcément les leurs.

Le gouverneur a appris par des agents du Destour que les indépendantistes algériens ont reçu de fortes aides américaines. Washington est trop content de soutenir en sous-main ceux qui veulent chasser les Français des champs pétroliers d'Assi Messaoud.

— Combien ? répète Badiaf en dépliant sa longue carcasse du fauteuil crapaud dans lequel l'a confiné son interlocuteur.

Béchir Choura conserve son calme et tire longuement sur son cigare. Il a porté à ses narines un mouchoir imbibé d'eau de fleur d'oranger. Puis, d'un geste méticuleux, il a dévissé le bouchon métallique d'une mignonnette et versé une rasade d'alcool de figues dans sa tasse de café vide pour y tremper une partie de son cigare.

— Vous devriez essayer, dit-il à son visiteur.

Comme l'autre ne réagit pas, il assène son chiffre :

— Ce sera un million par centaine de fusils et cinq cent mille par centaine de colts, pistolets ou armes à canon scié. Le tout payé en dollars, puisque vous en possédez de très beaux, plus verts encore que vos merveilleux cigares cubains.

L'homme a eu un haut-le-cœur.

— C'est beaucoup plus qu'avant !

— Avant, c'était avant.

— En dollars ! Qui vous dit que nous en avons ?

— Ne sous-estimez pas nos services de renseignements.

Ouari Badiaf hésite.

— J'ai l'équivalent de cinq cent mille francs en dollars, et autant en francs métro.

Le gouverneur réfléchit.

— Je m'en contenterai pour une moitié des armes. Mais attention, pour l'autre moitié, je veux uniquement des dollars.

L'Algérien a accusé le coup. La fumée du cigare l'indispose. La tête lui tourne.

— Vous abusez de la situation, finit-il par articuler. Je dirai à Alger que vous n'êtes plus des frères mais des chacals.

— Les chacals aussi se nourrissent.

En silence, Badiaf a déposé sur le bureau deux liasses de billets enserrées dans deux minces bracelets de cellophane.

— Je ne compte pas, a dit Choura. Je vous enverrai la marchandise par le canal habituel. Mais pas avant d'avoir reçu le deuxième versement.

Badiaf s'est levé en maugréant. Son hôte a pris soin de le laisser sortir au moment de la sieste. Le bâtiment était désert. Le jardinier dormait sous la tonnelle.

Le gouverneur a fait disparaître le magot de son bureau, puis il a décroché son téléphone. Il a demandé après son chauffeur Afnaoui. Un chaouch ensommeillé a répondu qu'il était parti en courses. C'est Afnaoui que le gouverneur enverra collecter les armes, lors de la prochaine reddition. Celle-ci interviendra dans moins de huit jours. La précédente a donné lieu à quelques heurts entre ses hommes et les partisans de Ben Youssef. On l'a pris à partie. Les plus excités lui ont lancé des injures et des cailloux. Il préfère envoyer Afnaoui, le dévoué Afnaoui qu'il autorise à s'entraîner deux fois par semaine pour garder les buts de l'équipe du Sporting de Gafsa. « Un goal, c'est fait pour arrêter les balles », pense-t-il. Ce trait d'esprit lui a tiré un sourire.

CHAPITRE 7

— Fosco, êtes-vous devenu fou ?

Le contrôleur civil Simoneau arpente son bureau de long en large sous les yeux impassibles du maire de Gafsa.

— Vous avez oublié l'attentat d'El Guettar ? Et la bombe dans le cinéma de Gafsa Gare ? Et nos deux malheureux policiers tirés comme des perdreaux, le mois dernier ?

— Il ne tentera rien contre moi, répond Fosco d'une voix posée. Sassi Lassoued sait qui je suis. Il connaît les itinéraires que j'emprunte lorsque je sillonne la région des mines. S'il voulait se débarrasser de moi, il y a longtemps...

Simoneau n'a pas laissé Fosco terminer sa phrase.

— L'Arabe est parfois traître, vous devriez le savoir. Il ne montre pas son hostilité, jusqu'au jour où il vous fait le grand sourire.

Le contrôleur civil a passé son pouce le long de son cou. Il y a eu un silence.

— Comprenez-moi, Fosco, a repris Simoneau. J'ai de l'estime et du respect pour vous, et même de l'admiration quand je vous vois calmer sans hausser la voix la foule agitée du marché si d'aventure le prix des poivrons se met à flamber. Vous êtes populaire à Gafsa. Je n'ai jamais entendu ni un Arabe ni un juif ou un Sicilien, pas même un Corse ou un Français de France critiquer votre personne. On bénit votre nom dans le moindre recoin de la médina et chaque fois que je traverse l'avenue principale dans l'ombre des ficus, il y a toujours un vieillard ou un gamin pour dire que cette ombre, c'est à vous Sidi Fosco que nous la devons. Si les chameaux avaient la parole, je vous fiche mon billet qu'ils confirmeraient. Alors mon cher ami, je vous le dis solennellement, pour l'amour du ciel, patientez encore avant d'aller au-devant du chef des terroristes. Je ne veux pas vous voir devenir une ombre à votre tour.

Fosco a allumé une cigarette en suivant la fumée du bout des yeux. Il sourit à Simoneau, découvrant des dents très blanches, impeccablement alignées.

— Monsieur le contrôleur civil, le chef des fellaghas n'est rien d'autre qu'un berger de vingt ans. Les hommes de sa tribu se méfient de lui maintenant qu'il se cache à la manière d'une bête traquée. Si personne ne vient lui tendre la main, le rassurer, le prier de patienter, lui répéter que l'indépendance se prépare et que Bourguiba regardera le Sud avec les mêmes yeux qu'il voit le Nord, il s'entêtera dans son combat désespéré.

Simoneau s'est laissé choir dans son fauteuil. La détermination de Fosco, comme son calme, semble inaltérable. Par la fenêtre, c'est le départ des pasteurs venus du bled qui remontent vers les plaines du Sahel avec leurs troupeaux affamés.

— L'autre jour, j'étais dans une classe du collège Bugeaud, une classe de petits, poursuit Simoneau comme s'il parlait pour lui seul. C'était la leçon d'instruction civique. J'ai soufflé à l'instituteur : « Faites comme si je n'étais pas là. » Il disait aux enfants, quand vous croisez le docteur Mazil, vous devez soulever votre cheich et le saluer car c'est lui qui vous soignera si vous attrapez la gale ou la bronchite. Vous devez aussi saluer monsieur le maire Signorelli car c'est lui qui se rend tous les matins aux abattoirs pour vérifier que la viande est saine. Il fait laver la peau des fruits et des légumes et protège le pain du sable en vérifiant qu'il a été soigneusement emballé dans une feuille de papier. Les petits se sont mis à taper des mains et à crier votre nom. J'ai dû intervenir avec le maître pour tempérer leur enthousiasme

Cette fois, Fosco rit de bon cœur. Comme le visage de Simoneau s'est détendu, il en profite pour revenir au sujet qui l'occupe.

— Depuis quelques semaines, le frère de Sassi Lassoued est soigné à l'hôpital, avec l'aide bienveillante et discrète du docteur Mazil devant lequel moi aussi je soulève mon cheich à gland les fois où il m'arrive d'en porter, par exemple les soirs de cinéma en plein air dans la casbah ou pour accueillir le caïd.

— Le frère de Sassi... Mazil... bon Dieu ! s'étrangle Simoneau.

— Je réponds de Naas.

— Naas ?

— C'est son nom, a précisé Fosco. Maintenant écoutez-moi. Un émissaire de Sassi Lassoued que j'ai envoyé en reconnaissance est revenu ce matin avant l'aube. Il m'a assuré que son chef acceptait de me parler d'homme à homme. Vous comprenez ce que cela veut dire, d'homme à homme ?

Simoneau a hoché la tête sans prononcer un seul mot.

— J'ai demandé à mon chaouch de préparer la Populaire avec une roue de secours, un cric et une réserve d'eau. Dans mon coffre, il y a un sac de blé moulu, une jarre d'huile, un plein couffin de dattes Degla et d'oranges maltaises, les meilleures, celles que les femmes percent d'un coup d'épingle à cheveux pour goûter le jus en les pressant contre leur bouche. Je suis aussi passé à l'artisanat récupérer des couvertures de laine, les plus chaudes. Vous savez que les nuits à la belle étoile sur les hauteurs du Djérid ont un petit air de Labrador. À présent, je pars. Si je ne suis pas rentré en début d'après-midi, disons trois heures, envoyez une escorte à l'entrée des gorges du Selja. J'aurai laissé les instructions nécessaires sous enveloppe cachetée au chef du régiment des spahis qui a établi son campement dans le dernier oued avant les grands rocs. Mais s'il vous plaît, monsieur le contrôleur, ayez confiance. Et pas un mot à Jurion. Ni au gouverneur.

— Bonne chance, a dit Simoneau résigné.

Fosco est déjà dehors, droit dans la lumière, le pas souple et nonchalant, une nuée d'hommes enturbannés dans son sillage, d'enfants aux cheveux ébouriffés, de femmes serrant leur voile entre les dents, les paumes noires de henné, frôlant ses épaules de leurs doigts mouchetés.

Fosco s'est assuré que les vivres et les couvertures ont été disposés dans le coffre de la Populaire, puis il a pris la direction du sud, son cours naturel, comme si le destin devait toujours le porter là où s'écoule le sablier du désert.

Après une dizaine de kilomètres, il s'est aperçu que l'oued Baïech avait gonflé telle une veine bleue dans le creuset de son lit. Lui sont revenus à l'esprit les mots d'Abdelkrim : « Quand le Baïech sort de son lit, rien ne l'arrête. » Le bruit du moteur éloigne les gazelles. Fosco regrette de n'avoir pas emporté son fusil. Il a promis qu'il viendrait sans arme.

À l'approche du campement des spahis, Fosco a stoppé la Populaire en bordure de piste. Sur une feuille de carnet, il a esquissé le plan qui mène au repaire de Sassi Lassoued. Mais il s'est ravisé aussitôt. Son croquis est une véritable dénonciation. Qui sait ce que les soldats feront de ce dessin, lorsqu'il roulera en direction des gorges ? Il a roulé le papier en boule et enclenché l'allume-cigare. Bientôt, le croquis est en cendres. Fosco a arraché une nouvelle feuille de carnet pour inscrire ces trois mots : « Attendez-moi ici. » D'un cœur léger, il est reparti vers les gorges après avoir confié son pli à l'officier de garde. Dans moins de deux heures, il aura atteint son but.

Peu avant l'entrée du défilé caillouteux où le paysage se resserre comme au fond d'un entonnoir, un cavalier tenant par la bride une deuxième monture attend Fosco. Il est vêtu d'un burnous alourdi de poussière et d'un turban qui a dû être blanc. Fosco a arrêté la Populaire dans l'ombre d'un jujubier. L'homme est descendu de cheval pour venir à sa hauteur. Il s'agit tout juste d'un adolescent dont la barbe mitée laisse deviner la jeunesse.

— Je suis Ali, s'est présenté le cavalier, le cousin de Sassi. Il m'a demandé de te mener jusqu'à lui.

— Bonjour Ali. J'ai du ravitaillement dans mon coffre.

Le garçon a paru se méfier. Il n'a repéré aucun fusil dans l'habitacle de l'auto, mais il craint que Fosco ne dissimule une arme dans la malle arrière. Il s'est écarté à deux pas et laisse Fosco soulever le hayon. Les traits de son visage se sont détendus. Il n'a vu que des couvertures, le sac de blé, la jarre d'huile et le couffin plein à craquer de fruits. Les maltaises.

— Allah te protège ! s'est écrié Ali en s'emparant d'une orange.

Fosco est troublé par son œil avide. C'est le même regard fiévreux qu'il a lu ce matin à Gafsa, dans les yeux des chèvres faméliques en route pour le nord.

Ils ont réparti le chargement contre les flancs des deux montures et s'engagent dans le décor raviné des gorges, en file indienne et n'entendant plus que le bruit des sabots heurtant les éboulis. Par le passé, il est arrivé à Fosco de s'aventurer dans ces boyaux tortueux, entraîné par un mouflon intrépide qui essayait de le semer en gravissant l'à-pic des parois.

Combien de grillades lui ont échappé ici, de perdrix, de renards, de mouflons soudain évaporés par magie. Fosco se concentre sur le pas de son cheval qui lui paraît frissonnant et nerveux. Sous le poids du sac de blé, l'animal est sur le point de chanceler.

Au détour d'un bras du labyrinthe, Ali a pénétré dans un tunnel sombre parcouru au sol d'infimes lueurs. Fosco a reconnu des vers luisants.

— Ce sont nos torches, lance le jeune homme avec fierté, subjugué par l'ingéniosité de Sassi Lassoued qui a eu l'idée de ce balisage naturel.

Le chemin qu'ils empruntent n'est plus celui indiqué par Naas. Il existe à l'évidence plusieurs itinéraires à l'intérieur des gorges pour atteindre la cache des fellaghas. À peine habitués à l'absence de lumière, ils surgissent dans la clarté violente d'un cirque à ciel ouvert. Des guerriers sont en faction dans leurs burnous, non loin des chameaux, sous la protection d'un auvent de fortune recouvert d'alfa et d'astragale, les seules plantes miraculées de cette étuve.

Les yeux battus de fatigue, un homme s'est avancé. Après un regard en direction d'Ali pour s'assurer que tout était en ordre, il a tendu à Fosco une main épaisse cordée de grosses veines azurées, comme si l'oued Baïech s'était mis à la parcourir.

— Bienvenue, Si Fosco. Je suis Sassi Lassoued.

Ils se sont installés dans l'ombre d'une grotte et commencent par s'observer en silence. Tous deux vénèrent le Sud profond, le temps immobile, le lent cheminement des mirages. Ils se le disent sans un mot.

Les rares personnes qui ont vu de près le chef des fellaghas ont signalé à Fosco son étrange regard clair, presque transparent, ourlé de cils épais et très noirs, un regard qui semble baigner dans un halo de khôl. Fosco a remarqué ses cernes creusés, et la lassitude de qui ne garde avec lui que les plus courageux, ou les plus désespérés, ceux qui ne croient pas plus en Mendès qu'en Bourguiba. Les autres sont partis un à un vers les nuages et les horizons pluvieux avec le gros du troupeau, l'abandonnant à la solitude de ses rêves incertains.

Un garçon leur a porté deux verres d'un liquide beige. Fosco respire une vague odeur de café.

— Comment va Naas ? a demandé le jeune chef. Mansour m'a donné de bonnes nouvelles.

— Il était très affaibli, répond Fosco. Je crois qu'il est sur la bonne voie.

Sassi Lassoued n'a prononcé aucune parole de remerciement. Il chasse l'air d'un revers de main, pour signifier que la fatalité peut s'abattre sur chacun. Il n'aime guère entendre parler du danger.

— Pourquoi as-tu demandé à me voir ?

— Je voulais te connaître, a commencé Fosco en se rappelant le conseil de Simoneau : avec l'Arabe, se montrer ferme d'emblée. Dans deux mois, trois au maximum, la Tunisie deviendra une nation indépendante. La France, c'est fini, Sassi. Les Français partiront. Un chef d'État arabe s'installera au palais de Carthage. La Tunisie aura un hymne national et un drapeau, des timbres à l'effigie du Combattant suprême. Si tu t'entêtes à répandre la violence dans le caïdat, si par malheur des Français de métropole sont encore blessés ou tués, tu n'échapperas pas à la justice.

— La justice française n'aura plus aucun droit sur moi, a dit le chef des fellaghas.

— Les tribunaux de la Tunisie souveraine prendront le relais. Bourguiba s'est engagé à réprimer tous les troubles à l'ordre public. Ils t'exécuteront au nom de la loi.

— Tu n'as rien à craindre, a fini par murmurer le chef des fellaghas. Je laisserai tranquilles les populations du caïdat. Je sais que j'ai tiré mes dernières cartouches. Chaque jour je suis un peu plus seul. Si j'ai accepté que tu viennes ici, c'était pour te demander de l'aide.

— De l'aide ? a répété Fosco.

— Les services du Destour connaissent Naas et sont renseignés sur ses activités. Dès qu'il sera rétabli, j'aimerais qu'il remonte vers le Nord.

— Que puis-je faire ?

— Lui signer un laissez-passer.

— De mon nom ?

— Pas du mien ! a rétorqué Sassi Lassoued en éclairant son visage d'un léger sourire. Si tu réponds de lui, il ne sera pas inquiété.

Fosco réfléchit.

— D'accord. Dès mon retour à Gafsa, il recevra un sauf-conduit pour circuler dans la régence.

Sassi Lassoued a remercié. Leur conversation s'est poursuivie en arabe. Fosco le parle et le comprend à merveille, surtout l'arabe populaire des Bédouins qui donnent aux mots savants et confinés les saveurs du grand large, du désert brûlant. Comme s'il avait voulu dire les choses qui comptaient vraiment dans sa langue maternelle, son hôte s'est mis à lui raconter sa vie de mendiant des étoiles, la nostalgie qui l'étreint lorsqu'il aperçoit au loin une caravane remontant vers Gafsa. Jamais il n'aurait cru qu'un jour il deviendrait un paria dans son pays. Le chef des fellaghas connaît la réputation de méchanceté cupide du gouverneur Béchir Choura. Voir dans les traits de cet homme le visage des nouveaux maîtres de la Tunisie lui donne la nausée, surtout les nuits d'insomnie lorsque le vent se met à siffler dans les fissures de la pierre.

Puis il s'est tu. Avec l'art d'un magicien, il a sorti de sa manche une flûte de jonc pour la porter à ses lèvres. Un air naïf et léger est monté dans le cirque pendant que les yeux de Sassi Lassoued se fermaient. Avec une agilité d'araignée, ses doigts se sont mis à courir le long de la tige percée. Fosco s'est senti transporté, comme si un tapis volant l'avait conduit auprès d'un merveilleux Aladin ou du Voleur de Bagdad.

Lorsqu'il a eu terminé, son hôte a escamoté son petit instrument puis il a regardé Fosco gravement. Il est redevenu l'homme traqué des gorges du Selja, la terreur des villes du bled dont les enfants des écoles prononcent le nom avec effroi et sans jamais élever la voix, pour ne pas attirer la foudre de son fusil.

Justement, c'est de fusil que parle Sassi Lassoued à Fosco, en revenant au français.

— Nous connaissons ta voiture et pas un de mes hommes ne lèvera la main sur toi. Mais toutes sortes de combattants hantent désormais nos montagnes. Sois toujours armé. On m'a dit que tu étais un chasseur infatigable.

Fosco suivra le conseil. À l'oblique des rayons du soleil sur les gorges, il sait qu'il est temps de repartir s'il veut arriver à l'heure dite au campement des spahis. Dans la tradition des hommes du désert, il a demandé la route à Sassi Lassoued, qui la lui a accordée. Ils se sont salués d'une poignée de main qu'ils ont fait durer de longues minutes, le temps d'échanger quelques paroles de bénédiction et de bonne chance, puis Ali s'est avancé avec les deux montures.

— Mon cousin te mènera à ton auto, a soufflé le chef des fellaghas.

Moins d'une heure plus tard, Fosco roule en respirant à pleins poumons, assuré que Sassi Lassoued se tiendra tranquille. Avant de partir, il a renouvelé sa promesse de signer à Naas un sauf-conduit. Fosco songe que le calme tient à bien peu de chose, un bout de papier portant son nom, un sac de blé, quelques branches de dattes et des oranges, sa force aussi, dont il ne connaît pas les limites.

CHAPITRE 8

C'est l'ambiance des belles soirées au café Richier. Les ventilateurs aux pales de buis ronronnent comme les hélices d'un Latécoère. L'air brasse des effluves de jasmin et de narguilé. Le gros poste en ruche d'abeille est réglé sur la fréquence de Radio Luxembourg. Une partie de bridge s'est engagée entre le juge Richon, Abdelkrim, Fosco Signorelli et le receveur Pouyf, un nouveau venu de ses Pyrénées natales, bavard et volubile, gesticulant en diable et affublé d'un accent de rocaille.

Fosco aime asticoter ce fonctionnaire plein de repartie qu'il tient pour un Méridional. Ardiège, son nid perché dans les montagnes, semble au maire de Gafsa très proche de Marseille, s'il en croit le bagout du dénommé Pouyf, son sens de l'exagération, ses vantardises dès qu'il s'agit de distinguer un cru bourgeois du Médoc d'une piquette nord-africaine. La gravité préside aux enchères autour de la petite table rectangulaire tapissée de feutrine verte. Le bridge est une affaire sérieuse. Chacun joue pour de l'argent, et surtout pour asseoir sa réputation.

On en était à la septième levée lorsque, dans l'encadrement des portes en fer, s'est découpée une silhouette inhabituelle. Richier a reconnu l'épouse d'Afnaoui, le gardien de but de l'équipe première qui a déclaré forfait quelques jours plus tôt. Le lendemain, on l'a aperçu à Gafsa Gare qui prenait la route de Gabès au volant d'unc auto du gouvernorat. Depuis, personne ne l'a plus revu.

La femme a glissé quelques mots inaudibles à l'oreille de Richier en abaissant son voile.

— Messieurs, a dit le bistrotier en s'approchant de la table des bridgeurs, je crois que l'affaire est d'importance.

Chacun a replié son jeu comme on ferme un éventail, non sans que Pouyf tente d'apercevoir un pan des couleurs de Fosco. Richier a avancé une chaise pour la femme d'Afnaoui qui cherche aussitôt le regard de Fosco et, l'ayant trouvé, ne le lâche plus.

Fosco la connaît. Elle s'appelle Farida. Son père était employé à l'hôpital municipal, après la guerre. Il sourit à la jeune femme et ce simple encouragement a suffi pour la faire fondre en larmes en même temps que sortait ce cri étouffé :

— Je suis sûre qu'ils ont tué Tarek.

Richier lui a servi un verre d'eau.

— Au début de la semaine, mon mari est rentré à la maison plus tôt que d'habitude. Il a dit qu'il était fatigué et que le gouverneur lui avait donné son après-midi. Je suis sortie porter des vêtements à la couturière de la médina. À mon retour, je l'ai trouvé endormi sur le lit, avec un revolver posé sur son ventre.

— Un revolver ! s'est écrié le juge.

— Laissez-la terminer, a demandé Abdelkrim.

— À son réveil, je ne l'ai pas questionné. Les enfants sont rentrés de l'école. Il n'a pas ouvert la bouche. Je suis retournée dans notre chambre. Le revolver avait disparu. Après le dîner, j'ai demandé : Tarek, quelque chose ne va pas ? Il a répondu en haussant les épaules. Alors j'ai parlé du revolver. Il était affolé que j'aie vu son arme. Il a menacé : « Surtout tu te tais ! » Son œil était mauvais. Ce n'était plus lui.

Elle a pris son visage entre ses mains puis elle a poursuivi son récit les yeux fermés.

— Il devait remplir une mission pour le compte de Béchir Choura. Je crois qu'il s'agissait de récupérer les armes de combattants youssèfistes. Il m'a dit que c'était son devoir de procéder à ces collectes. Le revolver, c'était pour le principe. Il a voulu me rassurer en prétendant que tout était encadré par l'armée, qu'il n'y avait rien à craindre. Je l'ai cru. Tarek est un homme prudent. Nous avons mal dormi. Le lendemain à quatre heures du matin, lorsque je me suis levée pour lui préparer son café, il n'avait plus le même regard. J'ai eu l'impression qu'il avait peur. Vous savez pourtant combien il était... (Elle a rectifié :) Combien il est vaillant.

Après un silence, elle a repris :

— Tarek est allé embrasser les enfants qui dormaient. Ce n'est pas son habitude d'entrer dans leur chambre. Puis il m'a serrée en me disant que tout irait bien.

Farida s'est remise à pleurer.

— Il devait rentrer le soir même ? a demandé Fosco.

— Oui. Cela fait maintenant quatre jours et quatre nuits !

Elle a insisté sur le mot « nuits », comme si la nuit l'effrayait davantage que le jour.

— Êtes-vous allée au gouvernorat ? a questionné le juge.

— Le gouverneur m'a fait dire qu'il n'en savait pas plus que moi. Il a même soupçonné mon mari d'être parti avec une de ses voitures pour la vendre en contrebande. Vous imaginez, Tarek, un voleur !

— Nous devons agir au plus vite, a décidé Fosco en jetant ses cartes sur la feutrine. Afnaoui est un musulman français. Son cas dépend de la justice que vous représentez ici, monsieur Richon. Il suffit d'ouvrir une information et, si vous voulez, nous partirons dès demain à la recherche de notre camarade.

Puis, se retournant vers l'épouse.

— Tarek vous a-t-il parlé d'un lieu ?

— Non, Si Fosco, dit-elle en fouillant dans sa mémoire. Mais la dernière nuit, il a parlé. Il répétait : oued el Ksob.

— L'oued aux roseaux sauvages, a traduit en écho Abdelkrim.

— C'est ça, a-t-elle acquiescé. Il avait fini par s'endormir. Au petit matin, j'ai eu envie de l'interroger sur cet oued. Je n'ai pas eu le courage. Vous auriez vu son air abattu.

Tous sont restés saisis.

— Je vais de ce pas chez le gouverneur, a décidé le juge.

— Restez là, monsieur Richon, a conseillé Fosco avec une ferme assurance. Choura est un bandit. Vous croyez qu'il va vous recevoir et vous raconter ses affaires par le détail ?

— Vous avez raison. Ouvrons une information et menons nous-mêmes cette enquête.

— Pas un mot à qui que ce soit, prévient Fosco. Rendez-vous demain matin à cinq heures sous Bab Castilia. Nous prendrons ma voiture. Je connais la piste qui mène à l'oued el Ksob.

À l'heure prévue, le lendemain, ils ont suivi la route du Sud, Fosco installé au volant, le juge Richon à ses côtés et Abdelkrim sur la banquette arrière, serrant contre lui une gargoulette et un panier d'olives.

La veille au soir, en rentrant du café Richier, Fosco a reçu la visite furtive de Nouredine, un membre éminent de la tribu des Boukteb, le même qui lui a déjà signalé les trafics d'armes entre la Tripolitaine et l'Algérie. D'après ses renseignements, une de ces transactions a mal tourné. Il craint les représailles des nationalistes du FLN.

Que s'est-il passé ? Nouredine l'ignore. Un scénario s'est écrit dans la tête du maire de

Gafsa. Les youssèfistes auront voulu donner une leçon au gouverneur et, constatant qu'il ne s'était pas déplacé en personne, ils s'en sont pris au malheureux Afnaoui. Ensuite, sans doute se sont-ils dispersés dans la montagne pendant que les Algériens, venus récupérer les armes promises, rentraient bredouilles et l'esprit échauffé contre Béchir Choura qui n'a pas tenu son engagement de livrer une marchandise payée au prix fort.

Fosco a remercié Nouredine en lui faisant promettre de garder le silence. Puis il s'est couché après avoir préparé les balles de son fusil. À Margot qui l'interrogeait du regard, il a confié que les oueds en crue attiraient le gibier.

L'atmosphère est lourde, dans la Populaire. À son retour des gorges du Selja, Fosco a teinté ses phares de bleu pour atténuer le faisceau de lumière. Le juge Richon s'est inquiété de l'absence d'une escorte prête à riposter en cas d'embuscade. C'est pourquoi Fosco s'est dirigé vers un campement militaire où il a obtenu le renfort de quatre spahis équipés de longs fusils à baïonnette. Deux se serrent près d'Abdelkrim qui a fait glisser les provisions sur la plage arrière. Les deux autres sont juchés sur le toit. Quand Fosco s'est remis en route vers le désert, il a remarqué des traces de pneumatique sur la piste. Une auto était passée quelques instants plus tôt.

— Une jeep, là-bas ! a crié un des spahis perchés.

— Bon Dieu, s'est étranglé Richon, je vous

parie que le gouverneur veut trouver avant nous le corps d'Afnaoui pour le faire disparaître.

— Il ne l'a pas encore, a répliqué Fosco.

Le soleil s'est figé au milieu du ciel comme un projecteur à incandescence. Agrippés au toit de la Populaire, les spahis ne perdent pas de vue la jeep qui soulève au loin un nuage de poussière.

— Inutile de vouloir les rattraper, a tranché Fosco. J'ai une idée.

À l'approche de l'oued aux roseaux sauvages, il a quitté la piste et les traces de la jeep.

— Où allez-vous ? s'est inquiété Richon.

— Laissez-moi faire.

La veille au soir avec Nouredine, Fosco a repéré la passe étroite qui mène à l'Algérie. Il s'est souvenu que des Bédouins vivaient là une bonne partie de l'année avant de remonter pour la récolte du blé. Il a procuré du travail à certains d'entre eux, des tâches journalières dans les jardins de l'oasis. La Populaire s'est retrouvée seule à tracer son chemin.

À l'entame d'un erg, il lui a semblé que le sol avait été piétiné et battu. Il a stoppé l'auto et tous sont descendus. C'est déjà le désert. Des dunes formées, comme on dit de la mer qu'elle est formée dans la tempête. Le sirocco fait chanter les cristaux de sable.

— Ajustez vos baïonnettes et piquez profond dans le sol, a demandé Fosco aux spahis.

Abdelkrim considère le périmètre suspect d'un air songeur. Plusieurs douilles de cuivre brillent dans le soleil. Il en a ramassé une qu'il examine de son œil planétaire.

— Balles anglaises, lâche-t-il.

— Youssèfistes, conclut Fosco.

Le silence enveloppe la plaine. On n'entend plus que le glissement assourdi des baïonnettes dans le sol meuble. Les spahis piquent la croûte de sable, avec une légère retenue dans le poignet lorsque la lame rencontre un obstacle. La crainte de transpercer un corps humain.

— Il s'est passé quelque chose ici, murmure Fosco. Mais qui pourrait avoir vu ?

— Ou entendu ? se demande le juge. Des coups de feu, ça s'entend, non ?

— Pas toujours, a répondu mystérieusement Abdelkrim.

Fosco réfléchit. Devant lui, un jeune garçon d'une dizaine d'années sautille un bâton à la main, avec autour du cou un chapelet de felfel rouge pour éloigner le mauvais œil. Il est en compagnie d'un troupeau réduit à trois unités. Fosco sait y faire avec les enfants. Il l'a attiré à lui par quelques mots prononcés dans l'arabe des Bédouins. Le petit s'est planté sur place en clignant des yeux.

— Que fais-tu ici par cette chaleur ? s'écrie Fosco.

— Je mène les bêtes à l'oued. Mon grand-père est fatigué.

— Où êtes-vous installés ?

L'enfant a désigné un point vers le nord.

— Et toi, tu n'es pas fatigué ? continue Fosco.

— Moins que mon grand-père qui a creusé la terre.

— Creusé ?

L'enfant a eu un sourire satisfait, heureux de savoir ce que le géant dressé en face de lui ignore.

— Il y a eu une nuit rouge. On a emmené les morts au cimetière.

— Tu peux nous conduire ? J'irai saluer ton grand-père.

L'enfant hésite. Il tripote son chapelet écarlate puis demande :

— Et mes chèvres ?

— On va s'en occuper.

Fosco s'est retourné vers un des spahis en le chargeant de veiller sur les bêtes.

L'enfant est monté dans la Populaire. Ils sont arrivés dans un douar d'une dizaine de tentes disposées en arc de cercle. Au bruit du moteur, les hommes sont sortis. Ils observent sans un geste la progression de l'auto. À peine descendu, l'enfant est parti en courant rejoindre un vieux à la barbe jaunie. Il a prononcé quelques mots en désignant Fosco. Puis ils ont parlementé un moment sous le regard curieux du juge Richon.

— Il confirme qu'il y a eu une nuit rouge, dit Fosco. Ils ont entendu la fusillade mais n'ont pas osé approcher. C'est seulement le matin qu'ils ont trouvé trois cadavres. D'après ses descriptions, il y aurait deux Algériens et un autre qu'ils n'ont pas identifié, sûrement Afnaoui. Ils ont préféré dissimuler les corps dans l'endroit qui leur paraissait le plus naturel, un cimetière.

Le vieux a pris place dans la Populaire pour guider le groupe. Selon le rituel musulman, les corps ont été enterrés en pleine terre, dans une clairière ombragée par une colonie de pins d'Alep. Le Bédouin a désigné un lieu où le sol a été récemment remué.

Les spahis ont commencé à creuser le premier carré. Leurs gestes sont lents et lourds, et lourds aussi leurs regards. La première dépouille est apparue dans son linceul de fortune. Le petit groupe s'est approché. Ce n'était pas Afnaoui. Ils ont enfoui le cadavre pendant que le vieux Bédouin psalmodiait une prière dans sa bouche tordue.

— C'est lui ! s'est soudain écrié Richon pendant que la pelle d'un soldat dégageait un autre visage encapuchonné.

Il avait raison. Afnaoui est apparu, ou plutôt son fantôme. Tous ont ressenti l'incongruité d'être vivants face à ce mort étendu dans son lit de terre.

Les spahis ont soulevé le corps rigide de l'ancien gardien de but du Sporting de Gafsa, puis ils l'ont acheminé avec précaution jusqu'au coffre de la Populaire.

— On va le laisser ouvert, a décidé Fosco. Je ne roulerai pas vite.

Ils sont repartis dans le silence et ont déposé le Bédouin au douar, où l'attendait son petit-fils. Fosco lui a adressé un signe pour qu'il monte à l'avant, entre lui et le juge. Dans le même silence, ils l'ont ramené à ses trois chèvres. Fosco s'est demandé quel souvenir le gosse garderait de cette équipée.

L'expédition a fait route vers Gafsa. Nul n'avait le goût de parler. Soudain sur la piste, au sortir d'une épingle, l'auto a manqué percuter une jeep qui roulait à vive allure dans le sens opposé. Avant de donner un coup de volant sur la droite, Fosco a eu le temps de reconnaître le visage congestionné de Béchir Choura. Les tôles se sont frôlées. La sensation qu'il venait de voir la mort en face a traversé Fosco. Longtemps il gardera dans son souvenir l'expression du gouverneur, un éclair de haine échappé de ses yeux comme le reflet d'un poignard dans le soleil.

Tout en accélérant, Fosco s'est imaginé les cris de Béchir Choura trépignant dans la poussière soulevée par la Populaire. Les occupants de l'auto ont regardé derrière eux, au cas où la jeep aurait viré pour se lancer à leurs trousses. Ils n'ont vu qu'un tourbillon de poussière. Le gouverneur a perdu la partie. Il devra s'expliquer devant la justice. C'est ce que croit le maire de Gafsa, encore habité par l'illusion du droit.

Le corps d'Afnaoui a été acheminé à l'hôpital où le docteur Mazil a procédé à l'autopsie sous la surveillance du juge. Une balle a frappé la victime en pleine poitrine et une autre s'est logée dans le poumon gauche. À Fosco est revenue la charge d'aller frapper chez Afnaoui où Farida refusait de se résigner. Il l'a conduite auprès du corps de son mari qu'elle a étreint sans une plainte, avec la dignité de ces femmes qui semblent, dès l'enfance, savoir tout de la mort. Ils ont fixé ensemble l'heure et le lieu de l'enterrement, puis Farida a regagné sa maison comme une ombre flottant le long des murs de la médina. Le gouverneur ne s'est pas manifesté. Pour la première fois, Fosco a ressenti une vague douleur au bas du ventre. Il n'a pas reconnu la peur, car il ne la connaît pas.

CHAPITRE 9

Ce matin, un des derniers matins, Fosco est parti dès l'aube sous un ciel diaphane qui préparait le triomphe du soleil. Il a quitté la ville en direction du sud avec quelques provisions de bouche et une gourde en peau fixée à l'encolure de son cheval. Il a profité de la fraîcheur pour adopter un trot rapide qui l'a mené en moins d'une heure sur les marges du chott.

Le soleil a déchiré la brume du matin. Les vagues de terre figée apparaissent au loin comme des rouleaux d'argent. Fosco a tiré d'une poche de sa longue veste une paire de lunettes à coques et abaissé son chapeau sur son front, là où une ride horizontale marque une limite à sa jeunesse. Il n'a prévenu personne de son départ. C'est sa liberté qu'il goûte, la bouche grande ouverte, les ailes des narines frémissantes, livré à son fol instinct d'aller où le vent est bon. Là où l'ombre est si rare qu'on peut caresser sans s'attarder l'idée de la mort.

Il garde la vision toute neuve d'un oued en

crue, de l'ourlet rose qui frangeait l'étendue bleutée, au sortir de Gafsa, des reflets de vert profond qui miroitaient en surface, des bulles translucides échappées du ventre des poissons-chats. Il a passé un à un les cercles de l'horizon sans l'atteindre jamais, habitué à ce sortilège propre aux hommes du désert et aux amoureux de femmes lointaines. Il a reposé sa monture en marchant auprès d'elle, son pas produisait un craquement de neige. Il n'a plus rencontré que des arbustes déformés par la soif et, survivants d'un monde ancien, des chatons d'acacia.

Comme chaque fois qu'il cavale à travers le chott, Fosco est emporté dans le tourbillon de son enfance qu'il retrouve bouillonnante et intacte dans ce décor vierge. Les oreilles droites de son cheval lui rappellent les petites montures de bois des jardins du Belvédère à Tunis, lorsqu'il vivait avec ses parents rue du Fossé. Au moins rentrait-il dormir le soir, car, de l'aube au crépuscule, et il lui arrivait de confondre l'une avec l'autre, il dépensait sans compter ses forces de jeune Hercule, plongeant du haut des gros bateaux dans l'eau du bassin à flot, courant, improvisant un ballon de football en froissant quelques feuilles de journaux roulées en boule qu'il dépliait le soir pour faire la lecture des titres à son père.

Puisqu'ils ne possédaient qu'une bicyclette pour cinq ou six, ses copains et lui improvisaient autour du port des contre-la-montre acharnés pour décider lequel d'entre eux garderait la bécane le restant de la journée. Chaque fois Fosco réalisait le meilleur temps. Il sourit en se remémorant ces courses à perdre haleine sur la « goudronnée » du port de commerce. Il terminait en nage, buvait de la « gazouze » au goulot puis escaladait un de ces bateaux à l'étrave coupante arrivés d'Europe pendant la nuit.

Oui, il voulait bien plonger du point le plus haut de la coque, et même d'un mât arrière, si l'ancre était bien accrochée par le fond. Il gagnait quelques centimes, cent francs parfois. Pour se donner du courage, il poussait le cri de Tarzan en se jetant tête la première.

Fosco se demande quelle vie aurait été la sienne s'il n'avait pas connu Gafsa et les postes reculés du désert, s'il était resté dans l'oisiveté tiède de Tunis et de sa banlieue, Sidi Bou, la Goulette, la Marsa et Carthage où il n'avait pu se résoudre à voir dans les grandes flaques cernées d'éboulis les majestueux ports puniques tenus jadis par Hannibal. Il a aimé Tunis et l'avenue de France comme on aime une belle indolente aux parfums saturés offrant en guise d'attrait le vague ennui des intrigues. Tunis l'espiègle où venaient se déposer avec les voyageurs des Messageries les allures de la métropole inconnue, la mode rococo, et aussi, sur les affiches cloquées, la silhouette d'Errol Flynn, le regard troublant d'Olivia De Havilland sur son Robin des bois aux moustaches blondes.

À cheval, Fosco revoit encore ces journées sans fin de Coupe de Tunisie, lorsqu'on le réclamait du matin au soir pour renforcer une défense, épauler un ailier, prendre un brassard de capitaine. Il enchaînait les matchs, terminait les protège-tibias en lambeaux, le maillot déchiré. Sa mère venait le chercher au stade, toute petite, coiffée à la Louise Brooks : Fosco, quand rentres-tu à la maison, tu vas te tuer sous ce soleil, et ton père t'attend pour la lecture des nouvelles, et ta cousine de Constantine est arrivée, et le complet au poisson va refroidir, et...

La pauvre ne savait plus quoi inventer pour ramener Fosco à la maison, maugréant qu'il obéît davantage aux coups de sifflet d'un pitre en noir et aux ridicules chaussettes qu'aux appels suppliants de sa mère. Elle agitait ses mains rouges de garance indélébile à force de teindre les culottes des spahis et les cheichs des notables de la médina. Fosco la serrait ruisselant de sueur, la soulevait, l'embrassait. Elle riait.

Le cheval a trébuché sur une pierre. Fosco a laissé échapper un cri. Une douleur s'est réveillée dans ses reins, à hauteur de la deuxième vertèbre, là où un gardien de but l'a un jour plaqué, tombant lourdement sur son dos avec genoux et crampons.

« Il faudra que j'appelle Salem », songe Fosco. Salem, avec sa voix d'orgue, c'est le rebouteux de Gafsa, un colosse aux mains terribles devant lequel Fosco apparaît comme un petit garçon. Salem est convoqué chez Fosco lorsque sa deuxième vertèbre le fait souffrir à hurler. Margot met de l'huile d'olive à chauffer. Les enfants se cachent dans leur chambre car la grosse voix de Salem les effraie. Puis, ses battoirs imprégnés d'huile — le parfum s'en répand jusque sur le patio —, il malaxe le dos dénudé de Fosco, soulève une jambe, appuie sur la vertèbre coupable. Fosco ferme les yeux, pousse un cri qui conforte les enfants dans leur terreur, c'est fini.

Zoune, Micol et Nine courent alors aux nouvelles, déconcertées de voir Salem et leur père rire ensemble devant un verre de legmi pendant que Margot soulagée elle aussi est aux petits soins pour le rebouteux, ouvrant un placard empli de gâteaux insoupçonnés et tout à coup disposés en farandole sur la table basse en céramique.

Armés de courage puisque l'appel du ventre l'emporte sur toute autre considération, les petits entrent au salon et s'approchent de Fosco, à bonne distance de Salem, et croquent de bon cœur dans les dattes farcies, dans les makrouds et les biscuits à l'anis dont les graines se coincent entre leurs dents. Jamais ils n'avoueront qu'ils ont quelque chose de coincé, tant ils redoutent les mains de Salem qu'ils ne perdent pas du regard, au cas où elles s'avanceraient dangereusement.

La douleur persistant, Fosco a immobilisé son cheval et se masse les reins. C'est en se dressant bien droit qu'il a aperçu au loin une forme presque familière, bien que très floue, donnant l'impression de venir vers lui. Il a ôté ses lunettes à coques, écarquille les yeux. Pas de doute, un bateau se dandine au gré du vent, en plein milieu du chott. Fosco reconnaît l'embarcation aperçue lors de sa précédente chevauchée.

Cette fois-ci, elle est plus proche, émergeant de son socle de terre. Un bref galop lui en donnerait le cœur net. Il s'est remis en selle et indique la direction à l'alezan. L'animal est nerveux. Il refuse de faire un pas vers ce que Fosco tient pour un bateau voguant sur les flots.

Le cavalier insiste en tapotant la cuisse de sa monture. Rien à faire. Fosco est tenté de se rendre à pied dans le halo du mirage, mais son dos lui arrache de vives douleurs. Il est plus raisonnable de rebrousser chemin.

— On rentre à la maison, mon beau, à la maison.

Fosco n'a plus un seul regard pour le bateau. S'il se retournait, il verrait qu'il s'est encore rapproché de lui.

Gafsa est à l'heure de la sieste. Les rues sont désertes, le soleil a eu raison de la vie sur terre. C'est à peine si Fosco a pu entrevoir un couple de fennecs et deux ou trois gerboises qui lui ont paru plus inaccessibles que ce fichu navire venu le narguer à portée de fusil. Il a trouvé Margot sur le pas de la porte, assise sur une marche, le regard baissé.

— Tu t'inquiétais ? a-t-il lancé en lui baisant le front. Je ne voulais pas te réveiller. J'avais envie de galoper à la fraîche.

Margot l'aide sans un mot à retirer sa veste couverte de poussière et ses bottes de cuir. Il a posé ses lunettes à coques sur le grand plateau de cuivre qui trône sur la terrasse.

— Il y a du thé chaud, dit Margot. Les enfants se sont endormis.

— Tu devrais aller t'allonger toi aussi, lui souffle Fosco en prenant entre ses doigts un verre brûlant.

Margot a secoué la tête en silence. Elle reste debout face à lui comme chaque fois qu'un souci la taraude.

— Que se passe-t-il ? demande Fosco en serrant sa main.

Elle s'est laissée tomber dans un fauteuil d'osier, blême soudain. Deux larmes se sont formées au bord de ses paupières, que les battements dispersent sur ses pommettes. Fosco regarde autour de lui. Des écorces de liège sèchent contre le mur. Ce matin, les enfants sont allés nager dans les bassins de Sidi Ahmed Zarroug.

— Si nous partions, a dit Margot d'une voix raffermie.

— Partir ? Mais où ? demande Fosco en fronçant ses sourcils noirs.

— En France, nous irions en France.

Il y a eu un silence. Fosco fixe les yeux bleus de sa femme.

— Tu la connais, toi, la France ?

— C'est notre pays, dit-elle d'une voix blanche.

— En France, nous serons quelconques, répond Fosco les mâchoires serrées. Ici je suis quelqu'un, tu es quelqu'un, on nous connaît.

— Hier, j'ai croisé le gouverneur près du marché. Son regard était si menaçant... Pour la première fois, je me suis sentie étrangère dans le regard d'un Arabe.

Fosco a tressailli à l'évocation de Béchir Choura.

— C'est lui qui partira, pas nous.

— Il fait si chaud à Gafsa, a poursuivi Margot.

Cette fois, Fosco a souri.

— Viens, nous allons essayer ce ventilateur à double hélice que j'ai dérobé dans le bureau de Pouyf, aux Impôts. D'ici qu'il devine que j'ai fait le coup, on a le temps de se rafraîchir.

Margot a passé ses mains sur le visage cuit de Fosco, dans son épaisse tignasse. Il n'a pas été question du bateau qui navigue entre les replis croûtés du chott.

CHAPITRE 10

Ma main est lasse d'écrire. Je me suis étendu sur la chaise longue et j'ai sombré dans une douce torpeur. Aujourd'hui il fait très beau à Palerme où je prends le soleil sur la terrasse de mon appartement. Korsakov épargne Fosco et les siens. Il me semble entendre la voix de Margot et la voix de Zoune qui se mêlent, se mélangent, l'une un peu rauque, l'autre cristalline. Longtemps j'ai cru qu'à disséquer le temps elles n'avaient rien à se dire. Comme je me trompais. Elles ne parlaient que de l'essentiel, du bonheur de vivre.

C'est toujours le même coup de téléphone depuis quarante ans. À Royan sur l'Atlantique, dans une maison baignée de lumière, avenue de Pontaillac, il y a Zoune la mâcheuse de loubènes, une femme à présent, elle marche pieds nus sur le carrelage frais, vieille habitude qui lui vient de là-bas, l'été brûle la Côte sauvage, et plus loin aussi vers la Palmyre, la pointe Espagnole, Ronce-les-Bains, derrière les dunes où elle a reconnu hier, c'est drôle, un parfum de Tunisie, une plante qui fleurit jaune, sûrement du fenugrec, tu te souviens maman, dit-elle à Margot à l'autre bout du fil, tu te souviens des graines acides de fenugrec, ta mère te faisait boire l'eau où elles avaient trempé. Elle prétendait que tu grossirais un peu, tu étais si maigre, enfant...

Margot écoute et sourit, oui, ma fille, je me souviens. Fosco est assis auprès d'elle sur une chaise au dossier droit. La porte du jardin est ouverte. Il respire l'air du dehors, appuie l'écouteur contre son oreille. Si seulement il pouvait s'empêcher de trembler. Rien ne l'avait jamais fait trembler, avant la maladie. Le visage crispé, il tente un sourire. Parkinson comprime les muscles de ses mâchoires. Il appartient au silence, désormais. Il écoute, écoute la voix de sa fille, il la revoit petite, accroupie au-dessus des rigoles emplies d'eau, dans les jardins de l'oasis, ruminant ses boules de gomme. Un fil tendu le long de l'Atlantique, Zoune à Pontaillac dans l'écho de l'Océan, au début elle les impressionnait, les Signorelli, cette mer emportée.

Margot se tient auprès de Fosco dans leur maison du Village des Pins, à Dax-Afrique. Sa conversation avec Zoune commence toujours pareil, ces trois mots pointus : « Il fait beau ? » D'abord elles commentent le ciel. Zoune dit : Le soleil, ce soleil, maman, chaud comme là-bas, j'adore. Fosco approuve. Lui aussi adorait. Il adore encore. Zoune reprend : À Gafsa, le ciel était si bleu. Margot hoche la tête. Il y a longtemps qu'elle a appris à ne plus se plaindre des grosses températures. Ce serait insulter sa jeunesse, l'enfance de ses enfants. L'enfance, quand on a grandi, cela devient une autre mère. On lui pardonne tout et aussi ses excès. Va pour les excès de chaleur.

— Tu te souviens, poursuit Zoune, ces ciels purs, le bleu tellement profond.

Margot s'est mise à rire.

— Pourquoi ris-tu, maman ?

— Je pense à ce gendarme breton qui n'en pouvait plus. Le soleil avait fini par lui taper sur les nerfs. Un jour, à l'heure de la sieste, il s'était mis à déambuler tête nue dans les rues de Gafsa, mon Dieu comme il était rouge. Et il criait vers le ciel : « Chez moi dans le Finistère, tu es gris, brun, noir, rose, et bleu jamais. Mais ici, non, c'est bleu, bleu, bleu ! Assez de ce bleu ! » Il était désespéré.

— Je ne sais pas pourquoi cela me revient, dit Zoune, c'est peut-être ta voix dans le téléphone, la voix que tu avais ce jour-là quand le ciel était devenu terrible au-dessus de Gafsa.

— Un ciel terrible ? demande Margot.

— Un ciel de fin du monde avec la pluie qui mitraillait le sol. Papa était assis devant le poste de radio et il ne bougeait plus.

— J'ai oublié, répond Margot.

— Non, tu n'as pas pu oublier.

À côté de Margot, Fosco s'agite. Ses mains tremblent et aussi ses genoux. Il voudrait parler. Toute son énergie s'est concentrée sur l'étau de ses mâchoires. C'est difficile mais il en a vu d'autres, Fosco. S'il pouvait, il assommerait Parkinson d'un coup, comme il tirait les mouflons dans le Djérid, avant.

Margot lit sur ses lèvres qui remuent. Ses yeux agrandis trahissent son impuissance. Il réussit enfin à laisser échapper son mot, un nom.

— Cerdan.

— Cerdan ?

— Il a raison ! s'écrie Zoune dans le combiné.

Margot ne comprend toujours pas.

— Mais si ! dit Zoune. Il faisait un temps d'apocalypse à Gafsa, on n'avait jamais vu autant d'eau. Papa écoutait le flash d'information. Le speaker a annoncé la nouvelle. L'avion de Cerdan s'était abîmé au-dessus des Açores. Il a parlé du « bombardier de Casablanca ».

— Cerdan était dans un bombardier ?

— Non, c'est lui qu'on appelait comme ça !

— 49, parvient à articuler Fosco.

Il y a eu un silence. C'est loin, 49.

Zoune a revu en un éclair la silhouette massive de son père, il était la force, un roc inébranlable. Dans le téléphone, elle a entendu son souffle malade et saccadé. Elle a dit : Bravo papa, quelle bonne mémoire tu as ! Elle a deviné le sourire de Fosco, sa fierté d'avoir eu le dernier mot contre la maladie.

Comme chaque jour et plusieurs fois par jour depuis des lustres, le coup de téléphone a commencé par ces mots rassurants, il fait beau. Puis est venue l'éternelle question : Maman, qu'est-ce que tu fais à manger ? Margot ne répond pas, elle raconte. Le dîner de la veille, le repas qui vient, justement, la semoule cuit. Si tu sentais, ma fille, cette odeur de fenouil, le kamoun, les boutons de rose, la coriandre, la fleur d'oranger... Hier j'ai épépiné les piments rouges. Et ce matin, tôt, ton père dormait encore, j'ai préparé la salade méchouïa, oui ma fille, tu as deviné, avec les tomates du jardin, du carvi, de l'ail, un jet de citron, de l'huile d'olive, ton père adore, il adore.

Elle a hésité entre un couscous au poisson et un couscous sucré. Finalement, le sucré l'a emporté car Marcel vient déjeuner aujourd'hui. Margot a coupé des dattes en morceaux, des graines de grenade, des raisins secs. Le dessert ? Des kaâks, une pleine boîte de biscuits à l'anis, et des makrouds enrobés de sirop s'ils ont encore faim. Elle n'a pas oublié la cannelle, ni le poivre ni l'écorce d'orange, rien, rien oublié, ma fille, on va se régaler. C'est au tour de Zoune, elle détaille le repas du soir, le poisson complet, un bar de ligne cuit sur le gril. Surtout garde-lui ses écailles, souffle Margot.

Je ferme les yeux et je me vois, bras dessus, bras dessous, avec Fosco, lui tremblant de tous ses membres, moi de mes souvenirs infirmes.

CHAPITRE 11

Tous ses petits-enfants, Fosco les a endormis contre lui sous un lustre rond et brillant comme un pâle soleil qu'il secouait d'une pichenette pour que les murs se mettent à valser, et les poupées de chiffon, et les motifs sur les couvertures de laine rapportées de Gafsa, et aussi les statuettes d'argile pétries par Margot depuis l'arrivée en France et le commencement des temps d'exil. La scène se répétait, naissance après naissance : fils de Zoune, fils de Micol, fils et fille d'Alain, une marmaille de petits Signorelli nés sous le ciel de métropole et emportés par Fosco dans la chambre du fond, au milieu des souvenirs, des tapis tissés main, des lampes en terre cuite percées de losanges et de croissants de lune, où brûlaient des bâtons d'encens, où du balcon on pouvait voir le jour se lever.

Les jeunes candidats au sommeil sombraient aussitôt, bercés par cette lumière chancelante et les ombres chinoises qui tremblaient sur les murs, pendant que Fosco, adoucissant sa voix d'ogre, fredonnait un air connu de lui seul dont les paroles le ramenaient au pays perdu.

Malgré le vent qui souffle, j'ai laissé les fenêtres ouvertes. Palerme résonne de klaxons et de cris d'enfants. Il fait chaud. Maintenant que j'oublie comme je respire, il me faut le concours du hasard pour guider ma mémoire. Les rafales malmènent le lustre et lui font décrire une orbite improbable qui me replonge dans l'univers Signorelli, dans la chambre du fond, celle des petits-fils.

La première nuit dans la maison des Landes, on m'y installa. Fosco vint me dire bonsoir. On se connaissait encore bien peu et dès qu'il me vit allongé sur le lit, mes longues jambes atteignant l'extrémité du matelas, il songea que je n'avais plus l'âge de m'endormir en fixant le dernier soleil qu'il lui restait, un soleil de quarante watts tout juste bon à éblouir les mioches. Il m'initia d'emblée à la grande affaire de son existence. Le récit de l'attentat, tant de fois raconté depuis, me saisit si vivement qu'il est demeuré intact. Korsakov ne peut rien contre ce souvenir-là. Ce n'est pas un souvenir. C'est une empreinte digitale, un destin, une grâce.

La pendule de la petite maison du lotissement Dax-Afrique sonnait déjà les heures tardives et Fosco fonçait encore tous phares éteints dans les lacets du col de Stah. Tôt le matin, il avait réveillé l'interprète, Illouz, un grand trouillard craignant les fellaghas plus encore que les serpents assoiffés à tête plate qui se dressaient parfois au milieu de la piste. Fosco l'avait secoué, c'est l'indépendance, Si Illouz, ils ne vous feront rien, vous êtes un Arabe comme eux, un musulman, je ne vais tout de même pas convoquer un drogman du Caire pour effectuer le travail ! Au début, j'arrêtais Fosco.

— Qu'est-ce que c'est, grand-père, un drogman ?

— Un traducteur, fils.

Et il poursuivait.

La fois suivante, je lui redemandais ce qu'était un drogman. Je m'en souvenais. C'était seulement pour le plaisir de l'interrompre, de ralentir la marche inexorable de la Populaire dans les courbes du Stah. Pour le plaisir de m'entendre prononcer ce mot, « grand-père », de dire « tu » à un géant. Il prenait son temps pour décrire les couleurs du chott depuis les pistes beurrées de soleil, la lumière de feu qui blanchissait l'horizon, vers midi, puis le ciel semblable au pelage d'une lionne avant qu'il se teigne en rouge avec le soir.

L'auto s'enfonçait au plus profond de la nuit, Fosco au volant, après une rude journée dans les mines de phosphates, à remplir les dossiers d'accidents. L'interprète avait suggéré de dormir sur place et de repartir à l'aube, dans le sillage de la patrouille militaire qui ouvrait la route. Fosco n'était pas de cet avis. Il voulait retrouver son lit, la chaleur de Margot, la quiétude de Gafsa.

Un faux mouvement, ou un hasard divin — mais jamais Fosco n'invoqua une intervention céleste —, un coup de poignet en tout cas et sans conteste involontaire lui fit allumer ses feux. Aussitôt dans le faisceau lumineux s'agitèrent des chameaux, une centaine de chameaux affolés courant de tous côtés. Fosco connaissait bien ces bêtes. Il savait qu'elles ne craignaient rien, ni le chacal ni la hyène rayée. Elles craignaient seulement la présence des hommes.

Plusieurs rafales de mitraillette éclatèrent. Lancée dans une descente à pic, les pneus déchiquetés, la Populaire entama une série de tonneaux qui projetèrent Fosco dans un ravin tapissé de caillasses. Il entendit des voix gutturales, reconnut l'accent de l'Algérie. Sassi Lassoued n'avait pas pu faire le coup, il avait promis de se tenir tranquille. Ces voix étrangères, il l'apprit plus tard, étaient celles de combattants du FLN que le gouverneur avait chargés de tuer Fosco. « Si vous n'avez pas pu récupérer les armes des youssèfistes, c'est à cause du maire de Gafsa, à vous de l'éliminer », avait dit Béchir Choura aux chefs algériens.

Ils étaient sur le point de quitter le col de Stah quand ils avaient entendu le moteur de la Populaire dans les derniers lacets de la montagne. Ils attendaient Fosco plus tôt. À minuit passé, ils s'étaient dit qu'il ne viendrait plus. S'ils étaient restés tranquillement postés avec la Populaire dans leur ligne de mire, le sort de Fosco aurait été réglé en un éclair.

Au lieu de cela, le front en sang, il avait disparu dans le lit sec d'un oued. La pleine lune découpait son ombre. Une sangle de sa sandale avait lâché. Il avait couru des kilomètres sur les pierres coupantes. Son talon était à vif, et la plante de son pied nu tailladée de toutes parts. Il avait fini par trouver un abri sous un jujubier. Après avoir pansé ses plaies avec sa chemise, il s'était mis à grelotter. Là-haut, le commando avait menacé l'interprète groggy. « Si tu parles, même dans un trou de souris on te retrouvera ! » avait menacé le chef avant de lui laisser la vie sauve.

Voyant la lame d'un couteau, Si Illouz avait perdu connaissance. Les Algériens le déposèrent quelques heures plus tard aux portes de Gafsa en lui rappelant une dernière fois que sa vie tenait à son silence. Fosco, lui, marchait le pied à vif. Au bord de l'épuisement, il avait dû ramper. Puis, rassemblant ses dernières forces, il s'était hissé jusqu'en bordure de route. La patrouille l'avait ramassé transpirant de fièvre.

Il arrivait que Fosco s'arrêtât au milieu de son récit. Il avait éteint la lumière de la chambre. Je ne voyais plus son visage. J'entendais son souffle régulier. Il s'était assoupi. D'une main hésitante j'essayais de secouer ses épaules, mais allez secouer une bûche. Il ne bougeait pas. Son rêve cavalait quelque part dans cette nuit d'août 1956.

Je me risquais.

— Continue, grand-père.

Son souffle s'accélérait. Il reprenait.

— J'en étais où, fils ?

— Dans le col de Stah.

Je trichais pour que l'histoire fût plus longue, je suis sûr qu'il le savait, mais il reprenait exactement là où je lui demandais, la nuit étoilée, les chameaux affolés, les cris, la fusillade.

Parfois, la mémoire de Fosco remontait aux jours qui avaient précédé l'attentat. Un soir qu'il rentrait de la mairie entre chien et loup, un soldat l'avait visé avec son pistolet. Une première balle était partie avant que le soldat ne lance un « qui va là » tardif et sans conviction. Fosco avait bondi dans sa direction. Par chance, le pistolet s'était enrayé au moment où Fosco parvenait à hauteur du militaire qui n'en menait pas large. « Depuis quand tire-t-on avant de lancer sa sommation ? » s'était écrié Fosco. L'homme, un sergent, avait répondu qu'il avait eu peur. Fosco avait son idée sur cet incident. Le colonel et le gouverneur étaient de mèche. Il était prévenu. Désormais, n'importe quel soldat en arme possédait sur sa personne un droit de vie ou de mort.

La confiance était entamée. Lui qui s'était toujours senti chez lui à Gafsa avait éprouvé cette sensation misérable de voir dans chaque visage un ennemi. Le lendemain des « événements » du col de Stah, une délégation d'Algériens prit le risque de se rendre devant la maison du maire pour présenter ses excuses. « Nous avons été abusés par le gouverneur », plaida le représentant du FLN devant Margot qui avait seulement entrebâillé la porte. La jeune femme refusa de les laisser entrer dans le patio où Fosco, les pieds grossièrement bandés, s'exerçait en grimaçant à marcher sur des béquilles au lieu de rester allongé.

Ensuite, tout se précipita. Le départ de la famille vers la France, d'abord Marcel et Zoune envoyés chez les parents du Pouyf dans les montagnes d'Ardiège, puis Margot et les autres enfants lorsque Gafsa devint une ville dangereuse pour les Signorelli.

Fosco, lui, insista encore jusqu'en novembre. À peine les siens partis pour la métropole, il s'était installé dans une maison isolée face au Baïech, bordée par un terrain vague et une dune de sable. Il avait continué les parties de bridge chez Richier, escorté par Dicky, son jeune chacal, dont l'arrivée faisait chaque fois sensation. L'animal humait les djellabas des Bédouins venus siroter un café maure, s'attirant quelques coups de pied dans les côtes et des regards furieux. Puis il regagnait la compagnie de Fosco, s'allongeait contre ses bottes et sombrait dans le sommeil, à moins qu'il ne jouât avec le fennec du juge Richon.

Les parties duraient moins tard, les amis étaient de plus en plus silencieux. Abdelkrim sentait qu'une page se tournait. Cette perspective le plongeait dans une tristesse sans fond. Richier stockait de l'anisette à l'intérieur d'un jerrican de l'Afrikakorps. « Ça sent la guerre, ton machin », lui disait Fosco d'un rire forcé. La

Tunisie prenait le masque de l'affrontement. « Il faut que le sang coule », venait de déclarer Bourguiba. À Bizerte, une escadre de Vampires à réaction avait pris position sur l'aérodrome de Sidi Ahmed. On parlait de mouvements de troupes entre le Cap-Blanc et la baie Ponty, à l'arsenal de Ferryville. L'Afrique du Nord brûlait d'un soleil noir qui embrasait jusqu'aux tribus reculées de Foum Tataouine. Ce n'était pas la guerre, c'était l'ombre portée du cauchemar algérien.

Un soir qu'il était rentré de la mairie sans passer par le café Richier, Fosco avait trouvé le sable remué aux abords de sa maison. Il avait fait le tour en inspectant le sol avec minutie. C'est ainsi qu'il avait vu dépasser un objet métallique pris dans le dernier feu du couchant. Il reconnut un chargeur de mitraillette.

Souvent dans mon enfance, il m'arriva de demander à Fosco pourquoi il était parti. Richier était bien resté, lui, avec les photos des équipes du Sporting et les coupes vert-de-grisées que Gafsa devait pour la plupart aux shoots de mon grand-père. Fosco revenait chaque fois sur cet instant où il s'était penché dans le sable pour ramasser le chargeur. Il s'était redressé le front ruisselant d'une sueur glacée, comme s'il avait tenu entre ses doigts son arrêt de mort.

CHAPITRE 12

Fosco a examiné d'un œil idiot son billet de deuxième classe pour Marseille, payé douze mille francs au comptoir des Messageries. Il part. Tôt ce matin, il a voulu gâter Dicky une dernière fois en achetant au boucher de la médina trois gros poulets cuits et rôtis dans leur graisse. Il les a alignés bien en évidence au seuil de sa maison, déposés sur un plateau de métal aux bords relevés pour retenir le jus. Fosco a sifflé à plusieurs reprises en direction du Baïech. Dicky devait guetter au loin les bécasses venues se désaltérer près d'un trou d'eau, ignorant qu'un festin l'attendait. C'était mieux ainsi. Avec une feuille de papier cristal, Fosco a protégé du sable la bombance de son protégé. Il comprendra, son petit chacal aux yeux braisés, il comprendra forcément. Fosco préfère ne pas l'attendre. Il résiste à l'envie de plonger sa main dans sa fourrure. Trois poulets dodus pour un adieu.

Il n'est pas sept heures du matin. Fosco s'éloigne de Gafsa au volant d'une berline louée à un magistrat de Tunis, avec, comme seul bagage, une serviette de cuir contenant son ordre d'affectation au greffe du palais de justice de Dax, dans les Landes, et un nécessaire de toilette tassé dans un sac de sport fermant à la ficelle. Le reste est dans la grosse malle cadenassée qui l'a précédé à Tunis, il y a trois jours.

Je voudrais être là, moi François Ardanuit bientôt Signorelli, moi qui ne suis pas encore né. Je lui dirais : « Mets-toi en route sans tristesse, nous allons bientôt nous connaître. »

Le *Ville-de-Tunis* n'appareillera qu'en fin de soirée. Fosco a décidé de longer une dernière fois le Djérid avant de gagner la capitale. Son regard s'abîme sur cette étendue familière qui brille comme un bouclier de mercure. Il a beau écarquiller les yeux, aucune felouque ne se dandine plus au milieu des vagues statufiées.

L'œil sec, il a pris la route de Gabès et traversé la plaine de Sfax rayée d'oliviers. Au bord de la route, des femmes en suaire blanc que le vent gonfle posent sur lui leurs regards indifférents, des femmes immobiles dans leur patience à vivre, et vivantes seulement par ces regards au-dessus de leurs bâillons d'étoffe, par les boucles d'argent qui tremblent contre leurs joues. Des bambins surveillent de hautes pyramides d'éponges à l'aspect rocheux mais tendres à la main pour peu que l'eau d'une cruche s'y déverse. Fosco sait tout cela, il lui suffit de les caresser du regard pour éprouver la douceur des éponges de la petite Syrte et des fonds siliceux de Djerba.

En route, il a stoppé devant un enfant qui brandit dans le vent brûlant des branches de mimosa. Il traverse des gourbis de torchis et de feuilles de palme où la misère somnole au bas des portes. Il traverse d'autres plantations d'oliviers aux troncs laqués de soleil, croise des pêcheurs juste rentrés du large, les épaules alourdies de bars dans leur cuirasse de sang. Il fait provision d'images, roule lentement, déguste le bleu de la mer.

À l'approche des plages de coquillages pilés, il s'est attardé sur le spectacle de jeunes filles qui s'enfoncent dans l'eau, vêtues d'amples voiles, et ressortent plus nues que nues dans le drapé que le courant a collé sur leur chair. Dans une gargote de Nabeul, il a demandé une salade de poivrons et de piments adoucie par la pulpe d'une aubergine. Le patron lui a servi une tranche de pastèque juste éventrée qu'il mord à pleines dents, recrachant les pépins noirs sur le sol poussiéreux.

Tunis est encore loin, perchée sur son éminence de craie blanche. Fosco retarde le moment de l'apercevoir, car, derrière ses collines, attend une mer africaine qui annonce Marseille, la France.

À l'entrée du long canal de la Goulette, le soleil tombe dans le rétroviseur de son auto. C'est comme si la robe fauve de Dicky recouvrait le ciel. Sur les quais de l'embarcadère s'empilent des balles d'alfa truffées d'enfants, des caisses de dattes, des paniers d'olives. Il règne à proximité du *Ville-de-Tunis* un calme inhabituel pour un soir de départ. Quelques hommes en salopette et coiffés d'un casque métallique s'affairent contre la coque. Fosco a rangé la voiture dans les jardins de la douane. Il porte un veston de toile, des souliers en corde, de ceux qu'on chausse pour un éternel été. Les passagers sont-ils déjà montés à bord ? Aucune lumière n'éclaire le pont. Un bouquet d'étincelles a jailli près de l'étrave.

Les hommes casqués jettent le feu de leurs chalumeaux sur la coque ébréchée du navire. D'un pas hésitant, Fosco s'est approché du groupe d'ouvriers. C'est en arabe qu'il leur a demandé ce qui se passe. Et c'est en français, comme s'il avait l'air d'un Français de France, que le chef d'équipe lui a répondu. Dans ses habits d'Européen, celui qui n'est plus désormais le maire de Gafsa doit s'habituer à parler la langue de l'autre rive, et s'interdire au plus vite l'accent d'ici qui, après la traversée, deviendra l'accent de là-bas.

— Inutile d'attendre, monsieur, nous avons une avarie.

— À quand le prochain départ ? interroge Fosco.

Il n'a pas obtenu de réponse. Pour la première fois de sa vie, Fosco est désemparé. Le jour décline rapidement. Un enfant jongle du bout des pieds avec un journal roulé en boule.

— Tu joues avec moi, Sidi ?

Fosco l'observe. La Tunisie va grandir en

son absence puisqu'il reste des gosses habiles, capables de répéter les gestes qui ont enchanté sa jeunesse.

— Non, je pars pour la France, finit-il par articuler, soulagé que le petit l'ait appelé Sidi.

— Tu ne partiras pas ce soir, dit l'enfant. Le *Ville-de-Tunis*, il s'est accroché aux récifs, là-bas.

Il désigne la pointe de Porto-Farina, le cap Bon, les lumières au loin qui commencent à briller sur la mer.

— Si tu veux, continue le garçon, je peux t'aider.

Il a douze ou treize ans. Fosco le considère avec étonnement. C'est un de ces petits Arabes débrouillards et blagueurs, assez culottés pour vendre aux touristes émerveillés de fausses pièces de Carthage, ou glisser aux belles de passage, en un clin d'œil, de ravissants bouquets de jasmin qu'on retrouve le matin flétris et séchés.

— Je suis de Gafsa, balbutie Fosco en arabe.

Le petit a laissé filer son ballon de papier pour saisir la main de Fosco. C'est donc cela, l'exil. Un enfant semblable à l'enfant de Tunis qu'il était autrefois. Un autre lui-même qui adoucit l'amertume du départ.

— Comment t'appelles-tu ? a demandé Fosco.

— Ameur.

— Où m'emmènes-tu, Ameur ?

— Mon père est capitaine d'un sardinier, dit le garçon avec fierté. Il n'est pas aussi grand que le navire des Messageries mais quand on grimpe à bord, on devient invincible !

Fosco sourit. Il se rappelle les récits de son ancien instituteur lorsque, avec sa classe, il prenait le petit train bleu de la Goulette pour imaginer, surgissant de l'horizon, les armadas de Saint Louis et de Roger de Sicile.

— Mon père lève l'ancre cette nuit. Je sais qu'il va pêcher vers la Corse. Je suis sûr qu'il voudra bien te conduire.

L'enfant tient la main du géant. Dans le bassin à flot ouvert sur le large, un bateau reçoit sur ses vieilles voiles affalées les derniers rayons du soleil. Une broussaille de filets déborde contre les flancs du sardinier. Fosco est mortifié. Il observe, incrédule, la peinture écaillée, le ventre bombé, le mât nu badigeonné de goudron. La main de l'enfant se serre encore. Fosco essaie de remplir ses poumons mais une barre entrave sa respiration. Ce bateau qui tant de fois a hanté ses cavalcades, ce bateau fantôme qui sillonnait le chott et faisait se cabrer son cheval, ce bateau est devant lui, remuant au gré des vaguelettes. Il l'attend.

Alerté par les cris du garçon, un homme à la barbe duveteuse est sorti de la cabine de commandement.

— Ameur, qui est avec toi ?

— Un ami, a répondu l'enfant.

— Vous m'avez l'air d'un sacré gaillard, lance le marin avec un sourire de bon diable.

Fosco tente de parler. Pas un seul mot ne sort de sa bouche. Son regard est happé par ce sardinier qui lui raconte la fin du monde.

— Mon ami veut aller en France, explique Ameur. C'est un passager du *Ville-de-Tunis*.

— Au moins huit jours sur la cale, lance le pêcheur. Une vilaine avarie, comme un coup de hache.

Il réfléchit. L'enfant ne lâche pas la main de Fosco, à moins que ce ne soit l'inverse.

— Je dois réparer un filet, continue le bonhomme. Les dauphins m'ont mangé de grosses mailles, l'autre nuit. Si vous n'êtes pas trop pressé, je lève l'ancre d'ici une petite heure.

— Je ne suis pas pressé, est parvenu à dire Fosco.

Les premières nouvelles qu'il reçut de Gafsa lui vinrent d'Abdelkrim. Plus d'une année s'était écoulée. Il apprit que Richier avait voyagé jusqu'à La Mecque pour devenir hadj. Le cafetier tenait à vieillir en bon musulman sous les photos des dieux du Sporting où le regard noir de Fosco étincelait de toute sa jeunesse. Dans les jours qui avaient suivi son départ, un chacal avait rôdé autour de sa maison. Puis on ne l'avait plus revu.

Épilogue

François Signorelli devint ce qu'il n'avait jamais été : un enfant. Lorsque Korsakov porta son assaut décisif dans le cerveau du jeune médecin, celui-ci prit la posture d'un petit garçon de dix ans tout juste sorti de sa nuit Ardanuit, sans cesse étonné par le visage d'homme que le temps lui avait composé, s'il lui arrivait de se surprendre dans un miroir vermillonné du palais Gangi ou dans la vitrine d'un marchand de *gelati*.

Un matin, au courrier, une lettre lui revint avec cette mention : « Inconnu à cette adresse. » Il s'agissait d'un mot très bref qu'au plus profond de ses troubles il avait adressé quelques jours plus tôt au docteur MAMAN. Ce mot disait simplement : « Peut-être le moment est-il venu de porter mon véritable nom, le tien. »

En prenant connaissance de cette demande, le docteur MAMAN avait jugé préférable de ne pas répondre. Il s'était contenté de recacheter l'enveloppe comme s'il ne l'avait pas ouverte. De sa minuscule écriture, celle avec laquelle il remplissait des ordonnances, il avait inscrit l'expression usuelle : « Inconnu à cette adresse. » Il avait rayé son nom avec application et rajouté en lettres majuscules celui de l'expéditeur,

FRANCOIS SIGNORELLI
VIA ALLORO
PALERME

Si son cerveau était demeuré en bon état de marche, François aurait médité sans joie la manière dont son père de sang avait refermé la parenthèse de leur rencontre manquée, en le désignant comme « inconnu ». Il est probable que sa vieille douleur dans le dos se serait réveillée, qu'il aurait dû s'étendre en espérant un soulagement qui aurait tardé à venir.

Dans ses années fastes, le docteur Signorelli avait publié des travaux remarqués sur les liens du cortex avec le cœur. Il avait mis en lumière ce qu'il appelait dans sa langue d'adoption le *rete mirabile*, un réseau merveilleux par lequel les neurones impliqués dans l'intelligence supérieure de l'homme ne pouvaient accomplir leur tâche sans osmose avec le cœur et ses climats, le plaisir, l'émotion, la souffrance. Devant ce mot de MAMAN, « inconnu », la peine qui aurait grandi en lui aurait aiguisé jusqu'à l'exaspération son sentiment d'être né pour rien et de n'avoir vécu pour personne.

Korsakov lui offrit l'économie d'un dernier chagrin. La mémoire de François Signorelli s'était irrémédiablement effacée. Dans sa vie qui n'était plus qu'un songe, il était Fosco Signorelli et, quelquefois, un jeune chacal affamé. Il avait oublié le fils qui ne voulait plus le voir, le faux père qui voulait le gommer, la femme sauvage qui ne voulait plus l'aimer, ne voulant aimer que François MAMAN, un homme qui n'existerait jamais.

Bien sûr, il oublia le nom et les traits de Vista, le tueur qu'un matin, à la terrasse du café Pozzi, il avait chargé de sa mort.

DU MÊME AUTEUR

Aux Éditions Gallimard

CARESSE DE ROUGE, prix François-Mauriac 2004 (« Folio », *n° 4249*).

KORSAKOV, prix Roman France Télévisions 2004, prix des Libraires 2005 (« Folio » *n° 4433*).

Chez Gallimard Loisirs

LE TIERS SAUVAGE, Un littoral pour demain. *Préface d'Érik Orsenna. Photographies par Aldo Soares.* Ouvrage publié avec le concours du Conservatoire du littoral-Fondation Électricité de France, 2005.

Aux Éditions Stock

LES ÉPHÉMÈRES, 1994.

AVENTURES INDUSTRIELLES, 1996.

CŒUR D'AFRIQUE, 1997.

VOYAGE AU CENTRE DU CERVEAU, 1998.

NORDESTE, 1999.

UN TERRITOIRE FRAGILE, 2000.

JE PARS DEMAIN, 2001.

Chez d'autres éditeurs

LE FESTIN DE LA TERRE, *Lieu Commun*, 1988.

LES ANNÉES FOLLES DES MATIÈRES PREMIÈRES, *Hatier*, 1988.

LA FRANCE EN FRICHES, *Lieu Commun*, 1989.

LA PISTE BLANCHE, *Balland*, 1991.

ROCHELLE, *Fayard*, 1991 (« Folio », *n° 4179*).

MOI AUSSI JE ME SOUVIENS, *Balland*, 1992.

BESOIN D'AFRIQUE, avec Christophe Guillemin et Érik Orsenna, *Fayard*, 1992.

L'HOMME DE TERRE, *Fayard*, 1993.

COLLECTION FOLIO

Dernières parutions

3968. Dan Simmons	*Les Fosses d'Iverson.*
3969. Junichirô Tanizaki	*Le coupeur de roseaux.*
3970. Richard Wright	*L'homme qui vivait sous terre.*
3971. Vassilis Alexakis	*Les mots étrangers.*
3972. Antoine Audouard	*Une maison au bord du monde.*
3973. Michel Braudeau	*L'interprétation des singes.*
3974. Larry Brown	*Dur comme l'amour.*
3975. Jonathan Coe	*Une touche d'amour.*
3976. Philippe Delerm	*Les amoureux de l'Hôtel de Ville.*
3977. Hans Fallada	*Seul dans Berlin.*
3978. Franz-Olivier Giesbert	*Mort d'un berger.*
3979. Jens Christian Grøndahl	*Bruits du cœur.*
3980. Ludovic Roubaudi	*Les Baltringues.*
3981. Anne Wiazemski	*Sept garçons.*
3982. Michel Quint	*Effroyables jardins.*
3983. Joseph Conrad	*Victoire.*
3984. Émile Ajar	*Pseudo.*
3985. Olivier Bleys	*Le fantôme de la Tour Eiffel.*
3986. Alejo Carpentier	*La danse sacrale.*
3987. Milan Dargent	*Soupe à la tête de bouc.*
3988. André Dhôtel	*Le train du matin.*
3989. André Dhôtel	*Des trottoirs et des fleurs.*
3990. Philippe Labro/ Olivier Barrot	*Lettres d'Amérique. Un voyage en littérature.*
3991. Pierre Péju	*La petite Chartreuse.*
3992. Pascal Quignard	*Albucius.*
3993. Dan Simmons	*Les larmes d'Icare.*
3994. Michel Tournier	*Journal extime.*
3995. Zoé Valdés	*Miracle à Miami.*
3996. Bossuet	*Oraisons funèbres.*
3997. Anonyme	*Jin Ping Mei I.*
3998. Anonyme	*Jin Ping Mei II.*
3999. Pierre Assouline	*Grâces lui soient rendues.*

4000. Philippe Roth	*La tache.*
4001. Frederick Busch	*L'inspecteur de nuit.*
4002. Christophe Dufossé	*L'heure de la sortie.*
4003. William Faulkner	*Le domaine.*
4004. Sylvie Germain	*La Chanson des mal-aimants.*
4005. Joanne Harris	*Les cinq quartiers de l'orange.*
4006. Leslie Kaplan	*Les Amants de Marie.*
4007. Thierry Metz	*Le journal d'un manœuvre.*
4008. Dominique Rolin	*Plaisirs.*
4009. Jean-Marie Rouart	*Nous ne savons pas aimer.*
4010. Samuel Butler	*Ainsi va toute chair.*
4011. George Sand	*La petite Fadette.*
4012. Jorge Amado	*Le Pays du Carnaval.*
4013. Alessandro Baricco	*L'âme d'Hegel et les vaches du Wisconsin.*
4014. La Bible	*Livre d'Isaïe.*
4015. La Bible	*Paroles de Jérémie-Lamentations.*
4016. La Bible	*Livre de Job.*
4017. La Bible	*Livre d'Ezéchiel.*
4018. Frank Conroy	*Corps et âme.*
4019. Marc Dugain	*Heureux comme Dieu en France.*
4020. Marie Ferranti	*La Princesse de Mantoue.*
4021. Mario Vargas Llosa	*La fête au Bouc.*
4022. Mario Vargas Llosa	*Histoire de Mayta.*
4023. Daniel Evan Weiss	*Les cafards n'ont pas de roi.*
4024. Elsa Morante	*La Storia.*
4025. Emmanuèle Bernheim	*Stallone.*
4026. Françoise Chandernagor	*La chambre.*
4027. Philippe Djian	*Ça, c'est un baiser.*
4028. Jérôme Garcin	*Théâtre intime.*
4029. Valentine Goby	*La note sensible.*
4030. Pierre Magnan	*L'enfant qui tuait le temps.*
4031. Amos Oz	*Les deux morts de ma grand-mère.*
4032. Amos Oz	*Une panthère dans la cave.*
4033. Gisèle Pineau	*Chair Piment.*
4034. Zeruya Shalev	*Mari et femme.*
4035. Jules Verne	*La Chasse au météore.*
4036. Jules Verne	*Le Phare du bout du Monde.*

4037.	Gérard de Cortanze	*Jorge Semprun.*
4038.	Léon Tolstoï	*Hadji Mourat.*
4039.	Isaac Asimov	*Mortelle est la nuit.*
4040.	Collectif	*Au bonheur de lire.*
4041.	Roald Dahl	*Gelée royale.*
4042.	Denis Diderot	*Lettre sur les Aveugles.*
4043.	Yukiò Mishima	*Martyre.*
4044.	Elsa Morante	*Donna Amalia.*
4045.	Ludmila Oulitskaïa	*La maison de Lialia.*
4046.	Rabindranath Tagore	*La petite mariée.*
4047.	Ivan Tourguéniev	*Clara Militch.*
4048.	H.G. Wells	*Un rêve d'Armageddon.*
4049.	Michka Assayas	*Exhibition.*
4050.	Richard Bausch	*La saison des ténèbres.*
4051.	Saul Bellow	*Ravelstein.*
4052.	Jerome Charyn	*L'homme qui rajeunissait.*
4053.	Catherine Cusset	*Confession d'une radine.*
4055.	Thierry Jonquet	*La Vigie* (à paraître).
4056.	Erika Krouse	*Passe me voir un de ces jours.*
4057.	Philippe Le Guillou	*Les marées du Faou.*
4058.	Frances Mayes	*Swan.*
4059.	Joyce Carol Oates	*Nulle et Grande Gueule.*
4060.	Edgar Allan Poe	*Histoires extraordinaires.*
4061.	George Sand	*Lettres d'une vie.*
4062.	Frédéric Beigbeder	*99 francs.*
4063.	Balzac	*Les Chouans.*
4064.	Bernardin de Saint Pierre	*Paul et Virginie.*
4065.	Raphaël Confiant	*Nuée ardente.*
4066.	Florence Delay	*Dit Nerval.*
4067.	Jean Rolin	*La clôture.*
4068.	Philippe Claudel	*Les petites mécaniques.*
4069.	Eduardo Barrios	*L'enfant qui devint fou d'amour.*
4070.	Neil Bissoondath	*Un baume pour le cœur.*
4071.	Jonathan Coe	*Bienvenue au club.*
4072.	Toni Davidson	*Cicatrices.*
4073.	Philippe Delerm	*Le buveur de temps.*
4074.	Masuji Ibuse	*Pluie noire.*
4075.	Camille Laurens	*L'Amour, roman.*
4076.	François Nourissier	*Prince des berlingots.*
4077.	Jean d'Ormesson	*C'était bien.*

4078. Pascal Quignard — *Les Ombres errantes.*
4079. Isaac B. Singer — *De nouveau au tribunal de mon père.*
4080. Pierre Loti — *Matelot.*
4081. Edgar Allan Poe — *Histoires extraordinaires.*
4082. Lian Hearn — *Le clan des Otori, II : les Neiges de l'exil.*
4083. La Bible — *Psaumes.*
4084. La Bible — *Proverbes.*
4085. La Bible — *Évangiles.*
4086. La Bible — *Lettres de Paul.*
4087. Pierre Bergé — *Les jours s'en vont je demeure.*
4088. Benjamin Berton — *Sauvageons.*
4089. Clémence Boulouque — *Mort d'un silence.*
4090. Paule Constant — *Sucre et secret.*
4091. Nicolas Fargues — *One Man Show.*
4092. James Flint — *Habitus.*
4093. Gisèle Fournier — *Non-dits.*
4094. Iegor Gran — *O.N.G. !*
4095. J.M.G. Le Clézio — *Révolutions.*
4096. Andreï Makine — *La terre et le ciel de Jacques Dorme.*
4097. Collectif — *« Parce que c'était lui, parce que c'était moi ».*
4098. Anonyme — *Saga de Gísli Súrsson.*
4099. Truman Capote — *Monsieur Maléfique et autres nouvelles.*
4100. E. M. Cioran — *Ébauches de vertige.*
4101. Salvador Dali — *Les moustaches radar.*
4102. Chester Himes — *Le fantôme de Rufus Jones et autres nouvelles.*
4103. Pablo Neruda — *La solitude lumineuse.*
4104. Antoine de St-Exupéry — *Lettre à un otage.*
4105. Anton Tchekhov — *Une banale histoire.*
4106. Honoré de Balzac — *L'Auberge rouge.*
4107. George Sand — *Consuelo I.*
4108. George Sand — *Consuelo II.*
4109. André Malraux — *Lazare.*
4110. Cyrano de Bergerac — *L'autre monde.*
4111. Alessandro Baricco — *Sans sang.*
4112. Didier Daeninckx — *Raconteur d'histoires.*

4113. André Gide	*Le Ramier.*
4114. Richard Millet	*Le renard dans le nom.*
4115. Susan Minot	*Extase.*
4116. Nathalie Rheims	*Les fleurs du silence.*
4117. Manuel Rivas	*La langue des papillons.*
4118. Daniel Rondeau	*Istanbul.*
4119. Dominique Sigaud	*De chape et de plomb.*
4120. Philippe Sollers	*L'Étoile des amants.*
4121. Jacques Tournier	*À l'intérieur du chien.*
4122. Gabriel Sénac de Meilhan	*L'Émigré.*
4123. Honoré de Balzac	*Le Lys dans la vallée.*
4124. Lawrence Durrell	*Le Carnet noir.*
4125. Félicien Marceau	*La grande fille.*
4126. Chantal Pelletier	*La visite.*
4127. Boris Schreiber	*La douceur du sang.*
4128. Angelo Rinaldi	*Tout ce que je sais de Marie.*
4129. Pierre Assouline	*État limite.*
4130. Élisabeth Barillé	*Exaucez-nous.*
4131. Frédéric Beigbeder	*Windows on the World.*
4132. Philippe Delerm	*Un été pour mémoire.*
4133. Colette Fellous	*Avenue de France.*
4134. Christian Garcin	*Du bruit dans les arbres.*
4135. Fleur Jaeggy	*Les années bienheureuses du châtiment.*
4136. Chateaubriand	*Itinéraire de Paris à Jerusalem.*
4137. Pascal Quignard	*Sur le jadis. Dernier royaume, II.*
4138. Pascal Quignard	*Abîmes. Dernier Royaume, III.*
4139. Michel Schneider	*Morts imaginaires.*
4140. Zeruya Shalev	*Vie amoureuse.*
4141. Frédéric Vitoux	*La vie de Céline.*
4142. Fédor Dostoïevski	*Les Pauvres Gens.*
4143. Ray Bradbury	*Meurtres en douceur.*
4144. Carlos Castaneda	*Stopper-le-monde.*
4145. Confucius	*Entretiens.*
4146. Didier Daeninckx	*Ceinture rouge.*
4147. William Faulkner	*Le Caïd.*
4148. Gandhi	*La voie de la non-violence.*
4149. Guy de Maupassant	*Le Verrou et autres contes grivois.*
4150. D. A. F. de Sade	*La Philosophie dans le boudoir.*
4151. Italo Svevo	*L'assassinat de la Via Belpoggio.*
4152. Laurence Cossé	*Le 31 du mois d'août.*

4153. Benoît Duteurtre — *Service clientèle.*
4154. Christine Jordis — *Bali, Java, en rêvant.*
4155. Milan Kundera — *L'ignorance.*
4156. Jean-Marie Laclavetine — *Train de vies.*
4157. Paolo Lins — *La Cité de Dieu.*
4158. Ian McEwan — *Expiation.*
4159. Pierre Péju — *La vie courante.*
4160. Michael Turner — *Le Poème pornographe.*
4161. Mario Vargas Llosa — *Le Paradis — un peu plus loin.*
4162. Martin Amis — *Expérience.*
4163. Pierre-Autun Grenier — *Les radis bleus.*
4164. Isaac Babel — *Mes premiers honoraires.*
4165. Michel Braudeau — *Retour à Miranda.*
4166. Tracy Chevalier — *La Dame à la Licorne.*
4167. Marie Darrieussecq — *White.*
4168. Carlos Fuentes — *L'instinct d'Iñez.*
4169. Joanne Harris — *Voleurs de plage.*
4170. Régis Jauffret — *univers, univers.*
4171. Philippe Labro — *Un Américain peu tranquille.*
4172. Ludmila Oulitskaïa — *Les pauvres parents.*
4173. Daniel Pennac — *Le dictateur et le hamac.*
4174. Alice Steinbach — *Un matin je suis partie.*
4175. Jules Verne — *Vingt mille lieues sous les mers.*
4176. Jules Verne — *Aventures du capitaine Hatteras.*
4177. Emily Brontë — *Hurlevent.*
4178. Philippe Djian — *Frictions.*
4179. Éric Fottorino — *Rochelle.*
4180. Christian Giudicelli — *Fragments tunisiens.*
4181. Serge Joncour — *U.V.*
4182. Philippe Le Guillou — *Livres des guerriers d'or.*
4183. David McNeil — *Quelques pas dans les pas d'un ange.*
4184. Patrick Modiano — *Accident nocturne.*
4185. Amos Oz — *Seule la mer.*
4186. Jean-Noël Pancrazi — *Tous est passé si vite.*
4187. Danièle Sallenave — *La vie fantôme.*
4188. Danièle Sallenave — *D'amour.*
4189. Philippe Sollers — *Illuminations.*

4190.	Henry James	*La Source sacrée.*
4191.	Collectif	*«Mourir pour toi».*
4192.	Hans Christian Andersen	*L'elfe de la rose et autres contes du jardin.*
4193.	Épictète	*De la liberté* précédé de *De la profession de Cynique.*
4194.	Ernest Hemingway	*Histoire naturelle des morts et autres nouvelles.*
4195.	Panaït Istrati	*Mes départs.*
4196.	H. P. Lovecraft	*La peur qui rôde et autres nouvelles.*
4197.	Stendhal	*Féder ou Le Mari d'argent.*
4198.	Junichirô Tanizaki	*Le meurtre d'O-Tsuya.*
4199.	Léon Tolstoï	*Le réveillon du jeune tsar et autres contes.*
4200.	Oscar Wilde	*La Ballade de la geôle de Reading.*
4201.	Collectif	*Témoins de Sartre.*
4202.	Balzac	*Le Chef-d'œuvre inconnu.*
4203.	George Sand	*François le Champi.*
4204.	Constant	*Adolphe. Le Cahier rouge. Cécile.*
4205.	Flaubert	*Salammbô.*
4206.	Rudyard Kipling	*Kim.*
4207.	Flaubert	*L'Éducation sentimentale.*
4208.	Olivier Barrot/ Bernard Rapp	*Lettres anglaises.*
4209.	Pierre Charras	*Dix-neuf secondes.*
4210.	Raphaël Confiant	*La panse du chacal.*
4211.	Erri De Luca	*Le contraire de un.*
4212.	Philippe Delerm	*La sieste assassinée.*
4213.	Angela Huth	*Amour et désolation.*
4214.	Alexandre Jardin	*Les Coloriés.*
4215.	Pierre Magnan	*Apprenti.*
4216.	Arto Paasilinna	*Petits suicides entre amis.*
4217.	Alix de Saint-André	*Ma Nanie,*
4218.	Patrick Lapeyre	*L'homme-soeur.*
4219.	Gérard de Nerval	*Les Filles du feu.*
4220.	Anonyme	*La Chanson de Roland.*
4221.	Maryse Condé	*Histoire de la femme cannibale.*

4222.	Didier Daeninckx	*Main courante* et *Autres lieux.*
4223.	Caroline Lamarche	*Carnets d'une soumise de province.*
4224.	Alice McDermott	*L'arbre à sucettes.*
4225.	Richard Millet	*Ma vie parmi les ombres.*
4226.	Laure Murat	*Passage de l'Odéon.*
4227.	Pierre Pelot	*C'est ainsi que les hommes vivent.*
4228.	Nathalie Rheims	*L'ange de la dernière heure.*
4229.	Gilles Rozier	*Un amour sans résistance.*
4230.	Jean-Claude Rufin	*Globalia.*
4231.	Dai Sijie	*Le complexe de Di.*
4232.	Yasmina Traboulsi	*Les enfants de la Place.*
4233.	Martin Winckler	*La Maladie de Sachs.*
4234.	Cees Nooteboom	*Le matelot sans lèvres.*
4235.	Alexandre Dumas	*Le Chevalier de Maison-Rouge.*
4236.	Hector Bianciotti	*La nostalgie de la maison de Dieu.*
4237.	Daniel Boulanger	*Le tombeau d'Héraldine.*
4238.	Pierre Clementi	*Quelques messages personnels.*
4239.	Thomas Gunzig	*Le plus petit zoo du monde.*
4240.	Marc Petit	*L'équation de Kolmogoroff.*
4241.	Jean Rouaud	*L'invention de l'auteur.*
4242.	Julian Barnes	*Quelque chose à déclarer.*
4243.	Yves Bichet	*La part animale.*
4244.	Christian Bobin	*Louise Amour.*
4245.	Mark Z. Danielewski	*Les lettres de Pelafina.*
4246.	Philippe Delerm	*Le miroir de ma mère.*
4247.	Michel Déon	*La chambre de ton père.*
4248.	David Foenkinos	*Le potentiel érotique de ma femme.*
4249.	Eric Fottorino	*Caresse rouge.*
4250.	J.M.G. Le Clézio	*L'Africain.*
4251.	Gilles Leroy	*Grandir.*
4252.	Jean d'Ormesson	*Une autre histoire de la littérature française I.*
4253.	Jean d'Ormesson	*Une autre histoire de la littérature française II.*
4254.	Jean d'Ormesson	*Et toi mon cœur pourquoi bats-tu.*
4255.	Robert Burton	*Anatomie de la mélancolie.*

4256.	Corneille	*Cinna.*
4257.	Lewis Carroll	*Alice au pays des merveilles.*
4258.	Antoine Audouard	*La peau à l'envers.*
4259.	Collectif	*Mémoires de la mer.*
4260.	Collectif	*Aventuriers du monde.*
4261.	Catherine Cusset	*Amours transversales.*
4262.	A. Corréard et H. Savigny	*Relation du naufrage de la frégate la* Méduse.
4263.	Lian Hearn	*Le clan des Otori, III : La clarté de la lune.*
4264.	Philippe Labro	*Tomber sept fois, se relever huit.*
4265.	Amos Oz	*Une histoire d'amour et de ténèbres.*
4266.	Michel Quint	*Et mon mal est délicieux.*
4267.	Bernard Simonay	*Moïse le pharaon rebelle.*
4268.	Denis Tillinac	*Incertains désirs.*
4269.	Raoul Vaneigem	*Le chevalier, la dame, le diable et la mort.*
4270.	Anne Wiazemsky	*Je m'appelle Élisabeth.*
4271.	Martin Winckler	*Plumes d'Ange.*
4272.	Collectif	*Anthologie de la littérature latine.*
4273.	Miguel de Cervantes	*La petite Gitane.*
4274.	Collectif	*«Dansons autour du chaudron».*
4275.	Gilbert Keeith Chesterton	*Trois enquêtes du Père Brown.*
4276.	Francis Scott Fitzgerald	*Une vie parfaite* suivi de *L'accordeur.*
4277.	Jean Giono	*Prélude de Pan et autres nouvelles.*
4278.	Katherine Mansfield	*Mariage à la mode* précédé de *La Baie.*
4279.	Pierre Michon	*Vie du père Foucault — Vie de Georges Bandy.*
4280.	Flannery O'Connor	*Un heureux événement* suivi de *La Personne Déplacée.*
4281.	Chantal Pelletier	*Intimités et autres nouvelles.*
4282.	Léonard de Vinci	*Prophéties* précédé de *Philosophie et aphorismes.*

Composition IGS
Impression Maury
à Malesherbes, le 10 janvier 2006
Dépôt légal : janvier 2006
Numéro d'imprimeur : 118976
ISBN 2-07-032580-6. / Imprimé en France.

140172